I0632225

SOUVENIR DU CRIME

Du même auteur
aux Éditions J'ai lu

Nora Roberts

Lieutenant Eve Dallas – 22
SOUVENIR DU CRIME

Traduit de l'américain
par Nicole Hibert

Titre original:
MEMORY IN DEATH
Published by the Penguin Group (USA) Inc., New York

1

La Faucheuse ne faisait pas la trêve des confiseurs. New York s'était mis sur son trente et un, tout chatoyant et paré de guirlandes en ce mois de décembre 2059, pourtant le père Noël était mort. Et deux de ses lutins étaient dans tous leurs états.

Le lieutenant Eve Dallas, immobile sur le trottoir au milieu du tumulte de Times Square, étudiait ce qu'il restait du père Noël. Deux gamins – assez jeunes pour croire qu'un gros bonhomme vêtu de rouge se faufilerait par la cheminée pour leur apporter des cadeaux au lieu de les assassiner dans leur sommeil – poussaient des hurlements à vous déchirer les tympans. N'y avait-il donc personne pour s'occuper d'eux et les emmener à l'écart ? se demanda Eve.

Dieu merci, ce n'était pas son boulot. À tout prendre, elle préférait se charger de la bouillie sanglante répandue à ses pieds.

Elle leva les yeux vers le ciel. Il était tombé du trente-sixième étage du Broadway View Hotel, d'après le rapport du premier officier de police arrivé sur les lieux. En criant, selon les témoins « ho, ho, ho », avant de s'écraser sur le macadam et de tuer, par la même occasion, un malheureux passant.

Séparer les deux corps écrabouillés ne serait sûrement pas une mince affaire.

Deux autres victimes s'en étaient tirées avec des blessures mineures – l'une avait un traumatisme crânien après s'être lourdement écroulée sur le trottoir, horrifiée lorsque du sang et des matières cervicales l'avaient éclaboussée. Pour l'instant, Dallas les laissait entre les mains des urgentistes. Dès qu'elles auraient recouvré leur lucidité, Eve prendrait leur déposition.

Elle savait déjà ce qui s'était passé ici. Elle le lisait dans le regard vitreux des lutins du père Noël.

Elle s'avança vers eux dans son long manteau de cuir noir qui virevoltait autour de ses chevilles. Ses courts cheveux bruns qu'éclairaient des mèches blondes encadraient son visage mince. Ses yeux en amande avaient la couleur ambrée d'un bon whiskey irlandais de vingt ans d'âge. Et, comme toute sa personne, ces yeux-là disaient au monde entier qu'Eve Dallas était flic dans l'âme.

— Le type en costume de père Noël, c'est votre copain ?

— Oh là là ! Tubbs. Oh là là !

L'un était noir, l'autre blanc, mais pour l'heure tous deux étaient verdâtres. Eve ne pouvait décemment pas les en blâmer. À première vue, ils allaient sur la trentaine. Des jeunes cadres dynamiques de la société dont la nouba de fin d'année avait été brutalement interrompue.

— Je vais vous faire accompagner jusqu'au Central pour qu'on y recueille vos dépositions. Je souhaiterais que vous vous soumettiez volontairement à une analyse toxicologique.

Une pause, Eve esquissa un petit sourire qui n'avait rien d'encourageant.

— Sinon, nous serons au regret de vous l'imposer par la force.

— Oh là là, oh merde. Tubbs. Il est mort. Hein, il est mort ?

— C'est on ne peut plus officiel, rétorqua Eve qui se tourna vers sa coéquipière.

L'inspecteur Peabody était accroupie près des corps. Elle se redressa, rejeta en arrière ses cheveux noirs que, ces temps-ci, elle portait ondulés de façon très chic. Elle aussi avait le teint légèrement vert, néanmoins elle ne chancelait pas.

— J'ai l'identité des victimes, annonça-t-elle. Le père Noël est un dénommé Max Lawrence, vingt-huit ans, résidant à Manhattan. Le type qui lui a... euh... servi de terrain d'atterrissage… s'appelle Leo Jacobs, trente-trois ans. Il était du Queens.

— Je vais demander qu'on emmène ceux-là en garde à vue, qu'on leur fasse une prise de sang et qu'on consigne leur témoignage, quand on aura fini ici. Je suppose que vous voulez monter voir les lieux et interroger les autres témoins.

— Je…

— Vous êtes la première arrivée sur place, Peabody, donc l'officier chargé de l'affaire.

— Exact, bredouilla Peabody qui prit une grande inspiration. Vous leur avez parlé ?

— Je vous ai laissé cette tâche. Vous voulez tâter la température sur-le-champ ?

— Eh bien…

Peabody scruta le visage de son lieutenant, y cherchant manifestement la bonne réponse. Eve demeura impassible.

— Ils sont pas mal secoués et c'est le chaos complet par ici, mais… on obtiendra peut-être davantage d'eux tout de suite, avant qu'ils se ressaisissent et réfléchissent à ce qu'ils risquent.

— Lequel choisissez-vous ?

— Hmm… Le Noir.

Eve hocha la tête, revint sur ses pas.

— Vous, dit-elle, pointant le doigt. Votre nom ?

— Steiner. Ron Steiner.

— Faisons quelques pas, monsieur Steiner.

— Je ne me sens pas bien du tout.

— Je m'en doute.

Elle lui intima d'un geste de se lever, le prit par le bras et l'entraîna à l'écart.

— Vous et Tubbs, vous étiez collègues ?

— Oui… Tyro Communications. On était copains.

— Il pesait son poids, n'est-ce pas ?

— Qui, Tubbs ? Ah oui, marmonna Steiner en essuyant la sueur qui laquait son front. Dans les cent vingt-cinq kilos, je crois. C'est pour ça… on s'était dit que lui faire louer un costume de père Noël pour la fête, ce serait un gag.

— Quel genre de joujoux ou de marchandises Tubbs avait-il dans sa besace aujourd'hui, Ron ?

— Oh là là…

Il se couvrit la figure avec les mains.

— Oh, Seigneur…

— Nos propos ne sont pas encore enregistrés, Ron. Ils le seront, mais pour l'instant expliquez-moi simplement ce qui est arrivé. Votre ami est mort, ainsi qu'un pauvre bougre qui a eu la malchance de passer sur le trottoir à ce moment-là.

— Les patrons ont organisé ce lunch. Imaginez-vous qu'ils ne se sont même pas fendus d'une bouteille de cidre ou de bière !

Un violent frisson le parcourut.

— Alors on s'est cotisés et on a loué la suite pour la journée. Dès que les gros bonnets sont partis, on a sorti l'alcool et… et quelques produits chimiques festifs. Si je puis me permettre cette expression.

— Du genre ?

Il déglutit avec difficulté, trouva enfin le courage de soutenir le regard d'Eve.

— Eh bien… un peu d'Exotica, de Push et de Jazz.

— Du Zeus ?

— Ah non, je ne me défonce pas avec ces cochonneries-là. Je me soumettrai au test, vous verrez. Je me suis contenté de tirer quelques taffes de Jazz.

Comme Eve le scrutait en silence, il poursuivit avec conviction :

— Il ne goûtait jamais aux drogues dures. Pas Tubbs, je le jure. Je l'aurais su. Seulement je pense qu'aujourd'hui il en a peut-être pris un peu, mélangé à du Push, à moins que quelqu'un lui en ait refilé. L'imbécile, ajouta-t-il, les larmes ruisselant sur ses joues. Il était chargé à bloc, ça je l'avoue. Mais bon… c'était la fête. On s'amusait. Les gens riaient, dansaient. Et puis tout d'un coup, voilà que Tubbs ouvre la fenêtre.

Ses mains, à présent, semblaient en proie à une incontrôlable agitation. Elles se posaient tour à tour sur son visage, son cou, ses cheveux.

— Oh, Seigneur... J'ai cru que c'était à cause de la fumée. Et puis, soudain, il a grimpé sur le rebord, avec ce grand sourire idiot. Il a crié « Joyeux Noël à tous, et bonne nuit ! » et il a plongé. La tête la première. En une fraction de seconde, il n'était plus là. Personne n'a même eu l'idée d'essayer de l'attraper, de le retenir. Ça s'est passé si vite. Tout le monde s'est mis à hurler, à courir dans tous les sens. Moi, je me suis précipité vers la fenêtre... et j'ai regardé.

Il s'essuya la figure, frémit de nouveau.

— J'ai demandé à ce qu'on alerte le 911, ensuite Ben et moi on est descendus à toute vitesse. Je ne sais pas pourquoi. On était ses amis, et on est descendus.

— Où s'était-il procuré les drogues, Ron ?

Il détourna les yeux, contemplant la rue. En lui, devina Eve, se déroulait l'habituelle petite guerre : cafter ou résister.

— Il avait dû les avoir grâce à Zéro. Plusieurs d'entre nous avaient payé leur part pour qu'on ait des munitions. Mais du léger, je vous assure.

— Où est-ce qu'il opère, ce Zéro ?

— Il dirige un club de rendez-vous, à l'angle de Broadway et de la 29e. Le Zéro's. Il vend ses petits produits en douce. Tubbs... il était inoffensif. C'était juste un gros crétin.

On achevait de déblayer le gros crétin et le pauvre bougre sur lequel il avait atterri, quand Eve rejoignit les lieux de la fête, lesquels avaient l'apparence qu'elle prévoyait : un épouvantable foutoir de vêtements abandonnés, d'alcool renversé, de nourriture gâchée. La fenêtre était toujours ouverte, heureusement, car une odeur infecte de fumée, de vomi et de sexe saturait l'atmosphère.

Les témoins qui n'avaient pas détalé comme des lapins avaient fait leur déposition dans des pièces voisines, après quoi on les avait relâchés.

— Qu'est-ce que vous avez appris de neuf ? demanda Eve à Peabody, tout en traversant le champ de mines d'assiettes et de verres éparpillés sur la moquette.

— À part que Tubbs ne sera pas chez lui pour Noël ? Cet imbécile s'est défoncé et sans doute imaginé que Rudolph, le petit renne au nez rouge, l'attendait avec ses potes et le traîneau. Il a sauté, devant plus d'une dizaine de personnes. Mort pour cause d'extrême stupidité.

Eve ne répliqua pas, continuant à regarder par la fenêtre. Intriguée, Peabody s'arrêta de ramasser les pilules et cachets qu'elle trouvait par terre, et mettait dans les sachets réservés aux pièces à conviction.

— Vous avez appris autre chose ? s'enquit-elle.

— On ne l'a pas poussé, mais on l'a aidé à devenir extrêmement stupide.

Distraitement, Eve massa sa hanche qui, de temps à autre, était douloureuse – souvenir d'une blessure qui n'était pas encore tout à fait guérie.

— Dans son analyse toxicologique, il y aura forcément autre chose que des substances euphorisantes ou destinées à lui donner la pêche sur le plan sexuel.

— Rien dans les divers témoignages n'indique que quiconque avait une dent contre lui. Il était juste un peu bête. Et c'est lui qui a apporté les drogues.

— Exact.

— Vous voulez épingler le dealer ?

— La victime a été tuée par les produits chimiques qu'elle a ingérés. Le type qui les lui a vendus détenait donc l'arme du crime. Que vous ont raconté les témoins à propos des habitudes de notre père Noël en matière de drogue ?

— Il n'en avait pas vraiment. Il en prenait un peu, à l'occasion, dans des fêtes.

Peabody s'interrompit, pensive.

— Il est vrai que, pour augmenter leur chiffre d'affaires, les dealers n'hésitent quelquefois pas à corser leur marchandise… OK, je vais voir si les Stups ont quelque chose sur ce Zéro, ensuite on ira bavarder avec lui.

Eve laissa Peabody mener les opérations et se renseigna sur la famille proche des victimes. Tubbs n'avait ni conjoint ni compagne, cependant il avait une mère à

Brooklyn. Jacobs, lui, avait une femme et un enfant. Puisqu'on ne creuserait vraisemblablement pas la vie familiale des victimes, elle contacta un psychologue de la police new-yorkaise. Informer les proches était toujours pénible, mais les fêtes de Noël rendaient cette mission infiniment plus ardue.

De retour dans la rue, elle s'immobilisa, observant les barrages établis par les policiers pour contenir la foule des badauds, les horribles taches laissées sur le trottoir. Une histoire lamentable et grotesque...

Deux hommes qui, ce matin, étaient bien vivants roulaient en cet instant même vers la morgue, dans les housses en plastique servant à transporter les cadavres.

— Hé, madame! Hé, madame! *Madame*!

Au troisième appel, Eve finit par tourner la tête et repéra le gamin qui se faufilait entre les flics. Il trimballait une valise cabossée presque aussi grande que lui.

— C'est à moi que tu parles? J'ai l'air d'une «madame»?

— J'ai de la supermarchandise.

Devant une Eve ébahie, il actionna la serrure de son fardeau. Aussitôt, une sorte de trépied sortit du fond de la valise, laquelle se déplia pour former une table chargée de moufles et d'écharpes.

— Excellente qualité, claironna le garçon. Cent pour cent cachemire.

Il avait la peau de la couleur d'un délicieux café noir et des yeux d'un vert incroyable. Sur son dos, maintenu par une lanière, il portait un aéroboard peint dans des tons criards – rouge, jaune et orange – censés imiter des flammes.

Sans cesser de sourire à Eve, il lui agitait sous le nez, de ses doigts agiles, diverses écharpes.

— Celle-là serait jolie pour vous, madame.

— Mais enfin, petit, je suis flic, bougonna Eve.

— Et alors? Les flics connaissent la bonne qualité.

Elle chassa d'un geste un policier en uniforme qui se précipitait vers eux pour la débarrasser du jeune importun.

— J'ai deux morts sur les bras, je te signale.

— Ils sont partis, maintenant.

— Tu as vu celui qui est tombé ?

— Non, répondit-il, secouant la tête d'un air manifestement dégoûté. J'ai loupé ça, mais je l'ai entendu. Ça attire du monde, quand quelqu'un saute par la fenêtre, alors je me suis dépêché de rappliquer. Les affaires marchent pas mal. Tenez… qu'est-ce que vous dites de cette écharpe rouge ? Elle irait bien avec ce manteau de vacharde.

Franchement, elle appréciait son culot, mais se força à lui opposer une expression indéchiffrable.

— J'ai un manteau de vacharde parce que j'en suis une. Et, entre nous, si ce que tu vends est en cachemire, je suis prête à manger toute ta marchandise.

— C'est écrit sur l'étiquette : cachemire. Que demande le peuple ? ajouta-t-il avec un sourire triomphant. En tout cas, ce rouge vous flatte. Allez, décidez-vous, je vous la ferai à un prix intéressant.

Elle secouait la tête, quand son œil fut attiré par une écharpe à carreaux noirs et verts. Elle connaissait quelqu'un à qui ce motif plairait. Probablement… Elle la prit et fut heureusement surprise, car l'étoffe était beaucoup plus douce qu'elle ne s'y attendait.

— Combien ?

— Soixante-quinze. Une bagatelle.

Elle lâcha l'écharpe, darda sur le jeune vendeur un regard acéré.

— Des bagatelles, j'en ai à la pelle.

— Soixante-cinq.

— Cinquante, pas un sou de plus. Maintenant, dépêche-toi de retourner derrière les barrières.

— Prenez-moi aussi la rouge, madame. Moitié prix, une sacrée bonne affaire.

— Non, et si jamais je découvre que tu as vidé quelques poches au passage, je te retrouverai. Allez, ouste !

Il se contenta de sourire, remballa son matériel.

— Pas de lézard ! Joyeux Noël et tout le reste !

— Pour toi aussi.

Eve pivota, aperçut Peabody qui arrivait et se hâta de fourrer l'écharpe dans son manteau.

— Vous avez acheté quelque chose ! Vous avez fait du shopping !

— Il n'est absolument pas question de shopping. J'ai déboursé de l'argent pour ce qui est vraisemblablement de la marchandise volée, ou écoulée au marché noir. Je me suis procuré une éventuelle preuve.

— Mon œil.

Peabody saisit l'extrémité de l'écharpe à carreaux, la caressa.

— Jolie... Combien vous l'avez payée ? Il m'en faudrait peut-être une, je n'ai pas encore tous mes cadeaux de Noël. Il est où, le vendeur ?

— Peabody... grogna Eve.

— Bon, d'accord. Les Stups ont un dossier sur Martin Gant, alias Zéro. Je me suis chamaillée avec un certain inspecteur Piers, mais nos deux morts ont la priorité sur son enquête en cours. On va lui rendre visite, à ce M. Zéro.

Tandis qu'elles se dirigeaient vers leur véhicule, Peabody regarda en arrière avec regret.

— Dites... il avait des écharpes rouges ?

Le club, comme les autres dans ce secteur, fonctionnait vingt-quatre heures sur vingt-quatre, sept jours sur sept. Le Zéro's était un cran au-dessus du vulgaire tripot, avec son bar circulaire et tournant, ses box privés, son décor tout en noir et argent pour plaire à la clientèle des jeunes employés. Pour l'heure, on diffusait une insipide musique enregistrée. Sur les écrans muraux s'affichait un visage masculin des plus ordinaires, heureusement à moitié caché par une tignasse violette. L'air maussade, la vedette chantait la futilité de l'existence.

Eve aurait pu lui expliquer que pour Tubbs Lawrence et Leo Jacobs, l'alternative semblait infiniment plus futile.

Un mastodonte faisait office de videur, accoutré d'une tunique noire – preuve que le noir n'était pas forcément amincissant. À la seconde où elles franchirent le seuil, il devina qu'elles étaient flics. Eve vit rouler les muscles de ses épaules, et s'allumer dans son regard une fugace étincelle.

Elle s'étonna, quand il s'approcha, que le sol ne vibre pas sous ses pieds gigantesques.

Il braqua sur elles ses yeux noisette, retroussa les babines.

— Vous avez un problème ?

Peabody tarda un peu à répondre, habituée à ce qu'Eve mène la danse.

— Ça dépend, dit-elle enfin. Nous souhaiterions parler à votre patron.

— Zéro est occupé.

— Ah… eh bien, nous attendrons. Nous pourrions en profiter pour examiner vos licences.

À son tour, Peabody eut un sourire qui découvrit des dents blanches prêtes à mordre.

— J'aime travailler à fond. On va papoter avec vos clients, enchaîna-t-elle en lui montrant son insigne. Ça vous donnera le temps de prévenir votre boss que l'inspecteur Peabody et le lieutenant Dallas sont là.

D'un pas chaloupé, Peabody se dirigea vers une table où un homme en costume et une femme – qui n'était certainement pas son épouse, vu le décolleté plongeant de son débardeur à paillettes – étaient serrés l'un contre l'autre.

— Bonjour, monsieur ! lança-t-elle d'un ton enthousiaste. Qu'est-ce qui vous amène dans cet établissement raffiné en plein après-midi ?

Blanc comme un linge, il se leva d'un bond, marmonna qu'il avait un rendez-vous urgent. Tandis qu'il s'enfuyait, la femme se redressa. Comme elle faisait quinze centimètres de plus que Peabody, elle lui colla littéralement ses seins sous le nez.

— Je travaille, moi !

Toujours souriante, Peabody sortit son carnet.

— Votre nom, s'il vous plaît ?

— Va te faire voir !

— Justement, je voudrais voir votre licence.

— Bull ! se plaignit-elle au videur. Cette fliquette a fichu la trouille à mon client.

— Désolée, rétorqua Peabody. Montrez-moi votre licence de prostituée. Si tout est en ordre, vous serez libre de repartir en chasse.

Peabody était à présent prise en sandwich entre le videur et l'entraîneuse furibonde. À tout hasard, Eve se balança sur ses talons, prête à s'élancer.

— Vous n'avez pas le droit de débarquer ici et de virer la clientèle.

— Je m'efforce de pas perdre mon temps avant de pouvoir discuter avec M. Gant. J'ai l'impression, lieutenant, que M. Bull n'apprécie pas les officiers de police.

— Les femmes, je m'en sers pour autre chose, rétorqua-t-il, dédaigneux.

Eve oscilla de nouveau sur ses talons.

— Vous voulez essayer avec moi, Bull ? suggéra-t-elle d'une voix plus glaciale que le vent de décembre.

Soudain, du coin de l'œil, elle capta un mouvement, un éclair coloré sur l'étroit escalier en colimaçon menant à l'étage.

— Ah… apparemment, votre patron s'est libéré.

Le dénommé Zéro portait bien son nom. Il ne faisait guère plus d'un mètre cinquante pour cinquante kilos. À l'instar de nombreux individus de petite taille, il compensait en se pavanant et en affichant une élégance tapageuse – en l'occurrence un costume bleu vif sur une chemise rose fleurie. Ses cheveux courts et raides évoquèrent à Eve des gravures de Jules César. Ils étaient d'un noir d'encre.

Une canine en argent étincela lorsqu'il sourit.

— Puis-je faire quelque chose pour vous ?

— Monsieur Gant ?

Il salua Peabody d'un hochement de tête, écarta les mains.

— Appelez-moi simplement Zéro.

— Je crains qu'il n'y ait une plainte contre vous. Nous allons devoir vous emmener pour vous poser quelques questions.

— Une plainte ? C'est-à-dire ?

— Vente de substances illégales, répondit Peabody, désignant l'un des box privés. Du genre de celles qui sont actuellement ingérées par certains de vos clients.

Cette fois, il leva les mains.

— Ah, les box privés... Il est difficile de surveiller tout le monde. Mais comptez sur moi pour me débarrasser de ces gens. Je dirige un établissement de premier ordre.

— Nous en discuterons plus tard.

— Vous m'arrêtez ?

— Vous y tenez ?

Dans le regard de Zéro, la bonne humeur céda la place à un éclat dur et beaucoup moins plaisant.

— Bull, contacte Fienes, dis-lui de me rejoindre...

— Au Central, acheva Peabody. Qu'il demande l'inspecteur Peabody.

Zéro prit son manteau, long et blanc, indubitablement cent pour cent cachemire. Lorsqu'ils furent dehors, Eve baissa les yeux sur lui.

— Zéro, votre videur est un imbécile.

Il haussa les épaules.

— Ma foi, il a son utilité.

Au Central, Eve suivit un chemin extraordinairement compliqué – on aurait cru qu'elle élaborait le plan d'un labyrinthe.

— Les congés, dit-elle d'un ton morne, tandis qu'ils quittaient un escalier mécanique pour se caser sur un tapis roulant encombré. Les gens courent partout pour bâcler le boulot et, ensuite, se rouler les pouces. On a eu du pot de pouvoir réserver une salle d'interrogatoire.

— Pour rien.

— Allons, Zéro, vous savez comment ça se passe. Il y a une plainte contre vous, alors vous n'y coupez pas.

Il la dévisagea, les yeux étrécis.

— Je connais la plupart des flics des Stups. Vous, je ne vous connais pas, mais il y a quelque chose qui...

— Il y a des mutations dans les services, rétorqua-t-elle, évasive.

Eve les conduisit dans la plus petite des salles d'interrogatoire. Elle désigna à Zéro l'une des deux chaises qui flanquaient la minuscule table.

— Asseyez-vous. Vous voulez un café ?

— Juste mon avocat, merci.

— Je vais m'en occuper. Inspecteur ? Vous m'accordez une minute ?

Eve sortit dans le couloir, referma la porte derrière sa coéquipière.

— J'étais sur le point de semer des miettes de pain pour ne pas me perdre, commenta Peabody. Pourquoi est-ce qu'on a tourné en rond comme ça ?

— Inutile de l'informer que nous sommes de la Criminelle avant qu'il le demande. Il pense qu'il s'agit d'une banale enquête des Stups. Il connaît les ficelles, il sait comment les manipuler. Il ne s'inquiète pas. Il se dit que, même si on a une plainte qui tient la route, il nous roulera dans la farine, paiera l'amende et retournera tranquillement à son business.

— Il ne manque pas d'air, ce salaud, marmonna Peabody.

— Ouais... On ne l'aura pas pour meurtre. Mais il nous faut établir ses liens avec Tubbs et le convaincre qu'un de ses clients cherche à l'entuber. Tubbs a blessé quelqu'un, et maintenant il essaie de coller ça sur le dos de Zéro. Il cherche à conclure un marché avec nous pour s'en sortir.

— Je pige, il s'agit de mettre Zéro en pétard. Sous-entendu : pour nous, Tubbs ou toi, c'est pareil. OK.

Peabody s'essuya les paumes sur ses cuisses.

— Je vais lui lire ses droits et l'asticoter un peu.

— Je me charge de son avocat. Je vous parie qu'il est allé à la brigade des Stups au lieu de venir à la Criminelle, ricana Eve en s'éloignant.

Devant la porte de la salle d'interrogatoire, Peabody redressa les épaules, inspira à fond, se pinça les joues et se donna même quelques petites claques. Lorsqu'elle entra, elle avait les yeux baissés et les pommettes roses.

— Je vais brancher l'enregistreur, monsieur Gant, et vous lire vos droits. Mon... le lieutenant vérifie si votre avocat est arrivé.

Il eut un sourire suffisant, tandis qu'elle débitait le code Miranda.

— Hmm... vous avez bien compris vos droits et obligations, monsieur Gant?

— Absolument. Elle vous fait passer de sales moments, hein?

— Ce n'est pas ma faute si cette histoire nous est tombée dessus aujourd'hui, alors qu'elle voulait rentrer chez elle de bonne heure. De toute façon, d'après nos informations, des substances illégales ont été achetées et vendues dans les locaux appartenant à... Flûte, je suis censée attendre l'avocat. Désolée.

— Pas de problème.

Il se renversa contre le dossier de son siège, l'air important, l'encouragea à poursuivre d'un geste.

— Pourquoi vous ne crachez pas le morceau, ça nous éviterait à tous de perdre du temps?

— Bon... d'accord. Un individu a porté plainte, il a déclaré qu'il vous avait acheté des drogues.

— Quoi? Il se plaint que la facture est trop salée? Si je vendais de la came, ce qui n'est pas le cas, pour quelle raison il s'adresse aux flics? Vous pratiquez de meilleurs prix?

Peabody esquissa un sourire faussement crispé.

— En réalité, cet individu a blessé un autre individu alors qu'il était sous l'influence des substances prétendument obtenues par votre intermédiaire.

Zéro leva les yeux au plafond d'un air à la fois impatient et écœuré.

— Donc il se défonce, il se conduit comme un imbécile, et ensuite il cherche à accuser le type qui lui a vendu la came. Mais dans quel monde on vit!

— Effectivement, vous avez à peu près résumé la situation.

— D'une part, je le répète, je ne vends pas des trucs pareils. Mais en plus, vous comprenez, on ne peut quand même pas accuser le vendeur !

— M. Lawrence affirme...

— Comment je connaîtrais un dénommé Lawrence ? Vous savez combien de gens je vois chaque jour ?

— Eh bien, on l'appelle Tubbs, mais...

— Tubbs ? *Tubbs* m'a balancé aux Stups ? Ce gros porc ?

Eve rebroussa chemin, sûre d'avoir suffisamment embrouillé les choses pour que l'avocat la pourchasse pendant une bonne vingtaine de minutes. Plutôt que de rejoindre Peabody, elle se glissa dans la salle d'observation, conçue pour suivre les interrogatoires. Sitôt entrée, elle vit Zéro bondir de sa chaise en jurant.

Elle sourit.

Peabody semblait alarmée et embarrassée. La réaction qu'il fallait, digne d'une excellente comédienne.

— Je vous en prie, monsieur Gant...

— Je veux parler à ce salopard. Je veux l'avoir devant moi et qu'il me regarde droit dans les yeux.

— Ce n'est vraiment pas possible pour l'instant, mais...

— Ce tas de crotte a des ennuis ?

— Eh bien... euh... oui, en quelque sorte.

— Tant mieux. Et surtout dites-lui de ma part qu'il a intérêt à ne pas se repointer chez moi.

Zéro agita un index orné de trois anneaux qui cliquetèrent furieusement.

— Que je ne les voie plus jamais chez moi, lui et ces abrutis en costard qu'il dirige. Vous allez le coincer pour détention de drogue, j'espère ?

— En fait, au moment de l'incident, il n'avait pas de substances illégales sur sa personne. Nous faisons une analyse toxicologique, par conséquent il sera condamné pour usage de drogue.

— Il cherche à déconner avec moi ? Je vais lui rendre la monnaie de sa pièce. Non mais !

Sûr que son univers tournait rond, Zéro croisa les bras sur sa maigre poitrine.

— Admettons que je lui ai refilé un peu de carburant, pour son usage personnel, pas pour le revendre. Nous parlons bien de l'amende habituelle – travaux d'intérêt général ?

— Oui, monsieur, c'est la norme.

— Pourquoi vous n'appelez pas Piers ? J'ai déjà eu affaire à Piers.

— Oh, je crois que l'inspecteur Piers est en congé.

— Vous lui passerez le dossier. Il réglera les détails.

— Absolument.

— Bon… L'autre abruti débarque donc chez moi. Il me demande de la came. Ce gros lard est d'une avarice, vous n'imaginez pas. Presque toujours du Push – ça ne vaut pas le temps que j'y passe. Mais je lui fais une fleur, parce que lui et ses copains sont des clients réguliers. Le client est roi. Il veut un petit colis de fête, alors je me décarcasse pour le lui procurer – à prix coûtant ! Pas un sou de bénéfice. Ça diminue l'amende, répète-t-il à Peabody.

— Oui, monsieur.

— Je lui ai même donné une petite réserve à part, préparée rien que pour lui.

— Préparée ?

— Un cadeau de Noël. Je ne la lui ai pas fait payer. D'ailleurs, je devrais être en mesure de traîner ce rapiat en justice pour le temps que j'ai perdu et pour le préjudice émotionnel que je subis. Tiens, je vais en parler à mon avocat.

— Parlez-en à votre avocat, monsieur Gant, toutefois il vous sera difficile de faire un procès à M. Lawrence. J'ai le regret de vous annoncer qu'il est décédé.

— Hein ? Comment ça ?

— Apparemment, la came préparée spécialement pour lui ne lui a pas réussi.

La Peabody anxieuse et hésitante avait disparu. À sa place se dressait un flic aussi solide et froid qu'un bloc de pierre.

— Il est mort, et il a emporté avec lui dans la tombe un malheureux passant.

— Mais… qu'est-ce que c'est que…

— Oh, pardon, j'ai oublié de préciser que j'appartiens à la brigade criminelle et non aux Stups. Je vous arrête, Martin Gant, pour le meurtre de Max Lawrence et Leo Jacobs. Pour trafic de substances illégales dans un établissement accueillant du public, dont vous êtes le propriétaire et le manager.

Elle pivota vers Eve qui ouvrait la porte.

— Vous avez fini ? lança Eve avec entrain. J'ai là deux officiers qui vont escorter notre invité jusqu'à sa cellule. À propos, votre avocat semble s'être égaré dans les couloirs du Central. Nous veillerons à ce qu'il vous retrouve.

— J'aurai votre tête !

Eve le prit par un bras, Peabody par l'autre, pour le mettre debout.

— Dans une autre vie, mon cher, rétorqua Eve en le poussant vers les policiers en uniforme qui l'emmenèrent. Excellent boulot, inspecteur.

— J'ai eu de la chance. Un vrai coup de veine. Entre nous, je crois qu'il graisse quelques pattes chez nos collègues des Stups.

— Oui, on aura une petite conversation avec Piers. Maintenant, il faut rédiger le rapport.

— Il ne sera pas condamné pour meurtre, malheureusement.

— Il se reposera quand même un petit moment en taule et on fera des confettis avec sa licence. En plus, les amendes lui coûteront un gros paquet d'argent. Car il sera obligé de payer. C'est le maximum qu'on puisse obtenir.

— Le maximum que Tubbs et Jacobs obtiendront, corrigea Peabody.

Elles pénétraient dans la salle des inspecteurs lorsque l'officier Troy Trueheart vint à leur rencontre. Grand et athlétique, il avait pourtant la fraîcheur d'une pêche – ses joues étaient d'ailleurs aussi duveteuses que ce fruit délicieux.

— Lieutenant, il y a une femme qui souhaite vous parler.

— À quel sujet ?

— Elle a dit que c'était personnel.

Il jeta un regard circulaire, fronça les sourcils.

— Ça alors, je ne la vois plus. Je ne pense pas qu'elle soit partie, je lui ai apporté du café il y a quelques minutes.

— Son nom ?

— Mme Lombard.

— Si vous lui remettez la main dessus, prévenez-moi.

— Dallas ? intervint Peabody. Si ça ne vous dérange pas, je me charge du rapport. J'ai envie d'assumer cette affaire jusqu'au bout.

— Je vous rappellerai ces paroles quand ça passera devant les tribunaux.

Sur quoi, Eve se dirigea vers son bureau, un cagibi qui sentait vite le renfermé, où il y avait tout juste assez de place pour une table, son fauteuil, un siège pour les visiteurs et une vitre qui se donnait des airs de fenêtre.

Dans cet espace restreint, elle repéra bien sûr immédiatement la femme assise, qui sirotait du café dans un gobelet en plastique recyclable.

L'inconnue avait des yeux vert mousse, des cheveux blond vénitien, une coiffure qui évoquait un bonnet de bouclettes. Son teint était d'un blanc de porcelaine, hormis le rose de ses pommettes et de ses lèvres.

Cinquante-cinq ans environ, estima Eve. Solidement charpentée, vêtue d'une robe verte agrémentée d'un col et de manchettes noirs. Des chaussures noires à talons et un énorme sac assorti, soigneusement posé sur le sol, à ses pieds.

Elle poussa un cri quand Eve apparut, faillit renverser son gobelet dont elle se débarrassa vivement.

— *Enfin !*

Elle se leva, rouge à présent, le regard étincelant. Elle avait une voix nasillarde qui mit Eve affreusement mal à l'aise, les nerfs tendus à se rompre.

— Madame Lombard ? Vous n'êtes pas autorisée à pénétrer dans les bureaux.

— Je voulais juste voir où tu travaillais. Oh, mon chou, comme tu es belle.

Elle s'avança et aurait embrassé Eve si celle-ci n'avait pas eu des réflexes aussi vifs.

— Doucement… Qui êtes-vous ? Qu'est-ce que vous voulez ?

Les grands yeux vert mousse s'arrondirent, des larmes les voilèrent.

— Mais enfin, mon chou, tu ne me reconnais pas ? Je suis ta maman !

2

Une coulée de glace se déroulait dans son ventre, remontait jusqu'à sa gorge. Elle ne pouvait plus respirer. La femme la serrait à présent dans ses bras, elle était impuissante à se dégager de cette étreinte étouffante, à chasser cet écœurant parfum de rose. Et cette voix larmoyante – ce nasillement texan... chaque syllabe se répercutait dans sa tête comme un coup de poing.

Elle entendait cependant le communicateur sur la table, les bavardages provenant de la salle des inspecteurs. Elle n'avait pas fermé la porte. Mon Dieu, le bureau était ouvert, tout le monde pouvait...

Puis tout ne fut plus que fracas, un infernal bourdonnement, un essaim de frelons sous son crâne, dans sa poitrine et son sang, qui lui donnait la fièvre et brouillait sa vision.

Non, c'est pas toi. Non, c'est pas toi. Non.

Était-ce sa voix à elle ? Une voix d'enfant, si frêle. Les mots sortaient-ils de sa bouche ou vrombissaient-ils au tréfonds de son âme comme de cruels insectes ?

Dieu sait comment, elle réussit à lever les mains et repousser les bras dodus qui l'agrippaient.

— Lâchez-moi.

Elle recula, faillit s'enfuir en courant.

— Je ne vous connais pas.

Elle regarda le visage, mais elle n'en distinguait plus les traits – ce n'était plus qu'une tache floue, vaguement colorée.

— Non, je ne sais pas qui vous êtes, répéta-t-elle.

— Eve chérie, c'est moi, Trudy ! Oh, voilà que je pleure comme une Madeleine.

La femme renifla, extirpa d'une poche un grand mouchoir rose avec lequel elle se tamponna les paupières.

— Quelle vieille sotte je suis. Je me figurais que tu me reconnaîtrais à la seconde où tu me verrais, comme moi je t'ai reconnue. Mais, bien sûr, ça fait plus de vingt ans, ajouta-t-elle avec un sourire hésitant. Je suppose que j'ai un peu vieilli.

— Je ne sais pas qui vous êtes, répéta Eve. Vous n'êtes pas ma mère.

Trudy battit des cils. Il y avait quelque chose dans ces yeux verts, mais Eve ne parvenait pas à y voir clair.

— Mon chou, tu ne te souviens vraiment pas ? Toi et moi, et Bobby, dans notre jolie petite maison de Summervale ? Au nord de Lufkin ?

Eve perçut, dans un repli obscur de son esprit, un signal lointain. Mais la perspective de fouiller sa mémoire lui donnait la nausée.

— Je…

— Tu étais tellement sage, pas plus haute que trois pommes. Évidemment, tu avais vécu des moments épouvantables, n'est-ce pas ? Mon pauvre petit agneau. J'ai dit que je pouvais être une bonne mère pour ce petit agneau perdu et je t'ai prise avec moi.

— La famille d'accueil, bredouilla Eve, comme si ces mots lui écorchaient les lèvres. Après que…

— Ça y est, tu te rappelles ! s'exclama Trudy, pressant ses mains sur ses joues. Pendant toutes ces années, je le jure, chaque jour j'ai pensé à toi, je me suis demandé comment tu t'en sortais. Et regarde-toi… Tu es un officier de policier, tu vis à New York et tu es mariée. Tu n'as pas encore d'enfants, je crois ?

Eve avait des crampes à l'estomac, la peur lui cisaillait la gorge.

— Qu'est-ce que vous voulez ?

— Mais… rattraper le temps perdu sans ma fille, répondit Trudy d'une voix chantante. Bobby est là. Il est marié maintenant, et Zana est une splendeur. On est venus du

Texas visiter New York et retrouver notre petit chou. Ce sera une vraie réunion de famille. Bobby nous emmènera tous dîner.

Elle se rassit dans le fauteuil, lissa sa jupe tout en scrutant le visage décomposé d'Eve.

— Ce que tu as grandi ! Et tu es toujours aussi maigrichonne, mais ça te va bien. Dieu sait que, moi, je suis constamment au régime. Bobby a le physique de son père – c'est la seule chose que ce bon à rien lui ait léguée, d'ailleurs. J'ai hâte qu'il te voie !

Eve chancelait.

— Comment m'avez-vous… trouvée ?

— Oh, ç'a été le bordel, si tu me permets ce langage… familier. J'étais là, je m'occupais dans la cuisine. Tu t'en souviens, j'aime que ma cuisine soit impeccable. Enfin bref, j'avais allumé la télé pour me tenir compagnie. Il était question de ces médecins assassinés et de cette histoire de clones. Un péché contre le Seigneur et contre l'humanité, à mon humble avis. J'allais changer de chaîne, seulement c'était quand même drôlement intéressant. Et puis… ma mâchoire a failli se décrocher. Tu étais là, sur l'écran, en train de parler ! Et il y avait ton nom. Lieutenant Eve Dallas, police de New York. Ils disaient que tu étais une héroïne. Et que tu avais été blessée. Mon pauvre petit agneau. Mais, à présent, tu as l'air rétablie. Oui, tu sembles en pleine forme.

Il y avait une femme installée dans le fauteuil des visiteurs. Rousse, les yeux verts, un sourire affectueux aux lèvres. Eve, elle, voyait un monstre pourvu de crocs et de griffes redoutables, qui n'avait pas besoin d'attendre la nuit pour répandre la terreur.

— Allez-vous-en. Tout de suite.

— Tu dois être complètement débordée, et moi je bavarde. Dis-moi juste où tu as envie de dîner, et je te laisse. Bobby nous réservera une table.

— Non, non. Je me souviens de vous.

Un peu, vaguement. Il valait mieux ne pas dissiper le brouillard. Et même, pour son salut, il le fallait.

— Tout cela m'est indifférent. Je ne veux pas renouer avec vous.

— En voilà une manière de parler, rétorqua Trudy – le ton était blessé, mais le regard dur. Tu as une attitude pour le moins bizarre. Je t'ai prise chez moi, dans ma maison. J'ai été une mère pour toi.

— Non, pas du tout.

Des pièces sombres, si sombres. De l'eau glacée. *J'aime que ma cuisine soit impeccable.*

Non, ne réfléchis pas. Ne réveille pas les souvenirs.

— Partez, allez-vous-en. Et sans protester. Je ne suis plus une enfant désarmée. Alors, fichez le camp d'ici.

— Mais enfin, Eve, mon chou…

— Sortez, immédiatement.

Les mains d'Eve tremblaient si violemment qu'elle les cacha dans ses poches.

— Dépêchez-vous, sinon je vous boucle dans une cellule, vous avez ma parole. À votre tour d'être enfermée.

Trudy saisit son sac et un manteau noir drapé sur le dossier du fauteuil.

— Tu devrais avoir honte.

Quand elle quitta la pièce, les yeux de Trudy étaient brillants de larmes. Et durs comme de l'acier.

Eve voulut fermer la porte, la verrouiller. Mais le parfum de rose imprégnait à tel point l'atmosphère que, soudain, elle eut un haut-le-cœur. Elle s'appuya au bureau, le temps que sa nausée s'apaise.

— Lieutenant, la femme qui était… Lieutenant, vous vous sentez mal ?

Trueheart. Elle secoua la tête et, au prix d'un effort surhumain, se redressa. Il lui fallait se maîtriser, impérativement, jusqu'à ce qu'elle soit loin d'ici.

— Avertissez l'inspecteur Peabody que je suis obligée de m'absenter.

— Lieutenant, s'il y a quelque chose que je peux…

— Oui, faites ce que je vous ai dit.

Incapable de supporter l'expression inquiète du jeune policier, elle abandonna son bureau, les messages qu'elle n'avait pas consultés, la paperasse et traversa comme une flèche la salle des inspecteurs, sourde aux saluts qu'on lui lançait.

Elle avait besoin d'air. La sueur dégoulinait le long de sa colonne vertébrale, quand elle sauta sur le premier escalier mécanique qui descendait. Il lui semblait que ses os vibraient, que ses rotules clapotaient, pourtant elle continuait à marcher. Elle ne ralentit même pas en entendant Peabody l'interpeller :

— Attendez ! Hé ! Mais qu'est-ce qu'il y a ? Qu'est-ce qui s'est passé ?

— Je suis obligée de partir. Vous devrez vous charger de Zéro, de l'avocat. Les proches des victimes risquent de téléphoner pour avoir plus d'informations. Vous leur répondrez. Moi, je m'en vais.

— Une minute… Il est arrivé quelque chose à Connors ?

— Non.

— Arrêtez-vous, bon sang ! Attendez-moi !

Au lieu de quoi, prise d'un nouveau haut-le-cœur, Eve piqua un sprint jusqu'aux toilettes les plus proches. Elle s'abandonna – quel choix avait-elle ? – se vidant de sa panique dans un amer flot de bile.

Elle tremblait de tous ses membres, livide et en nage. Cependant, pas une larme ne brillait dans ses yeux. Ce serait pour elle le comble de l'humiliation.

— Tenez, murmura Peabody en lui tendant des mouchoirs en papier humides. Je n'ai que ça. Je vous donne un verre d'eau.

Eve appuya sa tête contre le mur.

— Non… je ne peux rien avaler. Mais… ça va.

— À d'autres. Morris a des pensionnaires, à la morgue, qui ont meilleure mine que vous.

— Quand je serai dehors, ça ira mieux.

— Expliquez-moi ce qui s'est passé.

— Il faut que j'y aille. Je prends quelques heures. Vous êtes parfaitement capable d'assumer cette affaire.

Pas moi, pensa Eve. *Absolument pas*.

— S'il y a des problèmes… mettez-les sous le coude jusqu'à demain.

— Cette affaire, on s'en fiche. Écoutez, je vous ramène. Vous n'êtes pas en état de…

— Peabody, si vous êtes mon amie, ne vous mêlez pas de ça. Faites votre travail, dit Eve en s'éloignant d'une démarche vacillante, et laissez-moi tranquille…

Peabody céda, néanmoins, tout en regagnant les locaux de la Criminelle, elle saisit son communicateur de poche. Si elle était contrainte de rester sur la touche, elle connaissait quelqu'un qui ne s'y résignerait pas.

Quelqu'un qui ne laisserait pas le lieutenant Dallas se noyer sans intervenir.

D'abord, Eve envisagea de mettre son véhicule en pilotage automatique. Mais il valait mieux pour elle se concentrer sur la circulation, les obstacles, la mauvaise humeur des conducteurs new-yorkais que sur son propre désespoir.

Rentrer à la maison, c'était son unique objectif. Une fois à la maison, elle irait bien.

Certes, elle avait l'estomac ravagé et une atroce migraine, mais elle avait déjà été malade et malheureuse. Les huit premières années de son existence n'avaient été qu'une interminable traversée des enfers, et on ne pouvait guère comparer les suivantes à un agréable pique-nique au bord de la mer.

Pourtant elle s'en était tirée, elle avait survécu.

Elle s'en sortirait encore.

Le passé ne l'engloutirait pas. Elle ne redeviendrait pas une *victime* parce qu'une voix échappée de son passé la replongeait dans la terreur.

Ces résolutions n'empêchaient hélas pas ses mains de trembler sur le volant. Elle avait pourtant baissé toutes les vitres pour respirer l'air glacé, les odeurs de la ville.

Le graillon des hot-dogs au soja, les âcres gaz d'échappement des maxibus, le recycleur d'ordures qu'on n'avait sans doute pas réparé depuis des lustres. Elle pouvait supporter cette puanteur, mêlée aux divers fumets émanant des masses humaines agglutinées dans les rues et sur les trottoirs roulants.

Elle pouvait supporter le vacarme des moteurs et des klaxons qui transgressaient allègrement les lois contre la pollution sonore ; le tumulte de mots, d'exclamations et de rires qui emplissait le ciel et la terre. Des milliers d'autochtones et de touristes circulaient en tous sens, chargés de paquets et de sacs.

Noël approchait. Il fallait se hâter.

Elle avait acheté une écharpe à un gamin malin comme un renard, qui lui avait plu. Une écharpe à carreaux verts et noirs, pour le mari du Dr Mira.

Qu'est-ce que Mira aurait dit de sa réaction face à ce pénible flash-back ?

La psychiatre et célèbre profileuse de la police aurait été très inspirée, elle lui aurait servi tout un discours, avec sa perspicacité et sa sensibilité coutumières.

Eve s'en fichait comme de sa première paire de chaussettes.

Elle ne voulait qu'une chose : rentrer chez elle.

Lorsque les grilles du domaine s'ouvrirent devant sa voiture, sa vue se brouilla de fatigue et de soulagement. Les immenses pelouses s'étendaient devant elle, une oasis de paix et de beauté au milieu de la mégapole chaotique où elle avait planté ses racines.

Connors avait imaginé et créé pour lui ce paradis qui était ensuite devenu pour Eve le sanctuaire qui, elle s'en rendait compte aujourd'hui, lui était devenu indispensable.

L'ensemble avait des allures d'élégante forteresse, mais c'était tout simplement – malgré son immensité et son impressionnante splendeur – la maison. Derrière ces murs, cette pierre et ce verre, se nichait la vie que Connors et Eve avaient construite ensemble. Leurs jours et leurs nuits, leurs souvenirs communs imprégnaient les nombreuses et vastes pièces du manoir.

Connors lui avait offert un foyer, jamais elle ne devait l'oublier. Et nul ne pourrait l'en dépouiller, la ramener à l'époque où elle n'avait rien, où elle n'était rien.

Nul ne possédait ce pouvoir, hormis Eve elle-même.

Mais elle avait froid, tellement froid, et la migraine lui lacérait le cerveau comme les doigts crochus d'un démon.

Elle s'extirpa de son véhicule, grimaça car sa hanche à présent lui faisait un mal de chien. Elle eut toutes les peines du monde à mettre un pied devant l'autre pour monter les marches du perron.

Elle remarqua à peine Summerset, le majordome de Connors, dans le hall. Elle n'avait pas l'énergie de se lancer dans leur habituelle joute verbale ; elle espérait seulement ne pas s'effondrer dans l'escalier.

— Ne me dites pas un mot, marmonna-t-elle sans le regarder.

Elle s'agrippa à la rampe sur laquelle sa paume moite glissait et se hissa sur la première, la deuxième marche, et ainsi de suite.

Cet effort ne tarda pas à lui couper le souffle. Il lui semblait que sa cage thoracique était comprimée dans un étau.

Parvenue enfin dans la chambre, elle se débarrassa de son manteau qui tomba sur le sol, et acheva de se dévêtir tout en se dirigeant vers la salle de bain.

— Douche multijets, commanda-t-elle. À fond, bouillante.

Nue, elle entra dans la cabine. Alors, exténuée, elle se pelotonna sur le carrelage et laissa l'eau la transpercer comme une myriade d'aiguilles brûlantes. Peut-être ainsi, la glace que charriaient ses veines finirait-elle par se dissoudre…

Ce fut là qu'il la trouva, recroquevillée par terre, perdue dans un nuage de vapeur.

La voir dans cet état lui fendit le cœur.

— Fermeture des robinets, ordonna-t-il.

Il saisit un drap de bain, s'accroupit pour en envelopper Eve. Elle le tapa, se débattit, par réflexe.

— Non, non ! Laisse-moi tranquille.

— Jamais de la vie. Arrête ! dit-il d'une voix ferme, teintée, comme chaque fois qu'il était bouleversé, d'un fort accent irlandais. Continue une minute de plus, et tu seras cuite comme une langouste au court-bouillon.

Il la souleva dans ses bras, la serra contre lui pour l'empêcher de se trémousser.

— Détends-toi… je te tiens, tu ne m'échapperas pas.

Elle ferma les paupières. Une autre manière de le repousser, il le savait. Il la porta jusqu'à leur gigantesque lit, l'assit sur ses genoux et entreprit de la frictionner.

— Je vais te chercher un peignoir et un calmant.

— Je ne veux pas de…

— Je ne t'ai pas demandé ce que tu voulais, n'est-ce pas ? rétorqua-t-il en effleurant la fossette qu'elle avait au menton. Eve, regarde-moi. Allons… regarde-moi.

Il y avait dans les yeux mordorés de la jeune femme une infinie lassitude, mais aussi un ressentiment qui faillit arracher un sourire à Connors.

— Tu n'es pas assez en forme pour te disputer avec moi. Quel que soit le mal qui te ronge… eh bien, tu m'en parleras, ensuite nous verrons ce qu'il faut faire.

Il baisa doucement le front d'Eve, ses joues, ses lèvres.

— Je m'en suis déjà occupée. Il n'y a rien à faire.

— Dans ce cas, nous gagnerons du temps. N'est-ce pas ?

Il l'écarta avec précaution, se leva pour aller lui chercher un peignoir chaud.

Elle avait trempé son costume, remarqua-t-elle. Ce foutu costume coûtait sans doute plus d'argent que le tailleur qui l'avait confectionné n'en gagnait en deux ans. Maintenant, les épaules et les manches étaient mouillées. Muette, elle regarda Connors ôter sa veste, la poser sur le dossier d'un fauteuil dans le coin salon.

Il avait l'élégance d'un félin, et il était beaucoup plus redoutable qu'un fauve. Il rentrait probablement d'une réunion – il en avait des centaines par semaine – où il avait dû échafauder des plans pour acquérir un quelconque système solaire à la noix. À présent il était là, en train de fureter dans la penderie, en quête d'un peignoir. Élancé, athlétique – un jeune dieu irlandais capable de séduire n'importe qui avec ses yeux d'un bleu inouï.

Elle voulait qu'il s'en aille. Elle ne voulait personne auprès d'elle.

— J'ai envie d'être seule.

Il arqua un sourcil, inclina légèrement la tête de côté, si bien que ses cheveux soyeux, couleur de nuit, balayèrent son visage.

— Pour remâcher ta souffrance ? Tu aurais plutôt intérêt à te bagarrer avec moi. Tiens, mets ça.

— Je n'ai pas envie de me bagarrer.

Il posa le peignoir à côté d'elle, se pencha pour la scruter.

— Si j'en ai l'opportunité, Eve chérie, je pèlerai vive la personne responsable de l'expression que tu as ce soir. Il ne lui restera que les os. Pour l'instant, enfile ce peignoir.

— Elle n'aurait pas dû t'appeler, protesta Eve d'une voix qui, à sa grande honte, chevrotait. Peabody t'a contacté, évidemment. Elle n'avait pas à se mêler de ça. Un peu de repos, et ce serait passé. J'aurais été très bien.

— Foutaises. Tu ne t'écroules pas facilement. Je le sais, et Peabody aussi.

Il s'approcha de l'autochef, programma un calmant.

— Ça apaisera la migraine et te remettra l'estomac d'aplomb. Pas de sédatifs, promis.

— C'est stupide. Je me suis laissé atteindre, et c'est stupide. Ça n'en vaut pas la peine, murmura-t-elle en rejetant ses cheveux en arrière. Mais… j'ai été prise de court, voilà tout.

Elle se leva. Elle avait les jambes en flanelle.

— J'avais juste besoin de rentrer à la maison.

— Tu penses que je vais me contenter de ça ?

— Non…

Elle aurait donné un empire pour se glisser dans le lit et se cacher sous les couvertures. Soupirant, elle se rassit, soutint le regard de Connors qui lui apportait son calmant.

— Non… J'ai confié à Peabody le soin de mener une enquête, elle se débrouillait bien, mais pile au moment stratégique, je l'ai plantée là. J'ai été complètement irresponsable.

— Et pourquoi ?

Comme il lui tendait le verre et ne tolérerait pas de refus, elle avala la mixture en grimaçant.

— Une femme m'attendait dans mon bureau. D'abord, je ne l'ai pas reconnue. Elle a dit qu'elle était ma mère. Ce n'est pas vrai. Je le savais, mais l'entendre prononcer ces mots... ça m'a fichu un coup. Elle a le bon âge, et je lui trouvais quelque chose de familier... c'est pour ça que j'ai été tellement ébranlée.

Il lui prit la main, la serra entre les siennes.

— Qui était-ce ?

— Elle s'appelle Lombard. Trudy Lombard. Après que... quand je suis sortie de l'hôpital, à Dallas, j'ai été avalée par le système. Une gamine traumatisée, violée, qui n'avait ni identité ni souvenirs... Maintenant je sais comment ça fonctionne, mais à l'époque j'ignorais ce qui m'arrivait et ce qui allait m'arriver. Il m'avait dit... mon père me répétait que si jamais les flics ou les assistantes sociales me récupéraient, ils m'enfermeraient dans un cachot tout noir. Ils n'ont pas fait ça, mais...

— Parfois, les endroits où ils vous mettent ne valent pas beaucoup mieux.

— Oui...

Il savait, bien sûr, songea-t-elle. Il comprenait.

— Je suis restée un certain temps dans une espèce d'orphelinat. Quelques semaines, peut-être. C'est flou dans ma tête. Je suppose qu'on cherchait des parents ou des tuteurs, on essayait de trouver d'où je venais. Ensuite on m'a placée dans une famille d'accueil, prétendument pour m'aider à m'intégrer. On m'a confiée à Lombard. Quelque part dans l'est du Texas. Elle avait une maison et un fils plus âgé que moi de deux ou trois ans.

— Elle t'a fait du mal.

Ce n'était pas une question. Ça aussi, il le savait. Il comprenait.

— Elle ne me frappait pas, pas comme mon père. Je n'ai jamais eu le moindre bleu.

Il jura entre ses dents, avec une férocité qui soulagea – mieux que le calmant – la tension accumulée dans les muscles d'Eve.

— Oui, poursuivit-elle, c'est presque plus facile d'encaisser un coup de poing que des petites tortures bien subtiles.

Elle repoussa de nouveau ses cheveux en arrière, les coiffa d'une main impatiente et qui, à présent, ne tremblait plus.

— Pour les autorités, j'étais un vrai problème. Je ne leur livrais rien, puisque je ne me rappelais rien. On a sans doute considéré que, à cause du viol, je serais mieux dans un foyer dépourvu de figure masculine.

Muet, Connors l'attira contre lui, effleurant sa tempe d'un baiser.

— Elle ne criait jamais contre moi, ne me cognait pas – juste quelques claques. Elle veillait à ce que je sois propre, que j'aie des vêtements convenables. Aujourd'hui je connais cette pathologie, mais à ce moment-là je n'avais même pas neuf ans. Quand elle me disait que j'étais sale et qu'elle m'obligeait à me baigner dans de l'eau glacée tous les matins et tous les soirs... je ne comprenais pas. Elle me regardait toujours d'un air si triste, si déçu. Lorsqu'elle m'enfermait dans le noir, c'était soi-disant seulement pour m'apprendre à bien me comporter. J'étais punie quotidiennement. Si je ne mangeais pas tout ce que j'avais dans mon assiette, ou si je mangeais trop vite, ou pas assez vite, je devais nettoyer la cuisine avec une brosse à dents. Un truc dans ce genre.

J'aime que ma cuisine soit impeccable.

— Elle n'avait pas de domestiques. J'étais là, n'est-ce pas ? Mais j'étais trop lente, trop bête, trop ingrate, trop ceci ou cela. Elle me serinait que j'étais pitoyable ou diabolique, et toujours de cette voix mielleuse, avec cette mine dépitée et perplexe. Ça recommençait : je n'étais rien, moins que rien.

— Les gens à qui on confie des enfants sont d'abord soumis à des tests, non ? On aurait dû rayer cette femme des tablettes.

— J'ai vu pire qu'elle. En réalité, j'ai eu de la chance, j'aurais pu tomber encore plus mal. Mais... à l'époque, j'avais des cauchemars presque chaque nuit. Et elle... oh, Seigneur... elle me répétait que je ne serais jamais robuste, en bonne santé, si je ne dormais pas bien.

Eve s'interrompit, se cramponnant à la main de Connors pour s'ancrer solidement dans le présent tandis qu'elle remontait le temps.

— Elle éteignait la lumière et verrouillait la porte. Elle m'enfermait dans le noir. Si je pleurais, elle me menaçait : on allait m'emmener, me mettre dans une cage pour malades mentaux. Elle se servait aussi de moi par rapport à Bobby, son fils. Regarde-la, elle lui disait, et n'oublie pas ce qui arrive aux enfants méchants qui n'ont pas de vraie maman pour s'occuper d'eux.

Connors lui caressait le dos, les cheveux.

— Les services sociaux ne faisaient pas de contrôles ?

— Si, bien sûr…

Elle essuya une larme – inutile, autrefois comme aujourd'hui.

— En surface, tout était propre et coquet. Une maison bien rangée, un joli jardin. J'avais ma chambre, des vêtements. Qu'est-ce que j'aurais pu raconter ? Elle me serinait que j'étais un démon. Je me réveillais de cauchemars où j'étais couverte de sang, donc je devais effectivement être un démon. Quand elle m'expliquait que quelqu'un m'avait jetée à la poubelle avec les ordures parce que j'étais méchante, je la croyais.

— Eve…

Il lui baisa les mains. Il voulait l'enlacer, l'envelopper de douceur, de beauté, l'étreindre jusqu'à ce que tous ses épouvantables souvenirs s'effacent.

— Tu es un miracle.

— C'était une femme perverse, sadique. Un autre prédateur. Maintenant, j'en ai conscience.

Et il ne fallait pas l'oublier, songea Eve en prenant une profonde inspiration.

— Mais, en ce temps-là, je savais seulement qu'elle incarnait l'autorité. Je me suis enfuie. Malheureusement, nous étions dans une petite ville, pas à Dallas. On m'a vite repérée. La deuxième fois, je me suis mieux organisée. J'ai réussi à franchir la frontière de l'Oklahoma et, quand on m'a retrouvée, je me suis battue.

— Bravo !

Il y avait dans la voix de Connors tant de colère et de fierté mêlées qu'Eve se surprit à rire.

— J'ai écrabouillé le nez de quelques travailleurs sociaux. Naturellement, j'ai atterri dans une maison de correction, mais c'était mieux que cette femme. Peu à peu, j'ai surmonté tout ça, j'ai continué ma route. Mais voilà qu'aujourd'hui, elle était là dans mon bureau, et je suis retombée dans la terreur.

Il aurait voulu qu'elle boxe cette maudite Trudy Lombard, qu'elle lui démolisse le portrait. Au moins, elle se serait épargné la souffrance qui la taraudait.

— Cette femme ne te fera plus jamais de mal.

Elle pivota pour le regarder droit dans les yeux.

— Je me suis disloquée. Désintégrée. Mais maintenant que je commence à reprendre mes esprits, il y a un truc qui m'enquiquine. L'affaire Icove.

— Quoi?

Eve se frotta la figure.

— Elle m'a vue donner une interview à propos des meurtres des Icove père et fils, et de l'affaire des clones, ce terrible fiasco. Je lui ai demandé comment elle m'avait retrouvée, elle m'a répondu qu'elle avait entendu parler de cette histoire.

Il fit rouler son épaule blessée – c'était devenu une sorte de tic.

— Je doute qu'il existe dans l'univers quelqu'un qui ne soit pas au courant. Elle est venue à New York spécialement pour te rencontrer?

— Selon elle, elle souhaitait rattraper le temps perdu, voir comment j'avais tourné. Elle souhaitait une gentille réunion de famille, ajouta Eve d'un ton cynique – une agréable musique pour Connors. Apparemment, son fils et sa belle-fille l'accompagnent. Je l'ai foutue dehors. J'en ai quand même eu la force. Elle m'a décoché ce regard déçu et perplexe – avec cette cruauté sous la surface…

— Il faut s'assurer qu'elle quitte New York et n'y remette pas les pieds. Je peux…

— Non.

Eve s'écarta, se leva.

— Non, je ne ferai rien et je refuse que tu interviennes. Je veux oublier cet incident, cette femme. Elle croyait peut-être s'éclater en m'entraînant de force dans sa machine à remonter le temps... eh bien, elle en sera pour ses frais. Si Peabody s'était occupée de ses oignons, j'aurais été d'aplomb quand tu serais rentré à la maison. On ne serait pas en train de discuter de ça.

Il attendit un moment, puis se redressa à son tour.

— C'est ainsi que tu aurais géré cet « incident » ? En gardant le silence ?

— Oui. C'est fini, cette histoire appartient au passé. Et c'est mon problème. J'en ai eu la tête à l'envers, maintenant elle est de nouveau à l'endroit. Ça ne concerne pas notre couple, Connors. Je ne le veux pas. Si tu désires m'aider, laisse tomber.

Il ouvrit la bouche pour protester, se ravisa.

— Bon... d'accord.

Il la prit cependant par les épaules, la massa. Quand il l'attira contre lui, il la sentit se relaxer.

Elle ne mesurait pas à quel point elle avait « la tête à l'envers », songea-t-il, si elle s'imaginait que cette femme l'avait traquée à travers le pays, les années, sans objectif précis.

Un objectif qu'elle ne tarderait probablement pas à formuler.

— La nuit tombe, murmura-t-il. Lumières de fête, commanda-t-il.

Aussitôt, le majestueux sapin trônant devant la fenêtre s'illumina.

— Tu es toujours excessif, commenta Eve d'une voix assourdie par l'émotion.

— On ne l'est jamais trop à cette période de l'année, surtout quand, comme nous, on a été si peu gâtés. D'ailleurs, c'est devenu notre tradition. Un sapin de Noël dans notre chambre.

— Tu en as fait installer un dans chaque pièce de la maison, quasiment.

— Eh oui... répondit-il avec un sourire malicieux, tout en l'embrassant tendrement. Je suis un grand sentimental. Que dirais-tu de dîner tranquillement ici ? Pas de travail ce soir. On regardera un film, on boira du vin. On fera l'amour.

Elle resserra ses bras autour de la taille de son mari. Elle avait eu besoin d'être à la maison, à l'abri. Son refuge, c'était lui, l'homme qu'elle aimait par-dessus tout.

— Je dirais : merci...

Lorsqu'elle fut endormie, il la quitta un moment pour gagner son bureau privé. Il posa la main sur le capteur d'empreinte palmaire.

— Connors, annonça-t-il. Connexion des appareils.

Tandis que la console bourdonnait, que les voyants clignotaient, il utilisa l'interphone pour contacter Summerset.

— Si des personnes nommées Lombard cherchent à joindre Eve ici, vous me les passez. Où que je sois.

— Entendu. Est-ce que le lieutenant va bien ?

— Oui, merci.

Connors raccrocha, puis lança une recherche. Il faudrait un peu de temps pour localiser cette Lombard durant son séjour à New York. Mais il était toujours plus sage de savoir où se trouvait son adversaire.

Il n'attendrait sans doute pas longtemps avant de découvrir ce que voulait cette femme – même s'il était hélas certain de le savoir déjà.

3

Normale, pensa Eve en bouclant son holster. Elle se sentait de nouveau normale. Finalement, ceux qui prétendaient qu'exprimer ses sentiments était une excellente thérapie n'avaient peut-être pas tort.

Bref, elle se sentait assez solide pour ne pas accorder trop d'attention à la météo qui faisait des siennes.

— Comment appelle-t-on au juste cette horreur ? demanda Connors en s'approchant d'elle par-derrière. Ce n'est pas de la neige, ni de la pluie, ni vraiment du grésil. Ce doit être…

— Une saleté, coupa-t-elle. Froid, humide… beurk.

— Ah oui, bien sûr, répliqua-t-il et il entreprit, machinalement, de lui masser les vertèbres. Ça incitera les gens à rester chez eux et tu auras une journée tranquille.

— Je te signale que les gens peuvent parfaitement s'assassiner à l'intérieur de leurs appartements. Surtout quand ils en ont marre de regarder par la fenêtre tomber cette… saleté.

Elle parlait de nouveau comme la femme qu'il adorait ; soulagé, il la gratifia d'une tape affectueuse sur l'épaule.

— Dans ce cas, tu n'as plus qu'à partir au travail. Moi je suis encore ici pour une heure ou deux, j'ai des visioconférences, ensuite je m'en vais aussi.

Il l'obligea à pivoter, agrippa les revers de sa veste et l'embrassa à pleine bouche.

— Prends soin de toi…

Elle saisit son manteau et s'apprêtait à l'enfiler quand elle sentit un renflement dans sa poche. Elle en extirpa l'écharpe à carreaux.

— Oh, j'ai acheté ce... c'est un cadeau de Noël pour Dennis Mira.

Une étincelle amusée pétilla dans les yeux de Connors.

— Ça lui ressemble. Lieutenant, tu deviens une spécialiste du shopping.

— Je n'ai pas fait de shopping, se récria-t-elle comme s'il l'avait insultée. Cette écharpe m'est tombée dessus par hasard. Tu crois qu'il y aurait moyen de fabriquer un paquet ?

Connors tendit la main.

— Je transmettrai aux lutins du père Noël. Et je la rangerai avec la théière ancienne que tu as choisie pour Mira – que tu n'as pas non plus dénichée dans une boutique, mais qui t'est tombée dessus.

— Ça va, gros malin. À plus tard.

— Lieutenant ? Tu n'as pas oublié notre réception de Noël ?

— Une réception ? Mais ce n'est pas ce soir, hein ? Si ? Nooon...

C'était mesquin de sa part, il en convenait. Cependant il adorait voir cette lueur affolée sur le visage de sa bien-aimée quand elle s'efforçait de se remémorer les dates de ce qui était pour elle de véritables corvées – dîners, fêtes et mondanités diverses.

— Non, rassure-toi, ce n'est que demain. Par conséquent, s'il te manque des cadeaux, il faudrait qu'ils te « tombent dessus » aujourd'hui.

— Oui, OK, d'accord.

Et zut, pesta-t-elle en descendant l'escalier. Allait-elle être obligée d'établir une liste ?

Elle pourrait bien sûr charger Connors de lui résoudre le problème. En effet, ce monsieur aimait le shopping – ce qu'elle évitait coûte que coûte. Toutefois, elle était pour ainsi dire forcée de consacrer trente secondes, minimum, à l'achat d'un cadeau personnel pour chacun des êtres qui peuplaient son existence. C'était une de ces innombrables lois qui gouvernaient les relations humaines et qu'elle avait appris à respecter – plus ou moins.

Il y avait pourtant une loi dont elle se régalait : mordre – verbalement – Summerset lorsqu'elle entrait ou sortait de la maison. Ce matin, comme à l'accoutumée, le squelette en costume noir était dans le hall.

— J'espère que mon véhicule est là où je l'ai laissé hier, Nancy.

Il pinça les lèvres, renifla.

— Vous trouverez la chose que vous qualifiez d'automobile devant cette demeure dont elle défigure la façade. Avant votre départ, je tiens à vous signaler que j'exige de connaître vers quatorze heures les modifications éventuelles apportées à votre liste personnelle d'invités pour la réception de demain.

— Ah ouais ? Eh ben, voyez ça avec ma secrétaire. Je risque d'être un peu trop occupée à servir et protéger mes concitoyens pour avoir le temps de faire des listes.

Elle s'en fut à grands pas, ronchonnant entre ses dents. Une liste d'invités ! Qu'y avait-il de mal à rencontrer quelqu'un et lui dire de passer à la maison boire un coup et manger un morceau à la bonne franquette ?

La tête dans les épaules pour se protéger de la pluie glaciale, elle se glissa dans la voiture. Le chauffage était déjà allumé. Par Summerset, probablement. Le majordome avait ce genre d'attention – raison pour laquelle Eve ne l'étranglait pas dans son sommeil.

Tout en roulant dans l'allée, elle brancha le communicateur de bord et appela Connors.

— Je te manque déjà, lieutenant ?

— Une seconde sans toi est un enfer. Écoute... je suis censée avoir une liste d'invités pour la fiesta de demain ?

— Tu en veux une ?

— Non, je veux pas d'une foutue...

— Considère que c'est fait, Eve chérie.

— Bon, très bien, soupira-t-elle, soulagée. Je suppose que j'ai ce qu'il faut pour m'habiller... la tenue complète, sous-vêtements compris ? N'est-ce pas ?

— Absolument. Une toilette d'un goût exquis – mais les sous-vêtements sont en option.

Elle éclata de rire.

— Je ne loupe jamais une occasion de me taire. À plus tard.

Peabody était déjà en plein travail. Gênée, Eve s'approcha, attendit que sa coéquipière lève les yeux de sa montagne de paperasse.

— Ça ne vous ennuierait pas de venir un instant dans mon bureau ?

— Non, j'arrive, répondit Peabody, manifestement étonnée.

Eve la précéda, programma sur son AutoChef deux cafés – dont un léger et sucré pour Peabody, ce qui provoqua chez celle-ci un nouveau tressaillement de surprise.

— Fermez la porte, voulez-vous ?

— Euh… oui. J'ai le rapport sur… merci, bredouilla Peabody en saisissant la tasse qu'Eve lui tendait. Sur Zéro, enchaîna-t-elle. Le procureur a tapé fort. Meurtre au second degré et…

— Asseyez-vous.

— Mais qu'est-ce qu'il y a ? Je suis mutée à Long Island ?

— Non.

Eve prit place dans son fauteuil, regarda sa coéquipière se poser avec circonspection au bord du fauteuil réservé aux visiteurs.

— Je tiens à m'excuser pour mon attitude d'hier. Je vous ai plantée là, je n'ai pas fait mon boulot et je vous ai laissée vous débrouiller toute seule.

— L'affaire était bouclée. De plus, vous étiez malade.

— Ce n'était pas bouclé, et si j'étais malade, cela ne concernait que moi. Par ma faute, c'est devenu votre problème. Vous avez contacté Connors.

Eve s'interrompit un instant tandis que Peabody se plongeait dans la contemplation du mur en sirotant son café.

— Je comptais vous assommer pour ça, grommela Eve, ce qui fit sursauter Peabody. Mais je suppose que vous avez agi en bonne coéquipière.

— Vous étiez vraiment dans un sale état. Je ne voyais pas d'autre solution. Ça va mieux, maintenant ?

— Ça va.

Eve étudia un moment son café.

— Je… Il y avait une femme dans mon bureau quand on est revenues ici, hier. Quelqu'un que j'ai connu il y a longtemps. Ça m'a flanqué un sale coup. C'était ma première mère d'accueil – encore que le terme « mère » ne soit franchement pas approprié. Pour moi, ç'a été une période très difficile et… en me retrouvant devant elle, après toutes ces années, je… je n'ai pas pu…

Si, songea-t-elle, tu pouvais.

— J'ai perdu les pédales, rectifia-t-elle. Je vous ai laissée choir. Résultat, vous avez réglé l'affaire toute seule, Peabody. Et vous avez fait de l'excellent boulot.

— Qu'est-ce qu'elle vous voulait, cette femme ?

— Je n'en sais rien et je m'en fiche. Je l'ai mise à la porte, laquelle porte est maintenant fermée à double tour. Si jamais elle débarque de nouveau, elle ne me prendra pas de court. Je maîtriserai la situation.

Eve se leva pour s'approcher de la fenêtre dont elle souleva le volet inférieur. Le froid et l'humidité s'engouffrèrent dans le bureau, tandis qu'elle se penchait au-dehors pour arracher un sac en plastique – destiné à recueillir des indices – fixé au mur extérieur. Il contenait quatre barres chocolatées soigneusement emballées pour les protéger des intempéries.

— Vous avez planqué vos barres chocolatées à l'extérieur de votre fenêtre, murmura Peabody, éberluée. Je rêve…

— Pas du tout. Et j'espère que vous appréciez mon geste à sa juste valeur : je sacrifie pour vous la meilleure cachette que j'ai trouvée pour faire tourner en bourrique l'infâme voleur de friandises qui me persécute.

Eve descella le sac, tendit une barre à sa coéquipière médusée.

— Dès que vous aurez quitté cette pièce, je verrouillerai la porte et je chercherai un nouvel endroit pour mettre mon trésor à l'abri.

— Ah… eh bien, moi, je préfère abriter tout de suite le mien dans ma poche, avant de vous annoncer que nous n'avons pas obtenu l'inculpation pour meurtre au second degré.

— Je ne m'y attendais pas.

— Le procureur voulait vraiment la tête de Zéro, encore plus que moi. Notre type lui a glissé entre les doigts plusieurs fois, et le procureur a très envie de le coincer.

— Un procureur qui a ce genre de projet, j'adore.

— Ça aide, acquiesça Peabody. Bref, on a flanqué la trouille à M. Zéro et à son avocat en parlant de condamnation à perpétuité, de pénitencier sur quelque planète paumée du système solaire. On leur a aussi laissé entendre qu'il y avait des témoins oculaires.

Peabody tapota sa poche, comme pour se rassurer – le cadeau du lieutenant était toujours là.

— Avec notre mandat de perquisition, on a récolté un peu de drogue au club et au domicile de Zéro. Des clopinettes, en réalité. Il sortira vite de prison.

— Il y fera un petit tour, c'est déjà une victoire. Il va perdre sa licence, débourser une fortune en amendes, son club ne s'en relèvera sans doute pas. Verdict : vous gardez le chocolat.

Soupirant d'aise, Peabody déchira le papier et croqua un petit bout de la divine friandise.

— Vous savez, dit-elle, la bouche pleine, vous pouvez recoller votre sac dehors. Je n'y toucherai pas.

Voyant les yeux d'Eve s'étrécir dangereusement, elle se hâta de préciser :

— Je… je n'y toucherais pas, où que vous le cachiez. Vous pensez bien que je n'ai jamais rien chipé dans ce bureau, rien qui se mange. Absolument jamais.

Eve darda sur elle le regard du flic interrogeant un suspect.

— Ah oui ? Et si on jouait au jeu de la vérité ?

— Pardon ? rétorqua Peabody, la main en cornet sur son oreille. Vous entendez ? On m'appelle de la salle des inspecteurs. Il y a certainement des crimes en train de se commettre un peu partout pendant qu'on se roule les pouces. Il faut que j'y aille.

Les sourcils froncés, raide comme la justice, Eve attendit que sa coéquipière soit sortie. Elle ferma alors la porte à clé et réfléchit à ce problème crucial : où cacher ses précieuses barres chocolatées ?

Entre une réunion avec les cadres supérieurs d'une de ses usines d'armement et un déjeuner qu'il devait offrir à des investisseurs dans la salle à manger de son siège social new-yorkais, Connors fut interrompu par l'interphone de son bureau.

— Oui, Caro ?

Il sourcilla en constatant que la communication était en mode privée.

— La personne que vous avez mentionnée ce matin est au rez-de-chaussée, dans le hall, lui annonça sa secrétaire avec sa solennité coutumière. Elle demande que vous lui accordiez un moment.

Il avait parié avec lui-même un demi-million de dollars qu'elle le contacterait avant midi. Et maintenant elle allait lui cracher le morceau avant qu'il la flanque dehors à coups de pied dans le derrière – il était prêt à miser un million là-dessus.

— Elle est seule ?

— Apparemment.

— Qu'elle attende encore dix minutes, ensuite qu'on me l'amène. Surtout pas vous, Caro. Envoyez une assistante, une stagiaire, très jeune de préférence. Laissez-la moisir dans l'antichambre jusqu'à ce que je vous donne le feu vert.

— Entendu. Souhaitez-vous que je vous rappelle quelques minutes après son entrée dans votre bureau ?

— Non, répondit-il, esquissant un sourire de loup. Je me débarrasserai d'elle par mes propres moyens.

Il en jubilait d'avance.

Il consulta sa montre, se leva et s'approcha du mur de verre qui offrait un panorama extraordinaire sur les flèches et les tours de la mégapole. Le ciel maussade déversait une pluie grise et triste qui salissait les rues.

Un temps sinistre qui correspondait bien au passé qu'Eve et lui avaient vécu. Le sort ne les avait guère favorisés, il leur avait distribué à la naissance des cartes exécrables. Pourtant, chacun à sa manière en avait fait un jeu gagnant. En bluffant, en se taillant son chemin en dépit des obstacles, et dans le cas de Connors, en trichant pour rafler le pot.

Cependant il y avait toujours un autre joueur prêt à toutes les infamies pour prendre sa part. Ou la totalité du tapis.

Allons, mon vieux, se dit-il. Toi aussi, tu es largement capable de commettre certains actes fort peu recommandables.

Il n'avait hélas pas le pouvoir de gommer les années pour réduire en bouillie sanguinolente le père d'Eve, ce monstre. Dieu savait qu'il n'aurait pas eu l'ombre d'une hésitation. Mais il n'avait pas le pouvoir d'infliger aux morts la souffrance que sa bien-aimée endurait toujours.

Or voilà que le destin lui livrait une sorte de succédané du bourreau qui hantait encore les cauchemars d'Eve…

Une femme bien vivante. Rose et dodue, bonne à écorcher.

Trudy Lombard allait avoir une désagréable surprise.

Quand elle repartirait d'ici, en rampant, elle n'aurait plus aucune envie de rôder autour d'Eve.

Il pivota, observa le décor de son bureau. Il n'ignorait pas l'impression qu'elle aurait en entrant, après le froid et la grisaille. Il avait créé ce lieu dans ce but-là. Elle verrait la puissance et la richesse, l'espace et le luxe. Elle reniflerait l'odeur de l'argent – quoique, si elle n'était pas idiote, elle avait déjà une idée de ce qu'il pesait en dollars.

Une idée très en dessous de la réalité. Car, s'il mettait à présent son point d'honneur à respecter la loi, il ne se sentait pas pour autant obligé de préciser publiquement le montant de sa fortune.

Le matériel électronique hypersophistiqué de son bureau privé, au manoir, gardait en mémoire tous ses documents comptables scrupuleusement tenus. Eve avait la possibilité de les consulter à loisir. Mais elle ne le ferait sans doute jamais, pensa Connors avec un petit sourire attendri. Si elle acceptait mieux qu'avant d'aimer un Crésus des temps modernes, cette facette-là de son mari n'en continuait pas moins de l'embarrasser.

Il ferma un instant les yeux. Il aurait voulu connaître le nom des dieux qui veillaient sur lui le jour où il avait rencontré celle qui deviendrait son épouse. S'il pouvait empiler sur un plateau de la balance tout ce qu'il possédait, tout ce qu'il avait accompli, cela ne pèserait rien par rapport au cadeau fabuleux que le ciel lui avait offert en plaçant Eve sur sa route.

Il glissa une main dans sa poche, caressa le bouton qu'il avait toujours sur lui, qui était tombé de la veste du lieutenant Dallas la première fois qu'il l'avait vue.

Il se demanda alors combien de temps il faudrait à Eve pour recouvrer sa lucidité coutumière, comprendre pourquoi ce fantôme de son enfance ressurgissait soudain.

Il se rassit à son bureau, enfonça une touche de l'interphone.

— Caro, vous pouvez la faire entrer.

— Bien, monsieur.

Et tandis que s'égrenaient les dernières secondes, il musela le fauve qui grondait au tréfonds de lui, assoiffé de sang, impatient de broyer entre ses redoutables mâchoires les os de sa proie.

Elle correspondait au portrait qu'il en avait ébauché d'après ses recherches. Une femme que d'aucuns jugeraient attirante – grande et charpentée, les cheveux bien coiffés, le visage soigneusement fardé.

Elle portait un tailleur violet orné de rutilants boutons dorés, dont la jupe lui couvrait le genou. Des chaussures à talons confortables, en cuir de bonne qualité. À chacun de ses gestes, se dégageait d'elle un entêtant parfum de rose.

Il se leva et, sans quitter sa position dominante derrière son bureau, lui tendit la main avec un sourire poli.

— Madame Lombard…

Elle avait la main douce et lisse, quoique dénuée de mollesse.

— Je vous suis tellement reconnaissante de m'accorder quelques minutes de votre précieux temps.

— Je vous en prie. Je m'intéresse toujours aux... relations ?... de ma femme. Merci, Caro.

Le ton, vif, indiquait à sa secrétaire de ne pas offrir de café. Elle inclina donc la tête et referma la porte.

— Asseyez-vous, madame.

— Je vous remercie, répondit-elle, les yeux brillants. Je n'étais pas sûre que ma petite Eve – pardon, je la vois encore comme une petite fille – vous avait parlé de moi.

— Vous pensiez qu'elle ne le ferait pas ?

Elle pressa une main sur son cœur.

— Eh bien, voyez-vous, je regrette terriblement la façon dont j'ai abordé les choses, hier.

Ses ongles étaient longs, nota-t-il, impeccablement manucurés et laqués d'un rouge peu discret. À son annulaire droit étincelait une grosse améthyste sertie dans un épais anneau d'or. Elle avait évidemment les boucles d'oreilles assorties – une parure certes sans originalité mais qui valait son prix.

— Qu'avez-vous donc à vous reprocher, madame Lombard ?

— J'avoue que j'ai agi en dépit du bon sens. J'aurais dû d'abord la contacter, au lieu de quoi j'ai foncé tout droit – une de mes mauvaises habitudes. Je suis trop impulsive, surtout sur le plan affectif. À cette époque-là, Eve a vécu des moments tellement difficiles... me voir débarquer comme ça, sans prévenir... J'ai dû lui causer un choc, la bouleverser.

À présent elle appuyait le bout de ses doigts sur ses lèvres, comme pour étouffer un sanglot.

— Vous n'imaginez pas ce qu'était cette pauvre chère enfant quand elle est arrivée chez moi. Un petit fantôme qui errait dans ma maison et qui avait peur de tout, même de son ombre.

— Hmm...

— Et je m'en veux de n'avoir pas pensé que me retrouver de manière aussi brutale lui rappellerait l'abominable période qu'elle a connue avant d'être de nouveau en sécurité.

— Vous êtes donc passée ici pour me demander de lui transmettre vos excuses. Eh bien, je m'en chargerai avec plaisir. Je crois toutefois que vous surestimez l'effet que vous avez produit sur mon épouse.

Il se rassit, fit nonchalamment pivoter son fauteuil.

— En réalité, elle était plutôt irritée par votre visite inattendue. Mais bouleversée ? Non... Aussi je vous en prie, madame Lombard, tranquillisez-vous. J'espère que votre séjour à New York, qui je suppose sera bref, sera néanmoins agréable. Et je vous souhaite un bon retour chez vous.

C'était une fin de non-recevoir, énoncée avec une courtoise indifférence. La réaction d'un homme d'affaires pressé qui, d'une pichenette, ôte distraitement un grain de poussière de sa veste.

Il la regarda encaisser l'affront, capta l'éclair dans ses yeux.

Il eut soudain la vision d'un serpent dardant sa langue fourchue. Une image juste, songea-t-il. Sous ce sage tailleur et cette voix onctueuse, se dissimulait effectivement une vipère.

— Oh, mais... je ne pourrais pas retourner au Texas sans voir ma petite Eve, sans lui dire personnellement que je suis désolée, et surtout sans avoir la certitude qu'elle va bien.

— Elle va très bien, je vous l'assure.

— Et Bobby ? Mon Bobby a tellement hâte de la retrouver. Il était comme un frère pour elle.

— Vraiment ? C'est étrange, n'est-ce pas, qu'elle ne m'ait jamais parlé de lui.

Elle eut un sourire dégoulinant d'une indulgence mêlée d'une pointe de sournoiserie.

— Elle avait le béguin pour lui. Je présume qu'elle ne veut pas vous rendre jaloux.

Connors éclata d'un grand rire.

— Parfait, conclut-il quand il reprit son sérieux. Vous pouvez laisser vos coordonnées à ma secrétaire. Si le lieutenant désire vous contacter, elle n'y manquera pas. Sinon…

— Cela ne me convient pas, coupa Trudy d'un ton plus sec. Pas du tout. Je me suis occupée de cette enfant pendant plus de six mois, je l'ai accueillie dans ma maison par pure bonté. Or elle n'était pas facile, croyez-moi sur parole. Je pense mériter davantage.

— Ah oui ? C'est-à-dire ?

Elle changea de position dans son fauteuil – les préambules étaient terminés, songea Connors.

— Si vous considérez que nous voir, moi et mon fils, n'est pas indiqué, dans ce cas – et je sais que je m'adresse à un businessman – il me semble que je devrais recevoir une compensation. Non seulement pour tout ce que j'ai fait autrefois pour cette fillette, le temps et les efforts que je lui ai consacrés quand personne ne voulait d'elle, mais aussi parce que je suis venue à New York à grands frais juste pour avoir de ses nouvelles.

— Hmm… Et avez-vous en tête la valeur approximative de cette « compensation » ?

— J'avoue que je suis prise de court… répliqua-t-elle en tapotant ses cheveux roux de ses doigts aux ongles rouges. J'ignore comment on peut chiffrer ce que j'ai donné à cette petite fille et ce qu'il m'en coûte de m'éloigner d'elle à présent.

— Mais vous y parviendrez, je n'en doute pas.

Les joues de Trudy s'empourprèrent, une réaction de colère et non de gêne. Il se contenta de lui opposer cette expression vaguement indifférente qu'il arborait depuis le début de leur entretien.

— J'aurais cru qu'un homme comme vous se montrerait généreux envers quelqu'un dans ma situation. Sans moi, cette enfant serait vraisemblablement en prison au lieu d'y envoyer des voyous. Et dire qu'hier, elle ne m'a même pas adressé la parole…

Elle détourna les yeux, essuya une larme – elle avait décidément le talent de pleurer sur commande.

— Ce chapitre est clos, me semble-t-il, rétorqua-t-il avec un brin d'impatience. Quel est votre prix ?

— Je pense que deux millions de dollars, ce ne serait pas déraisonnable.

— Des dollars américains ?

— Évidemment, répondit-elle, oubliant les larmes pour céder à l'irritation. Qu'est-ce que je ferais d'une devise étrangère ?

— Pour cette somme, vous rembarquerez votre Bobby et vous laisserez ma femme en paix.

Elle écarta les mains en signe de capitulation.

— Elle refuse de nous voir ? Nous ne nous imposerons pas.

— Et si je trouve cette compensation un peu trop chère ?

— Pour un homme qui a vos moyens, c'est difficilement concevable, mais… dans ce cas, je serais forcée d'envisager – car toute cette affaire est émotionnellement pénible pour moi – d'en discuter avec quelqu'un. Peut-être un journaliste.

Il fit de nouveau pivoter lentement son fauteuil.

— Et cela me concernerait dans la mesure où… ?

— Étant de nature sentimentale, j'ai conservé des dossiers sur chacun des enfants dont j'ai eu la responsabilité. J'ai des histoires, des détails, dont certains pourraient être ennuyeux, et même embarrassants pour vous et pour Eve. Saviez-vous, par exemple, qu'elle avait eu des relations sexuelles régulières, et cela avant l'âge de neuf ans ?

— Pour vous, être violée équivaut à avoir des relations sexuelles ? rétorqua-t-il d'un ton doux, malgré le sang qui rugissait à ses tempes. Vous avez le sens de l'euphémisme, madame Lombard.

— Peu importe… Beaucoup de gens risqueraient de penser qu'une femme ayant ce genre d'expérience n'est pas faite pour exercer les fonctions de lieutenant de police. D'ailleurs, je ne suis pas loin de partager cet avis, ajouta-t-elle. Mon devoir de citoyenne m'oblige sans doute à le signaler aux médias, voire aux supérieurs hiérarchiques d'Eve.

— Mais deux millions de dollars – américains, donc – vous feraient oublier vos devoirs de citoyenne.

— Ce ne serait que justice. Saviez-vous qu'elle avait du sang sur elle quand on l'a trouvée ? Elle s'était lavée – ou *quelqu'un* s'en était chargé – mais on a analysé les taches qu'elle avait encore sur elle.

Le regard de Trudy Lombard était maintenant aussi acéré que ses longues griffes cramoisies.

— Eh bien, figurez-vous que la majeure partie de ce sang n'était pas le sien.

Elle marqua une pause, puis :

— Elle avait souvent des cauchemars. Or j'avais la nette impression que, dans ces rêves, elle poignardait quelqu'un à mort. Je me demande comment on réagirait si, sous le coup de l'émotion, je parlais de ça. Je parie qu'on offrirait une somme rondelette pour un récit de ce genre, étant donné ce qu'Eve est devenue et la place qu'elle occupe dans la société depuis que vous l'avez épousée.

— Vous avez probablement raison, acquiesça Connors. Nos contemporains aiment se vautrer dans le malheur et la souffrance de leurs semblables.

— Voilà pourquoi la compensation que j'ai mentionnée ne me paraît vraiment pas excessive. Ensuite je retournerai au Texas, et Eve n'aura même plus à penser à moi, malgré tout ce que j'ai fait pour elle.

— Permettez-moi de rectifier : ce que vous *lui* avez fait, et non ce que vous avez fait *pour* elle. Il y a une chose que vous ne comprenez pas, madame Lombard. Vous avez déjà votre compensation.

— Je vous conseille de réfléchir avant de…

— Je me montre extrêmement généreux, coupa-t-il, puisque je reste assis là, au lieu de vous arracher la tête de mes mains nues.

En excellente comédienne qu'elle était, elle ravala un petit cri.

— Vous me menacez ?

— Pas du tout, répondit-il avec aisance. Je vous explique que vous en tirer indemne est un inestimable dédommagement. Car, croyez-moi, il m'en coûte énormément de ne pas vous massacrer pour ce que vous avez infligé à ma femme quand elle était sans défense.

Il se leva, lentement. Cette fois, elle lui épargna son petit numéro d'actrice. Elle se figea, subitement blanche comme un linge. Elle distinguait enfin ce qu'il cachait sous sa carapace, sous la sophistication, l'élégance, le raffinement qu'il avait acquis en même temps que la fortune.

Et devant cela, même une vipère tremblait.

Les yeux braqués sur elle, il vint se camper à son côté. Il l'entendit retenir son souffle.

— Savez-vous ce que je pourrais faire… comme ça ? reprit-il en claquant des doigts. Je pourrais vous tuer, ici, tout de suite, sans la moindre hésitation. Au besoin, une foule de témoins jureraient que vous avez quitté ce bureau en pleine forme. Naturellement, les films de vidéosurveillance le prouveraient On ne retrouverait jamais votre cadavre – ou plutôt le peu qu'il en resterait quand j'en aurais terminé avec vous. Considérez par conséquent que votre vie – qui vous est sans doute précieuse – constitue votre compensation.

— Vous êtes fou, bredouilla-t-elle en se tassant dans son fauteuil. Vous devez avoir perdu l'esprit.

— Oui, et ne l'oubliez pas si jamais vous aviez de nouveau l'idée de me faire du chantage… si vous envisagiez de vous remplir les poches en racontant pour de l'argent le calvaire d'une enfant… si vous tentiez encore de contacter ma femme… N'oubliez pas que je suis fou et tremblez.

Il se pencha vers elle.

— Tremblez, répéta-t-il, car m'empêcher de vous découper en rondelles, en prenant tout mon temps, est terriblement frustrant. Or je déteste être frustré.

Il s'avança d'un pas, la força à se mettre debout et à reculer en direction de la porte.

— Oh… je vous charge de transmettre le message à votre fils, au cas il lui viendrait l'idée saugrenue de tester ma patience.

Quand elle fut dos à la porte, cherchant à tâtons la poignée, il murmura :

— Si vous faites encore du mal à ma femme, je vous retrouverai n'importe où sur cette planète ou dans la galaxie. Je vous traquerai jusqu'aux confins de l'univers pour vous régler votre compte.

Il s'interrompit, sourit.

— Et maintenant, partez. Vite.

Elle s'en fut à toute vitesse et, tandis que le bruit de ses pas s'éloignait, il perçut un cri ténu, vibrant d'angoisse. Les mains dans les poches, il referma les doigts sur le bouton d'Eve. Puis il regagna son bureau et s'abîma dans la contemplation du lugubre ciel de décembre.

— Monsieur ?

Il ne se retourna pas lorsque sa secrétaire pénétra dans la pièce.

— Oui, Caro.

— Voulez-vous que la Sécurité contrôle la sortie de Mme Lombard ?

— Ce ne sera pas nécessaire.

— Elle semblait très pressée.

— Elle a brusquement changé ses plans.

Il pivota, consulta sa montre.

— Il est l'heure de déjeuner, n'est-ce pas ? Je vais monter accueillir nos invités. J'avoue que j'ai une faim de loup.

— Je m'en doute, murmura Caro.

— À propos… dit-il en se dirigeant vers son ascenseur privé. Voudriez-vous prévenir la Sécurité que ni Mme Lombard ni son fils – je veillerai à ce qu'ils aient des empreintes permettant de l'identifier – ne peuvent accéder à cet immeuble ?

— Je m'en occupe immédiatement.

— Encore une chose. Ils sont descendus au West Side Hotel. Quand ils quitteront cet établissement, j'aimerais le savoir.

— Bien, monsieur.

— Vous êtes une perle, Caro.

Les portes de la cabine se refermèrent sur lui, et la secrétaire songea que, dans des moments comme celui-ci, elle était heureuse et infiniment soulagée d'être dans les bonnes grâces de l'implacable Connors.

4

Pour s'occuper l'esprit, Eve décida de se concentrer sur la paperasse, ce qui aurait également pour avantage de débarrasser quelque peu son bureau avant les congés de fin d'année.

Elle avait bien avancé, lorsque Peabody s'encadra sur le seuil.

— On a les résultats de l'analyse toxicologique de Tubbs. Il avait effectivement ingéré du Zeus et diverses substances. L'autre victime était clean. Les corps seront remis demain aux familles.

— Parfait.

— Dallas?

— Mmm… Je transmets les notes de frais au patron. Enfin, presque toutes. Je compte demander à Baxter quelques explications sur les siennes.

— Dallas…

Eve sourcilla en voyant l'expression de Peabody.

— Qu'est-ce qu'il y a?

— Je dois aller au tribunal. Celina.

— Nous avons déjà fourni votre témoignage, répliqua Eve en se levant.

— Le procureur m'a fait citer séparément, vous vous rappelez? En tant que victime.

— Oui, mais… je pensais que ce ne serait pas avant une quinzaine de jours. Avec les fêtes…

— Ils accélèrent le rythme. Il faut que j'y aille.

— Quand?

— Euh… maintenant. Ça ne sera pas long, mais…

Eve saisit son manteau.

— Vous… vous m'accompagnez ? bredouilla Peabody.

— À votre avis ?

Peabody ferma les yeux, poussa un profond soupir.

— Merci. McNab a promis de me rejoindre là-bas. Il travaille sur le terrain et il essaiera de… Merci.

En sortant, Eve s'arrêta devant un distributeur.

— Prenez de l'eau. Pour moi, un truc froid bourré de caféine.

— Bonne idée, j'ai déjà la gorge sèche. Je suis prête, pourtant, dit Peabody en composant son code. L'équipe du procureur m'a entraînée. Et ce n'est quand même pas la première fois que je témoigne devant un jury.

— Si, en tant que victime, c'est la première fois. Or ça change tout, je ne vous apprends rien.

Peabody tendit à Eve un tube de Pepsi et avala une grande lampée d'eau.

— Ce n'est même pas Celina qui m'a blessée. Je ne comprends pas pourquoi je suis angoissée.

— Elle savait ce qui allait se passer, et elle n'a pas tenté de l'empêcher. On ne l'accuse pas de complicité sans raison, Peabody. Il vous suffit d'exposer les faits, sans vous laisser démonter par l'avocat de la défense. Ensuite vous tirerez un trait sur cette histoire.

Malheureusement, Peabody n'oublierait jamais l'agression, la terreur et la souffrance qu'elle avait subies. La justice serait peut-être rendue, cependant la justice ne gommait pas les souvenirs.

Précédant sa coéquipière, Eve franchit les portes du Central. Malgré le mauvais temps, un peu de marche calmerait les nerfs de Peabody.

— Vous êtes un flic qui a été durement frappé dans l'exercice de ses fonctions. Pour des jurés, ce n'est pas neutre. En outre, vous êtes un flic de sexe féminin – une considération qui ne devrait peut-être pas peser dans la balance mais qui pèse quand même. Que ce cinglé, ce colosse – qui a tué et mutilé de nombreuses femmes – vous ait tabassée… oui, ça compte énormément.

— Il est bouclé à double tour. Trop fou pour être jugé. Il restera enfermé dans un asile psychiatrique, dans une cellule capitonnée réservée aux malades violents, jusqu'à ce qu'il claque. Personnellement, ça me soulage.

— Votre mission, à présent, c'est d'aider le procureur à prouver que Celina était responsable.

— Ils l'auront pour le meurtre d'Annalisa Sommers, celui qu'elle a commis elle-même. Pour ça au moins, elle écopera d'une condamnation. Il faut peut-être s'en contenter.

— Ça vous suffit, à vous ?

Le regard dans le vide, Peabody termina son eau.

— J'essaie de m'en convaincre.

— Moi je n'y arrive pas. Vous vous en êtes tirée, mais d'autres n'ont pas eu cette chance. Elle observait tout, elle était à l'affût. Grâce à son don de voyance, elle avait noué une sorte de lien télépathique avec John Blue, le tueur qui était sa marionnette. Elle est, je le répète, responsable de chacune des victimes, de chaque minute que vous avez passée à l'hôpital puis en convalescence. Je veux qu'elle paye pour tout ça.

Elles montaient les marches du palais de justice. Peabody déglutit avec peine.

— J'ai les mains qui tremblent, souffla-t-elle.

— Du cran, rétorqua simplement Eve.

Une fois qu'elles eurent franchi le portique de sécurité, Eve aurait pu pénétrer dans la salle du tribunal. Au lieu de quoi elle attendit avec Peabody et la substitut Cher Reo.

— Nous avons une brève suspension de séance, annonça cette dernière. Ensuite vous témoignerez.

— Ça va comme vous le souhaitez ? lui demanda Eve.

— Elle a d'excellents avocats.

Reo était une jolie blonde au regard bleu, acéré. Malgré son physique et sa voix chantante, à l'accent traînant du Sud, elle avait la dureté du granit.

— Nous jouons tous la carte de la voyance, de manière différente. Ils prétendent que les images que Celina recevait – les meurtres, la violence – se sont soldées par un traumatisme et une diminution de ses facultés cognitives. Leurs experts l'affirment la main sur le cœur. Résultat, ils rejettent toute la faute sur Blue. Il est dingue, il a colonisé l'esprit de Celina, et ainsi de suite.

— Foutaises.

— Oui, soupira Reo en tapotant ses cheveux. De notre côté, nous la présentons pelotonnée dans son lit, bien au chaud, en train de regarder Blue torturer, mutiler et tuer – ce qui lui a inspiré la brillante idée de copier son *modus operandi* pour assassiner la fiancée de son ex-amant. Sous prétexte de collaborer avec la police, elle dissimulait la vérité et ne faisait rien pour sauver des femmes du massacre. À cause d'elle, l'inspecteur Peabody a été grièvement blessée. Elle s'est courageusement défendue et a contribué à résoudre l'affaire, ce qui lui a valu une décoration.

Reo posa la main sur le bras de Peabody, un geste de réconfort et de solidarité féminine.

— Vous voulez revoir encore nos arguments ? Nous avons quelques minutes devant nous.

— Oui, peut-être…

Peabody se tourna vers Eve. Ses yeux étaient un peu trop brillants, son sourire forcé.

— Vous n'avez qu'à entrer. Reo va me briefer une dernière fois, ensuite je suis sûre que j'aurai la nausée. Pour ça, il vaudra mieux que je sois seule.

Eve attendit que sa coéquipière ait suivi la substitut dans une salle de réunion, avant de contacter McNab.

— Où êtes-vous ?

Le visage séduisant de l'inspecteur apparut sur l'écran du communicateur. À en juger par sa longue queue-de-cheval blonde qui dansait sur ses épaules, il était en train de marcher à toute allure, voire de courir.

— À trois cents mètres au sud. J'ai été obligé de venir à pied. Il y a trop de véhicules dans les rues, ça devrait être interdit !

— Il y a une suspension de séance, qui est presque terminée. Grouillez-vous. Je serai dans le fond de la salle, je vous garde une place.

Elle coupa la communication, entra et alla s'asseoir comme elle l'avait fait si souvent au cours de sa carrière.

Elle étudia attentivement les jurés lorsqu'ils s'installèrent dans leur box.

Un instant après, Celina Sanchez fut amenée dans le prétoire, escortée par son équipe de défenseurs.

Les regards d'Eve et de l'accusée se rencontrèrent en un duel muet, semblable au bref et fatidique échange entre le chasseur et sa proie. Tout revenait en vrac – les cadavres, le sang, la cruauté... et cet atroce gâchis.

À la fin de cette lamentable histoire, Celina avait déclaré avoir agi par amour.

C'était bien le pire de tout, songea Eve.

Celina avait coiffé sa splendide chevelure en un sage chignon roulé sur le sommet du crâne et qui lui donnait un petit air pudibond que soulignait son austère tailleur gris – elle qui affectionnait en principe les couleurs éclatantes.

Un costume de théâtre... Eve savait quelle personnalité se cachait sous cet habit vertueux. Et, s'ils n'étaient pas complètement idiots, les jurés le devineraient aussi.

L'huissier annonçait l'entrée des magistrats, lorsque McNab surgit, le visage rougi par le froid et la fatigue. Il arborait, sur une chemise puce, une veste spectaculaire à motif en zigzag bleu et rose. Il se glissa auprès d'Eve.

— Elle n'a pas voulu que je reste avec elle, marmonna-t-il. Elle avait besoin de se concentrer. Merde.

— Elle se débrouillera très bien, rétorqua Eve.

Inutile de lui dire qu'elle avait des crampes à l'estomac. Elle savait parfaitement ce qu'il revoyait dans sa tête, tandis que le procureur appelait Peabody à la barre.

Il se revoyait en train de courir, de hurler « Policier à terre ! », tout en dévalant quatre à quatre l'escalier de l'immeuble pour secourir Peabody.

À ce moment-là, Eve n'était pas présente. Elle n'avait pas vu sa coéquipière effondrée dans la rue, ensanglantée, les os brisés. Pourtant cette image la hantait.

Elle voulait que chaque membre du jury l'ait aussi devant les yeux.

Ainsi qu'on le lui demandait, Peabody déclina son identité, indiqua son rang, son numéro d'insigne. Le procureur enchaînait les questions, carré et efficace. Bravo, le félicita mentalement Eve. Traite-la comme un flic. Il reprit avec elle certains points du témoignage qu'elle avait déjà fourni, après quoi le ministère public et la défense entamèrent leur petit ballet juridique.

Quand on la pria de relater la soirée de l'agression, Peabody commença son récit d'un ton ferme. Le timing, les étapes successives, le coup de fil qu'elle avait passé à son compagnon, l'inspecteur McNab, en sortant du métro pour rentrer chez elle. Aussi, quand sa voix s'éraila, les jurés l'entendirent. Et ils virent une femme lutter pour sauver sa peau, un flic se battre pour survivre.

— J'ai réussi à dégainer mon arme...

— Vous étiez grièvement blessée, aux prises avec un individu considérablement plus costaud que vous, pourtant vous avez pu dégager votre arme de son étui ?

— Oui, monsieur. Et j'ai appuyé sur la détente. Je me souviens qu'il m'avait soulevé de terre, je voltigeais dans les airs... mais j'ai tiré. Après je suis retombée, et je ne me rappelle plus rien jusqu'à mon réveil à l'hôpital.

— J'ai là une liste de vos blessures, inspecteur. Avec la permission de la cour, je vais la lire pour que vous nous la confirmiez.

Instinctivement, McNab chercha la main d'Eve et s'y cramponna.

Elle ne le repoussa pas durant toute la lecture, la vérification, les objections, les questions. Elle ne bougea pas lorsque la défense se lança dans son contre-interrogatoire et que les doigts de McNab broyèrent les siens.

Peabody, à présent, tremblait visiblement, et l'avocat de Celina jouait là-dessus. Il commettait peut-être une erreur, pensa Eve. Malmener la victime, l'unique rescapée d'une série de crimes atroces...

— D'après votre déposition, inspecteur, et les déclarations d'autres témoins de l'agression, John Joseph Blue était seul quand il vous a attaquée.

— C'est exact.

— Mlle Sanchez n'était pas présente au moment où vous avez été blessée.

— En effet. Elle n'était pas physiquement présente.

— Mlle Sanchez a déclaré n'avoir jamais rencontré John Joseph Blue. Elle ne lui a jamais parlé et n'a jamais eu de contact avec lui.

— C'est faux. Elle était en contact avec John Blue. Elle est médium et télépathe, elle communiquait à distance avec lui.

— Ce verbe « communiquer » est tout à fait excessif. Mlle Sanchez, grâce à son don, a vu les terribles meurtres commis par le dénommé John Joseph Blue, qu'il a d'ailleurs avoués. N'est-il pas vrai que Mlle Sanchez s'est volontairement présentée à la police pour proposer de vous aider dans vos investigations ?

— Non, monsieur, ce n'est pas vrai.

— Inspecteur, j'ai là des rapports, figurant au nombre des pièces à conviction, qui établissent indubitablement que Mlle Sanchez a offert son concours, sans la moindre rétribution, aux enquêteurs chargés de l'affaire, lesquels l'ont accepté. En réalité, elle a contribué à identifier Blue et par conséquent à l'arrêter.

Peabody saisit le verre d'eau posé devant elle, but longuement. Quand elle répondit, sa voix était de nouveau assurée – celle d'un flic.

— Non, monsieur. Elle n'a aidé ni la police, ni les victimes, ni la ville de New York. En fait, elle a entravé l'enquête en taisant une information capitale afin de tuer Annalisa Sommers, ce qui était son seul objectif.

— Monsieur le Juge, je demande que le jury ne tienne pas compte de l'interprétation abusive du témoin !

— Objection ! s'exclama le procureur en bondissant sur ses pieds. Ce témoin est un officier de police expérimenté, l'un des pivots de l'équipe qui a résolu cette triste affaire.

Le ballet se poursuivit, mais Eve sentit que Peabody était maintenant plus détendue : elle avait trouvé son rythme.

— Vous avez deux secondes pour lâcher ma main avant que je vous estourbisse avec l'autre, susurra Eve.

McNab émit un petit rire nerveux.

— Oh, pardon... Elle est super, hein ?

— Oui.

Quand ce fut terminé, Peabody était un peu pâle, cependant Eve fut satisfaite de la voir tourner la tête pour regarder Celina droit dans les yeux.

De cela aussi sa coéquipière se souviendrait.

Dès qu'ils eurent quitté la salle d'audience, McNab se précipita vers sa compagne qu'il enlaça.

— Bravo, ma poupée. Tu les as drôlement secoués !

— C'est plutôt moi qui étais secouée, mais je crois que je ne m'en suis pas trop mal sortie. Bon sang, je suis contente que ce soit fini...

Peabody adressa un sourire ému à Eve.

— Merci d'être restée...

— Je n'aurais pas manqué ça pour un empire. Vous n'avez qu'à rentrer chez vous. De toute façon, on n'a plus que deux heures à tirer.

— Mais je...

— Profitez-en, il n'y a rien d'urgent pour l'instant.

Soudain, Eve repéra Nadine Furst, la journaliste star de Channel 75, qui s'approchait, juchée sur les fins talons de ses bottes. Un cameraman la suivait comme son ombre.

— Rien d'officiel, en tout cas, ajouta Eve.

— La voilà ! s'exclama Nadine. Comment ça s'est passé, Peabody ?

— Plutôt bien, il me semble.

— Vous êtes parée pour une petite interview ?

Eve allait s'y opposer par réflexe, puis se ravisa. Ce serait sans doute bon pour Peabody de pouvoir s'exprimer en dehors du tribunal. De plus, Nadine était digne de confiance.

— Euh... oui.

— Il fait un temps de chien, mais les images seraient meilleures si on filmait l'entretien sur les marches du palais de justice. McNab, donnez-moi votre chère et tendre.

— Pas question que je vous la donne, mais vous pouvez me l'emprunter quelques minutes.

— Dallas, j'ai hâte d'être à demain, dit la journaliste. Vous êtes disponible ? J'aimerais bien vous interviewer, vous aussi.

— Non, aujourd'hui, c'est Peabody la vedette.

Eve s'éloigna. Sur le trottoir, elle pivota. Nadine avait raison, ce serait un bon reportage – Peabody dans la bruine, sur les marches du tribunal, parlant de justice et du métier de policier. Sa famille serait fière d'elle.

Eve observa un instant la scène. Elle se détourna juste à temps pour voir la bousculade, le vol, la fuite.

— Mon sac ! Mon sac !

— Oh, flûte… grommela Eve qui s'élança.

Nadine aussi se précipita, au risque de se rompre le cou.

— Suis-la ! ordonna-t-elle au cameraman. Ne la lâche pas.

Comme Peabody et McNab la dépassaient comme des flèches, Nadine descendit quatre à quatre les marches, en équilibre précaire sur ses fins talons.

— Nom d'une pipe, surtout ne les perds pas !

Le voleur mesurait plus d'un mètre quatre-vingts pour près de cent kilos. Il était tout en jambes et les utilisait habilement pour faire tomber les passants comme des quilles – autant d'obstacles qu'Eve devait ensuite contourner ou franchir d'un bond.

Elle courait, son manteau de cuir noir claquant au vent, sans gaspiller son souffle à sommer le voleur de s'arrêter, à l'avertir qu'elle était de la police. C'était inutile. Il avait croisé son regard – comme Celina – et instantanément reconnu le chasseur.

Il empoigna un glissa-gril – vendeur compris – et balança le tout de l'autre côté du trottoir. Les hot-dogs au soja glissèrent sur le sol, les tubes de soda explosèrent.

Elle réussit à éviter un malheureux piéton qu'il propulsait dans sa direction, puis un autre. Jaugeant la distance qui les séparait, elle allongea brusquement sa foulée, le tacla. Tous deux s'étalèrent sur le trottoir mouillé, à quelques millimètres de la chaussée où arrivait un maxibus qui stoppa dans un hurlement de freins.

Eve aussi faillit hurler – elle avait la hanche en feu.

Tandis qu'elle s'escrimait à reculer pour ne pas passer sous les roues de l'énorme véhicule qui patinait, le voyou se débrouilla pour lui asséner un coup de coude à la mâchoire.

— Ça, c'est vraiment crétin, gronda-t-elle en lui tirant brutalement les bras derrière le dos pour le menotter. Le vol ne vous suffit pas, il vous faut en plus agresser un officier de police.

— Vous avez jamais dit que vous étiez flic. Je devine comment, moi ? Et puis vous avez failli me faire écraser ! C'est une bavure policière ! beugla-t-il, quémandant le soutien d'un badaud compatissant. J'embête personne et vous essayez de me zigouiller !

— Vous n'embêtez personne…

Eve tourna la tête, cracha le sang qui lui emplissait la bouche. Elle avait maintenant tellement mal à la mâchoire qu'elle ne sentait plus sa hanche – de quoi se plaignait-elle ?

Elle le fouilla, récupéra le sac qu'elle l'avait vu chiper, ainsi que trois autres, et quatre portefeuilles.

— Joli butin, commenta-t-elle.

Il s'assit sur le trottoir, haussa les épaules, soudain fataliste.

— En fin d'année, y a beaucoup de monde dans les rues. Dites… ne m'inculpez pas pour agression, OK ? C'était juste un réflexe.

— Eh bien, bravo, vous avez d'excellents réflexes, bougonna Eve en tâtant sa mâchoire endolorie pour s'assurer qu'elle n'était pas fracturée.

— Je vous retourne le compliment. Vous êtes drôlement rapide, chapeau.

Peabody et McNab les rejoignirent, essoufflés.

— Dispersez cette foule, leur ordonna Eve. Et demandez qu'une voiture de patrouille vienne chercher ce monsieur. Multiples vols à la tire. Dans la mesure où Noël approche, je veux bien oublier l'agression.

— Merci.

— Écartez-moi cette fichue caméra de la figure, rouspéta-t-elle.

— Vous avez la lèvre qui saigne, lieutenant, fit remarquer McNab en rassemblant sacs et portefeuilles.

— Nan… grogna-t-elle. Je me suis mordu la langue, c'est tout.

— La voiture arrive, lieutenant, annonça Peabody. Au fait, je vous ai regardée sauter par-dessus les piétons qui jonchaient le trottoir… si ç'avait été une course d'obstacles, vous auriez remporté la médaille d'or.

— Lieutenant Dallas ? intervint Nadine, le souffle un peu court, tenant par le bras une femme aux immenses yeux bruns. Voici Leeanne Petrie, dont vous avez récupéré le bien.

— Je ne sais comment vous remercier, madame.

— Commencez par ne pas m'appeler madame, ça me donne des boutons. Il va falloir nous accompagner au Central, mademoiselle Petrie, pour signer une déclaration de vol.

— Quelle aventure ! Cet homme m'a bousculée si violemment que j'en suis tombée par terre, vous vous rendez compte ? Je suis d'une toute petite ville, White Springs, juste à côté de Wichita, au Kansas. Jamais je n'avais vécu une journée aussi palpitante !

Eve la dévisagea, consternée.

— Vous auriez intérêt à vous montrer prudente. Ici, nous ne sommes pas au Kansas.

Peabody étant rentrée chez elle, régler les détails de l'affaire de vol à la tire retint Eve bien après la fin de son service. Lorsqu'elle quitta le Central, il faisait nuit. La température avait encore chuté, et la bruine obstinée s'était muée en grésil. Le trajet de retour fut un véritable parcours du combattant.

Coincée dans les files d'automobiles qui n'avançaient pas, elle sirotait de l'eau glacée pour anesthésier sa langue meurtrie. Son esprit vagabondait. Elle n'était plus qu'à quelques centaines de mètres du manoir, quand elle repensa à Trudy Lombard. Et soudain, elle eut une illumination.

— C'est pas à cause de moi... évidemment. Pourquoi je l'intéresserais ? Oh, bon Dieu !

Elle brancha sa sirène deux tons, actionna le levier commandant le décollage vertical – une manœuvre relativement suicidaire dans cette circulation. Pestant tant et plus, elle pianota sur son communicateur de bord.

— Je veux parler à Connors, aboya-t-elle quand elle eut Summerset en ligne.

— Il est à la grille, il n'a pas encore atteint la maison. Si c'est une urgence...

— Prévenez-le que je serai là dans dix minutes. Si une personne nommée Lombard appelle, surtout ne la passez pas à Connors. Vous avez bien compris ?

Elle raccrocha, donna un brusque coup de volant et regagna le plancher des vaches, se casant de justesse entre deux véhicules.

La garce ! Que chercherait-elle, sinon de l'argent ? Or qui, dans l'univers, possédait des montagnes d'argent ?

Trudy Lombard ne s'en tirerait pas comme ça. Et si jamais Connors avait l'idée de la payer pour qu'elle disparaisse, Eve l'écorcherait vif, elle en faisait le serment.

Elle accéléra, exécuta quelques magistrales queues de poisson et, bientôt, franchit en trombe les grilles du domaine. Connors descendait de sa limousine, lorsque Eve se gara au pied du perron.

— Suis-je en état d'arrestation ? cria-t-il. Votre sirène, lieutenant. On ne s'entend plus.

Elle coupa la sirène, sortit de sa voiture et claqua la portière.

— Ce que je suis bête ! Une vraie cruche !

— Si tu critiques la femme que j'adore, je ne t'offre pas d'apéritif.

— C'est toi. Pas moi. Si je ne m'étais pas laissé chambouler comme ça, j'aurais compris tout de suite. Lombard, ajouta-t-elle comme il la dévisageait, les sourcils en accents circonflexes.

— D'accord… répliqua-t-il, effleurant délicatement la mâchoire d'Eve. Où as-tu récolté ce bleu ?

— Oh, c'est rien, s'énerva-t-elle – la rage était pour elle le meilleur des antalgiques. Tu m'écoutes, Connors ? Je la connais. Les gens comme elle, je les connais. Elle ne fait rien sans objectif précis. Elle n'a pas dépensé ses sous dans le seul but de me perturber. Non… c'est toi qu'elle a dans le collimateur.

— Il faut que tu te calmes, ma chérie. Allons, viens au salon, dit-il en l'entraînant. Il y a du feu dans la cheminée, je vais te servir du vin…

— Connors ! protesta-t-elle en lui tapant sur la main. Impassible, il la débarrassa de son manteau mouillé.

— Reprends ta respiration, conseilla-t-il. Tu n'as peut-être pas envie d'un verre, mais moi si. Avec ce temps de chien, un peu de réconfort est indispensable.

— J'ai manqué de lucidité, voilà le problème. Je n'ai pas réfléchi, je me suis contentée de… réagir. Elle a tenté le coup des retrouvailles. Je n'étais qu'une môme, complètement bousillée, en plus. Elle a dû miser sur le fait que je ne me rappellerais pas ce que j'avais subi avec elle. Comme ça, elle pouvait se poser en mère depuis longtemps perdue de vue, en ange de miséricorde, en n'importe quoi… et quand elle aurait pleuré misère, je t'aurais demandé de lui donner de l'argent.

— Elle t'a sous-estimée. Tiens…

Eve saisit le verre, se dirigea vers la cheminée où le feu crépitait, revint sur ses pas.

— Elle a un plan de rechange. Forcément. Au cas où je ne serais pas réceptive, elle a prévu un moyen d'aller directement à la source. Autrement dit, toi. Avec une histoire bien triste, pour éveiller ta compassion. Quitte à passer ensuite aux menaces si ça ne suffit pas pour secouer l'arbre à billets. Elle réclamera sans doute une grosse somme, ce qui ne sera qu'un début et…

Eve s'interrompit, scruta le visage de Connors.

— Et, manifestement, je ne t'apprends rien.

— Tu l'as dit toi-même… si tu n'avais pas été aussi chamboulée, tu en serais arrivée à cette conclusion immédiatement.

Baissant la tête, il lui baisa la mâchoire.

— Viens t'asseoir près du feu.

— Une minute, articula-t-elle en l'agrippant par la manche. Tu n'es pas allé la voir, n'est-ce pas ?

— Certainement pas, et je n'en ai aucune intention. Sauf si elle continue à te harceler. Sais-tu qu'on lui a confié onze autres enfants au cours des années ? Je me demande si elle les a traités aussi mal que toi.

— Tu as fait des recherches sur elle ?

Eve se détourna.

— Évidemment... marmonna-t-elle. Décidément, ces temps-ci, j'ai vraiment le cerveau ralenti.

— C'est une affaire réglée, Eve. N'y pense plus.

Elle but une gorgée de vin, sans le regarder.

— Réglée de quelle manière ?

— Elle m'a rendu visite à mon bureau aujourd'hui. Je lui ai clairement expliqué qu'il serait préférable pour toutes les personnes concernées qu'elle retourne au Texas et ne s'avise plus de te contacter.

— Tu lui as parlé ?

Submergée par une colère impuissante, Eve ferma les yeux.

— Tu savais qui elle était, et tu l'as reçue dans ton bureau ?

— J'y ai reçu des individus bien pires que cette femme. D'ailleurs que voulais-tu que je fasse ?

— Que tu me laisses me dépatouiller. C'est mon problème, c'est à moi de le résoudre. Tu devrais pourtant le comprendre.

— C'est *notre* problème – c'était à *nous* de le résoudre, et maintenant c'est fait.

— Je refuse que tu te mêles de mes affaires !

Brusquement, elle exécuta une sorte de pirouette et balança son verre qui se brisa sur le sol dans un éclaboussement de vin rubis.

— Tes affaires sont aussi les miennes désormais, et vice-versa.

— Je n'ai pas besoin d'être protégée, je ne veux pas qu'on me dorlote !

— Oh, je vois… riposta-t-il d'une voix suave qui n'augurait rien de bon. Il est donc parfaitement normal que je m'occupe des petits détails insignifiants et qui t'ennuient. Mais je ne dois pas me mêler des choses qui comptent. C'est bien ça ?

— Je suis une épouse lamentable, OK, bredouilla-t-elle. J'oublie les dates des réceptions, je suis nulle pour organiser ces machins-là et, de toute façon, je m'en fiche…

— Tu n'es pas une épouse lamentable. Il me semble être le seul à pouvoir en juger, non ? Mais j'avoue que tu es une femme extrêmement pénible. Trudy Lombard m'a rendu visite, elle a tenté de m'ébranler, elle ne recommencera plus. J'ai le droit de te protéger et de préserver mes propres intérêts. Aussi, si tu veux piquer une crise, je te laisse, conclut-il en se dirigeant vers la porte.

— Ne te défile pas, protesta Eve qui faillit saisir un objet précieux, n'importe quoi, pour le lui lancer à la tête – mais ce serait trop féminin, trop hystérique. Je t'interdis de mépriser ce que j'éprouve !

Il pivota, les yeux étincelants.

— Eve chérie, si tes sentiments n'étaient pas si importants pour moi, nous n'aurions pas cette discussion. Je m'éloigne de toi pour m'empêcher de te cogner le crâne contre le mur dans l'espoir de t'y enfoncer un peu de jugeote.

— Tu avais l'intention de me dire que tu avais vu cette femme, oui ou non ?

— Je ne sais pas. Il y avait du pour et du contre, j'hésitais encore. Elle t'a fait du mal, et je ne le tolère pas. C'est très simple. Bon sang, Eve, quand j'ai découvert la vérité à propos de ma mère, que j'ai complètement perdu les pédales… toi aussi tu m'as pris les rênes des mains et tu t'es occupée de moi, contre ma volonté.

— Ce n'est pas pareil, rétorqua-t-elle avec une terrible amertume. Comment ton histoire s'est-elle terminée, Connors ? Tu as retrouvé des gens qui t'aiment et ne te demandent rien. Bien sûr, ça n'a pas été facile pour toi. Ton père a tué ta mère. Mais c'était une jeune femme innocente qui t'adorait. Moi, on ne m'a pas aimée. Dans mon passé, il n'y a rien ni personne d'honnête, d'innocent.

Eve s'interrompit, le souffle court. Puis, d'une voix aiguë, elle cracha :

— Tandis que toi... d'accord, tu as reçu une gifle et tu as perdu les pédales. Mais qu'est-ce que tu as eu en échange ? Un trésor. Comme d'habitude !

Il n'ébaucha pas un geste pour l'arrêter lorsqu'elle se rua hors du salon, puis monta l'escalier quatre à quatre. En cet instant, il était trop furieux.

5

La salle de sport parut à Connors le seul lieu propice pour évacuer la rage qui l'étouffait. Il souffrait encore de son épaule, mal remise des blessures récoltées quelques semaines auparavant, alors qu'il aidait son exaspérante épouse dans son travail.

Le lieutenant Dallas jugeait apparemment normal qu'il risque sa vie, mais lui interdisait de se débarrasser d'un maître chanteur en jupon. Le comble de l'incohérence...

Au diable ces foutaises, fulmina-t-il. Il allait s'occuper de lui et retrouver sa forme physique.

Dédaignant les holomachines, il opta pour les haltères et programma une séance particulièrement rude de développés et d'épaulés-jetés. Imposer à son corps une discipline de fer lui permettrait de se remettre les idées en place.

Eve, de son côté, devait arpenter son bureau, cogner tout ce qui passait à portée de sa botte, le tout en maudissant son mari. Jamais il n'avait connu une femme rationnelle capable – si vite et si stupidement – d'adopter un comportement totalement irrationnel.

Car enfin... qu'aurait-il pu faire, selon elle ? L'appeler au secours, lui demander de chasser cette ridicule guêpe texane qui l'importunait ?

Eh bien, si elle attendait ça de lui, elle n'avait pas épousé l'homme qu'il fallait. Tant pis pour elle.

Elle ne voulait pas qu'il la protège quand elle en avait besoin, qu'elle était malade de douleur et d'angoisse ? Ça aussi, c'était tant pis pour elle.

Il poursuivit ainsi sa séance punitive, rouspétant dans sa barbe, transpirant à grosses gouttes et tirant une sombre satisfaction de ses muscles en feu qui criaient grâce.

Eve, pour sa part, était où Connors le présumait et faisait exactement ce qu'il supposait – elle ne s'arrêtait de marcher que pour flanquer à sa table de travail de sauvages coups de pied.

Chaque fois, sa hanche blessée protestait.

— Qu'il aille au diable! maugréait Eve. Il ne peut pas s'occuper de ses oignons?

Galahad, le chat gras comme un moine, entra. Il traversa la pièce et s'affala sur le seuil de la cuisine, tel un spectateur qui s'installe confortablement pour assister au spectacle.

— Tu sais pourquoi on m'a donné un insigne? lui demanda Eve. Parce que je suis capable de me débrouiller toute seule. Je n'ai pas besoin qu'un… *homme* se charge d'arranger mes ennuis.

Le matou inclina la tête, clignant ses yeux vairons, puis entreprit de se laver une patte avec une mine souverainement dédaigneuse.

— Ouais, tu es de son côté, évidemment. La solidarité masculine… Mais est-ce que je ressemble à une *femelle* en détresse?

Bon d'accord, admit-elle en se remettant à arpenter le bureau. Pendant un bref moment, elle en avait peut-être eu l'air. Cependant Connors la connaissait, n'est-ce pas? Il savait bien qu'elle se ressaisirait.

Hmm… Comme il avait su que Lombard viendrait tourniquer autour de lui.

— Mais est-ce qu'il en a parlé, hein? bougonna-t-elle, agitant les mains. Est-ce qu'il a dit: vois-tu, Eve, je crois que cette garce sadique risque fort de me rendre visite? Non… motus et bouche cousue. Tout ça à cause de ce foutu fric. Voilà ce que ça me rapporte de vivre avec un type qui possède quasiment la terre entière et une grosse partie de ses satellites.

La colère l'ayant largement vidée de son énergie, Eve s'effondra sur sa chaise longue. Elle fronça les sourcils, haussa les épaules, poussa un soupir...

... et commença à réfléchir.

L'argent de Connors. Bien sûr. Il avait le droit de se protéger contre les braconniers. Or elle n'avait pas levé le petit doigt pour le défendre.

Non... elle en avait eu assez de gémir, se plaindre, se vautrer dans le mélodrame.

Et elle s'en était prise au seul être qui la comprenait vraiment, qui savait tout ce qu'elle gardait soigneusement verrouillé au tréfonds de son cœur. En réalité, elle s'en était prise à lui justement à cause de ça. Bravo, Dallas. Le Dr Mira lui décernerait sans doute une médaille d'or en chocolat pour être parvenue seule à cette triste conclusion.

OK, elle était méchante comme la gale. Ça n'avait rien d'une révélation. Et elle n'allait quand même pas présenter des excuses à Connors.

Elle se rassit, tambourina sur son genou, se repassa la scène du salon. Une atroce crampe lui tordit l'estomac.

— Oh, bon Dieu... qu'est-ce que j'ai fait ?

Connors s'essuya la figure et saisit une bouteille d'eau. Il hésita à programmer une autre séance – une course d'endurance, par exemple. Il n'était pas complètement délivré de sa rage, et sa rancœur résistait.

Il envisageait de la noyer dans la piscine quand Eve apparut.

Connors sentit son dos se redresser malgré sa fatigue. Une vertèbre après l'autre.

— Si tu veux la salle, tu attendras, articula-t-il. Je n'ai pas fini et je n'ai pas envie de compagnie.

Elle faillit lui dire qu'il devait s'arrêter, qu'il n'était pas encore suffisamment rétabli. Mais, si elle s'avisait de prononcer ces mots, il lui dévisserait la tête. Et elle ne l'aurait pas volé.

— Je t'interromps juste une minute. Je... je suis désolée. Profondément désolée. Je ne sais pas comment j'ai osé te parler de cette façon. J'ai honte de moi.

Elle prit une inspiration, ravalant ses larmes.

— Ta famille… je suis si heureuse que tu les aies retrouvés, je te le jure. Réaliser que je suis assez mesquine pour te jalouser… ça me rend malade. J'espère qu'un jour tu pourras me pardonner. Voilà, c'est tout.

Elle tourna les talons, se dirigea vers la porte.

— Attends…

Il attrapa une serviette, se frotta le visage et les cheveux.

— Tu as le don de me couper les pattes, je t'assure. Maintenant, il faut que je réfléchisse, que je me pose la question : qu'est-ce que je ressentirais, si cette situation familiale s'inversait, si j'étais à ta place ? Eh bien… je ne serais pas étonné de découvrir en moi quelque chose de pas très joli.

— Que j'aie pu dire une chose pareille, c'est horrible. Oh, Connors… je regrette tellement.

— Il nous est arrivé à tous les deux de dire n'importe quoi. Oublions ça. Quant au reste…

— J'avais tort.

Il haussa un sourcil narquois.

— Noël serait-il en avance cette année ? Sinon il faudra, pour célébrer cette journée, en faire une fête nationale.

— Quand j'ai été idiote, j'ai l'honnêteté de le reconnaître. Enfin… quand j'ai été bête au point de vouloir me botter l'arrière-train.

— Puisque tu n'es pas contorsionniste, je propose de t'infliger ce châtiment.

Eve n'esquissa même pas un sourire.

— Lombard en avait après ton argent, tu l'as renvoyée dans ses buts. Simple comme bonjour. Moi, j'ai tout compliqué, j'ai tout ramené à moi, alors que je n'avais rien à voir là-dedans.

— Ce n'est pas totalement exact. Je l'ai écartée de mon chemin plus violemment que nécessaire parce que, pour moi, tu étais au centre de cette histoire.

Eve battit des paupières, la gorge nouée.

— Je déteste que… Non, s'il te plaît, balbutia-t-elle, comme il s'approchait. Je… je me déteste pour n'avoir pas empêché ça. Pour n'en avoir pas été capable. Et parce que toi, tu as réglé le problème, je t'ai volé dans les plumes.

Sa voix se brisa.

— Je pouvais te malmener, n'est-ce pas, j'étais sûre que... tu me pardonnerais. J'ai essayé de me convaincre que tu avais manœuvré dans mon dos, que tu avais trahi ma confiance, mais c'est faux. Tu as simplement fait ce qui devait être fait.

— Ne me flatte pas trop, répliqua-t-il en s'asseyant sur le banc de musculation. Je l'aurais volontiers tuée. Il me semble même que j'aurais adoré. Malheureusement, ça ne t'aurait pas plu, pas du tout. Alors je me suis borné à la persuader que je la truciderais – de manière abominable – si jamais elle posait ses doigts crochus sur toi ou moi.

— J'aurais voulu voir ça. Dis-moi... combien je valais, pour elle ?

— Quelle importance ?

— J'aimerais le savoir.

— Deux millions. Cette somme misérable prouve bien qu'elle ne nous connaît pas.

Le regard de Connors – si bleu et qui lisait en Eve comme dans un livre ouvert – ne quittait pas le visage de la jeune femme.

— Elle ignore que, pour moi, tu vaux infiniment plus que tout l'or du monde. Ce qui existe entre nous n'a pas de prix.

Elle s'approcha de lui, se pelotonna sur ses genoux, nouant ses bras et ses jambes autour de son corps.

— Te revoilà enfin, souffla-t-il.

— Connors... elle est toujours à New York ?

Comme il ne répondait pas, elle s'écarta légèrement pour planter ses yeux dans les siens.

— Tu sais forcément où elle est, insista-t-elle. Je me sens déjà suffisamment stupide, ne me donne pas en plus l'impression d'être nulle...

Il hocha la tête.

— Quand je suis rentré à la maison, elle n'avait pas encore quitté son hôtel, pas plus que son fils et sa belle-fille.

— Bon, alors demain... Ah non, demain, impossible. Je n'oublie pas le machin, et je vais faire... le nécessaire.

Se contraindre à participer aux préparatifs d'une grande réception serait sa pénitence pour avoir été sotte et méchante.

— Il faudra que quelqu'un m'explique ce que je dois faire pour le machin...

Elle prit le visage de Connors entre ses mains.

— Pas Summerset, par pitié...

— Tu n'es pas obligée de faire quoi que ce soit, et le « machin » s'appelle une fête.

— Toi, pourtant, tu fais des choses. Tu coordonnes, tu donnes le feu vert ou non, tu jacasses avec le traiteur, etc.

— Je ne jacasse jamais, pas même avec le traiteur. Toutefois, si tu y tiens vraiment, tu peux aider à superviser la décoration de la salle de bal.

— Je vais avoir besoin d'une liste ?

— De plusieurs. Crois-tu que cela apaisera tes remords ?

— C'est un début. Dimanche, si Lombard est toujours là, j'irai la voir.

— Pourquoi, Eve ? s'inquiéta-t-il en lui caressant la joue. Pourquoi t'infliger ça, au risque de recevoir un nouveau coup ?

— Je veux lui montrer sans ambiguïté, face à face, qu'elle n'a pas le pouvoir de m'atteindre. Je ne supporte pas la lâcheté or, dans cette histoire, je me suis fourré la tête dans le sable.

— Tu es une ravissante autruche.

— Peut-être, mais dans la peau de cette bestiole, je ne m'aime pas du tout. Alors si elle est toujours là dimanche, je m'occupe d'elle.

— Nous nous en occupons.

Eve hésita puis acquiesça.

— D'accord, murmura-t-elle en appuyant sa joue contre celle de son mari. Tu es en nage...

— J'ai évacué ma colère de façon constructive, au lieu de fracasser mon bureau.

— Tais-toi ou je pourrais bien ne pas me sentir assez coupable pour proposer de te savonner le dos sous la douche.

— Oh... je n'ouvrirai plus la bouche, souffla-t-il en lui embrassant le cou.

Brusquement, elle agrippa son tee-shirt et l'en débarrassa d'un seul mouvement.

— Après... quand je t'aurai fait l'amour et mis la cervelle à l'envers.

Elle le poussa ; tous deux tombèrent du banc de musculation et atterrirent sur le tapis en mousse.

— Aïe... sourit-il. J'ai bien peur que la culpabilité n'ait complètement étouffé ta douceur naturelle.

— Ouais, ça me rend nerveuse.

Elle le chevaucha.

— Et un rien féroce...

Eve se pencha, effleurant de ses seins le torse moite de Connors, promenant ses ongles sur sa peau jusqu'à la ceinture de son short, qu'elle tira brutalement pour le libérer.

Elle referma alors étroitement ses lèvres sur son sexe palpitant.

Il se cambra, l'esprit en déroute, un voile de sang devant les yeux. Avec un art consommé – et, effectivement, un brin de férocité – elle eut tôt fait de le réduire à sa merci, de l'amener au bord de l'implosion. Quand il fut sur le point de s'abandonner au feu de cette langue, de ces dents de nacre qui lui ôtaient toute raison, elle releva la tête.

Il essaya de la renverser, mais le maintenant dans l'étau de ses jambes, elle le cloua au sol. Ses yeux luisants comme du vieil or reflétaient l'arrogance d'une femme sûre d'être aimée.

— Je commence à me sentir un peu moins mal, soupira-t-elle.

— Tant mieux, haleta-t-il. À ta disposition, lieutenant.

— Ta bouche, je veux ta bouche...

En une fraction de seconde, elle fut nue dans ses bras, frémissante. Cette fois, elle ne résista pas quand il la fit basculer sur le dos.

Les doigts noyés dans les cheveux noirs et soyeux de Connors, elle guidait ses lèvres et ses mains si douces, si expertes, toujours plus bas, là où son désir l'appelait, impérieux et sauvage.

Ils ne formaient plus qu'un, leurs souffles mêlés, leurs cœurs battant à l'unisson.

— Fais-moi crier, dit-elle quand il la pénétra.

Il l'étreignit de toutes ses forces, allant et venant en elle. Et lorsque le rythme de leur danse s'accéléra, devint vertigineux, lorsque le même cri fusa de leur gorge, ils se bâillonnèrent mutuellement d'un baiser.

— Donc, c'était ma faute, bredouilla-t-elle.

— Hmm ? marmonna-t-il.

— C'était ma faute, voilà pourquoi tu viens de t'envoyer en l'air.

— Ah oui…

Il gémit, s'écarta, prit une inspiration.

— Sorcière…

Elle ricana, entrelaça ses doigts avec ceux de Connors.

— Dis… est-ce que j'ai encore mes bottes aux pieds ?

— Absolument. Tu es très provocante, ma chérie, d'autant que ton pantalon te tombe sur les chevilles. Nous devions être pressés, j'imagine.

Se redressant sur les coudes, elle se regarda.

— Quelle allure ! Je crois que je vais enlever tout ça et piquer une tête dans la piscine.

— Il me semble que tu avais prévu de me savonner le dos.

— Bizarrement, je ne me sens plus coupable.

Il ouvrit un œil, bleu et étincelant.

— Mais moi je me sens toujours meurtri, sensible comme je suis, se plaignit-il.

Hilare, elle entreprit de retirer ses bottes. Quand il s'assit à son côté, elle se tourna vers lui. Ils étaient face à face, nus, front contre front.

— Bon… je te lave le dos à condition que ce soit porté à mon crédit, au cas où je me conduirais de nouveau comme une imbécile.

— Marché conclu, dit-il en se redressant.

Dans son hôtel de la 10ᵉ Avenue, Trudy Lombard s'étudiait attentivement, campée devant le miroir de sa petite chambre.

Il pensait l'avoir effrayée – et ce n'était peut-être pas faux – cependant cela ne signifiait pas qu'elle détalerait comme une souris effarouchée.

Elle avait *gagné* cette compensation pour avoir supporté cette vilaine petite peste sous son toit, pendant près de six mois. Une éternité, à nourrir, habiller cette gamine crasseuse.

À présent, le puissant Connors allait payer très cher la façon dont il avait traité Trudy Lombard. Cela lui coûterait bien plus de deux millions.

Elle avait ôté son tailleur, enfilé sa chemise de nuit. La préparation était capitale, se dit-elle, et elle avala un antalgique avec une gorgée de son vin français préféré.

À quoi bon s'infliger des souffrances inutiles ? Encore qu'avoir mal – dans des limites raisonnables – ne la dérangeait pas. Cela aiguisait les sens.

Respirant lentement, régulièrement, elle saisit la chaussette qu'elle avait bourrée de pièces de monnaie. Elle s'en frappa le visage, entre la mâchoire et la pommette. La douleur explosa, lui tordit l'estomac. Serrant les dents, elle recommença.

Étourdie, elle se laissa tomber sur le sol. C'était beaucoup plus douloureux qu'elle ne l'aurait souhaité, mais elle ne flancherait pas. Non, pas question.

Elle attendit que ses mains cessent de trembler, reprit sa matraque de fortune et cingla sa hanche. Elle se mordit la lèvre jusqu'au sang, se fouetta deux fois la cuisse.

Ça ne suffisait pas, songea-t-elle, alors même que les larmes roulaient sur ses joues. La douleur irradiait dans tout son corps, et elle en éprouvait une sombre jouissance. Chaque coup représentait de l'argent sur son compte bancaire.

Avec un gémissement qui sonnait comme une mélopée funèbre, elle abattit la chaussette remplie de pièces métalliques sur son ventre. Une fois, deux fois… À la troisième, elle perdit connaissance.

La maison était pleine de gens et de droïdes – si bien qu'il était difficile de les distinguer. Une forêt entière semblait avoir été replantée dans la salle de bal et empiétait sur la terrasse. Des kilomètres de guirlandes, quelques tonnes de ballons colorés, et suffisamment de minuscules ampoules blanches pour illuminer tout l'État étaient suspendus un peu partout, ou sur le point de l'être – quand on n'était pas en train de débattre de l'endroit où il fallait les accrocher.

Il y avait des échelles, des bâches, des tables, des chaises, des bougies, des tissus. Pour l'instant, le type chargé d'installer l'estrade pour l'orchestre discutait âprement avec le responsable des kilomètres de guirlandes.

Eve espérait qu'ils en viendraient aux mains. Là, au moins, elle serait dans son élément.

Car Connors l'avait prise au mot : elle se retrouvait au milieu de ce tourbillon, censée superviser la décoration du manoir.

Il devait avoir perdu la tête.

On lui demandait sans cesse son opinion, si elle préférait ceci ou cela…

Quand elle avait répondu qu'elle s'en fichait éperdument, un membre de l'équipe s'était rué dehors pour pleurer tout son soûl. Elle l'avait entendu.

Résultat, elle était tellement stressée qu'une méchante migraine rôdaillait sous son crâne, guettant le moment propice pour lui broyer le cerveau.

Elle rêvait d'une bonne sieste. Mieux, elle rêvait que le Dispatching la contacte et lui annonce qu'un triple homicide venait d'être commis et qu'on l'attendait de toute urgence au Central.

— En aurais-tu assez ? chuchota soudain Connors à son oreille.

Eve sursauta.

— Hein ? Non, tout va bien.

Laissant brusquement tomber le masque, elle pivota, agrippa son mari par le bras.

— Mais où tu étais, bon sang?

— Je jacassais avec le traiteur, évidemment. Les truffes sont spectaculaires.

Une lueur de convoitise flamba dans les yeux d'Eve.

— Celles en chocolat?

Il lui ébouriffa distraitement les cheveux, tout en jetant un regard circulaire.

— Non, ma chérie. Il s'agit en réalité des merveilles que les cochons flairent pour nous sous les chênes. Mais je te rassure, nous en avons aussi en chocolat. Allez, sauve-toi. Je prends la relève.

Elle faillit profiter de l'aubaine. Son instinct lui hurlait de quitter immédiatement ce capharnaüm, pour son salut. L'orgueil et son statut de femme mariée la retinrent.

— Non mais... je ne suis quand même pas une empotée! s'insurgea-t-elle. J'ai dirigé des opérations plus gigantesques que celle-ci, et en plus avec des vies en jeu. Recule, s'il te plaît, et admire. Hé, vous là-bas!

Le sourire aux lèvres, Connors la regarda traverser la salle d'un pas chaloupé – flic de pied en cap.

— Je vous parle! tonna-t-elle, s'interposant entre l'homme aux guirlandes et le responsable de l'estrade, avant qu'ils ne s'étripent. On la boucle, ordonna-t-elle, comme chacun se plaignait de l'autre. Vous, vous remettez ces machins brillants à leur place.

— Mais je...

— Vous aviez un plan, lequel a été approuvé, par conséquent vous suivez le plan et vous ne m'embêtez plus, sinon je vous colle ces machins sur le postérieur. Et vous, enchaîna-t-elle, enfonçant l'index dans la poitrine de l'autre, vous le laissez tranquille ou je vous décore aussi l'arrière-train. Pigé? Parfait. Vous, la grande blonde avec les fleurs...

— Des poinsettias, rectifia la grande blonde qui avait un accent du New Jersey à couper au couteau. Il devait y en avoir cinq cents, or je n'en ai que quatre cent quatre-vingt-seize et...

— OK. Finissez de construire votre... qu'est-ce que c'est, ce bidule ?

— Un arbre en poinsettias, madame, mais...

— Oui, bien sûr. S'il vous en faut quatre de plus, allez les acheter à l'usine de poinsettias. Sinon, débrouillez-vous avec ce que vous avez. Et vous, là-bas, avec les lumières !

Aux anges, Connors se balançait sur ses talons et observait Eve qui rudoyait allègrement les diverses équipes. Quand elle en eut terminé, certains étaient quelque peu déroutés, cependant le rythme du travail s'accéléra considérablement.

Eve rejoignit son mari.

— Et voilà. Tu as d'autres problèmes à régler ?

— Pas le moindre, à part que je suis étrangement excité. Tu les as terrorisés, tu as gagné une petite récompense.

Il lui entoura les épaules de son bras.

— Viens, nous allons te trouver une truffe.

— En chocolat, s'il te plaît.

— Naturellement.

Des heures plus tard, Eve émergea enfin de la salle de bain. Elle avait fait de son mieux avec le rouge à lèvres et cette cochonnerie dont le nom lui échappait et dont ses congénères s'enduisaient les cils.

Sur le lit l'attendait ce qui ressemblait à un long panneau d'or mat. Une espèce de robe, sans doute.

Pas de fanfreluches, c'était déjà ça, soupira Eve en tâtant l'étoffe. Il y avait les chaussures assorties, si l'on pouvait qualifier ainsi deux minces lanières fixées à des talons épouvantablement fins.

Bien sûr, Connors avait pensé à tout. Sur la commode, dans un écrin de velours, étincelait une parure de diamants champagne – un collier, des boucles d'oreilles et un large bracelet.

Poussant un nouveau soupir, Eve saisit la robe, l'examina et, après réflexion, conclut que c'était une de ces toilettes qu'on se contentait d'enfiler sans se poser de questions, ce qu'elle fit. Après quoi, à petits pas, elle retourna près de la commode pour mettre les bijoux.

Le bracelet était beaucoup trop grand, ronchonna-t-elle. Elle allait le perdre, quelqu'un le raflerait, le vendrait et en tirerait assez d'argent pour se payer une jolie petite île quelque part dans le Pacifique Sud.

— Tu ne le portes pas comme il faut, lui dit Connors depuis le seuil de la chambre.

Il s'avança, suprêmement élégant dans son smoking noir, et fit glisser le brassard scintillant au-dessus du coude de sa femme.

— Voilà, ma belle guerrière... Tu as l'air d'une flamme. Une longue flamme dorée par une froide nuit d'hiver.

Quand il la contemplait de cette façon, elle se sentait fondre. Les joues roses, elle se détourna pour s'étudier dans le miroir. Sa toilette ressemblait à une colonne lisse et fluide qui la couvrait de la poitrine aux chevilles.

— Tu es sûr que cette robe restera en place ?

— Oui, en tout cas jusqu'au départ de nos invités.

Il effleura de ses lèvres l'épaule dénudée de sa femme, puis enlaça sa taille et scruta leur reflet dans la glace.

— Notre deuxième Noël ensemble, murmura-t-il. Nous avons engrangé quelques petites choses dans la boîte à souvenirs que Mavis et Leonardo nous ont offerte l'an dernier, n'est-ce pas ?

Elle lui sourit ; franchement, elle devait admettre qu'ainsi serrés l'un contre l'autre, ils étaient magnifiques.

— Oui... Peut-être que, cette année, ce sera plus tranquille, qu'on pourra en profiter au lieu de courir après un père Noël détraqué.

— Espérons-le. Ah... ajouta-t-il, comme l'interphone bourdonnait. Voilà nos amis qui arrivent. Tes chaussures, ma chérie ?

— Hmm...

Elle se pencha, fronça les sourcils en voyant de minuscules brillants sur les lanières.

— Oh, Seigneur... ne me dis pas qu'il y a des foutus diamants sur mes godasses !

— D'accord, je ne te le dis pas. Dépêchons, lieutenant.

Des diamants sur des chaussures… Cet homme était complètement fou.

Eve devait l'admettre, son fou bien-aimé avait organisé, comme d'habitude, une somptueuse fête. Les invités se pressaient dans la salle de bal, le champagne coulait à flots, le buffet croulait sous les spécialités gastronomiques, artistement présentées, en provenance du monde entier.

Eve ne prit pas la peine de compter les poinsettias, cependant l'arbre lui parut très bien. En fait, il était même extraordinaire, comme les sapins ruisselants de lumières, de couleurs. La simple forêt de l'après-midi s'était métamorphosée en forêt enchantée.

— C'est génial !

Mavis Freestone accourait, précédée par son ventre volumineux de future maman. Ce soir, ses cheveux étaient argentés, coiffés en longues mèches ondoyantes. Elle portait une tenue rouge et douillette, des bottes aux talons carrés, en forme d'arbres de Noël. Ses sourcils, quant à eux, étaient deux arcs d'étoiles argentées.

— Tu es radieuse, la complimenta Connors en lui baisant la main.

Il sourit au géant, lui aussi en rouge et argent, campé au côté de Mavis.

— Vous êtes tous les deux splendides.

— Nous commençons le compte à rebours, déclara Leonardo qui promenait son énorme main sur le dos menu de sa compagne.

— Je suis presque à terme. Hmm, ce doit être délicieux ! pépia Mavis – et, sur un plateau qui passait à sa portée, elle rafla trois canapés dont elle ne fit qu'une bouchée. Bientôt on va faire l'amour jour et nuit, parce que l'orgasme peut déclencher le travail, figurez-vous. Avec mon gros nounours de Leonardo, j'en ai un toutes les trente secondes.

Gêné, cramoisi, le gros nounours baissa le nez.

— Alors, continua Mavis, implacable, vous êtes prêts pour les cours, tous les deux ?

Eve n'était même pas capable de penser aux fameux cours que Connors et elle étaient censés suivre afin de soutenir les jeunes parents durant l'accouchement.

— Tiens, voilà Peabody! bredouilla-t-elle. Je crois qu'elle mange une truffe.

— Une truffe? En chocolat? Où ça? Bon... à plus tard.

— Bravo, ma belle, chuchota Connors. Tu nous as sauvés en jouant sur la gourmandise de ta meilleure amie. Ah, les Mira sont arrivés.

Sans laisser à Eve le temps de réagir, il l'entraîna vers eux.

Entre le Dr Mira et Eve, l'atmosphère était tendue depuis qu'elles s'étaient affrontées lors de l'affaire Icove. Toutes deux avaient fait en sorte d'aplanir les choses, cependant il y avait encore des remous sous la surface. Eve les sentit dès que Mira croisa son regard.

— Nous avons été retardés, s'excusa la psychiatre qui embrassa Connors et sourit à Eve.

— Je ne la trouvais plus, expliqua Dennis Mira, montrant sa cravate rouge vif, ornée de petits sapins de Noël verts.

— En réalité, je l'avais cachée. Malheureusement, il a fini par la découvrir.

Dennis Mira, avec ses yeux rêveurs et ses cheveux toujours mal peignés, avait le don d'attendrir Eve.

— Moi, elle me plaît, cette cravate, dit Eve. Elle est... colorée.

Ravi, Dennis lui prit les mains, recula d'un pas, plissa en accordéon ses sourcils broussailleux.

— Ma chère, vous avez l'air d'une star.

— C'est lui qui m'a habillée comme ça, rétorqua-t-elle, désignant Connors. Mais, à la première occasion, je me débarrasse des chaussures.

— Vous êtes superbes, tous les deux, dit Mira. Et tout est absolument magnifique.

La psychiatre de la police new-yorkaise, elle aussi, était ravissante dans sa toilette bleu nuit, sa chevelure ondulée parsemée de brillants.

Comme par enchantement, un serveur apparut près de Connors qui saisit une coupe de champagne et l'offrit à Mira.

— Dennis, vous ne préférez pas un alcool plus fort ?

— Ma foi… ce n'est pas de refus.

— Venez, je nous ai mis de côté une petite merveille. Mesdames, si vous voulez bien nous excuser…

Connors l'avait fait exprès, pensa Eve qui se raidit. Elle n'était déjà pas douée pour le papotage, mais s'il y avait en plus de la tension dans l'air, elle allait droit à la catastrophe.

En désespoir de cause, elle se rabattit sur les bons vieux clichés.

— Alors… je suppose que vous êtes tous prêts pour les vacances ?

— Presque. Et vous ?

— Euh… je ne sais pas, je crois. Écoutez, le buffet…

— Eve, j'ai quelque chose pour vous. Je ne l'ai pas apporté, parce que j'espérais que vous auriez un peu de temps pour passer boire le café à la maison, demain.

— Je…

Les yeux bleus de Mira, si doux, s'embuèrent.

— Je veux que nous soyons de nouveau amies. Vous me manquez terriblement.

— Mais nous sommes amies.

Du moins l'amitié constituait-elle la trame de leur relation qui n'en était pas plus simple pour autant.

— J'ai un truc à faire demain, mais après… je crois que j'aimerais en parler. Oui, il me semble que j'aurai besoin d'en discuter. Après.

— C'est donc grave.

Mira posa la main sur le bras d'Eve et, soudain, la tension fut dissipée.

— Je serai chez moi toute la journée.

6

Le lendemain, elle se sentait étonnamment en forme. Ses orteils la faisaient souffrir – elle n'avait pas réussi à retirer ses chaussures endiamantées de toute la soirée – mais vu qu'elle s'était couchée à quatre heures du matin, elle s'en tirait à bon compte.

Eve n'imputait pas sa bonne condition physique à ses deux jours de repos consécutifs – événement pourtant exceptionnel. À ses yeux, se préparer pour une fête, y assister et la digérer n'étaient pas une sinécure. Néanmoins, cette « corvée » avait eu l'avantage de l'empêcher de penser à la tâche qu'elle s'était fixée pour aujourd'hui.

Elle dénicha Connors dans son bureau. Les pieds sur sa table de travail, il parlait dans le micro de son casque.

— Ce sera parfait, dit-il, indiquant d'un geste qu'il avait terminé. Je vous attendrai. Oui, absolument. Merci.

Il enleva le casque, sourit à sa femme.

— Tu as l'air reposée.

— Il est presque onze heures.

— Effectivement. Mais j'imagine que certains de nos convives sont encore au lit, le signe d'une soirée réussie.

— Caser Peabody et McNab dans une de tes limousines pour que Mavis et Leonardo les ramènent chez eux est un autre signe, je suppose ? Dis donc, c'est quoi cet attirail ? À la maison, en principe, tu ne te sers pas d'un casque.

— J'avais un coup de fil à passer au père Noël…

— Tu n'es pas devenu complètement dingue avec les cadeaux, j'espère ?

Il lui adressa un sourire charmant et désinvolte.

— J'ai eu l'impression qu'entre Mira et toi, les choses allaient mieux.

Pour les cadeaux de Noël, songea-t-elle, il avait évidemment fait des folies, et ce n'était même pas la peine de protester.

— Oui, ça va. Elle m'a invitée à boire le café, aujourd'hui, et j'ai bien envie d'accepter. En parlant, on réussira peut-être à vider l'abcès. À propos, tu n'es vraiment pas obligé de m'accompagner à l'hôtel. S'ils y sont encore.

— Ils y étaient voici une heure, et ils n'ont pas averti la réception de leur départ. Je viens avec toi.

— Ce n'est pas un problème si tu...

— Je viens, coupa-t-il d'un ton catégorique. Si ensuite tu souhaites discuter en tête à tête avec Mira, je te déposerai chez elle. Je repasserai te chercher plus tard et nous irons dîner dans un bon restaurant, ou bien je t'enverrai une voiture. Tu es prête ?

Là aussi, il était inutile de protester. Mieux valait garder son énergie pour l'entrevue avec Trudy. Eve se hissa sur la pointe des pieds, noua les bras autour du cou de Connors et l'étreignit.

— Oui... Un baiser, au cas où, tout à l'heure, je serais fâchée et j'oublierais de te remercier.

— C'est noté, ma chérie.

Médiocre, décréta Eve en examinant la façade de l'hôtel. Dans une ville réputée pour ses palaces, cet établissement méritait au mieux une étoile. Il n'avait pas de garage, aussi Connors avait-il dû débourser une somme obscène pour se garer dans un parking privé, une centaine de mètres plus loin. Mais son bolide valait sans doute plus cher que le bâtiment abritant l'hôtel et une boutique de souvenirs.

Il n'y avait pas non plus de portier, et ce que l'on qualifiait de réception était en réalité une sorte d'alcôve pourvue d'un comptoir et un écran de sécurité. Derrière ceux-ci, se tenait un employé droïde conçu pour ressembler à un quadragénaire affligé d'un début de calvitie.

Il arborait une chemise blanche fatiguée et une expression d'ennui.

— Vous désirez une chambre? Vous avez des bagages?

Pour toute réponse, Eve exhiba son insigne.

Sur la figure du droïde, l'ennui céda la place à un profond abattement.

— Quelqu'un a porté plainte? Je ne suis pas au courant. Toutes nos licences sont en règle.

— Il faut que je parle à l'une de vos clientes. Trudy Lombard.

— Ah oui... rétorqua-t-il, consultant son ordinateur. Mme Lombard a demandé qu'on ne la dérange pas. Aujourd'hui, elle ne s'est pas encore manifestée.

Eve tapota son insigne.

— Euh, bon... elle est à la 415. Vous voulez que je la prévienne que vous êtes là?

— Inutile, nous trouverons sa chambre tout seuls.

Eve coula un regard méfiant en direction de l'unique ascenseur, mais elle avait trop mal aux pieds pour se lancer à l'assaut de l'escalier.

— La commande vocale ne fonctionne plus, les avertit le droïde. Appuyez sur le bouton de l'étage.

Eve entra dans la cabine.

— Si cet engin reste coincé, tu pourras nous en sortir, hein?

— Ne t'inquiète pas, rétorqua Connors en lui prenant la main. Tu n'auras qu'à le regarder comme le réceptionniste, et ce pauvre ascenseur redémarrera à fond de train.

— Comment est-ce que j'ai regardé le réceptionniste?

— Comme s'il n'était qu'un grain de poussière.

Connors baisa les doigts de sa femme, tandis que la cabine s'élevait poussivement. Le droïde n'avait certainement pas remarqué qu'Eve avait les nerfs à vif, songeait-il, et Trudy ne s'en apercevrait pas non plus. Mais lui qui la connaissait par cœur la sentait littéralement vibrer.

— Après ta visite à Mira, si tu veux, nous pourrions faire un peu de shopping?

— Tu as perdu la boule?

— Non, je suis très sérieux. Nous flânerons sur la 5ᵉ Avenue, nous admirerons les décorations de Noël et les patineurs. Comme de vrais New-Yorkais.

Elle allait répliquer qu'aucun New-Yorkais sain d'esprit ne traînerait sur la 5ᵉ un week-end, si près de Noël. Mais, soudain, cela lui parut une brillante idée.

— Eh bien... pourquoi pas?

La cabine s'arrêta au quatrième, les portes coulissèrent bruyamment. Le couloir était étroit, propre. Devant la porte ouverte de la chambre 412 stationnait un chariot hérissé de balais. Une blonde pulpeuse, âgée d'environ vingt-cinq ans, frappait à la 415.

— S'il vous plaît, maman Trudy, disait-elle d'une voix douce.

Elle toqua de nouveau au battant, se dandina nerveusement sur ses pieds chaussés de sandales en toile bleu layette assorties à son pantalon.

— On se fait du souci pour vous. Allez, ouvrez... Bobby nous emmène déjeuner.

Elle tourna ses yeux bleu tendre vers Eve et Connors, esquissa un petit sourire gêné.

— Bonjour. Enfin... ce doit déjà être l'après-midi.

— Elle ne répond pas?

La jeune femme battit des cils.

— Euh... non. Ma belle-mère... hier, elle ne se sentait pas très bien. Est-ce que je vous ai dérangés, je...

— Je suis le lieutenant Eve Dallas. Elle vous a sans doute parlé de moi.

— Vous êtes Eve! s'exclama leur interlocutrice dont le visage s'illumina soudain. Oh, comme je suis contente que vous soyez là! Ça remettra ma belle-mère d'aplomb. Je suis ravie de vous rencontrer. Je suis Zana Lombard, la femme de Bobby. Excusez-moi, je ne suis pas présentable, bredouilla-t-elle, repoussant ses cheveux qui lui tombaient sur les épaules en souples vagues brillantes. Je suis tellement distraite que je ne vous ai pas reconnue tout de suite, pourtant maman Trudy m'a passé votre interview plusieurs fois. Bonté divine, on est belles-sœurs, en quelque sorte.

Elle s'avança avec l'intention évidente d'embrasser Eve qui se déroba prestement.

— Non, pas du tout, rétorqua-t-elle d'un ton rude. Lombard, c'est Dallas ! enchaîna-t-elle, martelant la porte de son poing. Ouvrez !

Zana se mordillait la lèvre, tortillait la chaîne qu'elle portait au cou autour de son index.

— Je devrais peut-être aller chercher Bobby. On est au bout du couloir. Oui, il vaudrait mieux que j'aille le chercher.

Connors l'écarta avec ménagement.

— Si vous attendiez un instant ? suggéra-t-il. Je suis le mari du lieutenant.

— O mon Dieu, mais bien sûr... Oui, vous, je vous reconnais. Oh là là, je suis tellement angoissée. Je sais que maman Trudy a vu Eve – le lieutenant – mais elle a refusé de nous raconter. Elle était dans tous ses états. Et puis hier...

Zana se tordit les mains.

— J'ignore ce qui se passe. Tout le monde va mal, je déteste ça.

— Alors, je vous conseille de sortir vous balader, lui dit Eve.

Elle adressa un signe à la femme de ménage qui s'attardait devant la 412.

— Ouvrez cette porte, ordonna-t-elle en exhibant son insigne.

— Il me faut l'autorisation de la réception.

— Vous êtes aveugle ? grogna Eve, brandissant son insigne. Vous ouvrez, ou j'enfonce la porte. Choisissez.

— J'arrive, ne vous énervez pas.

La femme se précipita, extirpant son passe de sa poche.

— Quelquefois, le dimanche, les gens font la grasse matinée. Il n'y a pas de quoi s'affoler comme ça.

Quand elle eut inséré le passe dans la serrure, Eve la repoussa sur le côté, et frappa deux fois sur le battant.

— On entre !

Elle ne dormait pas. Pas dans cette position, étalée sur le sol, sa chemise de nuit retroussée sur les hanches et la tête baignant dans une mare de sang figé.

C'était étrange de ne rien éprouver, songea Eve qui, machinalement, sortit son enregistreur de sa poche. Étrange de ne rien ressentir du tout.

Elle fixa l'appareil au revers de son manteau, le brancha.

— Lieutenant Eve Dallas...

— Mais qu'est-ce qu'il y a? balbutia Zana. Qu'est-ce...

Après quoi les mots devinrent un gargouillis d'où jaillit bientôt un hurlement perçant auquel se joignit le cri hystérique de la femme de ménage.

— Silence! tonna Eve. Connors, occupe-toi de ces...

— Mais bien sûr. Mesdames...

Il réussit à retenir Zana avant qu'elle ne s'affale par terre, tandis que l'employée s'élançait telle une gazelle affolée vers l'escalier. Les portes s'ouvraient une à une dans le couloir.

Eve pivota, son insigne à bout de bras.

— Police! Retournez dans vos chambres, s'il vous plaît. Connors, je n'ai pas mon kit de terrain.

— J'en ai un dans la voiture, répondit Connors qui étendait précautionneusement Zana sur le sol. Il m'a paru sage d'en avoir dans tous nos véhicules, dans la mesure où ce genre de chose se produit régulièrement.

— Il va falloir que tu ailles me le chercher, je suis navrée. Laisse-la, elle finira bien par se réveiller.

Sur quoi, elle prit son communicateur pour alerter le Central.

— Qu'est-ce qu'il y a? Qu'est-ce qui se passe? lança une voix masculine.

— Monsieur, je vous prie de regagner votre chambre. C'est un...

Jamais elle ne l'aurait reconnu. Normal. Ils s'étaient brièvement croisés plus de vingt ans auparavant. Mais quand il blêmit en découvrant la jeune femme étendue dans le couloir, elle comprit qu'il s'agissait de Bobby Lombard.

Elle referma la porte de la 415, attendit.

— Mon Dieu, Zana!

— Elle s'est évanouie. Ce n'est pas grave.

Il s'agenouilla, prit la main de Zana, la tapota comme on le fait quand on se sent impuissant.

Il était costaud, bâti comme un footballeur ou autre adepte d'un sport de ballon. Fort et solide. Ses cheveux paille, courts et à la coupe soignée, étaient encore humides. Il n'avait pas fini de boutonner sa chemise.

Un souvenir revint à Eve. Bobby qui volait de la nourriture pour elle. Elle avait oublié ça, comme elle l'avait oublié, lui. Parfois, pourtant, il chipait un sandwich ou des crackers et les lui apportait dans sa chambre quand elle était punie.

Il avait été la fierté et la joie de sa mère. Eve et lui, autrefois, n'étaient pas amis. Non... Mais il n'avait pas été méchant avec elle.

Aussi elle s'accroupit à son côté.

— Bobby...

— Quoi ? Qui...

Sa figure était carrée, ses yeux d'un bleu délavé. Elle y lut de la confusion, puis une lueur s'y alluma.

— Seigneur... c'est bien toi, Eve ? Maman va être drôlement contente. Zana, chérie, réveille-toi. On a trop bu, hier soir. Peut-être qu'elle est... Zana, mon petit lapin ?

— Bobby...

À cet instant, l'ascenseur s'arrêta à l'étage et le réceptionniste droïde en surgit.

— Qu'est-ce qui est arrivé ? Qui est... ?

— Silence, pas un mot ! l'interrompit Eve. Bobby, regarde-moi. Ta mère est là, derrière cette porte. Elle est morte.

— Quoi ? Non, mais non. Elle est patraque, voilà tout. Disons qu'elle se lamente sur son sort. Elle s'est enfermée là-dedans pour bouder depuis vendredi soir.

— Bobby, ta mère est morte. Je te demande de ramener ta femme dans votre chambre jusqu'à ce que je vienne vous parler.

— Non...

Zana gémissait, mais à présent Bobby dévisageait Eve, la respiration hachée.

— Non... Je sais que tu es fâchée contre elle. Tu n'as sans doute pas apprécié qu'elle vienne te voir, j'ai d'ailleurs essayé de l'en empêcher. Mais ce n'est pas une raison pour me dire des horreurs pareilles.

— Bobby ?

La main pressée sur sa tempe, Zana tenta de se rasseoir.

— J'ai dû me... O mon Dieu... Maman Trudy... Bobby ! sanglota-t-elle, nouant ses bras autour du cou de son mari.

— Emmène-la, Bobby. Tu sais que je suis lieutenant de police, n'est-ce pas ? Je vais m'occuper de cette affaire. Je suis navrée, mais il faut que vous retourniez tous les deux dans votre chambre et que vous m'attendiez.

— Qu'est-ce qui s'est passé ? bredouilla-t-il, les larmes aux yeux. Elle a été malade ? Je ne comprends pas. Je veux la voir.

Eve se redressa. Parfois, il n'y avait pas d'autre moyen. D'un signe, elle montra Zana.

— Inutile que ta femme, elle, assiste de nouveau à ce triste spectacle.

Quand Zana fut dans les bras de Bobby, la figure nichée contre son épaule, Eve entrebâilla la porte afin qu'il aperçoive sa mère.

— Il y a du sang, hoqueta-t-il. C'est toi ? C'est toi qui lui as fait ça ?

— Bien sûr que non. Mais à partir de maintenant je vais faire mon métier et découvrir le coupable.

— On n'aurait jamais dû venir à New York. Je le lui avais dit.

Zana et lui, en pleurs, s'éloignèrent d'un pas titubant dans le couloir.

— Hmm... marmonna Eve. Manifestement, elle aurait eu intérêt à t'écouter, Bobby.

L'ascenseur qui montait avec force grincements déversa dans le couloir deux policiers en uniforme dont la physionomie lui parut familière.

— Vous êtes Bilkey, je ne me trompe pas ?

— Exact, lieutenant. Comment ça va ?

— Pour elle, pas bien, répondit-elle, montrant du menton la porte ouverte. Je veux que vous restiez dans les parages. Mon kit de terrain arrive. J'étais là pour des raisons personnelles, alors mon… – elle détestait prononcer ces mots « mon mari » dans l'exercice de ses fonctions, mais quelle autre expression adopter ? –… mon mari est descendu le chercher. Ma coéquipière ne tardera pas. Le fils et la belle-fille de la victime sont à la 420, et je tiens à ce qu'ils n'en sortent pas. Vous interrogerez les occupants des chambres voisines dès que…

Elle s'interrompit, l'ascenseur s'arrêtait de nouveau à l'étage.

— Ah, voilà mon kit. Commencez à questionner les éventuels témoins. La victime s'appelle Trudy Lombard, elle est du Texas.

Saisissant le kit que lui tendait Connors, elle y prit du Seal-It. Elle en enduisit ses mains, ses bottes.

— Je le dis comme ça, pour dire que je l'ai dit : tu n'es pas obligé d'attendre.

— D'accord. Eh bien, dans ce cas, j'attendrai, répondit-il avec son plus charmant sourire. Tu as besoin d'aide ? ajouta-t-il, jetant un regard dégoûté à l'aérosol de Seal-It.

— Il ne vaut mieux pas. Par contre, si quelqu'un se pointe ou cherche à quitter l'étage, tu fronces les sourcils et tu leur interdis de bouger.

— Ah… mon rêve de gosse.

Ce commentaire eut l'heur d'arracher un petit sourire à Eve qui pivota et disparut dans la chambre.

Celle-ci était standard – en d'autres termes, très ordinaire. Des gravures bon marché dans de vilains cadres ornaient les murs beiges. Une minuscule kitchenette comportait un autochef, un miniréfrigérateur et un évier de la taille d'une noix. Un écran plutôt mesquin était placardé face au lit dont les draps froissés tombaient par terre, de même qu'une courtepointe à fleurs rouges et feuilles vertes parfaitement hideuse.

Quelques brûlures de cigarettes trouaient la fine moquette verte imbibée de sang.

Il n'y avait qu'une seule fenêtre masquée par des tentures également vertes et soigneusement tirées. Dans l'étroite salle de bain, le rebord du lavabo, en stratifié beige, était encombré de crèmes et lotions pour le visage et le corps, de médicaments et de produits pour les cheveux. Du linge traînait sur le sol – un drap de bain, un gant de toilette, et deux serviettes.

Sur la commode – une espèce de meuble rudimentaire surmonté d'un miroir – étaient disposés une bougie parfumée, un porte-disquettes, des fausses perles montées en boucles d'oreilles, une jolie montre, et un rang de perles qui n'étaient peut-être pas du toc.

Eve examina, filma le tout, puis s'approcha du corps qui gisait entre le lit et un fauteuil rouge fané.

Le visage était tourné vers elle, les yeux grands ouverts voilés par la mort. Le sang avait coulé de l'arrière du crâne – où avait été asséné le coup fatal – sur les cheveux et la tempe.

Trudy Lombard avait ses bagues – trois anneaux argentés à l'annuaire gauche, une pierre bleue sertie dans une monture d'argent ouvragée à la main droite. Elle portait une chemise de nuit en coton de bonne qualité, d'un blanc de neige là où elle n'était pas souillée de sang. Le vêtement retroussé jusqu'en haut des cuisses révélait des meurtrissures sur les deux jambes. Un énorme hématome couvrait le côté gauche de la figure ainsi que l'œil.

— Victime formellement identifiée : Trudy Lombard, sujet de type caucasien, cinquante-huit ans. Découverte dans sa chambre d'hôtel par le lieutenant Eve Dallas. La cause du décès semble être une fracture du crâne provoquée par de multiples coups. Pas d'arme près du corps. La victime serait morte vers une heure trente du matin.

Tout en débitant ces informations, Eve ravala un soupir de soulagement. À cette heure-là, Connors et elle étaient chez eux, en présence de quelque deux cents personnes.

— L'examen de la blessure indique qu'elle a été frappée avec un instrument contondant. Classique. Pas de signe d'agression sexuelle. La victime a encore ses bagues, et il y a des bijoux sur la commode. Le cambriolage paraît donc peu probable. Pas de trace de lutte. Apparemment, elle ne s'est pas défendue. La chambre est en ordre. On a dormi dans le lit. Donc... pourquoi est-elle ici, à cet endroit de la pièce ?

Eve se redressa, s'approcha de la fenêtre et écarta les tentures.

— Les battants sont entrebâillés, l'escalier de secours est aisément accessible. Il est possible que le meurtrier l'ait emprunté pour entrer.

Elle se retourna, étudia de nouveau les lieux.

— Mais elle ne courait pas vers la porte. Si quelqu'un se faufile par votre fenêtre et que vous avez le temps de sortir de votre lit, vous foncez... vers la porte ou, à la limite, la salle de bain. Elle n'a pas fait ça. Elle était face à la fenêtre quand elle est tombée. Il était peut-être armé, il l'a réveillée, lui a ordonné de se lever. Il cherchait un butin vite gagné. Pourtant il n'emporte pas cette très jolie montre ? Il la tabasse – ce que personne n'entend, en tout cas ne signale – puis il lui fracasse le crâne et il s'en va ? Non, ça ne colle pas.

Perplexe, elle réexamina Trudy.

— Les hématomes du visage et du corps datent de bien avant une heure et demie du matin. Le légiste le confirmera. Qu'est-ce que tu mijotais, Trudy ?

À cet instant, elle entendit la voix de Peabody dans le couloir, puis le chuintement de ses semelles aérodynamiques.

— Arrivée de l'inspecteur Delia Peabody sur les lieux, annonça-t-elle. Votre enregistreur est branché, Peabody ?

— Oui, lieutenant.

— Occupez-vous de la penderie, cherchez le communicateur de la victime. Je veux aussi qu'on vérifie celui de la chambre.

— Je m'y mets.

Mais, d'abord, Peabody s'approcha du cadavre.

— Assommée avec un instrument contondant. Le coup classique. L'heure de la mort ? s'enquit-elle, plongeant son regard dans celui d'Eve.

— Une heure et demie du matin.

Eve capta dans les yeux de sa coéquipière une lueur de soulagement. Peabody pivota et entreprit de fouiller le placard.

— On a volé quelque chose ?

— En tout cas, le tueur a dédaigné les quelques bijoux et une jolie montre qu'elle avait.

— Il ne s'intéressait pas non plus à son argent, rétorqua Peabody en brandissant un grand sac à main. Son portefeuille est là, deux cartes de crédit, du liquide. Pas de communicateur ni d'ordinateur portable. Et, apparemment, elle a fait du shopping…

— Continuez.

Eve inspecta ensuite la salle de bain. Les techniciens de l'Identité judiciaire passeraient tout au peigne fin, du sol au plafond, mais elle pouvait déjà, de visu, se forger une opinion.

Pour son malheur, la redoutable esthéticienne Trina – le seul être au monde qui la terrifiait – lui inculquait peu à peu un savoir, qu'elle n'avait jamais souhaité acquérir, sur toutes les saletés gluantes dont les femmes se tartinaient la figure, le corps et même les cheveux.

Trudy, manifestement, ne lésinait pas sur les cosmétiques – ni sur la quantité ni sur la qualité. Il y en avait au bas mot pour plus de deux mille dollars tout autour du lavabo.

Les serviettes étaient encore humides, nota Eve. L'unique gant de toilette trempé. Elle jeta un regard à la baignoire. Elle était sûre que les gars du labo y relèveraient des traces d'huiles de bain, ainsi que des produits pour le visage sur l'une des serviettes.

Alors où étaient le drap de bain et le gant de toilette qui manquaient ? Car les pièces de linge allaient par paires.

Trudy avait pris un bain. Elle adorait se prélasser dans sa baignoire, Eve s'en souvenait. Si vous la dérangiez pendant ce rituel, il valait mieux pour vous avoir une crise d'appendicite, au moins. Sinon, elle vous bouclait dans un réduit obscur.

Elle a reçu une volée de coups hier, songea Eve, ou peut-être même vendredi soir. Elle s'est enfermée dans sa chambre. Un bain, des pilules. Elle aimait ça, les pilules.

Ça me calme les nerfs.

Pourquoi Bobby ou Zana n'étaient-ils pas avec elle, à la bichonner ? Qu'on soit à ses petits soins, Trudy adorait.

Apporte-moi donc une boisson fraîche ; n'aie pas peur, ça ne t'épuisera pas.

Tu vas nous dévorer, moi et cette maison, alors tu pourrais au moins aller me chercher une tasse de café et un morceau de gâteau.

Tu es la créature la plus fainéante qui ait jamais marché sur cette terre. Remue tes fesses et fais le ménage.

Eve lâcha son souffle, pointa le menton. Ce n'était pas le moment de flancher. Si Trudy avait souffert en silence, il y avait une raison.

— Dallas ?

— Oui…

— Toujours pas de communicateur, déclara Peabody, sur le seuil de la salle de bain. J'ai trouvé une autre somme en liquide dans un pack. Et d'autres bijoux, dans des pochettes glissées dans les vêtements. Un flacon d'antalgiques sur la table de chevet.

— Oui, je l'ai remarqué. Inspectons la cuisine pour voir si nous pouvons déterminer à quel moment elle a mangé pour la dernière fois.

— Lieutenant… personne ne tue pour un communicateur.

— Tout dépend de ce qu'il y a sur ce communicateur, n'est-ce pas ?

Eve s'approcha de l'autochef, appuya sur la touche replay.

— Soupe au poulet, hier soir, juste après vingt heures. Raviolis chinois vers minuit. Beaucoup de café jusqu'à dix-neuf heures. Du vin, du bon… enchaîna-t-elle en ouvrant le miniréfrigérateur. Il en reste environ un verre et demi dans la bouteille. Du lait, du jus de fruits, et un gros pot – à moitié terminé – de crème glacée au chocolat sans lactose.

Eve examina l'évier et le comptoir.

— Pas de bol, de verre ni de cuillères sales.

— Elle était maniaque ?

— Elle était paresseuse, mais peut-être qu'elle s'ennuyait suffisamment pour laver sa petite vaisselle.

On entendait du bruit dans le couloir, les techniciens de scène de crime arrivaient.

— La porte était verrouillée de l'intérieur. À double tour. L'assassin est sorti par la fenêtre, et éventuellement entré aussi par là. Les hôtels à touristes comme celui-ci ne sont pas insonorisés. Alors on se demande pourquoi elle n'a pas hurlé à en faire tomber les murs.

Elle sortit dans le couloir et eut la surprise d'y voir, outre les gars du labo, le légiste Morris.

Hier, pour la fête, il portait un costume bleu chatoyant. Il avait coiffé ses longs cheveux noirs en très fines tresses et remporté auprès des invitées un vif succès. Tant et si bien qu'il avait sauté sur la scène et joué au saxo une plaintive mélodie.

Ses talents ne se limitaient pas à l'art de résoudre les énigmes de la mort.

Aujourd'hui, il avait revêtu un sweat-shirt et un pantalon décontractés, et attaché sa chevelure en queue-de-cheval. Ses yeux bridés, étrangement sexy, balayèrent le couloir avant de repérer Eve.

— Vous n'avez jamais envisagé de prendre un dimanche de repos ? rouspéta-t-il.

— Figurez-vous que j'étais de repos, répondit-elle en l'entraînant à l'écart. Je suis désolée de vous avoir appelé, je sais que vous vous êtes couché tard.

— Très tard. En réalité, je venais juste de rentrer chez moi quand vous m'avez contacté. Je me suis couché, ajouta-t-il avec un petit sourire lascif. Mais pas dans mon lit.

— Oh… Bon, voilà le problème. Je connais la victime.

Morris reprit aussitôt son sérieux.

— Je suis vraiment désolé, Dallas.

— Je la connaissais, ça ne signifie pas que je l'aimais. Au contraire. J'ai besoin de vous pour confirmer l'heure du décès. Et je veux savoir, le plus exactement possible, à quel moment on lui a infligé les blessures que vous allez trouver sur elle.

— D'accord. Puis-je…

— Lieutenant, excusez-moi de vous interrompre, intervint Bilkey. Le fils de la victime devient nerveux.

— Dites-lui que je serai là dans cinq minutes.

— OK. Jusqu'ici, rien de spécial. Les occupants de deux chambres de cet étage sont partis ce matin. Je vous ai eu les renseignements. La piaule à côté de la scène de crime est restée vide. Y avait quelqu'un de prévu, mais ce quelqu'un s'est décommandé hier à six heures du soir. J'ai le nom au cas où ça vous intéresserait. Vous voulez que je me procure les films de vidéosurveillance du hall, en bas?

— Oui, absolument. Bon boulot, Bilkey.

— Oh, c'est normal! répondit-il, modeste.

Eve se retourna vers Morris.

— Bon, je vous laisse travailler. J'ai la proche famille au bout du couloir, il faut que je leur parle. Je vous communiquerai les éléments importants, s'il y en a. Je vous serais reconnaissante de vous occuper de tout cela personnellement.

— Dans ce cas, comptez sur moi.

D'un signe, elle ordonna à Peabody de la suivre.

— Ça va être le foutoir, marmonna-t-elle.

— Vous voulez les séparer?

— Non, du moins pas pour l'instant. Voyons d'abord comment ça se passe.

Et, rassemblant son courage, elle frappa à la porte de Bobby.

7

Elle se souvenait si peu de lui… Bizarre. Il était pourtant le premier enfant de son âge qu'elle avait connu.

Ils avaient habité sous le même toit pendant des mois, ce qui avait représenté pour elle une série de découvertes. La première fois qu'elle vivait dans une vraie maison, qu'elle restait au même endroit jour après jour, qu'elle y dormait dans son propre lit. La première fois qu'elle côtoyait un gamin.

La première fois qu'on ne la battait pas, qu'on ne la violait pas.

Et pourtant elle ne le revoyait que vaguement tel qu'il était autrefois – avec ses courts cheveux paille et sa large figure aux joues rebondies.

Il était timide, et elle terrifiée. Pas étonnant, sans doute, qu'ils n'aient pas noué de liens plus étroits.

À présent ils se retrouvaient dans une banale chambre d'hôtel, dont l'atmosphère empestait le chagrin et la mort.

— Je suis navrée, Bobby. Vraiment navrée de ce qui s'est passé.

— Mais j'ignore ce qui s'est passé…

Les yeux bouffis, il se cramponnait à la main de sa femme assise près de lui sur le lit.

— Personne ne nous dit rien. Ma mère…

— Tu connais la raison de son séjour à New York ?

— Bien sûr…

Zana laissa échapper un petit gémissement ; Bobby lui lâcha la main pour la prendre par les épaules et la serrer contre lui.

— Elle voulait te voir. Et puis, on n'avait pas eu de vacances depuis un certain temps. On n'était jamais venus à New York, elle était très excitée à l'idée de te retrouver, de faire du shopping pour Noël. O mon Dieu...

Il baissa la tête.

— Comment une chose pareille a pu lui arriver ? Qui a pu lui faire ça ?

— Y avait-il quelqu'un qui l'importunait ou qui l'aurait menacée ?

— Non, non...

— Euh... bredouilla Zana qui se mordit les lèvres.

— Vous pensez à une personne ? lui demanda Eve.

— Eh bien, euh... il y a ce problème avec la voisine, Mme Dillman. Le petit-fils de Mme Dillman est sans arrêt dans le jardin de derrière avec son chien, et maman Trudy le reproche souvent à Mme Dillman. Et Mme Dillman a dit qu'elle aimerait bien assommer maman Trudy.

— Zana, la rabroua doucement Bobby en se frottant les yeux. Ce n'est pas ce qu'Eve demande.

— Euh... non, évidemment. Excusez-moi, j'essaie juste d'aider.

— Quel a été votre emploi du temps, à New York ?

Zana regarda son mari, espérant visiblement qu'il prenne les rênes, mais il enfouit son visage dans ses mains.

— Eh bien, euh... on est arrivés mercredi, on s'est promenés dans les magasins et on est allés au Radio City Music Hall. Bobby a acheté les billets à un bonhomme dans la rue. C'était rudement cher.

Comme tous les billets vendus au marché noir, songea Eve.

— Jamais je n'avais vu un spectacle aussi merveilleux. Maman Trudy se plaignait, elle trouvait qu'on n'avait pas de bonnes places, mais moi j'étais très contente. Ensuite, on a dîné dans un restaurant italien. Délicieux. On est rentrés à l'hôtel assez tôt, on était fatigués à cause du voyage.

Tout en parlant, elle se mit à masser doucement le dos de son mari. L'or de son alliance paraissait terne dans la lumière avare qui éclairait la pièce.

— Le lendemain matin, on a pris le petit-déjeuner dans un café, et maman Trudy nous a prévenus qu'elle comptait vous rendre visite et que, pour la première fois, elle préférait être seule. Alors Bobby et moi, on est allés à l'Empire State Building – de toute façon, maman Trudy refusait de faire la queue et...

— Bref, vous avez fait du tourisme, coupa Eve. Avez-vous rencontré quelqu'un que vous connaissiez ?

— Non...

— Votre belle-mère s'est absentée longtemps ?

— Ce jour-là ? Euh... marmonna Zana qui se mordilla de nouveau la lèvre, plissa le front. Je ne sais pas exactement. Bobby et moi, on n'est pas rentrés avant seize heures, et elle était déjà là. Un peu bouleversée.

Zana regarda de nouveau son mari, lui prit la main, l'étreignit.

— Je suppose qu'avec vous, ça ne s'était pas passé comme elle l'espérait. Elle ne se sentait pas bien. En plus, elle était énervée parce que nous n'étions pas là à son retour.

Bobby releva enfin la tête.

— Elle était folle de rage, en réalité. Il faut le dire, Zana. Elle trépignait parce que tu l'avais repoussée, Eve. Et comme on ne l'attendait pas à l'hôtel, elle a estimé qu'on se fichait d'elle. Maman pouvait être assez caractérielle.

— Elle était blessée, voilà tout, rétorqua Zana d'un ton apaisant, tapotant la cuisse de Bobby. Et tu as tout arrangé, comme d'habitude. Il l'a emmenée se promener, il lui a offert une jolie paire de boucles d'oreilles. Le soir, nous avons dîné tous les trois dans un excellent restaurant. Après, elle allait beaucoup mieux.

— Le lendemain, elle est ressortie seule, enchaîna Eve.

L'étonnement se peignit sur la figure de Bobby.

— C'est vrai. Est-ce qu'elle est revenue te voir ? Je lui avais recommandé de laisser tomber. Elle ne nous a pas accompagnés pour le petit-déjeuner. Elle a dit qu'elle avait envie de dormir un peu, puis de se payer une petite «thérapie», en l'occurrence une séance de shopping – il n'y avait rien de tel pour lui remonter le moral. Nous avions réservé une table pour le soir, mais elle n'a pas eu envie de dîner dehors. Elle était fatiguée, elle a préféré manger dans sa chambre. Elle m'a paru bizarre.

— C'est-à-dire?

— Je ne sais pas. J'ai essayé de la joindre sur le communicateur de sa chambre, elle n'a pas répondu. Alors je l'ai appelée sur son communicateur personnel, mais elle avait bloqué la fonction vidéo. Elle était dans son bain. Je ne l'ai pas revue après le matin du vendredi.

— Et le samedi?

— Elle nous a passé un coup de fil ici, vers neuf heures. Zana, tu lui as parlé.

— Oui, et maintenant que j'y réfléchis, elle avait de nouveau désactivé la vidéo. Faites ce qui vous chante, elle m'a dit. Moi, je préfère être seule. Franchement, j'ai pensé qu'elle boudait, alors j'ai insisté pour qu'elle nous accompagne. On devait prendre un aérotram, on avait son ticket, mais elle a refusé. Elle ferait peut-être une balade à pied. Elle n'était pas dans son état normal. Je l'ai signalé à Bobby. «Ta mère est énervée, je l'entends dans sa voix.» Mais on est sortis quand même. Et ce soir-là... Raconte, Bobby.

— Elle n'a pas voulu ouvrir sa porte. Je commençais à m'énerver, moi aussi. Elle allait bien, soi-disant, mais elle avait envie de rester au chaud et de regarder la télé. Zana et moi, du coup, on a dîné dehors en amoureux.

— Un repas fabuleux avec du champagne. Et on...

Zana coula vers son mari un regard éloquent – lorsqu'ils avaient regagné l'hôtel, sans doute s'étaient-ils passionnément adonnés au culte de Cupidon.

— On a... euh... dormi tard, ce matin. On a essayé de la joindre dans sa chambre, sur son communicateur personnel, sans résultat. Bobby était sous la douche, alors je me suis décidée: bon, je vais frapper à sa porte jusqu'à ce qu'elle me laisse entrer...

Elle s'interrompit, pressa une main sur sa bouche.

— Et pendant tout ce temps…

— Hier soir, avez-vous entendu ou vu quelque chose d'inhabituel ?

Bobby soupira.

— C'est bruyant ici, même avec les fenêtres fermées. En plus, on avait bu une bouteille de champagne. Quand on est rentrés, on a mis de la musique. On n'a pas coupé le son avant notre réveil. Et on… on a fait l'amour cette nuit, et encore ce matin.

Il s'interrompit, rouge comme un coquelicot.

— J'étais fâché contre ma mère. Elle a insisté pour venir à New York, mais elle a refusé de te contacter avant notre arrivée, malgré mes recommandations. Là-dessus, elle s'est claquemurée dans sa chambre – à ruminer parce que tu ne jouais pas le rôle qu'elle imaginait pour toi. C'est du moins ce que je supposais. Je ne voulais pas que le voyage de Zana soit gâché à cause de ça.

— O mon chéri…

— Je me disais : parfait, elle veut bouder entre ses quatre murs ? Elle n'a qu'à y rester jusqu'à notre départ, lundi. Moi, je visite la ville avec ma femme. Oh, bon sang… bredouilla-t-il en entourant Zana de ses bras. J'ignore pourquoi quelqu'un lui aurait fait du mal à ce point. Je ne comprends pas. Est-ce qu'elle a été…

Eve connaissait bien ce chevrotement dans la voix, cette angoisse dans les yeux des proches d'une victime de meurtre.

— Non, elle n'a pas été violée. Avait-elle des objets de valeur ?

— Elle a emporté très peu de ses plus beaux bijoux, expliqua Zana. Elle adorait les porter, mais elle a dit que ce ne serait pas raisonnable.

— Je constate que votre fenêtre est fermée et verrouillée.

— À cause du bruit, répondit distraitement Bobby. Et puis, il y a l'escalier de secours, dehors, alors il vaut mieux… Oh, Seigneur, c'est par là que l'assassin est entré ? Par sa fenêtre ? Je lui avais répété de la verrouiller.

— Nous ne sommes pas encore certains qu'il se soit introduit par là. Bobby, je vais diriger l'enquête. Je mettrai tout en œuvre pour retrouver le coupable. Si tu as besoin de me parler, tu peux me joindre au Central.

— Et maintenant, qu'est-ce qu'on fait ?

— Vous attendez. Je dois vous demander de ne pas quitter New York, au moins pendant les prochains jours.

— Oui, d'accord. Je… préviendrai mon associé.

— Tu exerces quelle profession, Bobby ?

— Je suis dans l'immobilier. Eve ? Il ne faudrait pas que je sois avec elle ? Avec maman ?

— Non… accorde-toi un peu de temps. On s'en occupe, ne t'inquiète pas.

Il se leva, lourd, chancelant.

— Est-ce que j'aurais pu faire quelque chose ? Si j'avais obligé le directeur à ouvrir la porte hier soir ou ce matin, est-ce que ça aurait changé quelque chose ?

Eve le dévisagea. Il n'y avait qu'une réponse susceptible de l'apaiser.

— Non, ça n'aurait rien changé.

Lorsqu'elle sortit, flanquée de sa coéquipière, elle inspira à fond.

— Votre opinion, Peabody ?

— Un type honnête. En état de choc. Comme sa femme, d'ailleurs. Ils risquent fort de s'écrouler tous les deux. Vous voulez que je lance une recherche sur eux ?

— Ouais, marmonna Eve. Faisons les choses dans les règles.

L'équipe de la morgue était en train de pousser hors de la 415 la civière sur laquelle reposait la housse servant au transport des cadavres. Morris apparut.

— Je confirme l'heure du décès : une heure vingt-huit. L'examen in situ indique que la mort a été provoquée par une blessure à la tête infligée à l'aide de notre vieux copain – l'instrument contondant. Rien dans la pièce, selon moi, ne correspond. Les autres lésions corporelles sont plus anciennes. De vingt-quatre heures ou plus. Je serai plus précis dès que j'aurai cette dame chez moi. Voilà… c'est bien ce que vous vouliez entendre ?

— Oui.

— Je vous transmettrai ce que je sais dès que je le saurai.

— Merci.

Eve pénétra dans la chambre, fit signe à l'un des techniciens.

— Je cherche tout particulièrement son communicateur personnel.

— Pour l'instant, on n'a rien.

— Prévenez-moi si vous le trouvez.

Elle s'approcha de la fenêtre, jeta un regard oblique à Peabody.

— On va descendre par là.

— Oh, non…

Eve se courba pour enjamber le rebord de la fenêtre et se laissa tomber en douceur sur l'étroite plateforme de l'escalier de secours. Elle avait une sainte horreur de l'altitude, elle souffrait de vertige – son estomac tanguait déjà. Elle se concentra sur ses pieds, pour donner à son organisme le temps de s'accoutumer au vide.

— Il y a du sang. Oui… des gouttes de sang sur la plateforme.

Elle actionna le mécanisme qui commandait le déploiement de l'escalier métallique.

— Et il y en a d'autres sur les marches.

— Un chemin logique pour sortir et s'enfuir, commenta Peabody. Les techniciens prendront des échantillons et nous saurons si c'est bien le sang de la victime.

— Hmm…

Eve se redressa, étudia l'accès aux autres chambres de l'étage.

Pas commode, compte tenu des intervalles à franchir, mais pas impossible pour un individu athlétique ou suffisamment intrépide. Pour sa part, elle préférerait prendre le risque de sauter plutôt que de longer l'étroite corniche sur la pointe des pieds.

Certes, le tueur venait peut-être de l'intérieur de l'hôtel. Mais il était vraisemblablement entré et reparti par cet escalier de secours. Et il avait jeté son arme Dieu savait où.

Eve regarda en bas, souffla entre ses dents serrées car la tête lui tournait. Les gens semblaient ramper sur le trottoir. Quatre étages… Si elle tombait, n'étant pas aussi lourde que Tubbs, elle n'écrabouillerait sans doute pas un innocent passant.

Soudain, une fiente de pigeon attira son attention. Elle s'accroupit pour l'examiner de près, leva le nez quand Peabody s'approcha.

— Regardez cette merde de rat volant.

— Quel joli motif, abstrait et terriblement urbain.

— Moi, il m'a l'air aplati sur le côté, par une chaussure. Hé, par ici ! cria-t-elle aux techniciens. J'ai du sang et une crotte de pigeon. Emballez-moi ça !

— Charmant, ronchonna l'un des gars.

— Notez, Peabody, ordonna Eve, entamant la descente en zigzag des marches métalliques. Qu'on fouille les recycleurs d'ordures de l'hôtel ainsi que tous ceux du quartier, dans un rayon de quatre cents mètres. Nous avons de la chance, c'est dimanche.

— Dites ça à l'équipe qui va patauger dans les détritus.

— Grâce à cette issue de secours, quiconque occupe une chambre de ce côté du bâtiment peut accéder à toutes les autres. Il nous faut consulter le registre des réservations.

— Il n'y a pas de caméras de surveillance dans les couloirs ni les escaliers, rétorqua Peabody. Si le meurtre a été perpétré par quelqu'un de l'intérieur, pourquoi le tueur n'est pas simplement ressorti par la porte quand il a eu terminé ?

— Oui, pourquoi ? Peut-être ignorait-il qu'il n'y avait pas de caméra, répondit Eve. Ou alors il est très prudent et ne voulait pas risquer d'être aperçu par M. et Mme Touriste rentrant de bambocher en ville.

Parvenue à la dernière plateforme, Eve actionna le second mécanisme et une sorte d'échelle se déplia. Parfaitement remise à présent de son vertige, elle descendit les barreaux à toute allure et, d'un bond, atterrit sur le trottoir.

Peabody, elle, manqua se tordre la cheville.

— Encore une chose, dit Eve, tandis qu'elle contournait l'immeuble. Vendredi, Lombard a rendu visite à Connors, à son bureau. Elle a tenté de lui extorquer de l'argent.

— Hein ? *Quoi ?*

— Il faut que cela figure dans le rapport. Clairement, en toutes lettres. Il l'a rencontrée, l'a flanquée dehors. Point à la ligne, mais on doit le signaler. Entre ce matin-là et la période qui a précédé sa mort, elle a eu des ennuis. Au moment du décès, Connors et moi avons un alibi. Entre l'heure où elle a quitté le bureau de Connors et celle où elle a succombé à ses blessures, nous ne devrions pas avoir de mal à justifier nos allées et venues.

— Personne ne s'aviserait de vous soupçonner.

Eve s'arrêta, regarda sa coéquipière.

— Si je n'avais pas d'alibi, je me considérerais comme suspecte. J'aurais très bien pu lui mettre mon poing dans la figure.

— La tuer ?

Eve secoua la tête.

— Il est possible que la personne qui lui a flanqué une rouste ne soit pas son assassin. Elle avait peut-être un complice, ils espéraient ramasser facilement de l'argent grâce à Connors. Comme ça n'a pas marché, il – ou elle – lui est tombé dessus à bras raccourcis. Une piste à ne pas négliger.

— D'accord.

— Bon, voilà ce que j'ai à déclarer, dit Eve en se tournant vers Peabody. Nous avons eu une pleine maison de traiteurs, décorateurs et je ne sais quoi encore durant toute la journée de samedi. Du matin jusqu'en fin d'après-midi. Lorsque Connors engage des employés extérieurs pour travailler dans le manoir, les caméras tournent à plein régime. Vous contacterez Feeney, vous lui demanderez qu'il visionne ces films de vidéosurveillance, qu'il examine l'équipement, et vérifie que Connors et moi étions bien là toute la journée.

— Je m'en occupe. Mais je vous le répète : on ne vous soupçonnera pas.

D'un geste, Peabody empêcha Eve de répliquer.

— Dallas, au bout de cinq minutes, vous vous laveriez aussi de tout soupçon. Un bon coup de poing, OK. Vous n'êtes pas au-dessus de ça. Et alors ? Ce n'est pas un coup de poing qui lui a mis la figure dans cet état et qui l'a tuée. Or ça, vous en êtes incapable. Elle a essayé de faire peur à Connors ? Franchement, elle devait être plus bête qu'une oie. Il s'est débarrassé d'elle comme on… enlève de sa chaussure une fiente de rat volant. Bref, il n'y a pas de problème. Croyez-moi, je suis inspecteur.

— Tiens, il y avait un moment que vous n'aviez pas glissé votre titre dans une conversation.

— Je suis devenue adulte, figurez-vous.

Elles tournèrent le coin de la rue. Peabody enfonça ses mains dans ses poches.

— Il va falloir l'interroger, vous le savez.

— Oui, répondit Eve, observant Connors appuyé contre la voiture de sa femme – qui s'était matérialisée comme par magie. Je sais…

Connors, qui pianotait sur son ordinateur, leva le nez de son écran. Il esquissa un sourire.

— Vous vous baladez ? s'enquit-il.

— On ne peut jamais prévoir où le boulot d'un flic vous emmènera.

— Ah… Bonjour, Peabody. Comment allez-vous, ce matin ?

— Je ne suis pas encore remise. Quelle merveilleuse fête !

— Vous nous accordez une minute ? demanda Eve à sa coéquipière.

— Bien sûr. Je m'occupe des disquettes.

Quand elle fut seule avec son mari, Eve donna un petit coup de pied au pneu de sa voiture.

— Comment elle est arrivée là ?

— Un tour de prestidigitation. J'ai présumé que tu souhaiterais l'avoir.

— En effet.

— J'ai appelé Mira pour la prévenir de ce qui se passait et lui dire que tu serais retardée.

— Mira ? Oh, oui… J'avais oublié, marmonna-t-elle, fourrageant dans ses cheveux. Merci. Qu'est-ce que je te dois ?

— Ça se négociera plus tard.

— J'ai encore une chose à te demander. Je voudrais que tu viennes au Central faire une déposition – officiellement – concernant la conversation que tu as eue avec la victime, vendredi, dans ton bureau.

Une étincelle crépita dans les yeux de Connors.

— Serais-je sur ta liste de suspects, lieutenant ?

Eve inspira, relâcha lentement son souffle.

— Ne réagis pas comme ça. Si un autre enquêteur était chargé de l'affaire, nous serions tous les deux sur cette liste. Nous avions une raison de lui vouloir du mal, or quelqu'un l'a massacrée. On ne peut pas tuer une femme au sud de Central Park, tout en trinquant avec le chef de la police dans une autre partie de la ville. Mais, toi et moi, nous avons des relations et l'argent nécessaire pour engager quelqu'un qui exécute le sale boulot à notre place.

— Et nous sommes assez intelligents pour avoir embauché quelqu'un qui n'ait pas la tête de l'emploi.

— En outre, poursuivit Eve, implacable, on lui a littéralement éclaté la figure plusieurs heures avant sa mort.

— Donc, tu ne penses pas que je l'ai tuée, mais il se pourrait que je l'aie frappée et…

Elle lui planta l'index dans la poitrine.

— Arrête, murmura-t-elle d'une voix sifflante. M'agresser de cette manière n'arrange rien.

— Quelle manière préfères-tu ? J'en ai d'autres à ta disposition.

— Va te faire voir, Connors.

Il agita une main en signe de capitulation.

— OK, d'accord. Mais… que ma femme me soumette à un interrogatoire, au Central, ça me vexe.

— Eh bien, réjouis-toi, c'est Peabody qui s'en chargera.

— Quel bonheur !

Il la prit par les bras, l'attira contre lui et plongea son regard dans le sien, comme pour lire jusqu'au plus profond de son âme.

— Je veux que tu me regardes dans les yeux et que tu me dises si tu crois que j'ai posé les mains sur cette Trudy Lombard.

— Non, répondit-elle sans l'ombre d'une hésitation. Ce n'est pas ton style et si, par extraordinaire, tu avais complètement perdu les pédales, tu m'en aurais déjà parlé. En réalité, cogner, c'est plutôt mon style. Je mentionnerai sa visite au Central dans mon rapport.

Connors jura entre ses dents.

— Cette garce nous cause encore plus d'ennuis morte que vivante. Ne prends pas cet air-là. Je ne ferai pas brûler des cierges pour elle. Toi si, à ta façon. Parce que, maintenant qu'elle est une victime, tu vas te battre pour lui rendre justice.

Avec tendresse, il lui effleura la joue.

— Je t'accompagne au Central tout de suite, qu'on en finisse.

— Quel dimanche pourri…

— Ce ne sera pas le premier, rétorqua-t-il en ouvrant la portière de la voiture.

Peabody installa Connors dans une des salles d'interrogatoire. Ses gestes étaient brusques, elle gardait les yeux baissés.

— Détendez-vous, lui dit-il. Vous menez l'enquête, c'est à moi de me sentir nerveux.

— Ce n'est qu'une formalité, bafouilla-t-elle. Ça ne… c'est nul.

— Avec un peu de chance, ce sera rapide et indolore pour vous et moi.

— Vous êtes prêt ?

— Allons-y.

Elle s'éclaircit la gorge, déclara pour l'enregistrement :

— Monsieur, vous êtes ici de votre plein gré, et nous vous remercions de votre collaboration.

— Si je puis vous être utile…

Il tourna son regard vers le long miroir, indiquant ainsi qu'il savait pertinemment qu'Eve l'observait, de l'autre côté.

— Vous connaissiez Trudy Lombard.

— Pas vraiment. J'ai eu l'occasion de la rencontrer lorsqu'elle a demandé à me voir, au siège social de ma compagnie, vendredi dernier.

— Pourquoi avez-vous accepté de la recevoir ?

— Par curiosité. Ma femme lui avait été confiée autrefois, durant une brève période.

— Mme Lombard a été la mère d'accueil du lieutenant Dallas pendant cinq mois et demi en 2036.

— Exactement.

— Saviez-vous que Mme Lombard avait pris contact avec le lieutenant ici même, le jeudi ?

— J'étais au courant, en effet.

— Et comment décririez-vous la réaction du lieutenant ?

— Cela ne concernait qu'elle.

Peabody ouvrit la bouche, se ravisa. Il haussa les épaules.

— Ma femme n'avait aucun désir de renouer cette relation. Cette époque de sa vie n'avait pas été heureuse, et je crois qu'elle préférait ne pas se la remémorer.

— Pourtant vous avez accepté de recevoir Mme Lombard, dans vos bureaux du centre-ville.

— Je le répète, j'étais intrigué.

Connors jeta un coup d'œil au miroir et, il en eut la certitude, accrocha le regard d'Eve.

— Je me demandais ce qu'elle voulait.

— Et que voulait-elle ?

— De l'argent, naturellement. Elle a d'abord cherché à me mettre dans son camp afin que je l'aide à amadouer le lieutenant. Elle prétendait que ma femme se méprenait, qu'elle confondait tout, que ses souvenirs de cette période de sa vie étaient inexacts.

Il s'interrompit, réprima un petit sourire.

— Je ne vous apprends rien, le lieutenant se trompe rarement sur de tels sujets. J'ai donc jugé les arguments de cette dame peu crédibles et je lui ai répondu qu'il valait mieux en rester là.

— Mais elle a quand même exigé de l'argent.

— Oui, deux millions. À ce prix-là, elle retournerait au Texas. Elle a été très mécontente lorsque je l'ai informée que je n'avais pas l'intention de lui verser le moindre dollar.

— Vous a-t-elle menacé ?

— Elle ne représentait pas une menace, ni pour moi ni pour les personnes qui me sont chères. Ce n'était qu'une sangsue qui avait espéré s'engraisser grâce à une période particulièrement difficile de l'enfance du lieutenant.

— Avez-vous considéré sa demande d'argent comme une sorte de chantage ?

Attention, terrain glissant, songea Connors.

— Elle a peut-être pensé que je l'interpréterais de cette manière – je ne puis répondre pour elle. J'ai trouvé ça grotesque et estimé que le lieutenant et moi n'avions pas à nous en soucier.

— Cela ne vous a pas mis en colère ? Une inconnue qui débarque dans votre bureau, qui essaie de vous détrousser comme au coin d'un bois ? Personnellement, ça m'énerverait.

Il lui sourit, regretta de ne pouvoir la complimenter pour sa façon subtile de mener l'interrogatoire.

— Pour être franc, inspecteur, sa requête ne m'a pas surpris. Je ne voyais pas d'autre raison logique susceptible d'expliquer pourquoi elle avait contacté le lieutenant après tant d'années.

Il s'adossa confortablement à son siège.

— Vous me demandez si j'étais furieux ? Non… Au contraire, la rencontrer, lui dire clairement qu'elle ne toucherait pas un sou, jamais, m'a procuré une certaine satisfaction.

— Clairement ? Pouvez-vous préciser ?

— Nous avons discuté dans mon bureau pendant environ dix minutes, après quoi je l'ai priée de s'en aller. Ma secrétaire a alerté la Sécurité afin de vérifier qu'elle quittait l'immeuble. À ce propos, nous avons des images de son entrée dans le bâtiment, dans mon bureau, ainsi que de sa sortie. Des mesures de sécurité standard. J'ai pris l'initiative de contacter le capitaine Feeney de la DDE, afin qu'il réquisitionne ces films de vidéosurveillance qui figurent donc dans vos dossiers. J'ai pensé que ce serait préférable.

Les yeux de Peabody s'arrondirent.

— Bien, très bien. Hmm… avez-vous été en rapport avec Mme Lombard après son départ de votre bureau, vendredi ?

— Non. Le lieutenant et moi avons passé la soirée chez nous, et le samedi nous avons donné une grande fête. Les préparatifs nous ont occupés toute la journée. Nous avons aussi des films de vidéosurveillance qui le prouvent, puisque de nombreux employés extérieurs se trouvaient au manoir. Le capitaine Feeney les réquisitionnera également. Et donc, le soir, nous étions en compagnie de deux cent cinquante amis, relations et collègues, approximativement de vingt heures à plus de trois heures du matin. Je vous fournirai volontiers la liste de nos invités.

— Merci. Avez-vous eu un contact physique avec Trudy Lombard, à un moment quelconque ?

Une fugitive expression de dégoût se peignit sur les traits de Connors.

— Je lui ai serré la main lorsqu'elle est entrée dans mon bureau. Cela m'a suffi.

— Pourriez-vous m'expliquer pourquoi, ce matin, le lieutenant et vous étiez au West Side Hotel ?

— Nous avions décidé qu'il valait mieux pour le lieutenant parler à Lombard face à face, l'informer qu'elle – ma femme – ne désirait pas la revoir.

Peabody hocha la tête.

— Parfait. Nous vous remercions encore pour votre coopération. Fin de l'interrogatoire.

Elle soupira, s'avachit comiquement sur sa chaise.

— Ouf…

— Comment nous en sommes-nous tirés ? s'enquit-il en lui tapotant la main.

— Elle ne nous épargnera pas son jugement, croyez-moi, mais vous voulez mon avis ? Vous avez été franc, précis, vous avez donné des détails. Question alibi, vous êtes couvert jusqu'aux roustons…

Peabody s'interrompit, cramoisie.

— Oh, excusez-moi. Je… je ne sais pas ce que je…

— Ne vous excusez pas. Je suis ravi d'apprendre que cette partie de mon anatomie, à laquelle j'ai la faiblesse de tenir, est bien protégée.

À cet instant, la porte s'ouvrit sur Eve.

— Pourquoi tu ne m'as pas avertie que tu avais contacté Feeney ?

— Il me semble que je viens de le faire.

— Tu aurais pu… enfin, bref. Peabody, lancez ces recherches et jetez un œil sur les autres clients de l'hôtel. Je vous rejoins dans une minute.

— À plus tard, dit Peabody à Connors.

— Je vais en avoir…

Connors acheva la phrase d'Eve.

— … pour un moment. Ne t'inquiète pas, je retrouverai le chemin de la maison.

— Je suis contente que tu aies accepté de te soumettre à cet interrogatoire. C'est une bonne chose de faite. Peabody aurait dû t'asticoter un peu plus, mais elle a obtenu des réponses détaillées, c'est l'essentiel.

— Je suis heureux que tu sois contente. Quand tu auras terminé, passe chez Mira.

— Je ne sais pas combien de temps…

— Peu importe. Va parler à Mira, et ensuite rentre chez nous. Au fait, les cadeaux sont dans la malle de ta voiture.

Il l'enlaça, l'embrassa passionnément.

— Je t'attendrai.

Oui, pensa-t-elle. Elle avait quelqu'un qui l'attendait, et c'était un miracle.

Assise à son bureau, armée d'un énorme mug de café noir, Eve étudia les renseignements officiels concernant Bobby Lombard. Bobby, et non Robert, nota-t-elle. Il était son aîné de deux ans, le fruit d'un concubinage légal, annulé alors que le garçonnet allait fêter son deuxième anniversaire. Son père, un certain John Gruber, marié depuis 2046, résidait à Toronto.

Bobby avait décroché un diplôme d'études supérieures de commerce, puis un emploi dans une agence immobilière – Plain Deal Real Estate. Dix-huit mois plus tôt, il s'était associé avec Densil K. Easton pour fonder L & E Realtors, à Copper Cove, Texas. Il s'était marié avec Zana Kline un an après.

Casier judiciaire vierge.

Zana, âgée de vingt-huit ans, était originaire de Houston. Père inconnu. Apparemment, elle avait été élevée par sa mère, morte dans un accident de voiture alors que Zana avait vingt-quatre ans. Elle aussi avait fait des études supérieures et était titulaire d'un diplôme d'expert-comptable. Elle avait été embauchée par L & E Realtors quasiment dès la création de la société.

Elle s'était donc installée à Copper Cove et avait épousé le patron.

Pas de casier judiciaire, pas d'ex-mari ni d'ex-compagnon.

Officiellement, ils étaient donc ce qu'ils semblaient être. Un couple de jeunes gens simples, ordinaires, sur qui était tombée une horrible tuile.

Eve passa à Trudy Lombard.

Elle parcourut rapidement ce qu'elle savait déjà. Quand elle en arriva au dossier professionnel, elle sourcilla.

Lombard avait été aide-soignante, réceptionniste dans une usine. Elle avait sollicité le statut de mère professionnelle après la naissance de son fils, avait travaillé à mi-temps – déclarant un revenu juste au-dessous de la limite légale pour conserver son statut.

Vendeuse. Trois patrons différents. Employée dans l'informatique. Deux patrons. Coordinatrice domestique ? Qu'est-ce que c'était que ça ? En tout cas, ça n'avait pas duré non plus.

En six ans, elle avait vécu dans quatre villes du Texas.

Tout ça sentait l'arnaque à plein nez. Elle pressait le citron, et quand il n'avait plus de jus, elle fichait le camp.

Elle avait passé les tests et été acceptée en tant que mère d'accueil, tout en gardant le statut de mère professionnelle – chaque sou comptait, songea Eve. Dans la région d'Austin, pendant un an, avant de déménager encore, de poser une fois de plus sa candidature, avec succès.

Quatorze mois à Beaumont, nouveau déménagement, nouvelle candidature, nouvelle acceptation.

— Tu avais la bougeotte, vieille sorcière ? Non, je ne crois pas... Là-dessus j'ai débarqué et voilà que trois mois après mon départ, toi aussi tu as levé l'ancre. Et tu as continué à faire le tour du Texas, à empocher tes salaires jusqu'à ce que Bobby soit diplômé et qu'on te supprime ton statut de mère professionnelle.

Eve se renversa contre le dossier de son fauteuil, pensive.

Oui, ça pouvait marcher. Une combine plutôt juteuse. Elle obtenait sa licence, les habilitations nécessaires dans un État. Ensuite elle n'avait plus qu'à se déplacer de ville en ville, à prendre d'autres enfants et empocher de plus en plus d'argent.

Les Services de l'Enfance étaient toujours débordés, à court de personne. Ils se réjouissaient d'avoir sous la main une femme expérimentée, mère professionnelle, disposée à accueillir des gamins.

Quand elle avait été obligée d'arrêter ses deux activités, Trudy avait posé ses valises. Elle était restée près de son fils, avait exercé quelques petits boulots temporaires. Ce n'était pas lucratif pour une dame qui adorait le shopping et possédait des bijoux de valeur – assez précieux, selon sa belle-fille, pour qu'elle les laisse à la maison quand elle voyageait.

Intéressant. Oui, très intéressant...

Eve était prête à parier une livre de vrai café en grains qu'elle n'avait pas été l'unique enfant maltraitée par Trudy Lombard.

8

Eve en voulait un peu à Connors – à cause de lui, elle se sentait obligée de passer chez les Mira. Or elle était fatiguée, elle avait encore beaucoup de travail et n'était pas au bout de ses réflexions, loin de là.

La perspective de s'asseoir pour bavarder et siroter un quelconque breuvage l'épuisait d'avance. Surtout qu'il allait falloir échanger des cadeaux, ce qui lui donnait toujours l'impression d'être débile. Elle ne comprendrait jamais pourquoi les gens éprouvaient le besoin d'offrir et de recevoir des trucs et des bidules qu'ils pouvaient parfaitement s'acheter tout seuls s'ils en avaient envie.

Et voilà… Elle était plantée devant la jolie maison des Mira, dans leur agréable quartier. Une couronne de houx ornait la porte – depuis son expérience avec les décorateurs, Eve était capable de reconnaître du houx quand elle en avait sous le nez. Dans l'encadrement des fenêtres dansaient les flammes douces et réconfortantes de nombreuses bougies, ainsi que les lumières scintillantes d'un sapin de Noël.

Les Mira ayant des petits-enfants, une montagne de paquets s'élevait sans doute au pied de cet arbre. Encore une chose qu'Eve avait apprise : si un présent ne suffisait pas pour un mari ou une épouse, il en fallait au moins une demi-douzaine pour un gamin.

Elle savait que Peabody en avait déjà acheté trois – dingue ! – pour le bébé de Mavis qui ne naîtrait que dans un mois.

Connors, quant à lui, en avait expédié un plein cargo à sa famille irlandaise.

Bref… Eve atermoyait. Elle claquait des dents, frigorifiée, et elle atermoyait. Dans l'obscurité, en plus.

Calant ses cadeaux sous son bras, elle se résigna à
appuyer sur la sonnette.

Ce fut Mira qui vint ouvrir, dans la tenue décontractée
qu'elle affectionnait quand elle était chez elle – pieds nus,
pantalon moulant, sweater en angora.

— Je suis si heureuse que vous soyez là.

Avant qu'Eve ait pu articuler un mot, elle fut entraînée
à l'intérieur, dans l'atmosphère chaude et qui embaumait
la sève de pin et la canneberge. De la musique jouait en
sourdine.

— Désolée d'arriver si tard.

— Ce n'est pas grave. Donnez-moi votre manteau et
entrez au salon.

— J'ai ces choses… des petites choses…

— Merci. Asseyez-vous, je vous sers un verre de vin.

— Je ne voudrais pas vous empêcher de…

— S'il vous plaît, asseyez-vous.

Eve posa ses cadeaux sur la table basse, à côté d'une
grande coupe en argent remplie de pommes de pin et de
grosses baies rouges.

Elle ne s'était pas trompée, il y avait une centaine de
paquets sous le sapin de Noël. Les Mira constituaient une
véritable tribu, ils étaient une bonne vingtaine et…

Soudain, Dennis Mira apparut. Eve se leva d'un bond.

— Restez donc assise. Charlie m'a averti que vous étiez
là. Je viens juste vous saluer. Quelle merveilleuse fête, hier
soir.

Il portait un cardigan plutôt miteux, dont un bouton
menaçait de tomber. Eve l'adorait, il avait le don de la
faire fondre.

Il lui sourit et, comme elle était toujours debout, se
campa à son côté et tourna son sourire rêveur vers le
sapin de Noël.

— Charlie a horreur des imitations. Chaque année, je
lui suggère d'acheter un faux sapin, et chaque année elle
refuse. J'en suis bien content.

Soudain, il entoura de son bras les épaules d'Eve qui en fut médusée.

— Rien ne semble jamais si terrible, trop dur ou trop triste quand on a un sapin de Noël dans son salon. Et tous ces cadeaux au pied de l'arbre, la joie de découvrir ce qui se cache dans ces paquets. Tout ça pour dire qu'il y a toujours de la lumière et de l'espoir en ce monde. Et partager ces moments avec une famille est une immense chance.

Eve avait la gorge nouée. Brusquement, elle se surprit à faire une chose dont elle ne se croyait pas capable. Elle nicha son visage contre l'épaule de Dennis Mira et se mit à pleurer.

Il ne s'en étonna pas, lui caressa les cheveux, lui tapota gentiment le dos.

— Laissez-vous aller, mon petit. C'est bien… Vous avez eu une rude journée.

Elle s'écarta, effarée.

— Je… je suis désolée, hoqueta-t-elle. Je ne sais pas ce qui… Il vaudrait mieux que je parte.

Mais il lui tenait la main et, malgré son apparente douceur, il avait une poigne de fer.

— Vous vous asseyez, ordonna-t-il, suave. Je crois que j'ai un mouchoir quelque part.

Sur quoi, il entreprit de fouiller les poches de son gilet d'un air si perplexe qu'Eve ne put s'empêcher de rire. Elle s'essuya les joues.

— Ne cherchez plus, ça va. Je suis vraiment désolée, je…

— Goûtez-moi ce vin, l'interrompit Mira qui les rejoignit avec un plateau.

À l'évidence, elle avait été témoin de la scène.

— Je suis un peu fatiguée, voilà tout, se justifia Eve, de plus en plus gênée.

— Ce n'est pas surprenant. Asseyez-vous et détendez-vous, dit Mira en lui tendant un verre. J'aimerais bien ouvrir mon cadeau.

— Euh… oui. Pour vous, déclara Eve à Dennis, j'ai trouvé ça… J'ai pensé que ce serait peut-être utile.

En voyant l'écharpe, il s'illumina comme un gosse de dix ans qui découvre une bicyclette rouge sous le sapin.

— Regarde, Charlie! Elle me tiendra chaud pendant mes promenades.

— Et elle te ressemble, mon chéri. Oh! s'exclama Mira, soulevant la théière ancienne. Quelle splendeur! Des violettes, murmura-t-elle, effleurant du doigt les délicates fleurs entrelacées qui décoraient la fine porcelaine blanche. J'adore les violettes.

Mira reposa son cadeau et se précipita vers Eve qu'elle embrassa sur les deux joues.

— Merci.

— De rien…

— Je vais essayer mon écharpe tout de suite. Je sors me balader, décréta Dennis.

Il se pencha vers Eve, lui prit le menton.

— Vous êtes bonne et intelligente. Parlez à Charlie.

Sur quoi, il quitta la pièce.

— Je ne voulais pas le chasser, dit Eve.

— Ne vous inquiétez pas. Dennis est aussi perspicace qu'il est distrait. Il savait que nous avions besoin d'un moment en tête à tête. Voulez-vous ouvrir votre cadeau? ajouta Mira en prenant un paquet sur le plateau.

— C'est joli…

Eve ne trouvait jamais les mots qu'il fallait, mais cette formule lui parut appropriée, vu que Mira lui tendait une boîte argent et or, agrémentée d'un gros nœud rouge.

Elle ne comprit pas ce que c'était – un objet rond en filigrane d'or, orné de petites pierres brillantes. Comme c'était pendu à une chaîne, elle supposa qu'il s'agissait d'une sorte de collier, même si le disque était plus large que sa paume.

— Du calme, pouffa Mira. Ce n'est pas un bijou. Dans ce domaine, personne ne pourrait rivaliser avec Connors. C'est un attrape-soleil, à accrocher à une fenêtre. J'ai pensé à celle de votre bureau.

— C'est joli, répéta Eve qui étudia le filigrane de plus près. Il me semble que le dessin ressemble à celui de mon alliance. Celtique, n'est-ce pas?

— Oui. Mais, d'après ma fille, le motif de votre alliance symbolise la protection. Celui-ci, associé à ces petites pierres, est censé apporter la paix de l'âme. Cet attrape-soleil a été béni par ma fille, j'espère que cela ne vous ennuie pas.

— Au contraire, je lui en suis reconnaissante. Merci… Je l'accrocherai à la fenêtre de mon bureau. Peut-être que ça marchera.

— Vous n'avez pas pris beaucoup de repos, Eve.

Connors avait informé Mira des événements de la journée.

— Bof…

Eve contempla le disque doré, y promena son pouce.

— Je me suis apitoyée sur mon sort, tout à l'heure, quand Dennis m'a prise par les épaules. Être là avec lui, à regarder ce sapin de Noël. Sa gentillesse, cette maison qui sent si bon, toutes ces bougies… J'ai pensé, une fraction de seconde, que si j'avais eu quelqu'un comme lui… juste une fois. Mais je n'ai pas eu ça. Voilà.

— Non, et il faut en accuser le système. Pas vous.

Eve releva la tête.

— Hmm… Bref, à présent Trudy Lombard est morte. Ma coéquipière a dû interroger mon mari. Moi-même je dois me préparer à répondre à des questions personnelles, si ça concerne l'enquête. Je dois me remémorer ce qu'était le quotidien avec elle, ça m'aidera à découvrir son assassin. Pourtant, il y a quelques jours, je me rappelais à peine son nom. Oh, j'y arriverai, ajouta Eve d'un ton maintenant véhément. Pour mettre les choses à plat, je suis douée. Mais j'ai horreur que le passé me saute à la figure. Parce que cette femme n'a rien à voir, rien du tout, avec ce que je suis devenue !

— Bien sûr que si… Quiconque a frôlé votre vie a contribué à modeler la personne que vous êtes, objecta Mira de sa voix aussi douce que la musique qui flottait dans l'air, et aussi inflexible que l'acier. Vous avez triomphé des gens de son espèce. Vous n'aviez pas un Dennis Mira, vous n'aviez ni foyer ni famille. Vous ne connaissiez que l'horreur et les épreuves. Et vous avez vaincu.

C'est à la fois le cadeau que vous a fait le destin, et votre fardeau.

— Quand j'ai vu cette femme dans mon bureau, je me suis effondrée.

— Mais vous vous êtes ressaisie, et vous avez poursuivi votre route.

Eve renversa sa tête contre le dossier du divan. Connors avait eu raison – comme toujours. Il fallait qu'elle vienne ici, qu'elle parle à quelqu'un de confiance.

— Elle m'a rendue malade de peur. Comme si, en étant simplement là, elle avait le pouvoir de me ramener dans le passé. Or elle se fichait complètement de moi. Si je n'étais pas liée à Connors, elle ne se serait même pas souvenue de moi. Pourquoi cette idée-là me chiffonne tellement ? murmura Eve en fermant les paupières.

— Il est dur de n'avoir aucune importance, même aux yeux de quelqu'un qu'on déteste.

— Oui, sans doute. Elle ne serait pas venue à New York. On ne soutire pas grand-chose à un flic, sauf si ce flic est marié avec un milliardaire.

Eve battit des cils, darda sur Mira un regard ahuri.

— Il est milliardaire. Vous y pensez quelquefois ?

— Et vous ?

— Quelquefois, notamment dans ces circonstances-là, mais je ne réalise pas. Je ne sais même pas combien de zéros ça fait, j'ai le cerveau qui s'embrouille. Elle a essayé de lui extorquer de l'argent.

— Oui, il m'a résumé l'histoire. Je considère qu'il a réagi de la manière qui s'imposait. Auriez-vous souhaité qu'il paye ?

— Ah non ! s'exclama Eve, rageuse. Pas un sou ! Elle me répétait que je n'avais ni mère ni père parce que j'étais tellement bête, tellement nulle qu'ils m'avaient jetée dehors.

Mira but une gorgée de vin afin de noyer sa propre colère.

— Comment diable a-t-on pu lui confier la garde d'enfants ? Les tests sont pourtant conçus pour éliminer les brebis galeuses.

— Elle était intelligente. Elle connaissait les ficelles du système, elle était habile à les manipuler. Et puis… bon, c'est vous la psychiatre, mais j'ai l'impression qu'elle croyait sincèrement à ses propres mensonges. Il faut y croire pour amener les autres à vous voir comme vous voulez être vue.

— Pour que cela dure aussi longtemps, vous avez probablement raison, acquiesça Mira.

— Elle avait dû se persuader qu'elle avait gagné cet argent, par son travail, ses sacrifices, le foyer qu'elle m'avait si généreusement offert. Alors, n'est-ce pas, elle méritait amplement un petit quelque chose en souvenir du bon vieux temps. C'était une joueuse, enchaîna Eve. Peut-être a-t-elle poussé trop loin le bouchon avec quelqu'un…

— Vous pourriez renoncer à mener cette enquête. En fait, on risque de vous le demander.

— Je refuserai. J'irai jusqu'au bout. C'est nécessaire.

— Je suis d'accord. Je vous surprends ? s'enquit Mira, comme Eve la dévisageait fixement. Cette femme vous a donné le sentiment d'être impuissante, dénuée de valeur, stupide… une coquille vide. Vous savez que ce n'est pas vrai, cependant vous avez besoin de le *ressentir*, de le prouver. Pour cela, il faut que vous participiez activement à la résolution de cette affaire. Voilà exactement ce que je dirai au commandant Whitney.

— Votre opinion pèse toujours lourd dans la balance. Merci.

Lorsqu'elle franchit la porte du manoir, Summerset se tenait tel un corbeau de malheur dans le hall, le grassouillet Galahad à ses pieds. À en juger par l'éclat de ses petits yeux en boutons de bottine, le majordome était prêt à se lancer dans un speech de son cru.

— J'avoue ma stupéfaction, déclara-t-il d'un ton qu'il considérait sans doute amène. Vous vous absentez pendant des heures, or vous rentrez dans une tenue… disons presque élégante, sans avoir déchiré ni ensanglanté vos vêtements. Une journée à marquer d'une pierre blanche.

— Moi-même je m'étonne que personne n'ait pris la peine de réduire votre vilaine figure en bouillie. Mais nous ne sommes pas encore à demain.

Là-dessus, elle retira son manteau, l'abandonna sur la rampe de l'escalier – juste pour embêter Summerset – et grimpa les marches. La rituelle joute verbale avec son ennemi intime l'avait quelque peu revigorée. Ça l'aidait à chasser de son esprit – au moins provisoirement – la figure dévastée de Bobby.

Elle alla tout droit dans son bureau. Elle comptait établir ici une deuxième base, au cas – peu probable – où Whitney la mettrait officiellement sur la touche. Ainsi elle poursuivrait son enquête pendant son temps libre.

Avant tout, elle contacta Morris.

— Je passerai demain matin. Vous avez quelques petites surprises pour moi ?

— Le coup à la tête l'a fait passer dans l'autre monde, et on l'a trucidée environ trente heures après lui avoir infligé les autres blessures. Celles-ci sont mineures, en comparaison, néanmoins je pense qu'elles ont été causées par la même arme.

— Vous avez quelque chose sur notre fameux instrument contondant ?

— Quelques fibres prélevées dans les plaies crâniennes. Je les enverrai à notre ami Dickhead du labo. Personnellement, je dirais qu'on l'a frappée avec une espèce de sac en tissu lesté. L'analyse toxicologique est positive : antalgiques en vente libre, tout ce qu'il y a de plus légal. Elle en avait pris un moins de soixante minutes avant sa mort, avec un excellent chablis.

— Oui, il y en avait une bouteille dans sa chambre. Les comprimés étaient sur sa table de chevet.

— Elle avait mangé un peu de soupe au poulet et des nouilles au soja vers vingt heures. À minuit, environ, elle s'est fait un petit réveillon : raviolis à la viande, crème glacée au chocolat, vin. Au moment de sa mort, avec le chablis et les cachets, elle était gentiment pompette.

— Bon, merci. Je vous vois demain.

— Je vous signale, Dallas, qu'elle avait subi plusieurs interventions de chirurgie plastique au cours des dix dernières années, à mon avis. Le visage et le corps, pour retendre tout ça. De l'excellent travail, entre nous. J'ai pensé que ça vous intéresserait.

— Merci pour ces informations, Morris.

Elle coupa la communication, se cala dans son fauteuil et se plongea dans la contemplation du plafond.

Trudy Lombard avait donc été tabassée le vendredi, après sa visite à Connors. Si l'on se fiait à leurs déclarations, elle n'en avait rien dit à son fils et sa belle-fille, et n'avait pas porté plainte auprès de la police. Non... Elle s'était enfermée avec du vin, des pilules et de la nourriture.

Soit elle n'avait pas verrouillé sa fenêtre, soit elle avait accueilli son assassin dans sa chambre.

Mais pourquoi lui aurait-elle ouvert sa porte, si le meurtrier l'avait déjà battue la veille ? N'avait-elle éprouvé ni peur ni colère ? Et qu'était-il advenu de son instinct de survie ?

Car une femme capable d'arnaquer les services de protection de l'enfance pendant plus d'une décennie avait forcément un sacré instinct de survie.

Même pour calmer la douleur, pourquoi s'imbiber de vin et ingurgiter des cachets, seule dans sa chambre d'hôtel, alors que quelqu'un l'avait blessée et, manifestement, pouvait recommencer – et alors que son fils et sa belle-fille étaient au bout du couloir ?

À moins que ces deux-là soient les coupables. Possible... Mais dans ce cas, pourquoi était-elle restée là ?

Elle leva les yeux vers Connors qui s'encadrait dans la porte du bureau attenant à celui d'Eve.

— Supposons que tu prennes une dérouillée, marmonna-t-elle. Tu alertes les flics ?

— Certainement pas.

— Bon, d'accord, je comprends. Tu ne le dis pas à ton fils ?

Il s'approcha, s'assit sur le coin de la table.

— Dans l'immédiat, je n'ai pas de rejeton à qui confier ce genre de mésaventure. Mais l'orgueil me scellerait peut-être les lèvres.

— Ça, c'est un raisonnement de mec. Essaie de penser comme une femme.

— Tu m'en demandes beaucoup, rétorqua-t-il en souriant. À toi de répondre.

— Si je me mets dans la peau de cette femme-là, je me répands en lamentations auprès de qui veut bien m'écouter. Mais elle ne le fait pas, ce qui m'incite à envisager deux possibilités.

— Primo, elle n'a pas à le dire à son fils, puisque c'est lui qui s'est servi de sa chère maman comme d'un punching-ball.

— Hmm… Une hypothèse qui ne colle pas avec le souvenir que j'ai de leur relation. Si, depuis, les choses ont mal tourné, pourquoi est-elle restée à portée d'arbalète ?

Il prit, sur le bureau, la statuette de la déesse symbolisant la mère universelle, la caressa distraitement.

— Nous savons tous les deux que les relations humaines sont complexes. Peut-être la frappait-il régulièrement. Elle y était habituée, et n'aurait pas eu l'idée d'en parler à quiconque ou de fuir son bourreau.

— Mais il y a la belle-fille. Je n'ai pas remarqué le moindre bleu sur elle, aucun signe caractéristique de violence conjugale. Or un type qui frappe sa mère cogne aussi, vraisemblablement, son épouse. Non, décidément, ça ne colle pas.

Connors reposa la statuette.

— Écartons le primo. Deuzio ?

— Elle veut que personne ne soit au courant. Ce n'est pas de l'orgueil, c'est un calcul, une précaution. Elle avait un projet, tout à fait personnel.

Oui, songea Eve, cette théorie lui paraissait infiniment plus convaincante.

— Mais ça n'explique pas pourquoi elle a bu tout ce vin et avalé ces antalgiques. Elle était à moitié défoncée.

Elle étudia attentivement le cliché du visage de Trudy.

— On ne lit pas la peur sur cette figure. Sinon, elle se serait abritée derrière son fils, elle se serait enfermée à double tour, ou elle aurait pris la fuite. Elle n'en a rien fait. Pourquoi n'était-elle pas effrayée ?

— Certains êtres aiment souffrir.

— Pas Trudy. Elle adorait qu'on la bichonne. Fais-moi couler mon bain, apporte-moi des biscuits, etc. Elle a utilisé la baignoire, et d'après le rapport préliminaire des techniciens du labo, il y avait du sang dans le lavabo de la salle de bain, dans le siphon. Par conséquent, elle s'est lavée après avoir été battue.

Les serviettes manquantes, pensa Eve qui s'empressa de le noter.

— Et elle a tourné le dos à son meurtrier, puisqu'il l'a frappée par-derrière. Elle n'avait pas peur, je le répète.

— Elle le connaissait et, à tort, avait confiance en lui.

— On n'a pas confiance en quelqu'un qui, la veille, vous a tabassée. Morris estime que c'est la même arme qui a servi, mais je pense qu'elle a été maniée par deux personnes différentes, à des moments différents. Tu as le film de vidéosurveillance de ton siège social ?

— Une copie. Feeney a l'original.

— Je veux le visionner.

— Je m'en doutais, dit-il en extirpant un DVD de sa poche.

Elle l'inséra dans le lecteur. Aussitôt les images défilèrent sur l'écran mural.

Trudy pénétrait dans l'immeuble de Connors. Elle traversait l'immense hall au sol dallé de marbre, agrémenté d'écrans animés, de profusions de fleurs, de bassins étincelants. Elle se dirigeait droit vers la réception.

Le tailleur qu'elle portait était dans la penderie de sa chambre d'hôtel. Soigneusement pendu à un cintre. Ainsi que ses chaussures. Elle n'était pas habillée de cette façon lorsqu'on l'avait battue.

— Elle avait pris ses renseignements, murmura Eve. Le hall est gigantesque, mais elle n'a pas une hésitation, elle sait où elle va.

— Et comme tu vois, elle se montre très insistante. « Non, je n'ai pas de rendez-vous, mais, croyez-moi, il acceptera de me recevoir », et cætera. Aimable, sûre d'elle, en pays conquis. Une bonne comédienne.

— En tout cas, elle a réussi à monter.

— La réception a appelé Caro, qui m'a prévenu. J'ai demandé à ce qu'on la fasse patienter. Moi aussi, je ne me défends pas trop mal. Elle n'est pas enchantée, son visage se crispe, néanmoins elle s'installe dans une des salles d'attente. Maintenant, à moins que tu souhaites la regarder se rouler les pouces, tu peux sauter les quelques minutes qui suivent.

Eve appuya sur la touche avance rapide, qu'elle relâcha quand une jeune femme s'approcha de Trudy.

— Caro, qui est une futée, a envoyé une assistante la chercher. Elles ont emprunté l'un des ascenseurs réservés au public. Elles ont fait le tour par l'extérieur, jusqu'à mon étage. Une assez longue balade et, à son arrivée… eh bien, elle a dû patienter encore. Je suis un homme très occupé, n'est-ce pas ?

— Elle est impressionnée, commenta Eve. Remarque, qui ne le serait pas ? Tout cet espace, ces murs de verre, ces œuvres d'art, tous ces gens à tes ordres…

— Là, tu vois Caro qui la prie enfin de la suivre. Après quoi Caro ressort, ferme la porte, et nous laisse bavarder.

Eve enfonça de nouveau la touche avance rapide. Soudain, Trudy quittait le bureau de Connors. Vingt minutes s'étaient écoulées.

Là, on la sentait effrayée. Il y avait de l'affolement dans ses yeux, elle courait presque.

— Elle était contrariée, dit Connors avec un grand sourire.

Eve garda le silence, se borna à regarder Trudy que l'on raccompagnait au rez-de-chaussée et qui se hâtait de sortir de l'immeuble.

— Indemne, comme tu le vois, ironisa Connors. Où est-elle allée ensuite, je l'ignore.

— Elle n'avait pas peur de son assassin. Mais elle a eu peur de toi.

— Pourtant je ne l'ai pas touchée. Parole d'honneur.

— Tu n'avais pas besoin de la toucher. Bon… Tu avais un magnétophone dans ton bureau. Forcément.

Il haussa les épaules.

— Et alors ?

— Tu ne l'as pas remis à Feeney.

— C'est privé.

Eve inspira et expira, deux fois.

— Et si on exige cet enregistrement ?

— Dans ce cas, je te le donnerai, et tu décideras s'il est vraiment indispensable à l'enquête. Je n'ai rien dit dont j'ai honte, cependant il s'agit de ta vie privée. De notre vie privée, que nous avons le droit de protéger. Bon Dieu, Eve, tu ne crois pas que j'ai fait abattre cette femme ?

— Non, mais je sais que tu aurais pu. Une part de toi en avait sans doute envie.

— Tu te trompes.

Il se pencha et planta son regard dans celui d'Eve. Ses prunelles étaient d'un bleu glacial.

— Si j'avais voulu me débarrasser d'elle, je me serais offert le plaisir de la tuer de mes mains. Voilà l'homme que tu as épousé, lieutenant. Je n'ai jamais prétendu être un saint. À toi de faire avec.

Il se redressa, pivota sur ses talons et se dirigea vers la pièce voisine.

— Connors…

Quand il se retourna, Eve pressait les doigts sur ses paupières closes. Il en eut un pincement au cœur, malgré sa colère.

— Je sais parfaitement qui j'ai épousé, murmura-t-elle.

Elle rouvrit les yeux.

— En effet, tu l'aurais tuée de tes mains. Que tu sois capable de ça, pour moi – que tu ne le fasses pas, toujours pour moi… quelquefois, ça me chamboule.

— Je t'aime, plus que tout au monde. Ça me chamboule aussi.

— À cause d'elle, je vivais dans la crainte, comme un chien, je suppose, craint en permanence la botte qui le frappe. Le sentiment que j'éprouvais n'était pas humain, c'était primitif… viscéral. Je ne sais pas comment décrire ça.

— Tu le décris fort bien.

— Pourtant elle ne me battait jamais. Sa façon de me torturer était infiniment plus perverse. J'aurais fini par me suicider, je t'assure, simplement pour me sortir de cet enfer.

— Au lieu de quoi tu t'es enfuie. Tu t'en es sortie et tu as réussi ta vie.

— Oui, mais toute cette histoire me rappelle un peu trop à mon goût ce que je ressentais autrefois, quand j'étais pétrie de peur, rétorqua-t-elle d'une voix tremblante. Il faut que j'aille au bout, Connors, que je tourne définitivement la page. Je crois que je n'y arriverai pas sans toi.

Il revint vers elle, l'étreignit.

— Je suis là.

— Aide-moi. Tu m'aideras, s'il te plaît ?

— Comment ?

— Je veux voir ce qui a été filmé dans ton bureau. Surtout n'imagine pas que je n'ai pas confiance en toi. J'ai besoin de me faufiler dans sa tête. À quoi pense-t-elle au moment où elle quitte l'immeuble, quelles sont ses émotions ? Quelques heures après, elle se fait tabasser. Où est-elle allée, chez qui ? La vidéo me permettra peut-être de comprendre.

— D'accord, mais ça ne figurera pas dans le dossier. J'ai ta parole ?

— Tu l'as.

Il passa dans son bureau, d'où il revint avec un nouveau DVD qu'elle glissa dans le lecteur. Elle écouta, regarda.

Elle connaissait Connors par cœur, notamment sa facette la plus sombre ; cependant l'expression qu'il opposait à sa visiteuse, le ton de sa voix, la firent frémir.

— C'est un miracle que cette pauvre Trudy n'ait pas inondé et complètement abîmé ton somptueux fauteuil et ta non moins somptueuse moquette, commenta-t-elle en lui rendant le DVD.

— Je n'aurais rien regretté.

Eve se leva, se mit à arpenter la pièce.

— Elle devait travailler avec quelqu'un. S'il s'agissait de Bobby… non, je ne suis pas convaincue. Cogner sa propre mère, c'est réservé à une catégorie spéciale d'individus. Il n'entre pas dans ce moule-là.

— Un amant, peut-être ? Elle était assez attirante.

— Logique, or les amants sont réputés pour se servir de leurs poings ou manier certaines armes. Donc, tu as flanqué une sainte trouille à Trudy qui a peut-être eu envie de laisser tomber l'affaire et de retourner au Texas, ce qui a rendu l'amant furibard. Elle avait un boulot à exécuter, et elle s'est plantée. Il l'assomme pour lui rappeler ce qui est en jeu. Quand il revient la voir, plus tard, elle geint, elle est à moitié ivre. *Je veux rentrer à la maison, je veux pas rester ici, j'en ai marre de cette magouille.* Alors il pique une nouvelle crise de rage et il la tue.

— Logique.

Eve réfléchit un instant, secoua la tête.

— Non, cette théorie ne me plaît pas. Elle n'aurait pas renoncé si vite. De plus… toi, tu lui as fait peur, et l'autre lui a fait du mal. Pourtant elle ne s'est pas enfuie. Et pourquoi l'assassiner ? Pourquoi ne pas avoir attendu qu'elle se calme ? Elle était morte, le type n'avait plus rien à espérer.

— Il a perdu le contrôle de lui-même.

Eve se remémora la scène de crime, le cadavre.

— Non… Trois coups précis. S'il avait perdu le contrôle, sous l'emprise de l'alcool ou dans un accès de folie meurtrière, il l'aurait écrabouillée. Mais non, il lui fracasse l'arrière du crâne, et il s'en va. Bon… il faut que je fasse un tableau, que je mette tous ces éléments en ordre.

— Et si on dînait, d'abord ?

9

Elle mangea, sinon Connors ne l'aurait pas laissée tranquille. L'acte mécanique d'alimenter son organisme lui donna le temps de réfléchir. Durant tout le repas, elle but son verre de vin à petites gorgées, comme un médicament avalé à contrecœur.

Sur l'écran mural, les données dont elle disposait continuaient à défiler. Des informations supplémentaires sur les protagonistes de l'affaire, ceux qu'elle connaissait ou dont on lui avait parlé. Trudy Lombard, bien sûr, Bobby, Zana, et Densil K. Easton, l'associé de Bobby.

La situation financière de Densil Easton paraissait saine, à défaut d'être mirobolante. Il avait fait ses études dans la même université que Bobby, et décroché son diplôme la même année. Il était marié, père d'un enfant.

Durant sa dernière année de fac, il avait eu droit à un rappel à l'ordre pour écarts de conduite. À part ça, il n'avait commis aucun délit.

Néanmoins, si Trudy avait un partenaire ou un amant, il avait le bon profil. Pour lui, se rendre du Texas à New York était simple. Il lui suffisait de dire à sa femme qu'il partait en voyage d'affaires.

Le tueur devait avoir le sens du détail. Se rappeler de prendre le communicateur de Trudy, apporter l'arme du crime ou utiliser un objet qui se trouvait dans la chambre et, ensuite, l'emporter.

Sans doute avait-il un tempérament agressif. Mais il était capable de se maîtriser.

Il poursuivait un but.

Lequel ?

— Si tu réfléchissais à voix haute, suggéra Connors, ça pourrait t'aider.

— Il faut que je revoie le corps, que je reparle à Bobby et sa femme, que je me renseigne sur l'associé, Densil Easton, et que je vérifie si la victime avait des amants ou des amis intimes. Les techniciens de l'Identité judiciaire n'ont pas découvert grand-chose. Des tas d'empreintes. Celles de Trudy, de son fils, de la belle-fille, de la femme de chambre. D'autres qui s'avèrent être celles de clients précédents, qui sont de retour chez eux et ont un alibi pour l'heure du crime. En revanche, on n'a aucune empreinte sur la plateforme de l'escalier de secours. Seulement du sang et une fiente de pigeon.

— Charmant.

— On a aussi un peu de sang dans le siphon du lavabo. Je parie que c'est celui de la victime.

— Autrement dit, l'assassin ne s'est pas lavé sur les lieux de son crime. De plus, ou bien il a essuyé tout ce qu'il a touché, ou il s'était enduit de Seal-It. Donc, il était parfaitement préparé.

— Oui, ou encore c'est quelqu'un qui sait saisir une opportunité quand elle se présente.

Eve resta un long moment silencieuse.

— Je ne le sens pas.

— Qu'est-ce que tu ne sens pas ?

— Ce que j'ai l'habitude de ressentir. En haut lieu, ils s'inquiètent, ils pensent que je ne peux pas être objective parce que je la connaissais, mais ce n'est pas le problème. Je ne sens pas... de lien, contrairement à ce que j'éprouve toujours. Il y a quelques jours, j'ai aidé à ramasser deux types écrasés sur un trottoir...

Tubbs – Max Lawrence dans son costume de père Noël – et Leo Jacobs, mari et père.

— Leurs mères ne les auraient même pas reconnus, enchaîna-t-elle. Je ne les avais jamais rencontrés, pourtant j'ai eu pitié d'eux, ce drame absurde m'a révoltée. Un enquêteur doit mettre ses sentiments personnels de côté. Cette pitié, cette révolte ne sont d'aucun secours pour les victimes et ne font pas progresser les investigations. En principe. Moi, ça me motive. Mais là, je n'éprouve rien. Je ne peux pas m'accrocher à du vide.

— Pourquoi devrais-tu ressentir quelque chose ?

Eve releva vivement la tête.

— Parce que…

— … parce qu'elle a été tuée ? La mort la rendrait digne de ta compassion ? Pour quelle raison ? Tu étais une proie pour elle, toi une petite fille innocente et traumatisée. Et combien d'autres enfants a-t-elle maltraités, Eve ? T'es-tu posé cette question ?

— Oui, bien sûr. Et je me suis également dit que, puisque je ne ressens rien, il vaudrait mieux renoncer à cette enquête. Seulement… c'est impossible, parce que si je me décharge de cette affaire par indifférence, ce sera pour moi le début de la fin.

— Dans ce cas, pour une fois, sers-toi d'un autre levier. La curiosité, par exemple. Qui, comment, pourquoi ? Tu as envie de savoir, n'est-ce pas ?

Eve reporta son attention sur les écrans muraux.

— Oui…

— Alors, débrouille-toi pour que ce soit suffisant.

— Il le faudra, je n'ai pas le choix.

Eve élabora son tableau, relut ses notes, compila des listes. Quand son communicateur bourdonna, elle vérifia le numéro de son correspondant et lança un coup d'œil à Connors.

— Bobby… Ici Dallas, dit-elle en décrochant.

— Euh… excuse-moi de t'appeler chez toi, à cette heure indue. C'est moi, Bobby Lombard.

— Ce n'est pas grave. Tu as un problème ?

À part ta mère assassinée, et le fait que tu as l'air d'un fantôme, songea-t-elle.

— Je voulais te demander si nous pouvions partir. Enfin… changer d'hôtel, bredouilla-t-il, ébouriffant ses courts cheveux paille. C'est dur d'être ici, dans ce couloir, à quelques mètres de… c'est vraiment pénible.

— Tu as un endroit en vue ?

— Euh… non. J'ai contacté quelques hôtels. Tout est complet, à cause des fêtes. Alors…

— Ne quitte pas. Connors, tu n'as rien de disponible pour quelques jours, dans un établissement comparable à celui où ils sont actuellement ?

— Ça peut se trouver.

— Merci. Écoute, Bobby, vous allez devoir patienter encore cette nuit, mais demain matin vous vous installerez ailleurs.

— Tu es très gentille, je suis désolé de t'embêter. Pour l'instant, je n'ai pas les idées claires.

— Tu tiendras le coup, cette nuit ?

— Oui… soupira-t-il en se frottant les yeux. Je ne sais pas trop ce que nous devrions faire.

— Ne bougez pas. Je viendrai avec ma coéquipière demain matin vers huit heures. Nous discuterons de certains points, ensuite vous changerez d'hôtel.

— Bon, d'accord. Est-ce que tu sais quelque chose sur… est-ce qu'il y a du nouveau ?

— Nous en parlerons demain, Bobby.

— Ah, balbutia-t-il. Merci. Excuse-moi.

— Je t'en prie…

Quand elle eut raccroché, Connors lui posa les mains sur les épaules.

— Contrairement à ce que tu prétends, je te trouve très compatissante, lieutenant, murmura-t-il.

Elle redoutait que les cauchemars ne la traquent dans son sommeil, ne la terrassent. Mais ils demeurèrent des ombres informes. Elle se réveilla à deux reprises, les nerfs à vif, prête à livrer la terrible bataille nocturne qu'elle craignait tant et qui ne vint pas. À l'aube, lasse et à cran, elle tenta de dissiper sa fatigue avec une douche brûlante et un mug de café noir.

Elle boucla son holster, empocha son insigne. Elle accomplirait son boulot de flic, se dit-elle. Il y avait ce vide en elle ? Eh bien, son boulot le comblerait.

Connors apparut, élégant, son regard bleu pétillant et attentif. Eve se servit une deuxième tasse de café.

— Quand je me suis levée et que je ne t'ai pas vu, assis sur le sofa devant les cours de la Bourse, j'ai cru que le ciel nous était tombé sur la tête pendant la nuit.

— Rassure-toi, il est toujours à sa place. J'ai fait ça dans mon bureau et je me suis occupé de trouver un point de chute pour Bobby Lombard et sa femme. Le Big Apple Hotel, standing moyen. Ça devrait leur convenir.

— Merci, rétorqua-t-elle, fourrant les coordonnées dans sa poche.

La tête inclinée sur le côté, il la dévisagea.

— Tu n'as pas très bonne mine.

— Si j'étais une nana, ce commentaire me vexerait.

Il s'approcha, l'embrassa sur les lèvres, lui sourit.

— Alors, heureusement pour nous que tu n'es pas une vraie fille. C'est presque Noël, ajouta-t-il, pressant sa joue contre celle d'Eve.

— Je suis au courant, figure-toi. Ce sapin est tellement gigantesque que j'ai l'impression de respirer de la chlorophylle.

Il contempla l'arbre de Noël d'un air radieux et attendri.

— Accrocher les boules et les décorations aux branches t'a amusée, n'est-ce pas ?

— Ouais, c'était pas mal. Mais j'aurais quand même préféré te les briser sur le crâne.

Avec douceur, il effleura les paupières d'Eve.

— Je n'aime pas ces ombres sous tes yeux, ma chérie.

— Tant pis pour toi, mon vieux, les cernes font partie du lot.

— Je veux un rendez-vous avec toi, lieutenant, puisque les projets que nous avions pour la journée de dimanche ont capoté.

— Je croyais qu'à partir du moment où on avait une alliance au doigt, on renonçait aux rancards. Ce n'est pas inscrit dans le contrat de mariage ?

— Tu n'as pas lu les clauses en tout petits caractères. Nous serons tous les deux, nous ouvrirons nos cadeaux, nous boirons du champagne, et nous nous aimerons à en perdre la tête.

— Il y aura des cookies ?

— Absolument.

— OK, j'accepte. En attendant, il faut que j'y aille. Peabody me rejoint sur la scène de crime.

L'agrippant rudement par les cheveux, elle lui planta un baiser sonore sur la bouche.

— À plus tard.

Quand Eve se gara le long du trottoir, Peabody faisait les cent pas devant l'hôtel. À cela, il n'y avait que trois explications possibles : elle tentait d'évacuer quelques calories, elle était frigorifiée – ce qui paraissait peu probable, vu qu'elle avait une espèce de long cache-nez enroulé au moins six fois autour du cou – ou sérieusement fâchée.

Eve jeta un coup d'œil à la figure de sa coéquipière et trancha : elle était furieuse.

— Qu'est-ce que c'est ? interrogea Eve.

— Quoi donc ? grogna Peabody.

— Ce bidule qui vous étrangle.

— Une écharpe, évidemment. C'est ma grand-mère qui l'a tricotée, elle me l'a envoyée en cadeau, et m'a recommandé de la porter tout de suite. Donc, je la porte.

Eve fit la moue, loucha sur le motif en zigzag, vert et rouge.

— Ça fait Noël.

— C'est chaud, c'est joli, et c'est de saison. Que demande le peuple, hein ?

— Dites, vous voulez que j'appelle les secours ? J'ai l'impression que vous avez été mordue par une bête venimeuse.

— Il est tellement nul ! explosa soudain Peabody. Un enfoiré ! Mais pourquoi je vis avec ce crétin ?

Eve leva une main.

— Ne me posez pas la question à moi. Ce ne serait pas raisonnable, je vous assure.

— Si on est dans la panade, financièrement, c'est ma faute ? Hein, hein ? gronda Peabody, agitant un index vengeur devant le nez d'Eve. Bien sûr que non ! Si sa foutue famille habite en Écosse, c'est aussi ma faute, peut-être ? Ha, ha, laissez-moi rire ! Et qu'est-ce que ça peut faire qu'on ait passé quelques misérables petits jours dans ma famille à moi pour Thanksgiving ?

Elle écarta les bras. Le vent gonfla l'écharpe serpentine qui s'enroula autour d'elle.

— Les gens de ma famille ont le bon sens de vivre chez nous, en Amérique. Hein, n'est-ce pas ?

— Je ne sais pas, répondit Eve, prudente. Ils sont très nombreux.

— Oui, effectivement ! Et moi, j'ai juste dit que, peut-être, on pourrait aller à la maison pour Noël. Parce que c'est notre premier Noël de couple – et sans doute le dernier ! Qu'est-ce que vous reluquez, vous ? lança Peabody à un type qui les croisait. Regardez devant vous, imbécile !

— Ce n'était qu'un passant innocent. Un de ces imbéciles que nous avons juré de protéger et de servir.

— Tous les hommes sont des abrutis. Il m'a accusée d'être *égoïste* ! Vous vous rendez compte ? D'après lui, je ne partage pas. Pourtant, est-ce que je ne lui prête pas mes boucles d'oreilles et mes...

— S'il porte quoi que ce soit d'autre qui vous appartient, je ne tiens pas à en être informée, par pitié. Peabody, nous allons être en retard.

— En tout cas, je ne suis ni égoïste ni idiote. S'il a tellement envie d'aller en Écosse, qu'il parte. Je ne les connais pas, moi, ces gens.

À présent, les larmes roulaient sur les joues de Peabody. Eve tressaillit.

— Ah non... On ne pleure pas au boulot, sur le trottoir, avant de pénétrer sur une scène de crime. Ah non !

— Ses parents, sa famille, et sa cousine Sheila... gémit Peabody. Il parle tout le temps d'elle. Non, franchement, je ne peux pas aller là-bas. J'ai encore deux kilos et demi à perdre et je n'ai pas terminé le traitement pour resserrer mes pores – regardez, on croirait des cratères lunaires. Et puis, quand on aura payé les billets d'avion, on sera complètement fauchés. Non, on doit rester ici. Pourquoi on ne resterait pas tranquillement à la maison, hein ?

— Je n'ai pas de réponse. Peut-être parce que vous avez passé Thanksgiving avec vos parents et que…

— Mais, mes parents, il les connaît ! Il les avait déjà rencontrés. Et puis, ma famille à moi, c'est différent.

La question échappa à Eve, qui s'en repentit aussitôt amèrement.

— Comment ça ?

— Parce que c'est ma famille. Ne pensez pas que je refuse de connaître la sienne. Un jour, ça se fera. Mais il faut que j'aille dans un pays étranger, que je mange du haggis. De la panse de brebis farcie… beurk !

— Oui, je suppose que, chez vos parents, le tofu de Thanksgiving était bien meilleur.

Les yeux de Peabody s'étrécirent – deux fentes qui jetaient des éclairs redoutables.

— Dans quel camp vous êtes, Dallas ?

— Je suis neutre. Je suis… la Suisse. On peut travailler, maintenant ?

— N'empêche qu'il a dormi sur le canapé, chevrota Peabody. Et ce matin quand je me suis levée, il n'était plus là.

Eve poussa un soupir accablé.

— À quelle heure prenait-il son service ?

— Huit heures, comme moi.

Eve saisit son communicateur et contacta la DDE.

— Non ! s'écria Peabody, paniquée, trépignant sur le trottoir. Je ne veux pas qu'il sache que je m'inquiète pour lui.

— Bouclez-la. Sergent, ici le lieutenant Dallas. Est-ce que l'inspecteur McNab est arrivé ? Ah, merci. Il est au boulot, dit-elle en raccrochant. Et on aurait intérêt à l'imiter.

Les larmes dans les yeux de Peabody séchèrent instantanément. Ses lèvres se pincèrent, soudain aussi minces qu'une lame de rasoir.

— Le salaud… Il est allé bosser comme si de rien n'était.

— Oh non, marmonna Eve, prenant sa tête entre ses mains. C'est trop pour moi, ma pauvre cervelle va éclater.

Elle inspira à fond, hésita, puis fouilla sa poche d'où elle extirpa une petite boîte.

— OK. Je comptais vous donner ça plus tard. Tant pis, finissons-en tout de suite.

— Mon cadeau de Noël ? C'est gentil, mais je ne suis vraiment pas d'humeur à...

— Ouvrez ce machin ou je vous étripe.

— À vos ordres, lieutenant.

Peabody déchira le papier et souleva le couvercle.

— C'est une espèce de clé et de code...

— Exact. Pour le véhicule qui vous attendra à l'aéroport, là-bas dans ce lointain pays étranger. L'un des jets privés est à votre disposition pour l'aller et le retour. Joyeux Noël. Ce cadeau, vous en faites ce que vous voulez.

— Je... vous... un jet privé ? Gratis ? bafouilla Peabody qui, soudain, avait les joues roses d'un chérubin. Et on aura une... une voiture, là-bas ? Oh, c'est génial !

— Tant mieux si vous êtes contente. On peut se mettre au travail, maintenant ?

— Dallas... !

— Surtout pas d'embrassades, ne vous... et merde ! pesta Eve quand Peabody l'entoura de ses bras et l'étreignit de toutes ses forces. Nous sommes en service, et en public de surcroît. Lâchez-moi ou je vous botte les fesses et vos kilos superflus, je vous les propulse tout droit sur Jupiter.

Peabody, qui avait la figure enfouie dans le cou d'Eve, bava une réponse incompréhensible.

— Collez-moi de la morve sur mon beau manteau, en plus, et je vous étrangle avec votre écharpe !

— J'arrive pas... y... croire, renifla Peabody en s'écartant. C'est fabuleux. Merci. Oh, merci.

— Ça va, ça va.

Peabody baissa les yeux sur la boîte qu'elle tenait dans ses mains.

— Maintenant, je suis obligée d'y aller. Mon prétexte... enfin, la raison qui... oh, flûte !

Eve sentait poindre une migraine, uniquement due à l'exaspération.

— Et maintenant, serait-ce trop vous demander de consacrer deux ou trois minutes au meurtre que nous avons sur les bras ? Est-ce que vous pourriez caser cette affaire dans votre planning ?

— Oh… oui, je peux. Je vais mieux. Merci, Dallas, de tout cœur. Seigneur, à présent je suis forcée de partir en Écosse. Impossible de me défiler.

— Peabody, articula Eve d'un ton menaçant, tandis qu'elles pénétraient dans l'hôtel. Je sens que ma patience s'use.

— Encore une seconde, lieutenant, et j'en aurai terminé avec cette obsession.

Sans s'arrêter à la réception, Eve monta l'escalier, suivie par Peabody qui ronchonnait – il était question de valises, d'un sweater rouge et des fameux deux kilos et demi qu'elle n'avait toujours pas perdus.

Eve vérifia les scellés sur la scène de crime, qu'on n'avait pas touchés, puis longea le couloir.

— Une fois qu'ils auront quitté leur chambre, je veux que les gars du labo l'examinent à la loupe. À tout hasard.

Elle frappa à la porte, que Bobby vint ouvrir. Son visage paraissait émacié, comme si le chagrin avait rongé sa chair. Il venait de faire sa toilette – il sentait le savon et de la buée couvrait encore la glace de la salle de bain.

Des images défilaient sur l'écran de télé, le journaliste débitait en sourdine les gros titres du matin.

— Je pensais que c'était Zana, qu'elle avait oublié sa clé.

— Elle n'est pas là ?

— Non, elle est sortie acheter du café, des bagels, des choses comme ça. Elle devrait déjà être rentrée. Hier soir, on a fait nos bagages, ajouta-t-il, remarquant qu'Eve regardait les deux valises posées près de la porte. Pour être prêts à lever le camp. On ne veut pas rester ici.

— Si on s'asseyait, Bobby ? Essayons d'avancer avant le retour de Zana.

— Elle devrait être rentrée, répéta-t-il. Le message disait qu'elle s'absentait juste pour vingt minutes.

— Un message ?

— Hmm...

Fourrageant dans ses cheveux, il jeta un coup d'œil circulaire.

— Elle l'a enregistré sur la boîte vocale du réveil. Elle aime bien me faire des petites surprises de ce genre. Elle a dit qu'elle s'était réveillée de bonne heure et qu'elle avait décidé d'aller au delicatessen, pas très loin d'ici, pour acheter de quoi vous recevoir. Je n'aime pas la savoir dehors toute seule. Après ce qui est arrivé à ma mère...

— Il y a sans doute du monde au delicatessen, voilà tout. Elle a précisé le nom de la boutique ?

— Je ne me souviens pas.

Il saisit le petit réveil de voyage sur la table de chevet, appuya sur la touche « Playback ».

Bonjour, chéri. Il est l'heure de se lever. Tes vêtements pour aujourd'hui sont dans le premier tiroir de la commode. Moi, je suis déjà debout, mais je ne veux pas te réveiller, je sais que tu as mal dormi. Je sors acheter du café et quelques bagels ou des petits pains viennois. Je serais gênée de n'avoir rien à offrir à ton amie quand elle viendra. J'aurais dû prévoir de garnir l'autochef. Excuse-moi, chéri. Je serai là dans une vingtaine de minutes – le temps de courir à ce delicatessen qui se trouve à deux ou trois cents mètres. Le Deli Delish. Comme ça, tu auras du café tout frais après ta douche. Je t'aime.

Eve pivota vers Peabody.

— Je vais à sa rencontre, déclara aussitôt cette dernière. Je l'aiderai à porter les paquets.

— Assieds-toi, Bobby, dit Eve. J'ai quelques questions à te poser.

— D'accord, marmonna-t-il, fixant la porte que Peabody avait refermée derrière elle. Je ne devrais pas m'inquiéter. Mais c'est son premier séjour à New York. Elle s'est sans doute égarée...

— Peabody la retrouvera. Bobby, depuis combien de temps connais-tu ton associé ?

— D.K. ? Depuis la fac.

— Vous êtes des amis intimes ?

— Oui… J'étais son témoin à son mariage, et il était le mien quand j'ai épousé Zana. Pourquoi ?

— Donc, il connaissait aussi ta mère ?

— Je l'ai contacté hier pour lui annoncer la nouvelle, répondit Bobby dont la bouche se mit à trembler. Il m'a dit que, si j'avais besoin de lui à New York, il viendrait. J'ai refusé, bien sûr. Noël approche, il a une famille. Et, de toute façon, il ne peut rien faire de plus.

— Quel genre de relation avait-il avec ta mère ?

Bobby esquissa un pauvre sourire.

— Ils étaient comme l'huile et l'eau… Ils ne se mélangeaient pas bien.

— Tu m'expliques, s'il te plaît ?

— D.K. est un audacieux. Moi, s'il ne m'avait pas aiguillonné, je n'aurais pas avancé. Maman avait tendance à critiquer les gens. Elle était convaincue que notre affaire ne marcherait pas, mais elle s'est trompée.

— Donc, ta mère et ton associé ne s'entendaient pas ?

— La plupart du temps, D.K. et Marita ne s'approchaient pas d'elle. Marita, c'est la femme de D.K.

— Y avait-il d'autres personnes avec qui ta mère ne s'entendait pas ?

— Je crois que maman n'était pas une dame très sociable.

— Avec qui avait-elle de bonnes relations ?

— Moi et Zana. Elle me répétait toujours qu'elle n'avait besoin que de moi, mais elle avait fait une place dans sa vie pour Zana. Elle m'a élevée toute seule, tu sais. Ça n'a pas été facile. Elle a dû renoncer à beaucoup de choses pour que j'aie un foyer. Je passais avant tout le reste. Elle me disait toujours ça, que je passais avant tout le reste.

— Quels biens possède-t-elle ? Une maison, je présume ?

— Qui a de la valeur. Quand on a un fils dans l'immobilier, on a forcément une belle maison. Bien située. Ma mère a travaillé dur toute sa vie, elle ne jetait pas son argent par les fenêtres. Elle était économe.

— Tu es son héritier.

Il ouvrit des yeux ahuris.

— Euh… je suppose. On n'en a jamais discuté.

— Quels étaient ses rapports avec Zana ?

— Bons. Quoique, au début, c'était un peu tendu. Maman… j'étais tout ce qu'elle avait, et l'arrivée de Zana ne l'enchantait pas. Tu sais comment sont les mères.

Il s'interrompit, rougit jusqu'à la racine des cheveux.

— Excuse-moi, je suis stupide.

— Ce n'est pas grave. Elle désapprouvait ton mariage avec Zana ?

— Elle désapprouvait que je me marie, d'une manière générale. Mais Zana a réussi à faire sa conquête. Il y a… il y avait une bonne entente entre elles.

— Bobby, ta mère est allée voir mon mari vendredi après-midi. Tu étais au courant ?

— Ton mari ? Pour quelle raison ?

— Elle voulait de l'argent. Beaucoup d'argent.

Il la dévisagea, secoua lentement la tête.

— Non… c'est impossible.

Il n'avait pas l'air choqué, nota-t-elle, simplement dérouté.

— Tu sais qui est mon mari ?

— Oui, bien sûr. Les journalistes en ont parlé après ce scandale à propos des clones. J'étais sidéré que tu sois sur tous les écrans de télé. Au début, je ne me souvenais même pas de toi. Il y avait si longtemps… Mais maman, elle, se rappelait. Elle…

— Bobby, ta mère est venue à New York avec un objectif précis : renouer le contact avec moi parce que je suis l'épouse d'un homme richissime. Or elle voulait une part du gâteau.

Il resta bouche bée.

— Ce n'est pas vrai, articula-t-il avec peine.

— C'est vrai, pourtant, et elle avait vraisemblablement un complice qui l'a assassinée en constatant qu'elle n'avait pas empoché la somme prévue. Je suppose, Bobby, que tu ne cracherais pas sur deux millions de dollars.

— Deux millions… Tu me soupçonnes d'avoir tué maman ?

Il se redressa, chancelant.

— Deux millions de dollars, répéta-t-il, crispant les poings. Cette discussion est complètement dingue. Je ne comprends pas pourquoi tu dis de telles horreurs. Quelqu'un s'est introduit dans la chambre, par la fenêtre, et a assassiné ma mère. Il l'a abandonnée là, gisant dans son sang. Tu crois que j'aurais pu faire une chose pareille à celle qui m'a donné la vie ?

Eve ne bougea pas, poursuivit d'un ton ferme :

— Je ne pense pas que quelqu'un se soit introduit chez elle, Bobby. Je suis persuadée que son meurtrier est tout bonnement entré, qu'elle le ou les connaissait. Elle avait d'autres blessures qui lui ont été infligées plusieurs heures avant son décès.

— Mais qu'est-ce que tu racontes ?

— Les ecchymoses faciales, les hématomes qu'elle avait sur les autres parties du corps datent de la nuit du vendredi. Des blessures dont tu as prétendu ne rien savoir.

— Je n'en savais rien, je t'assure. Ce… ce n'est pas possible, bégaya-t-il. Si elle avait été blessée, elle m'aurait prévenu. Si quelqu'un lui avait fait du mal, elle me l'aurait dit. Seigneur, c'est fou.

— Pourtant, quelqu'un l'a frappée. Quelques heures après qu'elle a quitté le bureau de mon mari, où elle a essayé de lui extorquer deux millions de dollars. Elle en est partie les mains vides. J'en conclus qu'elle collaborait avec quelqu'un, et que ce quelqu'un s'est fâché tout rouge. Elle a déclaré à Connors que, s'il allongeait les deux millions, elle retournerait au Texas et me laisserait tranquille. Ç'a été enregistré, Bobby.

Il était à présent livide.

— Peut-être… espérait-elle obtenir un prêt. Pour m'aider professionnellement. Zana et moi, nous envisageons de fonder une famille. Peut-être que ma mère… Oh, je n'y comprends rien. À t'entendre, on croirait que maman était une… une…

— Je t'expose les faits, Bobby.

Cruellement, songea-t-elle, mais la cruauté pouvait permettre de le rayer de la liste des suspects.

149

— Je cherche son ou ses complices. Alors je me demande en qui elle avait suffisamment confiance, de qui elle était assez proche. D'après toi, il n'y avait que vous deux – ta femme et toi.

— Zana et moi ? Tu insinues que l'un de nous deux aurait pu l'assassiner ? Mais pourquoi tu me fais ça ? gémit-il.

— Parce que quelqu'un l'a abandonnée sur la moquette de sa chambre, dans une mare de sang. Or j'ai la certitude que l'argent était la cause du meurtre.

Il releva brusquement la tête ; ses yeux jetaient des éclairs.

— C'est peut-être ton mari le coupable, le meurtrier de ma mère.

— Tu t'imagines que, si c'était une hypothèse plausible, je te parlerais de tout ça ? Si je n'étais pas absolument sûre de son innocence, si je n'avais pas des preuves en béton, comment je présenterais les choses, selon toi ? Une fenêtre ouverte, un escalier de secours. Un intrus inconnu, un cambriolage loupé. Sincères condoléances, point à la ligne. Bobby, regarde-moi.

Elle attendit qu'il s'exécute.

— Je suis flic, Bobby. Lieutenant. On me respecte. Je pourrais parfaitement boucler le dossier de cette manière, et personne ne protesterait. Mais je découvrirai qui a tué ta mère. Compte sur moi.

— En quoi ça te concerne ? Autrefois, tu t'es enfuie de chez elle, alors qu'elle se décarcassait pour toi. Tu...

— Tu sais bien que c'est faux, Bobby, rétorqua-t-elle d'une voix sourde, posée. Tu étais là.

Il rougit, baissa les yeux.

— C'était dur pour elle, voilà tout. Élever un enfant toute seule, joindre les deux bouts...

— Admettons... Tu veux savoir pourquoi je tiens à trouver son assassin, Bobby ? Eh bien, je le fais pour moi, et peut-être aussi pour toi. Pour le gamin qui m'apportait à manger en cachette. Néanmoins je te préviens : s'il s'avère que tu es le meurtrier, je t'enverrai en prison sans hésitation.

Il redressa les épaules, s'éclaircit la gorge. Son expression et sa voix étaient à présent très calmes.

— Je n'ai pas tué ma mère. Jamais, de toute ma vie, je n'ai levé la main sur elle. Si le motif de son séjour à New York était effectivement l'argent, je le déplore. Mais elle l'a fait pour moi. Je regrette qu'elle ne m'en ait pas parlé. Ou alors… quelqu'un l'a forcée à agir ainsi. Quelqu'un l'a menacée, ou a menacé de s'en prendre à moi, ou…

— Qui ?

— Je l'ignore…

— Qui était au courant de votre voyage à New York ?

— D.K., Marita, nos employés, certains de nos clients. Les voisins. Bon Dieu, ce n'était pas un secret.

— Tu me donneras la liste de toutes les personnes auxquelles tu penses. Ça nous servira de point de départ.

À cet instant, la porte s'ouvrit, livrant passage à Peabody qui soutenait une Zana blême et secouée de frissons. Bobby se précipita, étreignit sa femme.

— Zana, ma chérie. Que s'est-il passé ?

— Je ne sais pas. Un homme. Je… je ne sais pas, sanglota Zana en se blottissant contre lui.

— Je l'ai trouvée à une centaine de mètres, vers l'est, expliqua Peabody. Elle paraissait perdue, en état de choc. Un type l'avait empoignée et poussée de force dans un immeuble.

— Mon Dieu… ma chérie ! Il t'a fait du mal ?

— Il avait un poignard. Il a dit qu'il me le planterait dans le ventre si je hurlais ou si j'essayais de fuir. J'avais tellement peur… J'ai voulu lui donner mon sac. Je ne… Oh, Bobby, il a dit qu'il avait tué ta mère.

Un nouveau flot de larmes suivit ces paroles, après quoi Eve arracha Zana des bras de son mari.

— Asseyez-vous, calmez-vous. Vous êtes saine et sauve.

— Je crois qu'il…

D'une main tremblante, Zana toucha ses reins.

— Enlevez votre manteau, ordonna Eve.

Elle remarqua le petit trou dans le tissu rouge ; le sweater que Zana portait en dessous était également déchiré et taché de quelques gouttes de sang.

— Une plaie superficielle, décréta-t-elle.

— Il t'a *poignardée* ?

Effaré, Bobby écarta brutalement la main d'Eve pour examiner les dégâts.

— Une égratignure, rectifia Eve.

— Je ne me sens pas très bien… marmonna Zana.

Comme ses yeux se révulsaient, Eve la secoua sans ménagement.

— Ah non, pas question de tomber dans les pommes. Vous allez vous asseoir et me raconter ce qui s'est passé.

Elle installa Zana dans un fauteuil, fourra la tête de la jeune femme entre ses genoux. Ses pendants d'oreilles argentés tintinnabulèrent comme des clochettes.

— Respirez. Peabody…

Celle-ci sortait déjà de la salle de bain avec un gant de toilette humide.

— Franchement, ce n'est rien, dit-elle gentiment à Bobby. Il faudrait un peu de désinfectant.

— Il y en a dans ma petite trousse, répondit Zana d'une voix faible. Mais elle est déjà rangée dans la valise. O mon Dieu… est-ce qu'on peut rentrer à la maison ?

— Vous devez faire une déposition, rétorqua Eve, montrant l'enregistreur. Donc, vous vous êtes levée ce matin, vous êtes sortie pour acheter du café.

— J'ai la nausée…

— Mais non, coupa Eve d'un ton brusque. Reprenons : vous avez quitté l'hôtel…

— Je… je voulais avoir quelque chose à vous offrir quand vous arriveriez. Et Bobby n'a quasiment rien avalé depuis que… bref, j'ai décidé de sortir acheter quelques petites choses avant qu'il se réveille. On n'a pas beaucoup dormi la nuit dernière.

— D'accord. Donc, vous êtes descendue.

— Oui, et j'ai salué le réceptionniste. Je sais que c'est un droïde, mais quand même. Ensuite, je suis sortie. Il faisait beau, mais plutôt froid. J'ai boutonné mon manteau. Et alors, tout d'un coup… il a surgi à côté de moi. Il m'a entourée de son bras et j'ai senti la lame du poignard. Il a dit que, si je criais, il me l'enfoncerait dans le corps. Il fallait que je continue à marcher, que je regarde mes pieds et que je marche. J'étais terrifiée. Je peux avoir de l'eau ?

— Je vous en apporte, répondit Peabody qui se dirigea vers la kitchenette.

— Il avançait à toute allure, j'avais peur de trébucher. Il m'aurait tuée, c'est sûr.

Les yeux de Zana, de nouveau, devinrent vitreux.

— Concentrez-vous, commanda sèchement Eve. Qu'avez-vous fait ?

— Rien, balbutia Zana qui frémit. Je l'ai supplié : vous n'avez qu'à prendre mon sac. Mais il n'a pas réagi. J'ai pensé à m'enfuir, seulement… il était costaud, et puis… j'étais terrorisée. Ensuite, il a poussé cette porte. C'était un bar, il me semble. Sombre et vide, mais ça avait l'odeur d'un bar, vous savez. Merci…

Elle saisit le verre entre ses deux mains, renversa malgré tout de l'eau lorsqu'elle le porta à ses lèvres.

— Je ne peux pas m'empêcher de trembler. J'ai cru qu'il allait me violer et me tuer. Je n'avais aucun moyen de me défendre. Mais il m'a ordonné de m'asseoir et de poser mes mains sur la table. J'ai obéi. Il a déclaré qu'il voulait l'argent. Je lui ai répété de prendre mon sac. Les deux millions, il a dit, pas un sou de moins, sinon il me ferait ce qu'il avait fait à Trudy. En plus, il me découperait en rondelles pour que personne ne me reconnaisse.

Les larmes ruisselaient sur les joues de Zana.

— J'ai crié… « Vous avez assassiné maman Trudy ? » Il a répondu qu'il nous réservait un traitement bien pire, à moi et Bobby, si on ne lui procurait pas l'argent. Deux millions de dollars. On n'a pas une somme pareille, je le lui ai expliqué. Il a répondu « Demandez au flic. » Et il m'a donné un numéro de compte. Il m'a obligée à l'apprendre par cœur. Il m'a promis que, si jamais je me trompais, si je l'oubliais, il reviendrait me le graver sur les fesses. C'est le 50574871109463.

— OK, c'est noté. Continuez.

— Après, il m'a ordonné : « Tu restes assise là, petite garce, poursuivit Zana en s'essuyant les yeux. Un quart d'heure. Si tu sors avant, je te tue. » Et il m'a plantée là, dans l'obscurité. J'ai attendu quinze minutes. Quand je suis partie, j'étais complètement désorientée. J'avais l'impression que tout tournait, le bruit m'assourdissait. J'ai essayé de courir, mais j'avais les jambes en flanelle, et je n'arrivais plus à retrouver mon chemin. L'inspecteur... heureusement qu'elle est venue à mon secours. J'ai dû laisser mon sac là-bas. Sans doute. À moins qu'il l'ait pris. Et, avec tout ça, je n'ai pas acheté de café...

Elle fondit de nouveau en larmes. Eve lui accorda un répit, puis :

— À quoi ressemblait-il, Zana ?

— Je n'ai pas vraiment pu le regarder. Il portait une espèce de bonnet de ski et des lunettes de soleil. Il était grand, je crois. Il avait un jean noir et des bottes noires. Je gardais les yeux baissés, comme il me l'avait commandé, alors j'ai bien vu les bottes. Elles avaient des lacets et le bout tout éraflé. Et, lui, il avait de grands pieds.

— C'est-à-dire ?

— Plus grands que ceux de Bobby.

— Sa peau ? De quelle couleur est-elle ?

— Il portait des gants noirs. J'ai aperçu son poignet, et il me semble qu'il a la peau blanche.

— Une barbe, une moustache, des cicatrices, des marques quelconques, des tatouages ?

— Je n'ai rien vu de tout ça.

— Et sa voix ? Il avait un accent ?

— Une voix très grave. Je ne sais pas, balbutia-t-elle, penaude.

Eve insista encore, cependant les détails devenaient de plus en plus fumeux.

— On va vous escorter jusqu'à votre nouvel hôtel, où un policier en uniforme montera la garde près de votre chambre. Si vous vous rappelez quoi que ce soit, même un détail qui vous paraît futile, contactez-moi immédiatement.

— Je ne comprends rien, gémit Zana. Pourquoi aurait-il tué maman Trudy ? Pourquoi croyait-il que nous pourrions lui donner autant d'argent ?

Eve lança un coup d'œil à Bobby puis, d'un signe, ordonna à Peabody d'organiser le déménagement du couple.

— Bobby vous expliquera la situation, conclut-elle.

10

Pour accélérer le mouvement, Eve accompagna personnellement Bobby et Zana jusqu'à leur nouvel hôtel. Elle chargea deux policiers de quadriller soigneusement le périmètre où Zana prétendait avoir été kidnappée, dans un rayon de quatre cents mètres. Enfin, elle laissa Peabody et les techniciens de l'Identité judiciaire examiner la chambre désertée. Après quoi, elle se rendit à la morgue.

Comme promis, Morris l'attendait avec Trudy.

Rien, songea Eve devant la table d'autopsie. Elle ne ressentait toujours rien. Ni pitié ni colère.

— Alors, que pouvez-vous me dire, Morris ?

— Les lésions faciales et corporelles ont été subies entre vingt-quatre et trente-six heures avant les coups mortels. On y viendra dans un instant. Regardez d'abord ça, ajouta-t-il, lui tendant des microloupes.

Elle se pencha pour examiner les blessures qui avaient causé la mort de Trudy Lombard.

— Il y a des stries, et des espèces de dessins circulaires ou semi-circulaires.

— Bravo, œil de lynx, rétorqua-t-il en affichant cette section du crâne, agrandie, sur un écran.

Eve remonta les microloupes sur son front.

— Vous disiez que vous aviez prélevé des fibres dans la blessure crânienne.

— Je n'ai pas les résultats du labo.

— Ces dessins… Ça pourrait correspondre à des pièces de monnaie. Une chaussette, par exemple, bourrée de pièces. Une matraque vieille comme le monde, mais efficace. On a les stries, sans doute les tranches des pièces, les formes circulaires. Ouais, ça se tient. Il en a fallu beaucoup pour fracasser le crâne.

Elle remit ses microloupes, examina de nouveau les blessures.

— Trois coups. Le premier à la base de la tête – ils étaient debout, la victime tournait le dos au tueur. Elle tombe, il lui porte le deuxième coup de haut – on a plus de force comme ça, plus de vitesse. Et le troisième…

Elle recula.

— Un, dit-elle, mimant un swing à deux mains, de la droite vers le bas. Deux – cette fois, de haut en bas. Et trois – un autre swing, toujours à deux mains, de la gauche vers le bas.

Eve opina, convaincue par sa propre démonstration.

— Ça correspond aux éclaboussures de sang. Si la matraque était en tissu – une pochette, une chaussette – on aurait ces motifs. Pas de traces de lutte, donc elle ne s'est pas débattue. Il l'a eue par surprise et par-derrière. Elle n'a eu ni peur ni le temps de crier.

— Simple et rapide. Revenons en arrière…

De ses doigts enduits de Seal-It, Morris effleura certaines icônes sur son ordinateur de diagnostic. Aujourd'hui, il avait natté ses longs cheveux noirs qui formaient une boucle sur sa nuque. Il portait un costume bleu marine à fines rayures rouge vif.

— Voilà notre ecchymose faciale. On l'agrandit…

— Les mêmes stries. Donc, la même arme.

— Comme sur l'abdomen, la poitrine, les cuisses, la hanche gauche. Mais il y a un détail qui m'intéresse beaucoup. Regardez encore le visage.

— Je dirais que l'agresseur était tout près.

Eve s'interrompit, perplexe.

— À en juger par l'hématome, l'angle d'attaque, ça ressemble à un uppercut.

Elle pivota vers Morris, fit mine de le frapper en pleine face. Il rejeta vivement la tête en arrière ; le poing d'Eve s'immobilisa à un millimètre de sa joue.

— Utilisons plutôt le programme, d'accord? marmonna-t-il.

— Je n'aurais pas cogné, s'esclaffa-t-elle.

— N'empêche… rétorqua-t-il, se réfugiant près de l'écran où s'affichèrent deux silhouettes animées. Nous avons là les mouvements de l'agresseur, programmés pour recréer les blessures que nous pouvons constater sur la victime. La lésion faciale indique un coup asséné de la main gauche, un uppercut, pour reprendre votre définition. Or, c'est bizarre.

— Hmm… Si un gaucher l'avait frappée, il l'aurait touchée là, dit-elle en montrant sa pommette.

Elle revint à côté du corps, se pencha.

— Avec le poing, peut-être… Mais avec une matraque…

Eve fronça les sourcils ; soudain, ses yeux s'étrécirent.

— Bon Dieu… Elle s'est fait ça elle-même ?

— D'après mon calcul de probabilités : oui, à quatre-vingt-quinze pour cent.

— Espèce de folle, grogna Eve entre ses dents.

— Une folle sacrément motivée. Car – hormis les fractures du crâne – elle a dû s'infliger ses autres blessures. C'est probable à quatre-vingt-dix-neuf pour cent et des poussières.

L'esprit fonctionnant à toute allure, Eve remit ses microloupes, se pencha pour examiner chaque centimètre du cadavre.

— Les bleus sur les genoux, les coudes ?

— Provoqués par une chute, l'heure coïncide avec celle des blessures crâniennes.

— D'accord. Quelqu'un débarque pour te tabasser, tu cours ou tu tombes, tu lèves les mains pour essayer de te protéger. Normalement, il devrait y avoir des lésions sur les avant-bras, au moins. Mais il n'y en a pas, parce qu'elle s'est tabassée toute seule, comme une grande. Rien sous les ongles ?

— Quelques fibres sous ceux de l'index et de l'annulaire de la main droite, et de l'index de la main gauche, répondit Morris avec un petit sourire.

— Elle a enfoncé les ongles dans l'étoffe, pour se donner du courage. Pauvre dingue.

— Dallas, vous disiez que vous la connaissiez. Pourquoi aurait-elle fait une chose pareille ?

Eve, d'un geste brusque, arracha ses microloupes. Maintenant elle était dans une colère qui la brûlait jusqu'à la moelle des os.

— Pour pouvoir prétendre que quelqu'un d'autre l'avait battue comme plâtre. Moi, par exemple, ou Connors. Elle aurait peut-être raconté son histoire aux médias, continua Eve qui se mit à tourner en rond tel un fauve en cage. Non... avec les journalistes, on ne se remplit pas les poches d'argent. Elle s'imaginait sans doute pouvoir nous faire chanter. Vous payez, sinon je déballe tout, je montre aux gens comment vous m'avez abîmé le portrait. Mais ça s'est retourné contre elle. La ou les personnes avec qui elle travaillait ont décidé qu'elles n'avaient plus besoin de ses services. À moins que sa cupidité n'ait pris le dessus, qu'elle n'ait essayé de les rouler dans la farine.

— Il faut un certain culot pour tenter de faire chanter un flic comme vous, ou un homme comme Connors.

Morris tourna les yeux vers le cadavre.

— Et s'infliger un pareil traitement pour de l'argent, c'est pathologique.

— On lui a rendu la monnaie de sa pièce, si je puis dire, murmura Eve.

Peabody fit un détour – Dallas l'étriperait si elle en avait vent – cependant elle n'avait pas l'intention de s'attarder. D'ailleurs, les techniciens de l'Identité judiciaire n'avaient jusqu'ici rien déniché dans la chambre d'hôtel libérée.

Elle n'était même pas sûre de trouver McNab à la maison. Il pouvait tout aussi bien être sur le terrain, puisqu'il n'avait pas pris la peine de lui laisser un message.

Les hommes étaient si pénibles, franchement elle se demandait parfois pourquoi elle s'acharnait à en garder un. Célibataire, elle avait la belle vie. Elle n'avait pas cherché un individu comme Ian McNab.

Honnêtement, qui voudrait d'un tel olibrius ?

Maintenant, ils partageaient un logement dont le bail était à leurs deux noms. Et ils avaient acheté ensemble un lit flambant neuf, une pure merveille.

Jamais elle n'aurait pensé à ce genre de détails mesquins, s'il ne s'était pas comporté comme un crétin intégral.

En réalité, c'était lui qui avait claqué la porte en sortant de l'appartement, donc c'était à lui de faire le premier pas. Peabody hésita, faillit quitter d'un bond l'escalier mécanique. Mais la boîte que Dallas lui avait offerte lui brûlait littéralement la poche – et l'idée que sa propre attitude était éventuellement blâmable lui taraudait l'estomac.

Une indigestion, sans doute. Elle n'aurait pas dû engloutir ce hot-dog au soja.

Le menton pointé, elle entra d'un pas résolu dans les locaux de la DDE. McNab était là, dans son box. On ne pouvait pas le louper, avec son pantalon vert et sa chemise jaune canari.

Peabody renifla, s'avança vers lui au pas de charge, l'agrippa par l'épaule et le secoua deux fois, rudement.

— Il faut que je te parle.

Il la dévisagea brièvement, de son regard vert et froid, détourna la tête.

— J'ai du boulot.

— Cinq minutes, rétorqua-t-elle d'une voix sifflante. En privé.

Il s'écarta de sa console, fit pivoter son fauteuil à une vitesse telle que sa longue queue-de-cheval blonde vola. D'un signe, il lui indiqua de le suivre et s'éloigna, chaussé de ses boots jaunes brillantes.

Le rouge de la colère et de la gêne empourpra les joues de Peabody tandis qu'elle traversait la ruche de la DDE. Personne ne leva le nez de son travail pour lui lancer un bonjour ou une plaisanterie – manifestement, McNab avait fait des confidences à ses collègues. Il était incapable de se taire.

Bon, d'accord… elle n'était pas non plus très douée pour garder un secret.

Il poussa la porte d'une petite salle de repos où deux inspecteurs se disputaient dans l'incompréhensible jargon des spécialistes de l'électronique. McNab leur désigna la sortie.

— J'ai besoin d'un moment.

Les inspecteurs emportèrent leur sujet de querelle et deux sodas à la cerise. L'un d'eux s'arrêta sur le seuil pour lancer à Peabody un regard appuyé où se lisaient la sympathie et la compréhension.

Il s'agissait naturellement d'une femme.

McNab se prit un soda au citron – sans doute parce que la couleur était assortie à sa chemise, songea méchamment Peabody – et s'appuya au comptoir.

— J'ai un truc urgent, alors si tu pouvais te dépêcher… grommela-t-il.

— Je ne vais pas traîner, ne t'inquiète pas, tu n'es pas le seul à avoir du boulot. Et puis, si tu n'avais pas quitté l'appartement comme un voleur, ce matin, on ne serait pas obligés de parler ici.

— Je ne suis pas parti comme un voleur. De toute façon, tu ronflais. Et je n'avais pas envie de me heurter à un mur dès le réveil.

— Un mur ? répéta-t-elle d'une voix discordante qui l'aurait mortifiée si elle y avait prêté attention. C'est toi qui m'as traitée d'égoïste, d'indifférente !

— Je sais ce que j'ai dit. Donc si tu veux simplement me répéter…

Peabody se campa devant lui. Pour une fois, elle se félicitait d'être plus lourde que lui.

— Tu fais un pas vers cette porte, je t'écrase comme un moustique.

Les yeux de McNab flamboyèrent.

— Alors, crache ce que tu as sur le cœur, bon sang ! Tu prononceras certainement plus de paroles que tu n'en as prononcé de toute la semaine dernière.

— Mais… qu'est-ce que tu racontes ?

— Tu avais toujours quelque chose à faire, répondit-il en reposant brutalement son verre. Tu étais toujours en train de courir ici ou là. Chaque fois que j'essayais de te parler, j'avais droit au même refrain: «On en parlera plus tard.» Quand on veut plaquer un type, on a la courtoisie d'attendre après les fêtes de fin d'année. Ça ne te tuerait pas.

— Hein, quoi? Te plaquer? Tu n'aurais pas perdu le pois chiche qui te sert de cerveau?

— Tu m'évites. Tous les jours, tu rentres tard, tu t'en vas aux aurores…

— J'ai acheté les cadeaux de Noël, imbécile! s'écriat-elle, agitant les mains. Je suis allée à la salle de gym. Et aussi chez Mavis et Leonardo parce que… je ne peux pas t'expliquer pourquoi. Et si je t'ai évité, c'est parce que tu étais obsédé par l'Écosse.

— Tu m'avais toujours dit que tu voulais connaître mon pays, un jour.

— Je sais, soupira-t-elle, mais à ce moment-là, je pensais qu'on n'irait jamais là-bas. Maintenant tu me pousses dans mes retranchements, et ça me rend nerveuse. Non, en réalité, je suis terrifiée.

— Mais pourquoi?

— Ta famille me terrorise – tous ces gens, d'un coup… Être celle que tu amènes chez toi pour Noël, quelle horreur…

— Mais enfin, Peabody, qui veux-tu que j'amène chez moi pour Noël?

— Moi, crétin. Mais quand on fait ça, ce n'est pas rien. Ils vont m'examiner sous toutes les coutures, me poser des questions, et moi je n'arrive pas à perdre ces fichus deux kilos et demi, parce que je suis stressée et que, donc, je m'empiffre. Alors je m'étais imaginé que si on restait tranquillement à l'appartement, je n'aurais pas à me tracasser. Pour l'instant.

Il la dévisagea, avec sur le visage cette expression ahurie qu'ont, depuis la nuit des temps, les hommes devant leurs compagnes.

— Mais moi, je suis venu chez toi pour Thanksgiving.

— C'est différent. Ah si, l'interrompit-elle avant qu'il émette une objection. Tu avais déjà rencontré mes parents et puis nous sommes des adeptes du Free-Age. Pour Thanksgiving, on nourrit tout le monde et n'importe qui. McNab, je me sens grosse et bête, ils vont me détester.

— Dee…

Il ne l'appelait ainsi que quand il était très tendre ou particulièrement exaspéré. Là, dans sa voix se mêlaient ces deux émotions.

— Tu as raison, ce n'est pas rien de présenter une fille à sa famille pour Noël. Tu es la première.

— Oh, Seigneur. C'est encore pire. Ou peut-être mieux, je ne sais pas.

Elle déglutit, pressa une main sur son estomac.

— Je crois que je vais être malade.

— Ils ne te détesteront pas. Ils t'aimeront parce que moi, je t'aime, ma poupée.

Il lui adressa ce sourire qui, pour elle, évoquait toujours ces adorables chiots aux yeux débordants d'espoir.

— Viens en Écosse avec moi, s'il te plaît. J'ai patienté si longtemps.

— Oh… balbutia-t-elle en lui sautant au cou.

— Il vaudrait mieux que je verrouille la porte, lui murmura-t-il à l'oreille d'un ton canaille.

— Tout le monde saura ce qu'on fabrique.

— J'adore être un objet d'envie. Tu m'as tellement manqué. Laisse-moi te…

— Attends! s'exclama-t-elle, fouillant dans sa poche. J'avais oublié. Notre cadeau, de la part de Dallas et Connors.

— Je préférerais avoir le tien, tout de suite.

— Non, regarde. Ils nous offrent le voyage. Jet privé, voiture. Tout le tralala.

— Ça alors, souffla-t-il, ébloui.

— Il ne nous reste plus qu'à boucler nos valises, balbutia-t-elle, les larmes aux yeux. Pardonne-moi de m'être conduite comme une peste. Je t'aime.

Ils s'embrassèrent passionnément. Lorsqu'ils reprirent leur respiration, ils se regardèrent en riant.

— D'accord, dit-il, je verrouille la porte.

Un moment après, Peabody entrait au galop dans le bureau d'Eve.

— J'ai le rapport préliminaire de l'Identité judiciaire sur la chambre libérée par les Lombard – néant, débita-t-elle. Les flics chargés de quadriller le quartier ont trouvé le bar, à cent mètres à l'est et deux cents mètres au sud de l'hôtel. C'était ouvert, le sac de Zana était à l'intérieur, par terre. J'ai une équipe qui se rend sur les lieux.

— Vous ne manquez pourtant pas d'occupations, bougonna Eve. Comment vous réussissez à caser une partie de jambes en l'air dans votre planning ?

— Pardon ? Je ne vois pas du tout de quoi vous parlez. Je parie que vous avez envie d'un bon café.

Peabody s'approcha de l'autochef. Soudain, elle pivota.

— Comment vous savez que je viens de faire l'amour ? Vous avez des antennes ou quoi ?

— Vous avez mal reboutonné votre chemise, et vous avez un magnifique suçon dans le cou.

Instinctivement, Peabody pressa une main sur son cou.

— Oh, flûte ! Il se voit beaucoup ? Mais pourquoi vous n'avez pas de miroir dans ce bureau ?

— Parce que, disons… c'est un lieu de travail ? Franchement, vous n'êtes pas présentable. Allez vous rafistoler avant que le commandant…

L'interphone l'interrompit.

— Trop tard. Reculez, autant que vous le pouvez pour ne pas être sur l'écran. Nom d'un chien…

Peabody obéit, cependant au lieu de baisser la tête, accablée de honte, elle esquissa un sourire béat.

— On s'est réconciliés, chuchota-t-elle.

— M'en fiche, grogna Eve. Ici Dallas.

— Le commandant Whitney souhaite vous voir dans son bureau, immédiatement.

— J'arrive, rétorqua Eve. Exposez-moi les éléments marquants, Peabody, fissa.

— Je vais vous accompagner. J'ai juste besoin d'un peu de…

— Les éléments marquants, inspecteur. Ensuite vous rédigerez votre rapport.

— Bien, lieutenant. Les techniciens n'ont découvert, dans les pièces libérées par Bobby et Zana, aucune preuve susceptible de les lier au meurtre. Le sac de Zana Lombard a été retrouvé dans un bar, le Hidey Hole, sur la 9e Avenue entre la 49e et la 40e Rue. Les policiers chargés de quadriller le quartier ont pénétré dans le local après avoir constaté que le système de sécurité était débranché et la serrure déverrouillée. Ils ont mis le bâtiment sous scellés, les techniciens sont actuellement en train de l'examiner.

— Le nom du propriétaire du bar, ainsi que du propriétaire du bâtiment.

— Je comptais chercher ces renseignements après vous avoir mise au courant des derniers événements.

— Faites-le tout de suite. Je veux ces infos et votre rapport dans une demi-heure.

Fulminant, Eve quitta son bureau, traversa la salle des inspecteurs et se rua dans l'ascenseur où, pour une fois, elle n'eut même pas à jouer des coudes pour se ménager un petit espace vital.

Heureusement, songea-t-elle. Elle aurait fort bien pu briser quelques côtes au passage.

Alors elle respira à fond et s'imagina sous une douche glacée. Devant Whitney, elle serait un modèle de maîtrise de soi et de professionnalisme – elle ne supporterait pas qu'il la dessaisisse de cette affaire.

Il l'attendait, confortablement adossé à son fauteuil. Sa large figure d'ébène, couronnée de cheveux poivre et sel, était aussi indéchiffrable que celle d'Eve. Le temps et les devoirs inhérents à sa fonction avaient creusé des rides autour de ses yeux et de sa bouche.

— Lieutenant, vous vous êtes de votre propre chef bombardée responsable d'une enquête pour homicide qui en est à son deuxième jour, or vous avez négligé de nous en informer.

— Cette enquête n'a débuté qu'hier. Dimanche matin, commandant, jour de congé pour vous comme pour moi.

Il inclina légèrement la tête.

— Vous n'étiez pas de service, pourtant vous vous êtes chargée de cette affaire, vous avez utilisé le personnel et l'équipement du département, et, je le répète, vous avez omis de prévenir votre supérieur.

Inutile de discutailler, décida-t-elle.

— En effet, commandant. J'ai considéré que les circonstances justifiaient mes actes. Je suis prête à vous expliquer la situation.

— Vous connaissiez la victime.

— Exact. Je n'avais eu aucun contact avec elle pendant plus de vingt ans. Cependant, quarante-huit heures avant sa mort, elle est venue me voir ici, dans mon bureau.

— Vous vous aventurez sur un terrain marécageux, Dallas.

— Je ne le pense pas, commandant. Je n'ai été liée à la victime que durant une brève période de mon enfance. Par conséquent...

— Elle vous a prodigué ses soins pendant plusieurs mois, rectifia-t-il.

— Pardonnez-moi, mais elle ne m'a rien «prodigué» du tout. J'aurais pu la croiser dans la rue sans la reconnaître. Il n'y aurait pas eu d'autre contact entre nous, après notre entrevue de jeudi dernier, si elle n'avait pas rendu visite à mon mari le lendemain et tenté de lui extorquer deux millions de dollars.

Il haussa les sourcils.

— Et, selon vous, nous ne sommes pas sur un terrain marécageux?

— Il l'a mise à la porte. Le capitaine Feeney a les films de vidéosurveillance du bureau de Connors. Mon mari lui a demandé de les récupérer pour la bonne marche de l'enquête.

— Dallas, asseyez-vous.

— Commandant, je préfère rester debout. Le dimanche matin, je suis allée à l'hôtel où elle logeait. Il me semblait nécessaire de lui dire clairement que ni Connors ni moi ne céderions au chantage. Que sa menace d'adresser aux médias ou aux autorités les copies qu'elle prétendait détenir de mes dossiers personnels nous était indifférente. À ce moment-là...

— Avait-elle ces copies?

— Vraisemblablement. Elles n'étaient pas sur la scène de crime, toutefois il y avait un porte-disquettes. Il est fort probable que le tueur a emporté ces copies.

— Le Dr Mira est passée me voir ce matin, ce que vous auriez dû faire.

— Oui, commandant.

— Elle vous juge capable de conduire cette enquête, elle estime même que ce serait bénéfique pour vous. Il y a quelques minutes, j'ai également eu le légiste en ligne, je ne suis donc pas dans le brouillard complet concernant cette affaire. Mais, avant que vous m'exposiez votre rapport, je veux savoir pourquoi vous n'êtes pas venue me parler. Soyez franche, Dallas.

— J'ai eu le sentiment que je serais dans une meilleure position pour garder la direction de l'enquête, si celle-ci était plus avancée. Mon objectivité serait moins sujette à caution.

Whitney demeura silencieux un long moment.

— Vous auriez pu venir me parler, dit-il enfin. Maintenant, votre rapport.

Il l'avait ébranlée, et elle déploya un effort considérable pour ne pas bafouiller, lui résumer clairement le film des événements depuis sa première rencontre avec la victime jusqu'aux renseignements que Peabody lui avait fournis quelques instants auparavant.

— Elle s'est frappée elle-même afin d'étayer son projet de chantage. C'est bien votre opinion?

— Oui, étant donné les conclusions du légiste.

— Son complice la tue, enlève la belle-fille et, à travers elle, continue à réclamer de l'argent sous peine de révéler vos dossiers confidentiels.

— Je ne crois pas que le tueur imagine que Connors et moi étions en compagnie du chef de la police et de vous-même, commandant, à l'heure du crime. Il est possible qu'impliquer Connors ou moi, ou tous les deux, fasse partie du plan.

— À ce propos, la fête était très réussie, rétorqua Whitney avec un petit sourire. On a remonté la piste du compte numéroté?

— Le capitaine Feeney s'en occupe. Avec votre permission, j'aimerais que Connors nous assiste dans ce domaine.

— Je m'étonne qu'il ne soit pas déjà au travail.

— Je ne l'ai pas encore mis au courant des derniers développements. J'ai eu une matinée chargée.

— Et ce n'est qu'un début. Taire vos liens avec la victime serait une lourde erreur, car cela se saura fatalement. Il vaut mieux jouer cartes sur table. Servez-vous de Nadine.

Il avait raison, Eve était obligée de l'admettre.

— Je la contacte tout de suite.

— Tenez-moi informé.

— Oui, commandant.

— Vous pouvez vous retirer.

Au moment d'ouvrir la porte, elle hésita, se retourna.

— Commandant Whitney, je regrette de vous avoir tenu à l'écart, je vous prie de m'excuser. Cela ne se reproduira pas.

— Non, cela ne se reproduira pas.

Elle sortit, se demandant si la réponse de son supérieur équivalait à une tape amicale dans le dos ou un coup de règle sur les doigts. Un peu des deux, décida-t-elle en regagnant la brigade criminelle.

Dès qu'elle la vit pénétrer dans la salle des inspecteurs, Peabody sauta sur ses pieds et la suivit en trottinant jusqu'à son bureau.

— Lieutenant, j'ai les renseignements que vous vouliez ainsi que mon rapport.

— Tant mieux. Je n'ai pas de café.

— Je répare sur-le-champ cet inqualifiable oubli, lieutenant.

— Si vous avez l'intention de me lécher les bottes, Peabody, pourriez-vous, s'il vous plaît, être un peu plus subtile ?

— Désolée, je ne me rendais pas compte que ma langue traînait par terre. Lieutenant, j'ai mérité la punition que vous m'avez infligée. Même si, entre nous, je ne regrette pas d'avoir mis les points sur les i avec McNab. Figurez-vous que ce gros bêta croyait que j'avais décidé de le plaquer.

Ces mots étaient prononcés avec une telle tendresse, d'une voix quasi chantante, qu'Eve enfouit son visage dans ses mains.

— Si vous ne voulez pas un coup de pied aux fesses, je vous conseille de m'épargner les détails.

— Pardon, pardon. Votre café, lieutenant, juste comme vous l'aimez. Et si j'allais vous chercher quelque chose au distributeur, hein ? C'est ma tournée.

Eve releva le nez, plissa les paupières.

— Vous vous êtes envoyée en l'air pendant combien de temps avec McNab ? Non, non, ne me répondez pas ! Achetez-moi n'importe quoi, et ensuite contactez Nadine. Dites-lui que j'ai besoin de la voir.

— OK.

Tandis que Peabody se ruait hors de la pièce, Eve tenta de joindre Connors sur son communicateur personnel. Elle tomba sur son répondeur.

— Excuse-moi de te déranger, mais il y a quelques complications. Rappelle-moi dès que tu peux.

Sur quoi, elle fit rouler les muscles de ses épaules, émit une sorte de sifflement que n'aurait pas renié une vipère et appela l'attaché de presse du département. Cela fait, elle inséra la disquette de Peabody dans le lecteur et parcourut les données réunies par sa coéquipière.

— Je vous ai pris une barre chocolatée, annonça Peabody en franchissant le seuil. Nadine est d'accord pour vous voir. En fait, elle a dit qu'elle avait à vous parler et qu'elle souhaitait déjeuner avec vous.

— Pourquoi elle ne vient pas ici ?

— Elle est surexcitée, Dallas. Elle vous attend au Scentsational, à midi.

— Où ça ?

— Un endroit hyper branché. Elle doit avoir de sacrées relations pour pouvoir réserver une table. J'ai l'adresse. Elle m'a demandé de venir aussi, alors… ?

— Mais bien sûr. Pourquoi pas ? Un déjeuner entre nanas, mon rêve, grogna Eve.

11

Eve se rendit au Hidey Hole afin de rencontrer le propriétaire, Roy Chancey. Celui-ci était furieux qu'on l'ait tiré du lit et que quelqu'un ait pénétré par effraction dans son établissement.

— Sans doute des gamins, comme d'habitude.

Il se gratta la bedaine, bâilla – soufflant par la même occasion au nez d'Eve une haleine qui avait grand besoin d'un bon rafraîchisseur.

— Non, ce n'étaient pas des gamins, déclara Eve. Dites-moi où vous étiez entre sept et neuf heures, ce matin.

— À votre avis ? Au pieu, évidemment. Je ferme pas avant trois heures. Le temps que j'aie tout rangé, tout bouclé et que je sois couché, il est quatre heures. Alors, je dors le jour. De toute façon, je rate rien, à part le soleil et la circulation.

— Vous habitez à l'étage.

— Ouais. J'ai un studio de danse au premier, des appartements au deuxième et au troisième.

— Vous vivez seul, Chancey ?

— Ouais. Écoutez, pourquoi je m'introduirais par effraction chez moi ?

— Bonne question. Vous connaissez cette femme ? demanda Eve en lui montrant la photo d'identité de Trudy Lombard.

Il l'examina avec attention, ce qu'elle apprécia. Les flics et les barmen étaient physionomistes.

— Sa tête ne me dit rien. C'est elle qu'on a amenée ici ?

— Non, celle-ci est morte il y a deux jours.

— Hé, une minute ! protesta-t-il, et ses yeux couleur de rhum s'animèrent enfin. Personne n'est mort dans mon établissement. On a peut-être des bagarres de temps à autre, mais pas de macchabée.

— Et celle-là, vous la connaissez ? enchaîna Eve, lui présentant cette fois la photo de Zana.

— Non. Seigneur, elle est morte, elle aussi ?

— À quelle heure ouvre le studio de danse ?

— Vers huit heures. Le lundi, c'est fermé, Dieu merci. Au moins, je n'entends pas ce boucan.

— Il n'est pas dans le coup, commenta Peabody quand elles sortirent.

— Effectivement.

Dans la rue, Eve observa l'immeuble, la porte du rez-de-chaussée, l'extérieur.

— Les serrures étaient pourries, le système de sécurité encore plus pourri… Pour entrer là-dedans, pas besoin d'être très doué.

Elle balaya du regard les passants, les véhicules roulant sur la chaussée.

— Il ne risquait pas grand-chose. Un type marche vite avec une femme qui baisse la tête. Qui va y prêter attention ?

Eve secoua la tête.

— Mais tout ça, c'est bâclé. Et stupide, par-dessus le marché. Deux millions de dollars, quand le puits auquel vous vous attaquez est infiniment plus profond que ça. Pff… de la petite bière.

— Vous, vous êtes fatiguée.

— Oui, et alors ?

— Dire que deux millions, c'est une bagatelle…

— Je ne dis pas ça, rétorqua Eve, piquée au vif. Mais quand il y a du sang versé, l'enjeu double ou triple. Si on a tué Trudy, il y avait forcément une autre raison.

— Une querelle d'amoureux ? Ou bien, les voleurs n'ayant aucun sens de l'honneur, elle cherchait peut-être à l'évincer.

— Oui, la cupidité reste un mobile incontournable.

Soudain, le communicateur d'Eve bourdonna.

— Dallas.

— Des complications ? lança Connors.

— Quelques-unes, répondit-elle avant de lui résumer la situation. Tu es embauché comme consultant à la DDE si tu le souhaites, et si ton planning te le permet.

— J'ai certaines choses à régler que je préférerais ne pas déplacer, mais je me mettrai en rapport avec Feeney. Je devrais pouvoir travailler un peu à la maison, ce soir, en compagnie de mon adorable épouse.

À ce mot, Eve courba l'échine – un réflexe, d'autant plus que Peabody la regardait en battant ostensiblement des cils.

— J'ai une journée très chargée. Là, je vais au labo… Ah non, zut, je suis obligée de roucouler pour les médias, alors je passe par Nadine. En tout cas, si tu peux nous aider, merci d'avance.

— C'est un plaisir pour moi. Lieutenant, n'oublie pas de manger à un moment quelconque de ta journée chargée.

— Justement, je déjeune avec Nadine dans un endroit grotesque.

— Le Scentsational, dit Peabody à Connors, se penchant pour apercevoir son visage sur l'écran du communicateur.

— Oh, la vie est décidément pleine de surprises. Tu me donneras ton opinion.

Eve, naturellement, comprit aussitôt.

— Ce restaurant t'appartient, je suppose ?

— Moi aussi, j'ai un déjeuner. Goûte la salade de capucines. Un délice.

— Ouais, compte là-dessus. À plus tard. Ce sont des fleurs, non ? demanda Eve à Peabody, quand elle eut coupé la communication.

— Comestibles.

— Dans mon univers, les fleurs ne figurent pas au menu.

Manifestement, il n'en allait pas de même dans l'univers de Connors. Les fleurs y étaient omniprésentes, dans un décor sophistiqué, où les tables s'épanouissaient telles des corolles au bout de gracieuses tiges.

L'atmosphère avait des senteurs de prairie, le sol était constitué d'une sorte d'épais verre vert, translucide afin qu'on voie l'élégant jardin fleuri qui chatoyait en dessous. Le bar se nichait sous une tonnelle en arceau, où les clients pouvaient commander des boissons à base de plantes ainsi que d'excellents vins.

Nadine était installée à une table près d'un petit lagon où des poissons rouges nageaient au milieu de nénuphars. La journaliste avait changé de coiffure, remarqua Eve, troqué ses habituelles boucles duveteuses contre des mèches lisses et fines qui lui encadraient le visage.

Elle paraissait plus aiguë, plus affûtée, tout en violet foncé, avec un écouteur relié à un minuscule micro dans lequel elle chuchotait en sirotant un breuvage mousseux d'un rose étonnant.

— Bon, j'arrête. Gardez tout sous le coude pendant l'heure qui vient. Oui, tout.

Elle retira son écouteur qu'elle fourra dans son sac.

— Quel endroit fabuleux, n'est-ce pas ? s'exclama-t-elle. Je mourais d'envie de déjeuner ici.

— J'adore votre coiffure, dit Peabody en s'asseyant à la table.

— Ah oui ? répliqua Nadine qui aussitôt – réaction typiquement féminine – se tapota les cheveux. C'est un essai.

Un serveur, en vert gazon, se matérialisa soudain près d'elles comme par enchantement.

— Mesdames, soyez les bienvenues au Scentsational. Je m'appelle Dean, et j'aurai le plaisir de vous servir. Puis-je vous offrir un cocktail ?

— Non, répondit Eve, foudroyant du regard Peabody dont les yeux s'illuminaient. Vous avez du Pepsi ?

— Bien sûr, madame. Et pour vous ?

— Je prendrai comme elle, bredouilla Peabody, désignant la boisson de Nadine.

— À propos, la fête de l'autre soir était fantastique, déclara Nadine quand le serveur se fut éloigné. Je n'en suis pas encore remise. Je n'ai pas eu vraiment le temps de vous parler, et de toute manière, le moment était mal choisi. Aussi je…

— On verra ça tout à l'heure, d'accord ? J'ai une affaire sur le gaz et j'ai besoin d'un coup de main.

Nadine arqua ses sourcils parfaitement dessinés.

— Une affaire ? Pourquoi ne suis-je pas au courant ?

— La victime est une femme. Morte d'une fracture du crâne dans une chambre d'hôtel du West Side.

— Hmm… Ah oui, il me semble que j'ai eu vent de ce fait divers. Une touriste, un cambriolage. Qu'y a-t-il là-dedans de particulier ?

— J'ai découvert le corps. Je connaissais la victime. Et ce n'était pas un cambriolage qui a mal tourné.

— Attendez, laissez-moi enregistrer ça.

— Non, gravez-le dans votre mémoire. Pas d'enregistrement pour l'instant.

— Décidément, vous ne simplifierez jamais les choses.

Nadine se carra dans son fauteuil, agita son verre.

— OK, je suis tout ouïe.

Eve lui relata les événements, sans entrer dans les détails.

— Le département de police juge préférable pour l'enquête que ma relation, aussi ténue soit-elle, avec la victime soit rendue publique. J'aimerais que ce soit fait avec… disons avec délicatesse. Je ne veux pas qu'on claironne sur les toits cette histoire de mère d'accueil.

— Je ne le ferai pas, mais d'autres risquent de ne pas s'en priver. Vous êtes prête à affronter ça ?

— Je n'ai guère le choix. Le point capital, celui sur lequel il faut insister, est le suivant : une femme a été assassinée, la police mène l'enquête. Selon toute vraisemblance, la victime connaissait son meurtrier.

— Nous n'avons qu'à organiser une interview, de cette manière vous vous exprimerez à votre guise. Et, par la même occasion, vous vous montrerez. Le public n'a pas oublié l'affaire Icove, Dallas, croyez-moi. Vous voir, vous écouter, leur rappellera ce scandale. Oh oui, c'est le flic qui a démantelé l'empire de ces toubibs complètement dingues. Ce sera mon introduction. Les gens n'entendront que ça, ils ne prêteront même pas attention à votre vague relation avec la victime d'un meurtre récent.

— Possible… marmonna Eve.

Le serveur leur apporta leurs consommations et entama la litanie des spécialités du jour et des suggestions du chef.

Les descriptions des plats étant interminables et quasiment mystiques, Eve se boucha bientôt les oreilles pour réfléchir tranquillement à la proposition de Nadine.

— Moi, je prendrai le machin avec des pâtes, annonça-t-elle quand le serveur lui demanda ce qu'elle avait choisi. Nadine, il vous faut combien de temps pour organiser l'interview ?

— J'appelle mon cameraman, et on fait ça après le repas. De toute façon, il vaut mieux que je saute le dessert.

— Parfait. Merci.

— Vous êtes toujours une bénédiction pour notre taux d'audience. À ce propos, le mien dépasse actuellement la stratosphère. C'est justement une des choses dont je voulais discuter avec vous. J'ai eu l'exclusivité de l'affaire Icove – grâce à vous – et je croule sous les contrats. Bouquin, vidéo, et la cerise sur le gâteau… roulement de tambour… j'ai ma propre émission !

Peabody sauta sur son siège.

— Votre émission ? Ouah ! Félicitations, Nadine. C'est génial.

— Merci. Une heure hebdomadaire, et je choisis moi-même mes sujets. J'aurai du personnel. Seigneur, je n'en reviens pas. Mes employés, mon émission.

Elle se tapota le cœur en riant.

— Je continuerai à traiter les affaires criminelles, c'est ce que je connais le mieux, et ce qui a forgé ma réputation. Le show s'intitulera *Aujourd'hui*, j'évoquerai ce qui se passe à l'instant où nous prendrons l'antenne, chaque semaine. Dallas, je veux que vous soyez ma première invitée.

— Nadine, félicitations, bonne chance et tout le bataclan. Mais vous savez bien que j'ai horreur de ces imbécilités.

— Ce sera bon, excellent même. Vous pourrez nous faire pénétrer dans le cerveau du meilleur flic de la police new-yorkaise.

— Foutaises.

— Comment vous travaillez, votre façon de penser, la routine du métier. Les différentes étapes d'une enquête. Nous discuterons de l'affaire Icove…

— Il y a encore de la viande sur cet os-là ?

— Tant que les gens s'y intéressent, oui. Je vais commencer à préparer le bouquin avec un auteur, et le script de la vidéo. J'aimerais que vous rencontriez cet auteur, c'est une femme.

Eve leva un doigt, dessina un x.

— J'ai fait une croix là-dessus.

Nadine esquissa un sourire rusé.

— Dallas, ça sortira avec ou sans vous. Vous préférez qu'il n'y ait pas d'erreurs, n'est-ce pas ?

— Qui jouera votre rôle dans la vidéo ? interrogea Peabody tout en dévorant son poulet aux fleurs d'oranger.

— Je l'ignore. Nous n'en sommes qu'au début.

— Et moi, je suis dans le script ?

— Bien sûr. La jeune et solide inspectrice qui traque les assassins, aux côtés de son lieutenant, l'étonnante créature sexy et intrépide.

— Je vais distribuer des coups de pied aux fesses, marmonna Eve que ses deux compagnes dédaignèrent souverainement.

— C'est vraiment trop génial ! Quand je dirai ça à McNab…

— Je suis ravie pour vous, Nadine, déclara Eve. Sincèrement. Mais je refuse d'être mêlée à ce genre de truc. Ça ne correspond pas à ce que je fais, à ce que je suis.

— L'idéal, pour l'émission et la vidéo, ce serait de tourner quelques plans dans votre maison. Dallas chez elle.

— Jamais de la vie.

— Je m'en doutais, pouffa Nadine. Pensez-y quand même, d'accord ? Rassurez-vous, je ne vous harcèlerai pas.

— Non ? rétorqua Eve, méfiante.

— Promis. Je vous titillerai, je ruserai à la moindre occasion, mais je ne vous harcèlerai pas. Et pourquoi ? poursuivit la journaliste, brandissant sa fourchette. Vous n'avez pas oublié la fois où vous m'avez sauvé la vie, je présume. Lorsque, dans le parc, ce fou furieux de Morse s'apprêtait à me découper en morceaux.

— J'en ai un vague souvenir.

Nadine fit signe au serveur.

— Une autre tournée, s'il vous plaît ! Voilà donc pourquoi je ne vous harcèlerai pas. Enfin… pas trop. Mais si vous pouviez avoir une affaire bien croustillante vers la mi-février, pour le début de l'émission, ça ne me gênerait pas.

— Mavis accouchera à cette période, ironisa Peabody.

— Seigneur, c'est vrai. Mama Mavis, gloussa Nadine. Je n'arrive toujours pas à m'y faire. Alors, Dallas, vous avez déjà commencé les cours de coaching, Connors et vous ?

— Taisez-vous. Ne me parlez plus jamais de ça.

— Ils remettent sans cesse à plus tard, commenta Peabody d'un ton docte. Ils sont en pleine procrastination.

— Erreur, nous sommes dans l'évitement. Les gens veulent toujours vous obliger à faire des trucs pas naturels du tout.

— Rien n'est plus naturel qu'un accouchement, objecta Peabody.

— Pas en ce qui me concerne.

Aller au labo botter quelques paires de fesses… ça, c'était naturel, songea Eve. Elle trouva Dick Berenski, au crâne d'œuf et aux doigts pareils à des pattes d'araignée, à son poste de travail. Il buvait bruyamment son café.

— Filez-moi des infos.

— Vous autres, les flics, vous n'avez que ces mots-là à la bouche. Vous vous croyez toujours prioritaires.

— Où elles sont, mes fibres ?

— Au rayon fibres.

Il émit une sorte de hennissement, manifestement très amusé par sa plaisanterie, puis propulsa son tabouret à roulettes jusqu'à un ordinateur, pianota sur le clavier.

— Harvo est justement en train de les décortiquer. Elle s'est déjà occupée des cheveux et des poils. Ceux qu'on a identifiés proviennent de la victime, son fils, sa belle-fille, la femme de chambre, ainsi que les précédents occupants de la chambre, lesquels figuraient sur votre rapport. Tout le sang prélevé sur la scène de crime était celui de la morte. Surprise, surprise.

— En d'autres termes, vous n'avez rien à m'apprendre que je ne sache déjà.

— C'est pas ma faute. Je ne peux travailler qu'à partir de la matière que vous me fournissez.

— Avertissez-moi quand vous aurez comparé les cheveux et les empreintes de l'hôtel et du bar.

— Oui, oui, je n'y manquerai pas !

— Il est bien guilleret, aujourd'hui, marmonna Peabody, tandis qu'elles circulaient à travers le dédale aux parois vitrées du laboratoire.

Harvo était à sa paillasse, plongée dans la contemplation de son écran. Sa chevelure était coiffée en piques d'un rouge flamboyant qui formait un contraste saisissant avec le blanc presque transparent de sa peau. De petits pères Noël dansaient à ses oreilles.

— Salut, dit-elle.

— C'est ma fibre ? demanda Eve, montrant l'écran.

— Absolument, répondit Harvo d'un air méditatif.

— Je pensais que vous étiez la Reine du Poil, pas de la fibre.

— La Reine du Poil, exact, acquiesça Harvo en faisant claquer son chewing-gum. Et la Déesse de la Fibre. En bref, je suis une espèce de génie.

— C'est bon à savoir. Et alors, quelles sont les conclusions du génie ?

— Fibre synthétique de polyester avec des traces de gomme élastique. Même composition que les particules trouvées dans le pariétal et la matière grise de la victime. Vous devez chercher, sur la scène de crime, une chaussette solitaire, blanche, jamais portée ni lavée. Il y a encore un peu de colle – à cause de l'étiquette – et j'ai un petit bout de plastique dans l'orteil. Vous voyez... ces fils en plastique avec lesquels les fabriquants attachent les paires de chaussettes ?

— Oui, je déteste ces bidules.

— Tout le monde en a horreur. Il faut les couper, or quand on veut étrenner ses nouvelles chaussettes, qui a sous la main un canif ou des ciseaux ?

Harvo mastiqua vigoureusement son chewing-gum, agita un index vengeur à l'ongle peint en rouge et orné de minuscules sapins verts.

— Personne ! Alors vous tirez un bon coup et, la plupart du temps, vous faites un accroc aux chaussettes ou vous vous retrouvez avec un petit bout de plastique qui vous pique le pied.

— Quel embêtement.

— Ouais.

— Et l'étiquette ?

— C'est votre jour de chance. Les techniciens ont bien bossé, ils m'ont apporté le contenu de la poubelle de la salle de bain.

Elle s'éloigna à la vitesse de l'éclair, revint aussitôt avec l'étiquette qu'elle montra à Eve.

— Elle était roulée en boule, comme on fait toujours, et un coin était déchiré. Il y avait des fibres sur le côté collant. Enfin bref, je l'ai aplatie, reconstituée, et vous pouvez voir le code-barres ainsi que les indications d'usage.

Elle tapota le couvre-lame qui protégeait l'indice.

— Chaussettes de tennis, 39/41. En ce qui me concerne, voilà encore une chose qui m'agace prodigieusement. Voyez-vous, quand j'achète des chaussettes de ce genre et de cette taille, elles sont invariablement beaucoup trop grandes. Pourquoi les fabriquants ne sont-ils pas capables de les faire à la bonne taille, je vous le demande ? Nous avons la technologie nécessaire, nous avons le talent. Et nous avons les pieds qu'il faut.

— C'est un mystère, acquiesça Eve. Des empreintes ?

— Celles de la victime, sur l'étiquette et la chaussette. Il y en a d'autres sur l'étiquette, j'ai lancé une recherche, ajouta Harvo en se retournant vers son écran. Ce sont celles de Jayne Hitch, employée dans une boutique de la 7e Avenue. Peut-être suis-je timbrée, mais j'ai l'intuition que Jayne a vendu une paire de chaussettes à la victime.

— Bon boulot, Harvo.

— Oui, je m'éblouis moi-même.

Dénicher la dénommée Jayne ne fut pas difficile. Elle se tenait derrière le comptoir de la boutique, avec la courageuse détermination d'un soldat posté en première ligne.

Le magasin était bondé de clients, attirés là par les grands écriteaux orange placardés sur les murs, les rayons et les tables, et sur lesquels on lisait : SOLDES. Le niveau sonore, qu'augmentait encore l'inlassable musique de Noël, était proprement hallucinant.

Si on éprouvait un tel besoin frénétique d'acheter, songea Eve, on pouvait le faire tranquillement chez soi, en pianotant sur son clavier d'ordinateur. Pourquoi les gens voulaient-ils absolument s'entasser dans des boutiques, y bousculer leurs congénères qui convoitaient les mêmes articles, et affronter des vendeurs gracieux comme des portes de prison ? Franchement, ça la dépassait.

Pour ne pas rester des heures dans ce capharnaüm, Eve entreprit de jouer des coudes pour atteindre la caisse. De vives protestations s'élevèrent dans la queue.

— Hé, non mais, vous gênez pas ! C'est mon tour !

Eve pivota vers la femme qui rouspétait et disparaissait à moitié sous une pile de vêtements. Elle brandit son insigne.

— Cette plaque de police signifie que j'ai la priorité. Jayne, il faut que je vous parle.

— Pourquoi ? Je suis occupée.

— Oui, moi aussi. Il y a une arrière-boutique, quelque part ?

— Oh là là. Sol ? Remplace-moi à la caisse 2. Je reviens.

Jayne s'engagea dans un petit couloir, martelant le sol de ses semelles épaisses de cinq centimètres.

— Qu'est-ce qui se passe ? bougonna-t-elle. Écoutez, d'accord, on a fait une grande fête. Par conséquent, il y a eu du boucan. Mais bon sang, c'est Noël. Ma voisine de palier est une vrai chameau.

— La prochaine fois, invitez-la, suggéra Peabody. Comme ça, elle ne se plaindra pas du bruit.

— Alors là, je préférerais me casser une jambe.

L'arrière-boutique était encombrée de marchandises, de cartons, de sacs. Jayne s'assit sur une pile de sous-vêtements.

— Ouf, soupira-t-elle. Noël rend les gens cinglés.

— Entre jeudi et samedi, commença Eve, vous avez vendu une paire de chaussettes à une femme.

Jayne se massa les reins, poussa un nouveau soupir.

— Entre jeudi et samedi, j'ai vendu une centaine de paires de chaussettes, ma grande.

— Lieutenant, rectifia Eve. Chaussettes de tennis, blanches, 39/41.

Jayne fouilla dans une de ses poches – elle paraissait en avoir une bonne dizaine répartie entre sa chemise et son pantalon noirs. Elle en extirpa un bonbon qu'elle dépiauta. Ses ongles étaient d'une longueur extraordinaire, ornés de rayures rouges et vertes.

Effectivement, Noël rendait les gens cinglés, pensa Eve.

— Ah, des chaussettes de tennis blanches, dit Jayne d'un ton aigre. Ça, c'est un sacré tuyau.

— Regardez cette photo, à tout hasard.

— Je ne me rappelle même pas ma propre figure, après des journées pareilles.

Jayne saisit néanmoins le cliché.

— Ça alors, vous avez du bol ! Oui, je me souviens d'elle. Dans le genre chameau, celle-là aussi, elle se pose là. Je vous raconte. Elle arrive, elle prend une paire de chaussettes, moche comme tout, elle arrive devant moi, se plaint qu'il n'y a pas assez de vendeurs, et exige le prix soldé. Sauf que les chaussettes sont soldées par lot de trois. C'est marqué en toutes lettres. Une paire pour neuf quatre-vingt-quatre-dix-neuf. Trois pour vingt-cinq cinquante. Et voilà qu'elle se met à brailler qu'elle veut ses chaussettes à huit cinquante. Elle a fait le calcul, elle paiera pas davantage.

Jayne croqua furieusement son bonbon.

— Moi, je ne suis pas autorisée à faire des remises. Seulement, elle n'en démord pas. Les gens, dans la queue derrière elle, sont au bord de l'émeute. Par conséquent, je suis obligée d'appeler le directeur. Qui a fini par céder.

— Quand est-elle venue ?

— Oh là là, ça s'embrouille dans ma tête, rétorqua Jayne en se massant la nuque. Je suis sur le pont depuis mercredi. Une semaine en enfer. À partir de demain, j'ai deux jours de congé que je vais passer vautrée sur mon canapé. Voyons voir… c'était après le déjeuner, parce que je me suis dit que cette bonne femme allait me faire vomir mon kebab…

Elle claqua des doigts.

— Vendredi ! Fawn et moi on a mangé un kebab vendredi. Elle avait le week-end libre, et je n'ai pas arrêté de râler.

— La femme était seule ?

— Qui se baladerait avec un chameau ? En tout cas, s'il y avait quelqu'un, il ne s'est pas montré. Je l'ai regardée partir, ajouta-t-elle avec un petit sourire, et je l'ai huée discrètement. Plusieurs clients ont applaudi.

— Vous avez les disquettes de vidéosurveillance ?

— Oui. Mais pourquoi ? Si on lui a fichu une raclée, dites-le-moi, ça me réconciliera avec l'espèce humaine.

— J'aimerais avoir des copies des films du vendredi après-midi.

— Bon, d'accord. Je vais pas avoir des ennuis avec cette histoire, hein ?

— Non, il nous faut simplement les disquettes, rétorqua patiemment Peabody.

Jayne se remit péniblement debout.

— Je dois prévenir le directeur.

Au Central, Eve visionna encore une fois la disquette. Tout en sirotant du café, elle observa Trudy entrer dans le magasin. Seize heures vingt-huit. Elle avait eu le temps de fulminer contre Connors et le résultat de leur entretien. Le temps, éventuellement, d'en discuter avec un partenaire. Ou bien de marcher jusqu'à ce qu'un plan s'élabore dans son esprit.

Eve enfonça la touche « pause », zooma sur le visage de Trudy. Furibonde. Pour un peu on aurait entendu ses dents grincer. On ne percevait en elle que de la colère, pas de calcul. Du moins, pas à ce moment-là. On la sentait plutôt poussée par une impulsion – je vais leur montrer, moi, ils le regretteront.

Elle écartait les gens, contournait les tables, trouvait ce qu'elle cherchait... à un prix imbattable.

Eve regarda Trudy rafler la paire de chaussettes, lire le prix, les sourcils froncés, puis consulter l'écriteau annonçant le prix soldé, avant d'aller rejoindre les clients alignés en file indienne devant la caisse.

Elle tapait du pied, fusillait des yeux ceux qui la précédaient.

Impatiente. Et solitaire.

Suivait l'altercation avec Jayne. Trudy qui la toisait avec mépris, un poing sur la hanche. Qui ne cédait pas un pouce de terrain, se tournait brièvement pour lancer quelques mots peu amènes à la femme derrière elle, dans la queue.

Trudy qui faisait un scandale et achetait le moins cher possible l'arme avec laquelle on la tuerait.

Elle n'attendait pas qu'on lui donne un ticket, une poche en plastique pour ranger ses emplettes. Elle fourrait sa paire de chaussettes dans son sac à main et sortait, drapée dans sa dignité.

Eve s'adossa à son fauteuil, scrutant le plafond. Il avait bien fallu que Trudy se procure les pièces de monnaie. Personne n'en avait suffisamment sur soi pour remplir une chaussette. Et la façon dont elle balançait son sac à main en marchant indiquait qu'il n'était pas lourd.

— Ordinateur, liste toutes les banques de la 6e à la 10e Avenue, entre... la 38e et la 48e Rue.

En cours...

Trudy avait été obligée de se dépêcher pour trouver une banque encore ouverte où se procurer un sac de pièces.

Eve vérifierait tout ça demain.

— Imprime les données, ordonna-t-elle lorsque la machine commença à débiter des noms d'établissements bancaires. Fais-en une copie et envoie-la chez moi.

En cours…

Eve imaginait la scène. Une banque proche de la boutique. Trudy, toujours furieuse, entrait d'un pas de grenadier. Elle échangeait du liquide. Inutile que cette transaction apparaisse sur un relevé.

Elle avait donc ses pièces de monnaie avant de regagner l'hôtel.

Seule.

Elle était venue au Central seule, elle s'était rendue seule au siège social de Connors. Personne ne semblait l'attendre dans le hall.

Peut-être avait-elle passé un coup de fil en sortant de l'immeuble. Impossible de le vérifier, puisque le communicateur de Trudy avait disparu. Escamoter cet appareil était très futé.

Eve se mit à faire les cent pas, commanda un autre mug de café à l'autochef.

En quittant Connors, Trudy avait peur. Elle contacte son complice, se lamente. Ils auraient pu mitonner la suite ensemble.

Eve se tourna vers son tableau, étudia les clichés du visage de Trudy.

— Que faut-il pour s'infliger ça à soi-même ? marmonna-t-elle. Une rage folle. Mais comment diable comptais-tu prouver que tu avais été frappée par moi ou Connors, ou un de nos sbires ?

Elle secoua la tête. Tout ça était stupide et trop impulsif. Il aurait été beaucoup plus habile d'attirer l'un de nous deux – ou nous deux – hors du manoir sous un quelconque prétexte, de nous attirer dans un lieu où avoir un alibi nous aurait été difficile. Oui, présumer que nous n'aurions pas d'alibi était vraiment bête. Du travail bâclé.

Un souvenir surgit soudain des profondeurs de sa mémoire, faillit aussitôt s'y engloutir de nouveau. Eve ferma les yeux, se concentra.

Le noir. Impossible de dormir. Trop faim. Mais la porte de sa chambre était fermée de l'extérieur. Trudy n'aimait pas qu'elle vadrouille dans la maison – *qu'elle rôde, qu'elle cherche les ennuis.*

De toute façon, elle était punie.

Elle avait parlé au garçon qui habitait en face, dans la rue, et à deux de ses copains. Des garçons plus âgés qu'elle. Elle avait essayé leur skate. Seulement voilà, Trudy n'appréciait pas le garçon d'en face, ni ses copains.

Des voyous. Des délinquants. Des vandales. Et même pire. Et toi, tu n'es qu'une coureuse. Neuf ans, et tu ne penses déjà qu'au sexe. Tu n'as plus rien à apprendre, pas vrai ? Monte dans ta chambre. Ce soir, tu es privée de dîner. Moi, je ne nourris pas les traînées.

Elle avait eu tort de parler au garçon d'en face. Mais il avait dit qu'il allait lui montrer comment se servir d'un skate. Eux, ils étaient drôlement doués – ils faisaient des figures, des boucles, des volte-face, des vrilles. Elle adorait les regarder. Le garçon l'avait surprise en train de les observer. Il lui avait souri et fait signe de s'approcher.

Elle n'aurait pas dû traverser la rue – le prix à payer était trop cher. Mais il lui avait tendu cette planche bariolée. *Essaie, c'est facile comme tout.*

Et quand elle s'était élancée, il avait sifflé entre ses dents. Ses copains avaient ri. Lui, il avait dit qu'elle avait du cran.

À cette époque-là, ç'avait été le moment le plus heureux, le plus libérateur de sa vie. Elle se rappelait encore aujourd'hui l'étrange sourire qui avait étiré ses lèvres, et ce grondement qui était monté dans sa gorge, qui avait secoué sa poitrine et ses côtes, et provoqué en elle une sorte de douleur fabuleusement agréable : elle avait ri aux éclats, ce qui jamais ne lui était arrivé.

Le garçon avait dit qu'elle pourrait recommencer, qu'elle était faite pour le skate.

Malheureusement, Trudy avait surgi tel un boulet de canon, avec sur la figure cette expression signifiant – tu le paieras cher. Elle avait hurlé à Eve de descendre de cet engin.

Je ne t'avais pas recommandé de rester dans le jardin? Hein? Si tu te casses le cou, espèce de folle, à qui on le reprochera? Tu y penses, à ça?

Non, Eve n'y avait pas songé. Elle n'avait eu en tête que le bonheur grisant de filer comme le vent sur la planche à roulettes pour la première fois de son existence.

Trudy avait aussi copieusement enguirlandé les garçons, les menaçant d'alerter la police. Oh, elle savait ce qu'ils mijotaient. *Voyous, pervers.* Ils s'étaient contentés de ricaner. Celui qui avait prêté son skate à Eve avait regardé Trudy droit dans les yeux et l'avait traitée de vieille sorcière.

Pour Eve, c'était l'acte le plus courageux dont elle ait jamais été témoin.

Elle n'avait plus fait de skate, ni approché le garçon d'en face et ses copains.

Plus tard, ce soir-là, alors que son estomac criait famine, elle s'était campée devant la fenêtre de sa chambre. Et elle avait vu Trudy sortir de la maison, prendre des pierres dans ses mains et les lancer sur le pare-brise puis les vitres latérales de sa voiture. Elle l'avait vue ensuite écrire à la bombe sur le capot: VIEILLE SORCIÈRE

Puis Trudy avait traversé la rue, essuyé la bombe de peinture avec un chiffon, et l'avait jetée dans les buissons devant la maison du garçon.

Après quoi elle était rentrée chez elle; un vilain sourire retroussait sa lèvre supérieure et découvrait ses dents.

12

Avant de terminer son service, Eve avait encore une tâche à accomplir. Seule.

L'hôtel où Connors avait logé Bobby et Zana était d'un standing supérieur au précédent. Néanmoins, il était simple, sans tralala. Le genre d'établissement que des touristes ou des gens en déplacement professionnel pourraient choisir.

La sécurité y était discrète, mais présente.

Eve traversait le petit hall afin de rejoindre les ascenseurs quand on l'arrêta.

— Excusez-moi, mademoiselle. Puis-je vous aider ?

La femme qui lui tapait sur l'épaule avait un visage agréable, un sourire charmant. Et sous son élégante veste, on devinait le léger renflement d'un pistolet paralysant.

— Police, répondit Eve, cherchant son insigne de la main gauche. Lieutenant Dallas. Les personnes que je viens voir sont à la 512. J'aimerais m'assurer que tout va bien pour elles ainsi que pour le policier en faction.

— Lieutenant... nous avons l'ordre de scanner les documents d'identité.

— Parfait, rétorqua Eve – après tout, n'est-ce pas, c'était elle qui avait édicté ces ordres. Allez-y.

La femme prit un scanner de poche – infiniment plus sophistiqué que le matériel dont disposaient les autorités –, appuya sur un bouton, ce qui afficha la photo d'identité d'Eve sur l'écran. Satisfaite, elle lui rendit l'insigne.

— Vous pouvez monter, lieutenant. Voulez-vous que je prévienne le policier de garde ?

— Non. Je vais lui faire la surprise, j'adore ça.

Heureusement pour lui, le planton était à son poste devant la porte. Eve et lui se connaissaient de vue, aussi se garda-t-il de demander qui elle était. Il se contenta de rentrer le ventre et de redresser les épaules.

— Lieutenant…

— Bennington… Où en est la situation ?

— Tranquille. Toutes les chambres de cet étage sont occupées, à part à la 505 et la 515. Il y a des gens qui vont et viennent, pas très nombreux, avec des attachés-cases et des sacs de shopping. Depuis que je suis là, j'ai pas entendu un bruit dans la 512.

— Prenez donc dix minutes.

— Merci, lieutenant. On me relève dans une demi-heure, alors je peux rester là.

— Très bien.

Elle frappa à la porte, s'aperçut que, dans la chambre, on regardait par le judas. Puis Zana ouvrit.

— Bonsoir. Je n'étais pas sûre que vous passeriez aujourd'hui. Bobby est dans la chambre, il parle avec D.K. Vous voulez que je l'appelle ?

— Ce n'est pas la peine.

Eve leur avait procuré une suite pourvue d'un salon douillet et d'une kitchenette. La chambre en était séparée par une porte coulissante, pour l'instant fermée.

— Comment ça va ? demanda Eve.

— Mieux, merci, répondit Zana qui rougit et tapota nerveusement ses longs cheveux dorés. J'ai pris conscience que vous ne m'avez vue qu'en pleine hystérie. D'habitude, je ne suis pas comme ça, je vous assure.

— Vous aviez de bonnes raisons.

Eve jeta un regard circulaire. Les fenêtres étaient masquées. Parfait. Sur l'écran de télé se déroulait un talk-show réservé aux femmes. Pas étonnant que Bobby ait fermé la porte.

— Je peux vous offrir quelque chose ? La cuisine est bien approvisionnée, ajouta Zana avec un faible sourire. Je n'ai pas besoin de courir acheter des bagels. J'ai du café ou du…

— Non, ne vous dérangez pas.

— Cette chambre est plus agréable que l'autre, mais... quelle terrible façon d'obtenir plus de confort.

— Il ne sert à rien de vous sentir mal à l'aise.

— Oui, sans doute...

Elle tripotait son alliance, la faisait tourner – un autre tic nerveux, songea Eve. Elle portait à la main droite une bague ornée d'une pierre rose, assortie à ses boucles d'oreilles dont les pierres roses étaient taillées en forme de clous.

Le tout était exactement de la même couleur que ses lèvres, remarqua Eve. Comment – et pourquoi ? – ses congénères pensaient-elles à des détails de ce genre ?

— Je vous suis vraiment reconnaissante d'avoir retrouvé mon sac. J'y avais toutes mes affaires, des photos, mes papiers d'identité et ce rouge à lèvres que je venais d'acheter, et... Oh, Seigneur, soupira Zana en se passant les mains sur la figure. Vous ne voulez pas vous asseoir ?

— Juste une minute. Vous connaissez Bobby et D.K. depuis un certain temps, n'est-ce pas ?

— Depuis que je travaille pour eux. Bobby est un amour.

Zana prit place sur le sofa, lissa le pli de son pantalon.

— Je suis tombée amoureuse tout de suite. Avec les femmes, vous savez, il est un peu timide. D.K. le taquinait toujours.

— D'après Bobby, D.K. et Trudy ne s'entendaient pas.

— Oh, D.K. gardait ses distances, rétorqua Zana, rougissant de nouveau. Leurs personnalités ne s'accordaient pas trop. Trudy disait ce qu'elle pensait, elle n'y allait pas par quatre chemins. Et quelquefois, eh bien... les gens en étaient un peu froissés.

— Pas vous ?

— Elle est... elle était la mère de l'homme que j'aime. Et elle l'a élevée toute seule, ajouta Zana dont les yeux devinrent aussi brillants que des étoiles. Elle a fait de lui un homme si bon. Qu'elle me donne des conseils ne me dérangeait pas. Au fond, je n'ai jamais été mariée, je n'ai jamais tenu une maison. De toute manière, Bobby savait comment s'y prendre avec elle.

— Ah oui ?

— Tu hoches la tête, et ensuite tu fais ce que tu veux. Je le cite, pouffa Zana avant de presser une main sur sa bouche, comme pour étouffer ce bruit incongru. La plupart du temps, il adoptait cette attitude et ils ne se disputaient quasiment jamais.

— Mais ça leur arrivait.

— Des petites chamailleries, comme dans toutes les familles. Eve… ça ne vous ennuie pas que je vous appelle Eve ?

— Non, ça ne m'ennuie pas.

— À votre avis, on pourra rentrer bientôt à la maison ? balbutia Zana. J'étais si heureuse de venir ici, de visiter New York. Mais maintenant…

— À ce stade de l'enquête, il est plus pratique que Bobby et vous soyez ici.

— Oui, c'est ce qu'il m'a dit. De toute façon, il ne veut pas être chez nous pour Noël. Je peux comprendre, mais…

Les yeux de Zana se mouillèrent de larmes.

— … c'est égoïste, souffla-t-elle.

— Pourquoi ?

— Ce sera notre premier Noël de couple marié et on le passera dans une chambre d'hôtel. Je trouve que… c'est égoïste.

Elle ravala ses pleurs, secoua énergiquement la tête.

— Je ne devrais même pas avoir de telles pensées, alors que sa mère…

— C'est naturel.

Zana coula un regard coupable vers la porte coulissante.

— Ne lui répétez pas ce que je vous ai raconté. S'il vous plaît. Il a assez de soucis.

À cet instant, la porte glissa sur son rail, livrant passage à Bobby.

— Hello, chéri. Regarde qui est là.

— Eve... merci de ta visite. Je discutais avec mon associé. Chérie, on a conclu l'affaire, ajouta-t-il en adressant un pauvre sourire à son épouse.

Elle tapa dans ses mains, se redressa d'un bond.

— La grande maison?

— Exactement. Ce matin, D.K. a eu le contrat et le dépôt de garantie de l'acheteur.

— Oh, c'est magnifique, chéri! Félicitations, dit-elle en l'étreignant farouchement. Tous les deux, vous avez beaucoup travaillé pour ça.

— Une grosse vente, expliqua Bobby à Eve. On avait l'impression de chasser la baleine blanche. On allait abandonner, quand, la semaine dernière, on a enfin eu une touche. Et, ce matin, mon associé a harponné cette fichue baleine.

— Là-bas au Texas.

— Oui. Il leur a fait visiter la propriété trois fois pendant le week-end. Ils ne se décidaient pas. Ils ont demandé à la revoir ce matin, il les y a ramenés, et là... bingo! La commission qui nous revient est juteuse.

Et tout ça met l'associé hors de cause, se dit Eve, à moins qu'il n'ait le don d'ubiquité.

— Je te félicite, Bobby.

— Maman aurait été si contente.

— Chéri, ne sois pas triste. Elle n'aurait pas voulu que tu sois triste, elle aurait été tellement fière de toi. Écoute, il faut fêter ça. Mais si, insista-t-elle en le secouant doucement. Je vais commander une bouteille de champagne. Vous en boirez une coupe avec nous, Eve?

— Non, je vous remercie, mais je dois vous quitter.

— J'espérais que tu aurais du nouveau à propos de ma mère...

— L'enquête suit son cours, Bobby. Dans l'immédiat, c'est tout ce que je peux te dire. Je te verrai demain. S'il se passe quoi que ce soit d'ici là, je te préviendrai.

— D'accord, merci. Heureusement que tu diriges l'enquête, Eve. Ça me paraît plus facile, d'une certaine manière, parce que c'est toi.

Contrairement à Bobby, elle au moins pouvait rentrer chez elle, songeait Eve en slalomant dans la circulation, au grand dam des autres automobilistes.

Arrêtée à un feu, elle étudia un des innombrables panneaux publicitaires animés, éclatants, qui annonçait des prix cassés pour fêter la Saint-Sylvestre dans l'île d'Aruba, au large du Venezuela.

Décidément, tout le monde voulait être ailleurs. Les Texans et autres États-Uniens se précipitaient à New York. Les New-Yorkais s'entassaient sur l'autoroute menant aux Hamptons, ou dans une navette en partance pour quelqu'île du Sud.

Et où allaient les habitants des îles ? Probablement dans une grande ville bruyante et surpeuplée.

Pourquoi les gens étaient-ils incapables de rester dans leur niche ?

À cause d'eux, parce qu'ils avaient la bougeotte, les rues et les trottoirs étaient bondés, et les couloirs aériens ne valaient guère mieux. Pourtant Eve, en ce qui la concernait, n'aurait pas voulu être ailleurs.

Elle atteignit enfin le manoir, franchit les grilles, roula dans l'allée. Vers la lumière.

Car chaque fenêtre était éclairée, par des bougies ou des sapins festonnés de guirlandes scintillantes. On aurait dit un tableau. La lune dans le ciel sombre, l'élégante silhouette de la demeure et les ombres qui se dessinaient alentour.

Oui, Eve pouvait rentrer chez elle.

Alors, pourquoi était-elle déprimée ? Une pénible tension lui crispait les cervicales et le ventre, lorsqu'elle se gara devant le perron et descendit de son véhicule. Elle n'avait qu'une envie : se coucher, se vider la tête cinq minutes.

Summerset était là, évidemment, sinistre squelette dans le grand hall paré de joyeuses couleurs.

— Connors est dans son bureau, occupé à exécuter certaines des tâches qui vous incombent.

Dans l'état d'esprit où était Eve, ce reproche implicite la hérissa.

— Personne ne lui a mis le couteau sous la gorge pour l'y obliger, riposta-t-elle. Ce que je rêve de vous faire, nuit après nuit.

Sur quoi, elle monta quatre à quatre l'escalier sans même ôter son manteau.

Elle n'alla pas dans le bureau, ce qui était moche et mesquin – elle en avait conscience. Elle se rendit directement dans la chambre et, toujours vêtue de son manteau, s'écroula à plat ventre sur le lit.

Cinq minutes, se dit-elle. Elle avait droit à cinq misérables minutes de solitude et de silence. Si seulement elle pouvait se vider la tête.

Quelques secondes après, elle entendit des pattes légères et véloces, puis sentit le matelas ployer sous le poids de Galahad. Elle le regarda droit dans ses yeux vairons.

Sans se troubler, il décrivit lentement des cercles compliqués, cherchant sa place, avant de se pelotonner près du visage d'Eve. Il la fixa, elle le fixa, essayant de le faire ciller le premier.

Ce fut elle qui perdit, et elle eut l'impression qu'il esquissait un sourire dédaigneux.

— Mon vieux, si tu étais flic, avec toi les suspects craqueraient à tous les coups.

Elle lui gratouilla les oreilles. Tandis qu'il ronronnait comme une locomotive, elle contempla les douces lumières de l'immense sapin qui décorait la chambre.

Elle avait tout ce qu'on pouvait désirer. Un grand lit confortable, un bel arbre de Noël, un chat câlin. Qu'est-ce qui ne tournait pas rond chez elle ?

Si elle n'avait pas tendu l'oreille, elle ne l'aurait pas entendu entrer. Il était encore plus silencieux que Galahad.

Il s'allongea à son côté et, cette fois, ce fut dans des yeux d'un bleu inouï qu'elle plongea son regard.

Oui, elle avait tout ce qu'on pouvait désirer.

— J'allais te rejoindre, murmura-t-elle. J'avais juste besoin d'un petit moment.

— Une méchante migraine ?

— Non. Je suis juste… je ne sais pas.

Il lui caressa les cheveux.

— Triste ?

— Mais pourquoi je serais triste ? J'ai cette gigantesque maison. Tu as vu comment elle est, tout illuminée de partout ?

— Oui, répondit-il, massant sa nuque douloureuse.

— Et j'ai ce gros matou. À propos, je crois qu'on devrait l'embêter un peu pour Noël. Lui attacher des bois sur la tête, pour qu'il ressemble à un renne.

— Ce qui, par la même occasion, minerait son orgueil. Excellente idée, ma chérie.

— Et puis je t'ai, toi. La cerise sur mon gâteau. Franchement, je ne comprends pas ce qui ne va pas, marmonna-t-elle en se blottissant contre lui. Je me fiche qu'elle soit morte, alors qu'est-ce que j'ai ?

— Tu es trop dure avec toi-même, voilà ce qui ne va pas.

— Je suis passée à la morgue, je l'ai regardée. Pour moi, ce n'était qu'un cadavre comme un autre. J'ai examiné ce qu'elle s'était infligé à elle-même dans le seul but de nous attirer des ennuis. J'en ai été écœurée. Mais pas surprise.

— Et à part ça, qu'as-tu fait ?

— Mon rapport à Whitney qui en a profité pour me taper sur les doigts. Ensuite j'ai déjeuné avec Nadine pour qu'elle parle de l'affaire. Je suis allée au labo. J'ai suivi la piste des fibres textiles jusqu'au magasin où Trudy a acheté les chaussettes qu'elle a transformées en matraque. J'ai établi la liste des banques entre la boutique et l'hôtel, en partant de l'hypothèse qu'il lui fallait se procurer les pièces de monnaie. Je vérifierai ça demain. Je suis passée au bar où Zana a été emmenée, j'ai parlé au propriétaire. J'ai visionné plusieurs fois les films de vidéo-surveillance. Euh… j'ai rendu visite à Bobby et Zana dans leur nouvel hôtel.

— Bref, tu as fait ton travail. Que la mort de Trudy Lombard te soit ou non indifférente, tu as accompli le travail qui te mènera à son assassin.

Eve roula sur le dos, contempla le plafond.

— Je n'ai pas la pêche.

— Quel plat tu as choisi, au déjeuner?

— Tu veux m'empêcher de me lamenter sur mon sort? répliqua-t-elle avec un petit rire. J'ai pris les pâtes farcies avec des espèces d'herbes. C'était bon. Je ne me rappelle pas ce qu'ont mangé Nadine et Peabody, mais elles en gémissaient de plaisir. Il y avait un monde fou, tu vas gagner un argent fou, ce qui n'étonnera personne.

— Et le service?

— Effrayant. Tu n'as même pas encore l'idée que, peut-être, tu aurais envie de quelque chose... et pouf! le serveur surgit à côté de toi. Au fait, Nadine va avoir sa propre émission.

— J'ai appris ça aujourd'hui même. C'est formidable pour elle.

— Et elle a des contrats pour un livre et une vidéo. Tu es dans le coup?

— Eh bien... oui.

— Elle veut m'interviewer, ce qu'éventuellement j'accepterai. Et elle tient à tourner une partie de la vidéo ici, à la maison, ce que je refuse catégoriquement.

— Catégoriquement.

Elle tourna de nouveau la tête vers lui, scruta son visage. Comment un homme réussissait-il à être aussi beau, jour après jour?

— Je savais qu'on serait d'accord là-dessus, dit-elle.

— Ici, nous sommes chez nous. Dans notre domaine privé.

— Pourtant, j'y rapporte toujours du travail.

— Moi aussi.

— Tu ne ramènes pas des flics, en plus.

— Si cela me dérangeait, je te le signalerais.

Eve resta un instant silencieuse.

— Aujourd'hui, il m'est revenu un souvenir.

Ah, pensa-t-il, *voilà le nœud du problème*.

— Raconte-moi...

— Je réfléchissais à la façon dont elle s'est blessée toute seule. Tu te rends compte? Elle est allée acheter des chaussettes uniquement pour se massacrer la figure, se meurtrir le corps. Un comportement autodestructeur, complètement tordu. Et alors je me suis rappelé la fois où…

Elle lui expliqua comment le souvenir avait refait surface. Il devenait d'ailleurs de plus en plus précis. Il faisait très chaud, en ce jour d'autrefois, ça sentait l'herbe. Une odeur étrange, inconnue, pour Eve. L'un des garçons avait une radiocassette qui jouait de la musique.

Et puis, la nuit, la voiture de police était arrivée presque sans bruit. Les policiers avaient des uniformes dont les boutons luisaient au clair de lune.

— Ils ont traversé la rue. Il était très tard, forcément, parce que toutes les lumières étaient éteintes, partout. Mais, dans la maison d'en face, les lampes se sont allumées, et le père du garçon a ouvert la porte. Les flics sont entrés.

Eve s'interrompit.

— Que s'est-il passé ? demanda Connors.

— Je n'en suis pas certaine. J'imagine que le gamin leur a dit qu'il n'avait rien fait. Qu'il dormait. Mais, évidemment, il ne pouvait pas le prouver. Je me souviens que les flics sont ressortis, qu'ils ont fureté autour de la maison. Ils ont trouvé la bombe de peinture. Je revois encore le policier la mettre dans un sachet en plastique. Il secouait la tête. Et moi, je savais ce qu'il pensait : petit imbécile, petit con.

» Trudy est sortie, elle a commencé à pousser des cris d'orfraie, à montrer sa voiture, la bombe de peinture, le garçon. Moi, je regardais tout ça et, au bout d'un moment, je n'en ai plus eu la force. Je me suis couchée, roulée en boule sous les couvertures.

Eve ferma les yeux.

— À l'école, j'ai entendu d'autres gamins dire qu'il avait été obligé d'aller au commissariat avec ses parents. Je me suis bouché les oreilles, je ne voulais pas écouter. Quelques jours plus tard, Trudy conduisait une belle voiture flambant neuve. Je me suis enfuie peu après. Je ne supportais plus de voir cette maison, de l'autre côté de la rue.

Eve fixa le dôme vitré au-dessus d'eux, la nuit étoilée.

— Je n'avais pas réalisé jusqu'à aujourd'hui que c'était la raison de ma fuite. Je ne supportais plus de rester avec Trudy, en sachant ce qu'elle avait fait, et ce que, moi, je n'avais pas fait. Ce garçon m'avait offert le meilleur moment de ma vie, et à cause de ça il était dans la panade. Or je n'ai pas levé le petit doigt pour l'aider. Je n'ai pas ouvert le bec pour dénoncer Trudy. J'ai tout simplement laissé ce gamin se faire punir.

— Tu n'étais qu'une enfant.

— C'est une excuse pour ne pas intervenir ?

— Oui.

Elle se redressa sur un coude.

— Des nèfles ! On l'a traîné au poste, il a probablement écopé d'une condamnation, malgré le manque de preuves, et ses parents ont dû rembourser la voiture.

— Ils étaient assurés.

— Oh, on s'en fout, Connors !

Il s'assit à son tour, prit fermement le menton d'Eve entre le pouce et l'index.

— Tu avais neuf ans, tu étais terrorisée. Et maintenant, vingt ans après, tu vas te culpabiliser ?

— Mais je ne l'ai pas défendu.

— Et qu'est-ce que tu aurais pu faire ? Expliquer aux flics que tu avais vu cette femme – agréée par les services de protection de l'enfance – barbouiller de peinture sa propre voiture et en accuser ensuite le gamin d'en face ? Ils ne t'auraient pas crue.

— La question n'est pas là.

— Mais si. Et nous savons tous les deux que ce garçon a survécu à cet incident. Il avait des parents, un foyer, des copains et suffisamment de caractère pour proposer à une petite fille une balade sur son skate. J'imagine qu'il s'en est même très bien tiré. Tu as consacré ta vie d'adulte à protéger les gens, à risquer ta peau pour ça. Alors, arrête de te reprocher d'avoir été un jour une enfant effrayée.

— Pff…

— Et enlève ton manteau. Bonté divine, tu ne crèves pas de chaud ?

Il était rare qu'elle ait cette impression-là – en l'occurrence, qu'elle ne sache plus où se mettre. Elle retira son manteau, le laissa en tas.

— Quand même, grogna-t-elle, on devrait pouvoir se vautrer un peu dans son lit.

— Je te rappelle que c'est aussi mon lit et que tu t'es assez vautrée. Tu veux essayer autre chose ?

Elle souleva le chat, le posa dans son giron.

— Nan…

— Parfait. Boude, c'est déjà mieux que se vautrer, rétorqua-t-il en se levant. Moi, j'ai envie de boire du vin.

— Il aurait pu être traumatisé pour la vie.

— Pitié…

— Il aurait pu devenir un criminel professionnel, tout ça à cause d'une peccadille.

Connors choisit, dans le casier à bouteilles climatisé, un vin blanc qu'il déboucha.

— Mais oui… Peut-être même que tu l'as arrêté. Ah, l'ironie du sort !

Un sourire frémit sur les lèvres d'Eve, qu'elle s'empressa de ravaler.

— Et toi, tu as peut-être magouillé avec lui au cours de ton infâme passé. Maintenant, il est sans doute un parrain de la mafia, quelque part au fin fond du Texas.

— Et il te doit tout ça, déclara Connors en lui tendant un verre. Tu te sens mieux ?

— Hmm… c'est possible. J'avais oublié cette histoire, tu sais. Et quand elle m'est revenue, j'ai été submergée par le remords. Il n'avait que quatorze ou quinze ans. Il me plaignait, je le lisais sur son visage. Une bonne action n'est jamais impunie, marmonna-t-elle en avalant une gorgée de vin.

— Si tu le souhaites, je le retrouverai. Nous verrons ce qu'il fabrique, à part être un seigneur du crime texan.

— Éventuellement. Je vais y réfléchir.

— En attendant, j'ai une faveur à te demander.

— Quoi donc ?

— Je n'ai aucune photo de toi avant notre rencontre.

Eve écarquilla les yeux.

— Hein ?

— Oui, des photos de toi adolescente, ou jeune fliquette en uniforme. À ce sujet, j'espère que tu le remettras bientôt, rien que pour moi. Je t'adore en uniforme. Bien sûr, je pourrais me procurer des anciens documents d'identité, mais je préférerais que tu te charges de me trouver quelque chose.

— Euh… bon. Mais… pourquoi ?

— Nous ne sommes pas venus au monde lorsque nous avons fait connaissance, ma chérie.

Il lui effleura la joue, de ses doigts merveilleux aussi doux que des plumes.

— Même si je me plais à croire que la meilleure part de nos vies a commencé ce jour-là. Bref, j'aimerais avoir une ou deux photos de toi, d'avant.

— C'est bête, non ?

— Je l'avoue. Et si tu me déniches des clichés de toi vers… dix-huit ans, à moitié nue, je suis preneur.

Cette fois, elle ne put s'empêcher de rire.

— Pervers !

— Je plaide coupable, madame la juge.

Brusquement, elle prit le verre de Connors et le posa, ainsi que le sien, sur la table de chevet. D'un coup de pied désinvolte, elle envoya valdinguer sur le sol son magnifique manteau de cuir noir.

— Il me vient soudain d'autres envies, décréta-t-elle.

— Ah oui ? susurra-t-il. Lesquelles ?

Plus vive que l'éclair, elle lui enserra la taille entre ses jambes, glissa les doigts dans ses cheveux noirs et l'embrassa à pleine bouche.

— Quelque chose dans ce genre, murmura-t-elle quand elle le laissa reprendre son souffle.

— Je dois te consacrer un peu de temps, je suppose ?

— Tout juste, répondit-elle en lui mordant la mâchoire. Tu m'as grondée. Entre Whitney et toi, aujourd'hui j'ai reçu deux savons.

Les mains d'Eve s'affairaient sur le corps de son mari, déboutonnaient sa chemise. Quand elle baissa la fermeture à glissière de son pantalon, le sexe de Connors était déjà dur comme de l'acier.

— J'ose espérer que tu ne t'es pas vengée du commandant de la même manière?

— Non, il est trop massif. Moi, j'aime les jolis garçons. Et toi, tu es si mignon. Quelquefois, je voudrais te déguster comme un gâteau à la crème.

Elle caressa son torse.

— Regardez cette peau, ces muscles. Et tout ça est à moi...

Fou de désir, il la renversa sur le dos, lui bloqua les mains de chaque côté de la tête. Elle planta dans les siens des yeux assombris par la passion, le défi.

— Je te veux nue. Ne bouge pas pendant que je te déshabille.

Il lui baisa les lèvres, la fossette qu'elle avait au menton, la gorge, chacun de ses mamelons dressés, son ventre.

Il fit glisser le pantalon d'Eve sur ses cuisses et, du bout de la langue, creusa le tendre sillon caché sous sa toison. Elle frissonna, s'arc-bouta.

Il lui murmura des mots apaisants, comme on le fait avec une pouliche sauvage, tout en la menant au bord de l'abîme pour l'y pousser d'un seul coup.

Elle retomba sur le lit, tout alanguie. Mais lui n'avait pas terminé. Il lui ôta ses bottes, son pantalon qui tomba mollement par terre.

— Connors...

— Regardez cette peau, ces muscles, dit-il, répétant les mots qu'elle avait prononcés. Et tout ça est à moi.

De nouveau, Eve sentit au tréfonds de son être le feu crépiter. Elle resserra ses bras autour de son mari, l'étreignant fiévreusement.

Voilà, il était en elle à présent, puissant et doux. Soudés, unis par toutes les fibres de leurs corps, ils explosèrent ensemble, comme deux astres dans l'univers infini.

Et elle pensa, ivre d'amour, que oui, en effet, elle avait une maison où se réfugier.

Ils demeurèrent silencieux un long moment. Eve avait la tête nichée contre le cou de Connors, une main posée sur son cœur qui battait encore la chamade.

— Je devrais te gronder plus souvent, souffla-t-il.

— Il ne faudrait pas en prendre l'habitude. La prochaine fois, je pourrais me fâcher. J'ai été mal toute la journée. Je faisais le boulot, comme tu as dit, mais j'étais ailleurs. Un peu comme si je me regardais travailler. J'étais passive, un truc comme ça. En tout cas, je ne me ressemblais pas. J'ai besoin de me remettre dans le bon rythme.

Il lui caressa le ventre d'un air canaille.

— Personnellement, j'ai trouvé que tu étais tout à fait dans le rythme.

— Le sexe me requinque toujours. Enfin… le sexe avec toi.

Elle s'ébroua, se redressa.

— Il faut que je commence par le commencement. Que j'efface ces images qui m'embrument la cervelle et que je reparte de zéro.

Il s'étira, saisit son verre de vin et tendit le sien à Eve.

— Cela me paraît une excellente solution.

— Avant tout, je vais me doucher et m'habiller. Ensuite, je relirai mes notes, les dépositions et les rapports. Je prends une heure pour mettre tout ça en ordre dans ma tête. Je… je pourrais t'exposer mes conclusions, après ?

— Je serais déçu si tu ne le faisais pas. Rendez-vous dans une heure pour dîner et discuter ?

Elle lui prit la main, la serra très fort.

— OK, ça marche.

— Comme sur des roulettes, rétorqua-t-il en lui baisant le bout des doigts.

13

Et donc, pendant une heure, elle reprit tout depuis le début. Pas à pas, en se guidant sur l'enregistrement de la scène de crime, ses propres notes, les rapports des techniciens de l'Identité judiciaire, du légiste, du labo.

Elle écouta les diverses déclarations, attentive aux inflexions des voix, autant qu'aux mots eux-mêmes.

Elle se campa devant son tableau et étudia chaque cliché sous tous les angles.

Lorsque Connors émergea de son bureau personnel, elle se tourna vers lui. En voyant l'éclat du regard de sa femme, il eut un sourire narquois.

— Salut, lieutenant.

— Tu as foutrement raison. J'avais l'air d'un flic, mais je n'en avais plus les sensations. Eh bien, me voilà de retour.

— Sois la bienvenue.

— Qu'est-ce qu'on mange ?

— Puisque tu as retrouvé tes sensations de flic, je suppose qu'une pizza s'impose.

— Super. Si je ne t'avais pas déjà sauté dessus, je le ferais sans doute rien que pour ça.

— Note-le sur mon ardoise.

Ils s'attablèrent au bureau d'Eve, face à face, la pizza et le vin entre eux. Connors avait même fait installer un sapin de Noël dans cette pièce. Petit – pour Connors – mais ruisselant de lumières. Et, quand elle rentrait le soir, elle adorait le voir scintiller à la fenêtre.

— Je résume, attaqua Eve, la bouche pleine. Toute cette affaire n'a aucun sens.

Il but une gorgée, agita son verre.

— Ah, ravi que ce soit éclairci.

— Sérieusement. Voilà ce qu'on a, en surface, quand on arrive sur la scène de crime : une femme tuée par de multiples coups assénés sur l'arrière du crâne à l'aide d'un instrument contondant. D'après les blessures corporelles antérieures, elle aurait été agressée et/ou battue la veille. La porte était verrouillée de l'intérieur, ce qui n'était pas le cas de la fenêtre.

Eve désigna le tableau.

— Les apparences semblent prouver que l'intrus a pénétré dans les lieux par cette fenêtre, qu'il a tabassé la victime, et qu'il est ressorti par où il était entré. Comme on ne constate aucune lésion indiquant que Trudy Lombard s'est défendue, un enquêteur présumerait qu'elle connaissait sans doute le meurtrier, ou ne se pensait pas en danger. Cependant, si quelqu'un te cogne dessus un jour et se repointe le lendemain, tu t'inquiètes un peu.

— Pas si tu t'es infligé toi-même ces premières blessures.

— Oui, mais tu l'ignores – pourquoi tu imaginerais un truc pareil – quand tu découvres le corps ? L'assassin devait être au courant au moins de l'hématome au visage. Tout est là. Et on a utilisé la même arme. Donc, on repart en arrière avec cet élément, et qu'est-ce qu'on obtient ? Un crime organisé pour paraître avoir été commis par la personne qui a tabassé Trudy Lombard.

Eve se servit une énorme part de pizza, arrosée d'une huile très pimentée comme elle l'aimait.

— Donc, le tueur s'est servi des blessures antérieures comme d'une sorte d'écran de fumée. C'est habile, et emporter le communicateur personnel de Trudy était également habile.

— Il a exploité la cupidité et les pulsions violentes de la victime.

— Oui… Mais il y a des détails qui ne collent pas avec cette théorie. Une fois de plus, pas de blessures défensives. Aucun signe qu'elle ait été attachée quand on l'a frappée, ni qu'elle ait tenté, d'une manière ou d'une autre, de riposter ou de se protéger. Ça ne tient pas.

Eve marqua une pause.

— Ensuite il y a la scène de crime elle-même, la position du corps, et l'heure de la mort. Quelqu'un s'introduit dans la chambre par la fenêtre, au milieu de la nuit. Tu t'extirpes de ton lit, tu cours, tu cries. Elle n'a rien fait de tout ça. Donc, le tueur est entré par la porte. Elle lui a ouvert la porte.

— Je n'exclurais quand même pas la fenêtre. Si elle et son complice avait effectivement des différends, il a peut-être choisi de passer par là, au cas où elle refuserait de le recevoir.

— La fenêtre était verrouillée. La mémoire nous joue de drôles de tours.

Eve engloutit une autre bouchée de pizza qu'elle fit descendre avec une généreuse lampée de vin.

— C'est l'avantage d'avoir, dans une enquête, un flic qui connaissait la victime. Maintenant que mes souvenirs se sont débloqués, je me rappelle clairement qu'elle fermait toujours à triple tour toutes les portes et les fenêtres. Le monde de Trudy regorgeait de voleurs, de violeurs et de fripouilles. Même le jour, quand on était là, la maison était bouclée comme un coffre-fort. Sur le moment, je l'avais oublié. Mais jamais elle n'aurait laissé une fenêtre ouverte à New York, cet abîme de perdition. Ça ne lui ressemble pas.

— Par conséquent, elle a fait entrer son assassin. Une visite tardive.

— Oui, très tardive. Et elle n'a pas daigné enfiler un peignoir. Elle en avait un dans la penderie, mais elle a reçu son meurtrier en chemise de nuit.

— Ce qui sous-entend un certain degré d'intimité. Un amant ?

— Peut-être, on ne doit pas écarter cette hypothèse. Elle prenait soin de son corps, de son visage. Je ne me souviens pas qu'il y ait eu des hommes qui lui tournaient autour, à l'époque, murmura Eve, s'efforçant de fouiller sa mémoire. Elle ne sortait avec personne.

— De nombreuses années se sont écoulées, ça ferait une très longue période de chasteté.

— Je ne prétends pas qu'elle avait renoncé à sa vie de femme, néanmoins j'ai parcouru la liste de tous ses objets personnels qu'elle avait dans sa chambre : pas de gadgets érotiques, pas de sous-vêtements affriolants, pas de préservatifs. Bien sûr, elle pouvait avoir une relation durable – je n'en trouve aucun signe, mais c'est possible. Pas un compagnon, cependant. Ils n'étaient pas sur un pied d'égalité.

— Ah ? Pourquoi ?

— Il fallait qu'elle commande. Elle aimait dicter leur conduite aux gens et les regarder exécuter ses ordres. Tu n'as qu'à parcourir son dossier professionnel. Elle a additionné les jobs au fil des ans, et aucun n'a duré longtemps. Elle ne supportait pas les ordres, c'est elle qui les donnait.

— Donc, la fonction de mère d'accueil était parfaite. Elle était le chef, elle détenait l'autorité absolue.

— Du moins le croyait-elle. Elle frôlait la soixantaine, et ne s'était jamais mariée. Elle n'avait eu qu'un seul concubin officiel. Non… elle n'était pas faite pour vivre en couple. Peut-être a-t-elle contacté cet individu sur son communicateur. *Viens, nous avons à discuter.* Elle avait bu du vin, pris des cachets. Sans doute juste assez pour planer et être imbue d'elle-même.

— Ce qui expliquerait aussi qu'elle n'ait pas été aussi prudente qu'à l'ordinaire.

— Oui, elle était relax. Et elle se voyait déjà avec tes deux millions en poche. Elle s'est défigurée dans ce but. Elle était très sûre d'elle. Mais comment comptait-elle te piéger, alors qu'elle était claquemurée dans cette chambre d'hôtel ?

— J'y ai réfléchi, puisque tu n'étais pas dans ton assiette. Elle a probablement filmé ou photographié ses blessures et fait un récit bien larmoyant de « l'agression ». Si elle était vraiment rusée, elle devait y déclarer que l'agresseur inconnu l'avait prévenue que l'un de nous, ou nous deux lui réservions un traitement encore plus atroce si elle ne se pliait pas à notre volonté.

Connors remplit de nouveau le verre d'Eve.

— Elle concluait que ce document était destiné à la protéger, s'il lui arriverait malheur, ou même si on la rouait de coups, une fois de plus. Auquel cas, il serait transmis aux médias et aux autorités. Et, naturellement, il me serait communiqué, et elle se fiait à moi pour lire entre les lignes : payez, sinon ce sera porté à la connaissance du public.

— Ouais, marmonna Eve en se servant une autre généreuse part de pizza. Et tu as une idée de l'endroit où pourrait se trouver ce compte rendu ?

— Entre les mains du tueur, indubitablement.

— Oui, indubitablement. Alors pourquoi, au moment de l'enlèvement de Zana, ça n'est pas venu sur le tapis avec le compte numéroté ? Pourquoi tu n'as pas reçu une copie de ce document ?

— L'assassin a peut-être eu la sottise de l'envoyer par la poste.

— Tu vois, on est sur les montagnes russes. On passe du bien fichu au mal foutu, et ainsi de suite. Moi, je ne crois pas qu'il y ait du travail salopé là-dedans. Non, non… tout ça est très futé – assez pour essayer d'avoir l'air bancal. Un crime passionnel par-dessus le marché, des petites erreurs. Quelques bourdes plus grosses. Mais je pense… je commence à me demander si certaines de ces boulettes sont volontaires.

Elle tourna la tête vers le tableau.

— Il est possible que je tourne en rond.

— Non, continue.

— C'est une femme pas facile. Son fils lui-même le dit. Et en effet, ajouta-t-elle, déchiffrant l'expression de Connors, je ne l'ai pas éliminé de la liste des suspects. Il est plutôt en queue de peloton, mais je reviendrai là-dessus. Donc tu fais un boulot pas marrant pour une bonne femme pas facile. Il est prévu que tu aies une part du gâteau, mais pas la moitié, jamais de la vie. Éventuellement elle te raconte qu'elle aura un million et que, pour ta peine, tu recevras dix pour cent. Ce n'est pas si mal pour un petit boulot. C'est peut-être ça le deal, et elle te file le document à livrer ou envoyer.

— Elle est sacrément sûre d'elle pour prendre ce risque.

— Oui, et sûre de son sbire. Et si quelque chose cloche, elle recule. Tout ça correspond à sa personnalité.

— Seulement voilà, son esclave n'est pas aussi docile qu'elle le supposait, poursuivit Connors. Au lieu d'être un bon toutou, il ouvre l'œil, et il se dit qu'il y a un gros nonos dont il se régalerait volontiers.

Eve se sentait de nouveau comme un poisson dans l'eau. Discuter avec Connors, chercher les pièces du puzzle... rien ne lui plaisait davantage.

— Oui... Donc tu reviens, tu lui annonces que tu exiges une part plus importante. Tu lui dis qu'il y aurait sans doute moyen de gagner plus d'un misérable million.

— Ce qui la vexerait probablement.

— Sûr et certain, rétorqua Eve avec un sourire. Comme elle n'a pas les idées claires à cause du vin et des médicaments, elle ne tient pas sa langue. Elle laisse échapper qu'elle touchera deux millions. Oups... la gaffe.

— Ou alors elle refuse tout simplement de partager le gâteau de façon plus équitable.

— Ce qui n'est pas gentil du tout. Bref, d'une manière ou d'une autre, tu te retrouves dans cette chambre avec elle dans la nuit du dimanche au lundi. Tu as l'enregistrement, tu as l'arme. Tu as le mobile et l'opportunité. Tu la trucides. Tu embarques son communicateur, sa documentation, ses disquettes, tout ce qui pourrait t'incriminer ou, au contraire, te rendre service. Tu déverrouilles la fenêtre et hop... tu te tires.

— Et maintenant, tu as tout le gâteau, rétorqua Connors, contemplant la pizza dont il ne restait que des miettes.

Eve lécha ses doigts tachés de tomate.

— Mais ce n'est pas fini... Le lundi matin, dès potron-minet, tu es encore là, pile au bon endroit pour t'emparer de Zana quand elle sort. Car, par une heureuse coïncidence, notre Zana part à la chasse au bagels.

— Trudy n'était peut-être pas la seule à avoir un amant.

— N'est-ce pas ? Je vais examiner de plus près la jolie petite femme de Bobby.

— Et pas Bobby?

— Je creuserai un peu. Mais le matricide est généralement plus horrible. C'est un crime suscité par la rage.

Comme le parricide, songea-t-elle. Quand elle avait tué son père, elle était couverte de sang.

— Ici, le mobile est plus obscur. S'il s'agit de l'argent, pourquoi ne pas attendre qu'elle l'ait en poche? Ensuite, de retour à la maison, tu organises un accident, et tu hérites. Évidemment, on ne peut pas exclure un accès de colère, mais...

— Tu as un faible pour Bobby.

— Ce n'est pas ça.

Ou ça ne l'était qu'en partie, admit-elle.

— S'il jouait la comédie, dans cet hôtel, il gâche son talent dans l'immobilier. En outre, j'étais avec lui quand il est arrivé cette mésaventure à Zana. Cela signifie donc qu'il aurait forcément un comparse. Or lui et Zana sont dans le coup ensemble. Rien n'étant impossible, on étudiera ces hypothèses, mais... mon intuition reste de marbre.

Connors scruta son visage.

— En revanche, autre chose la titille, si je ne m'abuse.

— Revenons à la victime. Elle aime commander, avoir les gens sous sa botte. Comme tu l'as dit toi-même, elle ne se chargeait pas d'enfants uniquement pour la rémunération. Elle les prenait pour exercer sur eux son pouvoir, pour qu'ils soient à ses ordres, qu'ils la redoutent. D'après ses propres paroles, elle constituait des dossiers sur eux. Alors pourquoi serais-je la première qu'elle ait visée?

— Il n'y aurait donc pas un partenaire ou un amant, mais une chouchoute.

— Quel mot savoureux, n'est-ce pas?

Eve fit pivoter le fauteuil, de gauche à droite.

— Une chouchoute. Tout à fait son style. Je sais déjà qu'elle n'a pris en charge que des filles. Ce qui explique pourquoi elle est morte en chemise de nuit. À quoi bon s'ennuyer à enfiler un peignoir quand on est en présence d'une autre femme? On ne se gêne pas et, surtout, on ne s'inquiète pas lorsqu'on a affaire à quelqu'un qu'on a gouverné quand elle était gamine et qui, pour une raison x, est toujours sous votre contrôle.

— Si on la croit, Zana a été enlevée par un homme.

— Il y a peut-être deux personnes. Ou bien Trudy avait un amant. Je vais regarder de plus près la liste des enfants dont elle s'est occupée.

— Et moi, je retourne m'amuser avec mes chiffres.

— Tu avances ?

— Ce n'est qu'une question de temps. Feeney a obtenu un mandat, ce qui m'autorise à utiliser l'équipement de mon bureau personnel sans déjouer la surveillance de CompuGuard.

— C'est beaucoup moins rigolo pour toi.

— Que veux-tu, parfois on s'assagit, soupira-t-il en se levant.

— Connors... Tout à l'heure, quand j'ai dit que j'étais désolée de rapporter du boulot à la maison, et aussi des flics... J'aurais dû ajouter que je regrette de te mêler à tout ça.

Il esquissa un petit sourire.

— Je m'en suis mêlé tout seul plusieurs fois, et tu me l'as vivement reproché. J'ai appris à attendre que tu me demandes d'intervenir.

— Je te demande beaucoup. Tu as été blessé sérieusement, au cours de mes deux dernières affaires importantes, parce que justement je t'avais demandé ton concours.

— Toi aussi, tu as été blessée.

— Moi, c'est mon métier.

Il lui prit la main, caressa l'alliance qu'elle avait à l'annulaire et lui adressa ce sourire lumineux qui aurait fait fondre le cœur de n'importe quelle femme.

— Et moi, j'ai juré d'être auprès de toi pour le meilleur et pour le pire. Maintenant, lieutenant, au travail.

— OK, d'accord, murmura-t-elle, tandis qu'il regagnait son bureau voisin. Essayons de mériter notre salaire, ajouta-t-elle en se tournant vers son ordinateur.

Elle afficha sur l'écran la liste des enfants dont Trudy s'était chargée et entreprit de fouiller leur existence.

L'une accomplissait sa troisième peine d'emprisonnement pour agression aggravée. Une bonne candidate, estima Eve. Dommage qu'elle soit actuellement détenue à Mobile, Alabama. Elle passa néanmoins un coup de fil à la maison d'arrêt, à tout hasard, pour vérifier.

Une deuxième avait fini en petits morceaux, alors qu'elle dansait dans un club underground de Miami, quand deux kamikazes complètement givrés mais ceinturés d'explosifs, avaient fait irruption, protestant – au prix de leur propre vie et d'une centaine d'autres – contre l'exploitation des femmes.

La suivante possédait une résidence à Des Moines, Iowa, elle était mariée et institutrice en école élémentaire. Elle avait un fils. Son conjoint était analyste informatique. Néanmoins, à eux deux, ils gagnaient bien leur vie. Trudy avait pu tenter de tirer de l'eau à ce puits-là.

Eve appela illico l'Iowa. La femme qui répondit paraissait exténuée. On entendait en arrière-fond un vacarme assourdissant.

— Vive les vacances, que le ciel me vienne en aide. Wayne, *s'il te plaît*, tu baisses le son cinq minutes ? Excusez-moi.

— Je vous en prie. Vous êtes bien Carly Tween ?

— En effet.

— Je suis le lieutenant Dallas, de la police de New York.

— New York. Il faut que je me pose. De quoi s'agit-il ?

Il y eut un grand soupir, et l'écran bougea un peu, de sorte qu'Eve aperçut un énorme ventre de future maman. Encore une à rayer de la liste. Elle poursuivit cependant la discussion.

— Trudy Lombard. Ce nom vous rappelle quelque chose ?

Le visage de Carly se crispa.

— Oui, elle a été ma mère d'accueil pendant plusieurs mois quand j'étais enfant.

— Pourriez-vous me dire à quand remonte votre dernier contact avec elle ?

— Pourquoi ? *Wayne*, je ne plaisante pas. Pourquoi ? répéta Carly.

— Mme Lombard a été assassinée. Je dirige l'enquête.

— Assassinée ? Attendez une minute, je m'installe ailleurs, je n'entends rien avec tout ce bruit.

Carly se remit debout en soufflant ; l'écran oscilla tandis qu'elle traversait cahin-caha la salle de séjour pour rejoindre un petit bureau dont elle ferma la porte.

— Elle a été tuée ? Comment ?

— Madame Tween, j'aimerais savoir de quand date votre dernier contact avec Mme Lombard.

— Je suis suspecte ?

— Ne pas répondre à une question de routine risque de vous porter préjudice.

— J'avais douze ans, rétorqua sèchement Carly. Je suis restée chez elle pendant huit mois. Ensuite, ma tante a réussi à obtenir la garde et je suis allée vivre avec elle. Fin de l'histoire.

— Alors pourquoi êtes-vous en colère ?

— Parce qu'un flic de New York m'appelle pour m'interroger sur un meurtre. J'ai une famille, je vais accoucher bientôt, bon Dieu. Je suis institutrice.

— Et vous n'avez toujours pas répondu à ma question.

— Je n'ai rien à dire à ce sujet ni sur cette femme. Rien. Pas sans un avocat à mes côtés, aussi je vous prie de me laisser tranquille.

Sur quoi, l'écran s'éteignit.

— Ça a dû bien se passer pour elle aussi, commenta Eve.

Elle n'imaginait pas Carly Tween se traînant à New York avec son gros ventre pour écrabouiller le crâne de Trudy Lombard, toutefois elle ne la raya pas de la liste.

Elle composa le numéro suivant et tomba sur une boîte vocale – deux voix, deux visages, rayonnants à tel point qu'Eve regretta de ne pas avoir ses lunettes de soleil.

Salut, c'est moi Pru !

Et moi, je suis Alex !

Nous ne pouvons pas vous parler pour le moment, car nous sommes à Aruba pour notre lune de miel !

Là-dessus, ils se tournaient l'un vers l'autre, gloussant comme des idiots.

Rappelez-nous à notre retour. Si nous revenons un jour !

Apparemment, certains profitaient des prix cassés pour les îles qu'annonçaient les panneaux publicitaires. Si Pru et Alex s'étaient mutuellement passé la corde au cou, ils l'avaient fait récemment.

Eve le vérifia auprès de l'état civil de Novi, Michigan. Pru et Alew s'étaient effectivement mariés le samedi précédent. Elle doutait qu'ils soient passés par New York pour commettre un meurtre avant de partir lézarder sur les plages.

— D'accord, voyons la suite… Maxie Grant de New LA. Une avocate ? Hmm… Et qui a son propre cabinet. Ça doit aller pas mal. Je parie que Trudy aurait apprécié.

Calculant le décalage horaire, Eve tenta d'abord de joindre Maxie Grant à son bureau.

À la deuxième sonnerie, une femme aux traits aigus encadrés par une masse de boucles rousses, répondit d'un ton brusque :

— Maxie Grant, que puis-je pour vous ?

Ses yeux vert mousse fixaient sans ciller ceux d'Eve.

— Lieutenant Dallas, police de New York.

— New York ? Vous travaillez tard, lieutenant.

— Vous répondez vous-même à tous ceux qui appellent votre cabinet, mademoiselle Grant ?

— Beaucoup trop souvent, je l'admets. Alors que puis-je pour New York ?

— Trudy Lombard.

Le sourire qui joua sur le visage de Maxie était rien moins qu'aimable.

— Dites-moi que vous êtes un lieutenant de la Criminelle et que cette garce est sur une table d'autopsie.

— C'est justement ce que je m'apprête à vous annoncer.

— Sans blague ? Jouez hautbois, résonnez trompettes, youpi !

— J'en déduis que vous ne l'adoriez pas.

— Je la détestais férocement. Si vous avez arrêté celui qui l'a zigouillée, je voudrais lui serrer la main.

— Et si vous me racontiez quelles ont été vos activités de samedi à lundi ?

— Bien sûr. J'étais ici, sur la côte ouest. Mais je n'ai pas passé tout mon temps dans ce bureau.

Maxie s'adossa confortablement à son fauteuil, plissa les lèvres d'un air pensif.

— Voyons… samedi, de huit heures à midi, j'ai fait du bénévolat, comme d'habitude, à St. Agnes. J'entraîne l'équipe féminine de volley-ball. Si vous voulez vérifier, je vous donnerai le nom des filles. Ensuite, j'ai couru les boutiques avec une copine. J'ai dépensé trop d'argent, mais bon… c'est Noël. Je vous donnerai aussi les coordonnées de la copine et les tickets de caisse. Le soir, il y avait une fête. Je suis rentrée chez moi vers deux heures, en compagnie d'un charmant jeune homme. Le dimanche matin… sexe et petit-déjeuner au lit. Je suis allée à la salle de sport, j'ai traîné dans la maison. Le dimanche soir, j'ai travaillé un peu de chez moi. J'aimerais avoir quelques détails. Est-ce qu'elle a souffert ? S'il vous plaît, dites-moi qu'elle a souffert.

— Expliquez-moi pourquoi ça vous plairait tellement.

— À cause d'elle, pendant neuf mois, ma vie a été un enfer. À moins que vous soyez une nullité totale – or vous n'en avez pas l'air – vous avez mon dossier. Vous n'ignorez donc pas que je suis entrée dans le système à l'âge de huit ans, parce que mon père était en prison. Il avait tellement cogné sur ma mère pendant des années qu'il avait réussi à la tuer. Personne ne voulait de moi. Je me suis retrouvée chez cette sadique. Elle m'obligeait à frotter les parquets avec une brosse à dents, la nuit elle m'enfermait dans ma chambre. Elle coupait l'électricité, pour que je reste dans le noir. Elle me répétait que ma mère avait sans doute mérité ce qui lui était arrivé et que je finirais comme elle.

Maxie prit une grande inpiration, saisit la bouteille d'eau posée près d'elle, but avidement.

— J'ai commencé à voler de l'argent et me constituer un pécule en prévision de ma fuite. Je me suis fait pincer. Elle a montré aux flics tous les bleus qu'elle avait sur les bras, les jambes, elle leur a affirmé que je l'avais agressée. Jamais je n'avais touché cette garce. N'empêche, on m'a flanquée dans un centre de détention pour mineurs. Je suis devenue agressive, bagarreuse. Rien de très original, vous avez déjà dû voir ça.

— Assez souvent, oui.

— À dix ans, je dealais de la drogue. Une vraie petite ordure, ajouta Maxie avec un sourire signifiant qu'elle était honteuse de son comportement passé. Je sortais de cellule pour y retourner illico, tout ça jusqu'à mes quinze ans. Là, une de mes petites affaires a tourné au vinaigre, et j'ai récolté des coups de couteau. Une des meilleures choses qui me soit jamais tombée dessus. Il y avait un prêtre… ça fait cucul la praline, pourtant c'est vrai. Il est resté près de moi, il ne m'a pas quittée un instant. Il m'a transformée.

— Et vous avez suivi des études de droit.

— J'ai compris que défendre les gens était ma vocation. Cette sadique de Trudy Lombard m'avait terrorisée quand j'étais une petite fille. Elle s'était servie du fait que j'avais assisté à la mort de ma mère pour tenter de me détruire, et elle avait presque réussi. Quand on l'enterrera, je n'enverrai pas de fleurs, lieutenant. Je mettrai des chaussures rouges pour danser et je boirai du champagne.

— Quand l'avez-vous vue pour la dernière fois ?

— Je ne l'ai pas revue face à face depuis quatre ans.

— Face à face.

Maxie but une autre lampée d'eau.

— Je suis avocate, suffisamment qualifiée pour savoir que j'aurais intérêt à avoir un confrère à mes côtés. Je ne devrais pas parler. Mais je suis tellement heureuse qu'elle ait débarrassé ce monde de sa présence que… au diable la prudence ! Je travaillais pour un cabinet de haut vol, j'étais fiancée à un homme qui avait de sérieuses chances d'être élu au Sénat. Je touchais un gros salaire, que je gagnais à la sueur de mon front. Et puis, Lombard a débarqué dans mon bureau. Avec un sourire jusqu'aux oreilles. Qu'elle est belle, une avocate, mon Dieu, etc. Ça m'a rendue malade.

Maxie avala encore une gorgée, reposa la bouteille d'un geste brusque.

— J'aurais dû la foutre dehors par la peau du cou, seulement… j'étais pétrifiée. Et puis, elle sortit son jeu. Elle avait des copies de mon dossier, in extenso. La drogue, la prison, les agressions, les vols. Si ça s'apprenait, n'est-ce pas, ma réputation prendrait un coup dans l'aile. Une avocate, junior partner d'un cabinet important, qui projetait de se marier avec un homme en route pour Washington…

— Elle vous a fait du chantage.

— Et j'ai cédé. Quelle idiote ! Je lui ai donné cinquante mille dollars. Trois mois après, elle revenait réclamer davantage. Ça marche comme ça. Vu le milieu d'où je venais, je le savais pertinemment. Pourtant j'ai encore payé. Même quand ma relation avec mon fiancé a périclité. C'était ma faute, j'étais tellement stressée, si résolue à ce qu'il ignore tout que j'ai pratiqué la politique de la terre brûlée.

Elle s'interrompit un instant et quand elle reprit, ce fut d'un ton radouci.

— Je le regrette toujours. Alors, je l'ai payée pendant deux ans. Deux cent cinquante mille dollars en tout. Je ne pouvais plus le supporter. J'ai quitté mon job. Et quand elle m'a recontactée, je lui ai répondu : ne vous gênez pas, espèce de vipère, crachez votre venin. Maintenant, je n'ai plus rien à perdre, murmura Maxie.

— Comment a-t-elle réagi ?

— Elle fulminait. J'ai au moins eu cette revanche. Elle hurlait comme un cochon qu'on égorge. Pour moi, ç'a été un moment délicieux. Elle disait que je serais radiée du barreau. N'importe quoi. Qu'aucun cabinet sérieux ne m'engagerait. Là, elle n'avait peut-être pas tout à fait tort. Mais je m'en fichais éperdument. Je n'ai pas flanché, elle a fichu le camp. Et maintenant, Dieu merci, elle ne reviendra plus.

— Vous auriez dû avertir la police.

— J'aurais dû, j'aurais pu. Sans doute. J'ai joué la partie à ma façon. À présent, j'ai mon propre cabinet, même s'il n'est pas grandiose. Je suis satisfaite de ma vie. Je n'ai pas tué cette mégère, mais j'offrirai mes services gratis à la personne qui l'a assassinée. Elle m'obligeait à prendre des bains glacés, tous les soirs. Sous prétexte que c'était bon pour moi, que ça calmait les gosses qui avaient le sang trop chaud.

Eve ne put s'empêcher de frémir. Elle se souvenait des bains glacés.

— Il me faudra les noms des personnes susceptibles de confirmer vos déclarations, Maxie.

— Pas de problème. Dites-moi comment elle est morte.

— Fracture du crâne provoquée par un instrument contondant.

— Oh… j'espérais quelque chose de plus exotique. Enfin… tant pis, je m'en contenterai.

Froide, conclut Eve un peu plus tard. Froide et d'une brutale franchise. Une attitude qui lui inspirait du respect.

Mieux, grâce à Maxie, s'esquissait une opération de chantage.

Elle dénicha deux autres victimes. Elles n'avouèrent pas que la défunte les avait fait chanter, cependant Eve le lut dans leur regard. On vérifierait leur alibi, ainsi que celui de deux autres anciennes «protégées» de Trudy Lombard qu'Eve ne réussit pas à avoir en ligne.

Elle se leva pour se servir un mug de café, rejoignit Connors dans son bureau.

— Tu avances?

— Je suis toujours dans une impasse.

Il s'écarta de la console, visiblement irrité.

— On est certains qu'elle avait les bons chiffres?

— Elle était en état de choc, il se peut qu'elle se soit emmêlé les pinceaux. Mais elle les a répétés deux fois, dans l'ordre que je t'ai donné. Sans hésiter.

— Je n'arrive à rien. Je vais laisser à la machine le soin de composer toutes les séquences imaginables. On verra bien. Et toi, où en es-tu?

— J'ai discuté avec une avocate de Californie qui ne m'a pas caché que Trudy lui avait extorqué un quart de million pendant deux ou trois ans, avant qu'elle l'envoie balader. Toutefois, ça m'étonnerait que cette femme soit notre meurtrière. N'empêche qu'elle a beaucoup payé, et je parie qu'elle n'est pas la seule. Je parie aussi que Trudy avait quelques comptes secrets, dont le fisc ignorait l'existence.

— Ça, c'est facile à découvrir.

— L'avocate m'a indiqué deux numéros de comptes sur lesquels elle virait l'argent pour Trudy. Ça date cependant de plusieurs années, Trudy a peut-être transféré les fonds ailleurs.

— La meilleure manière d'empêcher le Trésor public d'y fourrer son nez. Je m'attaque aux comptes mentionnés par l'avocate, ils me mèneront aux autres.

— S'il y a eu des virements, on devrait pouvoir remonter à la source.

— Un jeu d'enfant, qui me sortira enfin de ma frustration.

— Tu veux du café ?

— Quelle épouse attentionnée tu es. Merci.

— Ne rêve pas, j'allais m'en servir une tasse pour moi.

Elle l'entendit rire tandis qu'elle quittait la pièce et s'arrêtait de nouveau devant son tableau. Si le chantage avait enrichi Trudy, si elle avait mis son argent à l'abri quelque part, de quelle somme Bobby hériterait-il ?

Assez, probablement, pour donner de l'ampleur à sa société immobilière.

Elle se remémora le garçon qui, en catimini, lui apportait un sandwich dans sa chambre, quand elle était seule et affamée. Il le faisait sans un mot, avec un imperceptible sourire, un doigt sur les lèvres pour lui intimer le silence.

Elle se secoua, remplit les tasses de café et se prépara à découvrir si le gentil Bobby avait assassiné sa mère.

14

Elle était debout dans une pièce inondée de lumière et dégustait du champagne avec un groupe de femmes. Leurs visages ne lui étaient pas inconnus. L'avocate californienne buvait à la bouteille et, juchée sur de hauts talons rouges, dansait en ondulant des hanches. Carly Tween, assise sur un tabouret, sirotait délicatement son champagne en caressant son énorme ventre.

Les autres – ces autres qui avaient été comme elle – bavardaient comme le font les femmes entre elles. Elle n'avait jamais été très calée en matière de mode, de cuisine, et de mecs, aussi savourait-elle le vin glacé en laissant tous ces mots voleter autour d'elle.

Chacune était sur son trente et un. Elle-même portait la tenue qu'elle arborait le soir de la réception. Même dans le rêve – *même en sachant que c'était un rêve* – ses pieds la torturaient.

Une partie de la pièce était coupée de l'endroit où elles évoluaient, et là se tenaient les enfants qu'elles avaient été et qui les regardaient s'amuser. Mal attifées, avec des figures de gamines mal nourries, des yeux où il n'y avait plus d'espoir – toutes séparées des lumières, de la musique, des rires par un mur de verre transparent.

Et Bobby servait des sandwichs aux enfants qui les engloutissaient voracement.

Elle n'était pas à sa place dans ce lieu, pas vraiment. Elle n'était pas l'une d'elles, pas vraiment. D'ailleurs les autres lui lançaient des coups d'œil obliques et chuchotaient, la main devant la bouche.

Pourtant, ce fut elle qui, la première, s'approcha du corps qui gisait sur le sol, au beau milieu de la fête. Du sang tachait la chemise de nuit de Trudy et se figeait sur le parquet luisant.

— Elle n'est franchement pas habillée comme il faut, disait Maxie en souriant et en tétant sa bouteille de champagne. Avec tout le fric qu'elle nous a piqué, elle pouvait se payer une jolie toilette. Quelle nouba, hein ?

— Elle n'avait pas prévu d'être là.

Maxie assénait à Eve un petit coup de coude.

— Relax. Nous sommes toutes en famille.

— Ma famille n'est pas ici.

Elle regardait les enfants, droit dans les yeux, à travers le mur de verre. Et soudain, elle ne savait plus trop.

— J'ai un travail à accomplir.

— Te gêne pas. Moi, je donne le top : que la fête commence !

Maxie prenait la bouteille par le goulot, à deux mains, et riant follement, l'abattait sur le crâne déjà fracassé de Trudy.

Eve la repoussait vivement, mais les autres se précipitaient, la frappaient, la bousculaient et se jetaient sur le cadavre comme une meute de chiennes enragées.

Elle se dégageait, réussissait péniblement à se redresser, et voyait les enfants, derrière la paroi vitrée, qui applaudissaient.

Derrière les gamines, elle distinguait l'ombre, la silhouette de son père.

Je te l'avais bien dit, pas vrai, fillette ? Je te l'avais dit qu'on te mettrait dans un trou plein d'araignées.

— Non !

Elle sursauta, frappa l'air de ses poings en sentant qu'on la soulevait.

— Chut, du calme, murmura Connors. Je te tiens.

— Quoi ? Qu'est-ce qu'il y a ? bredouilla-t-elle, le cœur battant à se rompre, luttant pour s'extraire du sommeil.

— Tu t'es endormie à ton bureau. Normal, il est presque deux heures du matin. Tu étais en plein cauchemar.

— Ce n'était…

Elle inspira. Il lui fallut quelques instants pour se ressaisir.

— Ce n'était pas vraiment un cauchemar. Juste un rêve bizarre. Je peux marcher, tu sais.

— Je préfère te porter, rétorqua-t-il en pénétrant dans l'ascenseur. Nous nous serions couchés plus tôt, mais j'ai été retenu.

Elle se frotta la figure, en vain : elle était exténuée.

— Je suis tout étourdie, marmonna-t-elle. Tu as obtenu des résultats ?

— Quand tu es fatiguée, tu as tendance à être vexante. Évidemment que j'ai obtenu des résultats. Trois comptes bancaires jusqu'ici, et je soupçonne qu'il y en a d'autres. Feeney prendra le relais demain matin. J'ai du travail personnel qui m'attend.

— Et ces comptes…

— Demain, ma chérie. L'aube ne tardera plus, de toute façon.

En sortant de la cabine, il se dirigea droit vers le lit. Lorsqu'il voulut débarrasser Eve de son pantalon, elle lui asséna une tape sur les mains.

— Je me débrouillerai. Ça risquerait de te donner des idées.

— Mon pauvre amour, même un super-héros a des limites.

Néanmoins, quand il se glissa dans les draps, il l'attira tout contre lui. Elle sombra aussitôt dans le sommeil.

Lorsqu'elle se réveilla, Connors buvait son café dans le coin salon de leur chambre en suivant à la fois, sur l'écran de télévision, les cours de la Bourse et les infos. À cette heure matinale, Eve se moquait éperdument des uns et des autres. Elle grogna ce qui pouvait passer pour un bonjour et clopina jusqu'à la douche.

Quand elle en ressortit, elle flaira un fumet de bacon.

Il y avait deux assiettes sur la table. Elle connaissait son mari par cœur, hélas. Il ne lui expliquerait le résultat de ses recherches que si elle mangeait. Pour précipiter le mouvement, elle se laissa tomber sur le siège, face à lui, et se jeta d'abord sur le café.

— Alors ? grommela-t-elle.

— Moi aussi, ma douce, je te souhaite une bonne journée. Quoique, malheureusement, la météo nous annonce du grésil et peut-être même de la neige vers le milieu de la matinée.

— Qu'est-ce qu'on se marre. Les comptes, Connors.

Il braqua un index réprobateur sur Galahad, en pleine reptation – discrète – vers la nourriture. Le matou s'arrêta net et, d'un air angélique, se gratta les oreilles.

— Les comptes que l'avocate a mentionnés ont été clôturés, à peu près à l'époque où elle a cessé de payer. J'en ai déniché d'autres, dans des banques offshore et intergalactiques. Des comptes numérotés, évidemment, mais en rusant un peu, j'ai déterré le nom des contractants. Roberta True et Robin Lombardi.

— Pas très inventif.

— Je ne crois pas que l'imagination était son point fort. En revanche, la cupidité l'était indiscutablement. Elle avait près d'un million sur chaque compte. J'ai retrouvé la trace des virements de l'avocate. Et une autre grosse somme versée par Thom et Carly Tween.

— Oui, je savais qu'elle les avait plumés.

— Ainsi qu'un paquet soutiré à une certaine Marlee Peoples.

— Peoples... oui, la pédiatre de Chicago. Je n'ai pas réussi à la joindre, hier.

— Il n'y a pas que ça. Je t'ai fait une liste. Les dépôts que j'ai repérés s'étalent sur une dizaine d'années.

— Ce qui équivaut à la période où elle a perdu son statut de mère professionnelle. Tu as un gamin en fac, tu gardes ton statut jusqu'à ce qu'il soit diplômé ou qu'il soit âgé de vingt-quatre ans.

— Elle s'est bien débrouillée pour compenser cette perte de revenus.

— Mais elle ne s'est pas acheté une jolie toilette pour la fête.

— Pardon ?

Eve secoua la tête.

— Rien, je repense à ce rêve idiot. Quoique peut-être pas tant que ça... Qu'est-ce qu'elle fabriquait de tout cet argent ? Elle vient à New York, et elle descend dans un hôtel de deuxième catégorie.

Connors lui tendit une tranche de bacon qu'elle mangea docilement.

— Pour certaines personnes, amasser de l'argent suffit à leur jouissance. Ils se moquent de ce que la fortune permet d'acquérir.

— Morris a dit qu'elle s'était fait rafistoler la figure et le corps et que c'était du bon boulot. Donc, pour ça, elle a claqué des dollars. D'après sa belle-fille, Trudy a laissé ses plus beaux bijoux à la maison. Là aussi, elle n'a pas regardé à la dépense.

Eve s'interrompit, songeuse.

— Des trucs personnels. Le look. Ça lui correspond bien. Il n'est pas impossible qu'elle ait investi dans un truc quelconque. Bobby est dans l'immobilier. Elle pourrait avoir acheté une propriété. Un endroit où elle envisageait de se retirer quand elle aurait fini de saigner à blanc les gamines dont elle s'est occupée autrefois.

— C'est important ?

— Je ne sais pas. Quel était le montant de sa fortune, qui était au courant, qui avait accès à ce pactole. Ça pourrait être important, oui. Je n'ai rien trouvé susceptible d'incriminer Bobby ou sa femme. J'ai épluché leur situation financière, leurs dossiers médicaux, universitaires, leurs casiers judiciaires. Mais si l'un des deux ou tous les deux savaient qu'elle possédait deux ou trois millions bien à l'abri et tentait de doubler la mise, alors...

Eve se tut, triturant cette idée.

— Si on arrive à geler les comptes, à prouver que les fonds provenaient de sources illégales... on pousserait éventuellement l'assassin à essayer de suivre le chemin de Trudy et jouer les maîtres chanteurs. Ça risquerait aussi de le mettre en pétard. Et pourquoi pas, grâce au dédale de la bureaucratie, on réussirait peut-être à restituer l'argent à ses légitimes propriétaires.

— Et ainsi justice serait faite.

— Dans un monde idéal, ce que n'est pas le nôtre, loin de là. Mais c'est un angle d'attaque. Si l'argent était le mobile du crime, le retirer de la circulation provoquerait fatalement une réaction.

Il s'aperçut, étonné, qu'elle avait terminé son petit-déjeuner. Elle se leva d'un bond.

— Je m'habille et j'y vais. Il nous faut un appât, voilà ce dont on a besoin.

Elle s'approcha de la penderie, se rappela que Connors avait parlé de grésil et de neige, pêcha un pull dans sa commode.

— On est le 23, n'est-ce pas ? lança-t-elle.

— Il ne reste que quarante-huit heures avant Noël.

— Eh oui, le grand jour approche. Un couple de touriste claquemuré dans un hôtel… Ils devraient bientôt commencer à râler, demander à sortir. On les laissera faire. Et on verra ce qu'ils fabriquent.

Au Central, elle organisa un briefing dans une salle de réunion où furent convoqués l'inspecteur Baxter, l'officier Trueheart, ainsi bien sûr que Feeney, Peabody et McNab.

Eve entreprit de répartir les tâches.

— Feeney, tu continues de suivre la piste de l'argent. Je comprends que ce n'est pas ta priorité absolue, alors tu y consacres le maximum de temps et d'effectifs.

— Les choses ont tendance à se relâcher, en ce moment. Demain et après-demain, je vais devoir me priver d'un paquet de mes gars. Notamment de celui-là, ajouta Feeney, agitant son pouce en direction de McNab. Y a pas de raison pour que je les épuise pas au boulot d'ici là.

— Je te remercie, mon vieux, répliqua Eve, touchée. J'aurai besoin de micros, petits et discrets. Je les mettrai sur nos deux protégés, je vais demander un mandat pour ça.

— Un mandat ? répéta Feeney en fourrageant dans ses cheveux roux et raides comme des baguettes de tambour. Tu ne t'imagines quand même pas que notre couple t'accordera l'autorisation de les appareiller ?

— Je ne leur en parlerai pas. Voilà pourquoi il me faut quelque chose que je puisse leur coller dessus sans qu'ils s'en aperçoivent. Dans ton sac à malice, tu aurais un bidule qui me permettrait d'entendre ce qu'ils racontent, ce serait chouette.

— Mouais... grommela-t-il en se frottant le menton. Quand on veut un mandat de style, en principe on a des preuves contre la personne sur qui on va poser le « bidule ». Sinon, on a son accord.

Eve avait déjà mentalement trituré l'épineuse question.

— D'après l'enquêteur chargé de l'affaire – en l'occurrence moi-même – les sujets sont soumis à la contrainte et endurent un stress considérable. Les micros n'ont pour but que leur propre sécurité, dans la mesure où la femme a été prétendument enlevée.

— Prétendument ? s'étonna Peabody.

— Nous n'avons que sa parole. Avec ces deux-là, nous évoluons sur un fil tendu entre victimes et suspects. Ma méthode pour arriver au bout du câble ? Les micros. Je vais faire la danse du ventre pour l'obtenir, ce mandat. Si c'est nécessaire, j'appellerai Mira pour qu'elle me soutienne. Ensuite, on les appareille et on ouvre la cage.

Eve se tourna vers Baxter.

— C'est là que toi et ton coéquipier entrez en scène. Vous les filerez. Je veux savoir où ils vont, quelle allure ils ont. S'ils se séparent, vous vous séparez. Vous restez en contact l'un avec l'autre, et les deux avec moi. La mission n'est pas très risquée, mais je ne tolérerai pas de travail bâclé. On les abordera peut-être, il est peu probable qu'ils courent un danger quelconque, mais soyez vigilants.

— Lieutenant ?

Comme à son habitude, Trueheart levait la main avant de parler. Il n'était plus tout à fait un bleu, Baxter lui apprenait le métier. Cependant, quand Eve le regarda, une rougeur colora son cou, au-dessus de son col d'uniforme.

— Si quelqu'un les aborde, est-ce qu'on intervient pour appréhender l'individu ?

— Vous observez, vous faites fonctionner votre jugeote. Je ne tiens pas à ce que vous suiviez et perdiez ce type en pleine rue. Si vous êtes assez près pour l'alpaguer sans risque, OK. Sinon, vous lui emboîtez le pas et vous m'indiquez votre position. De toute évidence, la victime était la cible spécifique. Il n'y a pas de réel danger pour la population, donc essayons de ne pas en créer.

Elle désigna le tableau et la photo de Trudy.

— Mais il a quand même fait ça, par conséquent notre coupable, quand il est motivé, est capable de tuer et n'hésitera pas. Or je souhaite que chacun de vous passe Noël chez lui.

Tandis que les autres quittaient la salle, Eve retint Peabody par le bras.

— Je vais voir Mira, la mettre au courant et lui demander son soutien pour le mandat. J'ai les noms des gamines dont Lombard a eu la garde. Celles que je n'ai pas pu joindre sont marquées sur la liste. Voyez ce que vous en tirez. Mais avant tout, contactez Carly Tween. Elle a refusé de me parler. Elle est enceinte de huit mois, elle a peur et n'est pas commode. Caressez-la dans le sens du poil, vous êtes douée pour ça. Si vous arrivez à savoir avec certitude où était le mari au moment du meurtre, tant mieux.

— Elle a un père ? Des frères ?

— Zut, je m'en souviens pas. Un père, ça me surprendrait, puisqu'elle était dans un foyer d'accueil, mais vérifiez.

— OK. Bonne chance pour le mandat.

À la stupéfaction d'Eve, la secrétaire de Mira ne se jeta pas devant la porte de la psychiatre pour en interdire l'accès. Au lieu de quoi, elle appuya sur une touche de l'interphone, et d'un geste, pria Eve d'entrer.

— Oh… Joyeux Noël, lieutenant, si je ne vous revois pas avant.

— Euh… merci. Joyeux Noël à vous aussi.

Eve, toujours médusée, lança un regard par-dessus son épaule au cerbère qui fredonnait « Vive le Vent ».

— Vous auriez intérêt à soumettre votre secrétaire à des tests psychologiques, déclara Eve à Mira, lorsqu'elle eut refermé la porte. La voilà brusquement toute guillerette et en plus... elle chante !

— Les fêtes de fin d'année ont un effet extraordinaire sur les humains. Je lui avais dit de vous laisser passer à n'importe quelle heure, sauf si j'étais en séance. Il est important que je suive pas à pas, non seulement les progrès de vos investigations, mais aussi votre état émotionnel.

— Je vais bien. Très bien. J'ai juste besoin de...

— Asseyez-vous, Eve.

Comme Mira se tournait vers son autochef, Eve, derrière son dos, leva les yeux au ciel. Elle s'assit néanmoins dans l'un des ravissants et profonds fauteuils bleus.

— En ce qui concerne l'enquête, je me heurte à des obstacles, je me retrouve dans des impasses. Alors, j'essaie de dégager le terrain. Je voudrais...

— Buvez un peu de thé.

— Je ne...

— Je sais, mais faites-moi plaisir. Je constate à votre petite mine que vous ne dormez pas beaucoup. Vous avez des cauchemars ?

— Non, pas exactement. Cette nuit, j'ai travaillé tard, répondit Eve en saisissant la tasse de thé que Mira lui tendait – de toute façon, elle n'avait pas le choix. Je me suis assoupie quelques minutes et j'ai fait un rêve bizarre. Rien de grave.

— Racontez-moi quand même.

Elle n'était pas venue pour une séance, bon Dieu ! Hélas, argumenter contre Mira sur son propre terrain équivalait à se taper la tête contre les murs.

Par conséquent elle s'exécuta, puis haussa les épaules.

— C'était surtout étrange, conclut-elle. Je ne me sentais pas menacée ni impuissante.

— Pas même quand les autres femmes vous ont fuie ?

— Non, ça m'a juste mise en colère.

— Vous vous êtes vue, petite fille, à travers la vitre.

— Oui, j'avais un sandwich. Au jambon et au fromage, je crois.

— Et, à la fin, votre père.

— Il est toujours là. Impossible d'y couper. Mais il me semble que je comprends. Lui d'un côté, elle de l'autre. Moi au milieu. Autrefois et maintenant. Je suis toujours dans la même position, mais ce n'est pas un problème. Pour une fois, personne ne cherche à me tuer.

— Avez-vous vraiment la sensation d'une différence – d'une distance par rapport aux autres ? Les autres femmes ?

— Je me sens différente de la plupart des femmes que je connais. Je suis étonnée de me lier d'amitié avec elles, alors que, généralement, il me semble qu'elles sont des aliens. D'accord, j'ai pigé d'où sortait Maxie. J'ai su pourquoi elle éprouvait ce qu'elle éprouvait, du moins au début. Quelqu'un qui lui a fait du mal est mort. Personnellement, je ne réagis pas comme elle. Je n'ai pas envie de me soûler au champagne. Si je voulais la disparition de tous ceux que j'ai détestés, cette ville serait une mer de sang.

» Je ne la blâme pas, mais je ne partage pas son point de vue. La mort n'est pas une réponse, c'est une fin. Et le meurtre est un crime. Que je l'aie aimée ou pas, je suis obligée de m'occuper de Trudy. Quiconque a mis fin à ses jours doit payer pour ça.

Eve hésita un instant, puis décida de poursuivre, de formuler à voix haute ce qui venait de lui traverser l'esprit.

— Je regrette de n'avoir pas eu l'opportunité de lui dire en face ce que je comptais lui dire, ce matin-là, à l'hôtel. Surtout, j'aimerais qu'elle soit encore en vie. Je l'aurais coffrée pour s'être acharnée sur ces femmes pendant toutes ces années, les avoir exploitées, leur avoir volé leur argent et leur sérénité.

— Malheureusement, c'est impossible.

— En effet. La vie regorge de désillusions.

— Quelle joyeuse pensée…

— Alors en voilà une plus joyeuse : elle ne peut pas me prendre ce que j'ai. Je le sais. Elle l'ignorait. Elle croyait pouvoir se servir de moi. Elle n'y serait pas arrivée. Cette certitude m'est d'un grand secours. Ce qu'elle était dans l'incapacité de prendre, c'est ce que je suis : le flic qui résoudra cette affaire. Voilà.

— Très bien. Pour quelle raison avez-vous besoin de moi ?

Eve lui exposa ses plans pour tenter d'obtenir un mandat.

Mira sirotait son thé et, à en juger par son expression, elle n'était pas convaincue, loin de là.

— Je gèle les comptes, insista Eve. Plus d'argent. Personne n'est en mesure de les atteindre à l'hôtel. Tôt ou tard, il faudra que je les lâche. Alors peut-être attend-il ce moment, leur retour au Texas. Peut-être s'en prendra-t-il à l'un des deux là-bas, où ils ne seront pas protégés. Dans l'immédiat, il n'y a aucun motif pour les attaquer. Pour les aborder, oui, mais pas pour les attaquer. Pas si l'argent est le cœur de l'affaire.

— Sinon, de quoi s'agirait-il ?

— De vengeance, éventuellement. Mais là aussi, je n'aboutis qu'à des impasses. Sans doute a-t-elle provoqué la fureur de nombreuses personnes, malheureusement nous en ignorons tout. Cependant l'enlèvement de Zana paraît nous ramener à l'argent. Nous commencerons donc par là.

— Je vous soutiendrai car je suis d'accord avec vous, le danger physique est minime. En revanche, l'état émotionnel du couple est vraisemblablement exacerbé par le fait d'être enfermé dans cet hôtel, sous la surveillance d'un policier. Un certain retour à la normale leur serait bénéfique, tout en étant utile à votre enquête.

— Très bien, je me débrouillerai avec ça, rétorqua Eve en se levant. Au fait, demain, Peabody et McNab partent pour l'Écosse.

— L'Écosse ? Oh... bien sûr, dans la famille de McNab. Ils doivent être surexcités.

— Peabody est un paquet de nerfs. Les parents de McNab l'impressionnent. Enfin bref, si rien ne se passe aujourd'hui, ce sera moi qui me coltinerai tout ça pendant les vacances.

— Alors, je vous souhaite bonne chance. Et si je ne vous revois pas, joyeux Noël à vous et à Connors.

— Oui, merci. J'ai encore quelques petites choses à régler à ce sujet.

— Ah, un achat de dernière minute.

— Pas exactement.

Eve se dirigea vers la porte, pivota soudain et étudia attentivement Mira. Celle-ci portait un tailleur rouille et des chaussures de la même teinte. Elle avait un épais collier ras du cou en or piqueté de petites pierres scintillantes, triangulaires et multicolores. À ses oreilles brillaient deux lourds triangles d'or.

— Oui ? murmura Mira.

— Simple curiosité. Combien de temps et d'énergie il vous a fallu ce matin pour vous mettre sur votre trente et un ?

— Mon trente et un ? répéta Mira en se regardant.

— Mais si, vous savez : choisir votre tenue et ce qui va avec, arranger vos cheveux et votre figure. Tout ça. Pour que rien ne cloche.

— Je ne suis pas certaine que ce soit un compliment, mais... environ une heure. Pourquoi ?

— Je me demandais ça... comme ça.

— Hé, attendez, dit Mira avant qu'Eve ne s'éclipse. Combien de temps vous a-t-il fallu, à vous ?

— Moi ? Bof... dix minutes.

— Sortez immédiatement de mon bureau, rétorqua Mira en riant.

Eve se démena pour obtenir le mandat. Au bout d'une heure, on le lui accorda en la priant de le considérer comme un cadeau de Noël.

Satisfaite, elle fonça dans la salle des inspecteurs.

— Habille-toi, ordonna-t-elle à Baxter. Appelle ton gars. Je vous veux à l'hôtel dans trente minutes.

— Il va neiger. Tu savais ça, toi ?

— Mets des bottes, dans ce cas.

Négligeant les récriminations de Baxter, elle passa dans le box de Peabody qui, d'un geste, lui intima de reculer.

— Je vous écoute, Carly.

Peabody utilisait un écouteur, sur le mode privé.

— Dans l'immédiat, vous devez vous soucier uniquement de votre famille. De mettre au monde un beau petit garçon en bonne santé. Votre coopération nous a beaucoup aidés. À présent, je veux que vous chassiez tout cela de votre esprit et que vous profitiez des fêtes.

Peabody se tut un instant, sourit.

— Merci. Je vous contacterai lorsque nous aurons de plus amples informations. Joyeux Noël à vous et ceux qui vous sont chers.

Peabody retira son écouteur et se lança dans un numéro de clown, lustrant ses ongles sur sa chemise.

— Je suis la meilleure.

— Vous vous êtes arrêtée avant de lui promettre de lui envoyer un cadeau ? Seigneur... Qu'est-ce que vous avez appris ?

— Le mari n'est pas dans le coup. Samedi, il était avec elle à l'hôpital. Elle a eu des contractions, une fausse alerte qui a duré quelques heures. J'ai lancé une recherche parallèle pendant que je l'avais en ligne. Pas de père ni de frère. Fille unique. Elle n'a pas rigolé tous les jours, Dallas.

— Venez, vous m'expliquerez en marchant. Le mandat ne tardera pas, et je veux voir quels joujoux Feeney m'a sélectionnés.

— La mère était une junkie. Elle a pris de la came pendant sa grossesse, et quand Carly est née, elle était déjà toxico. On l'a confiée à divers parents, tour à tour. Mais c'était trop pour eux, trop de frais, trop d'embêtements.

Elles sautèrent sur un escalator, miraculeusement peu encombré – tous ceux qui l'avaient pu s'étaient octroyé un rab de vacances.

— Elle s'est retrouvée dans les rouages du système, poursuivit Peabody. On soigne ses problèmes de santé, mais elle est difficile à placer. Elle est rachitique, il y a le risque de complications physiques. La mère se désintoxique, prétendument – en tout cas, la justice lui confie de nouveau sa gosse. La gamine a dix ans, elle vit un enfer. La mère se shoote de nouveau, elle se sert de sa fille pour vendre de la pornographie aux pédophiles sur le Net. La petite retourne sous l'aile des services de protection de l'enfance et atterrit chez Trudy.

— Un autre enfer.

— Oui… Le soir, elle l'oblige à se laver à l'eau froide. Et diverses tortures du même tonneau. Carly proteste, personne ne la croit. Elle n'a pas une seule marque sur elle. Aucun signe extérieur de maltraitance, par conséquent on met tout sur le compte de ses difficultés antérieures. Jusqu'au jour où elle tente de se suicider. Elle s'est entaillé les poignets avec un couteau de cuisine.

— Oh, merde… souffla Eve après un long silence.

— C'est Bobby, paraît-il, qui l'a découverte et qui a alerté les premiers secours. Quand elle s'est réveillée à l'hôpital, on lui a annoncé qu'elle avait agressé sa mère d'accueil. Elle a juré que c'était faux, mais Trudy avait des blessures superficielles – des coups de couteau – aux avant-bras.

— Cette garce s'était fait ça toute seule.

— Je suis de cet avis. Bref, Carly se retrouve une fois de plus dans un centre où elle reste jusqu'à sa majorité. Elle a réussi à se construire une vie, Dallas, on ne peut que lui tirer son chapeau. Elle a économisé sou par sou pour entrer à la faculté où elle a décroché son diplôme de professeur des écoles, elle a obtenu des bourses d'études. Elle s'est installée en Iowa, pour oublier, tourner la page. Il y a cinq ans, elle a rencontré celui qui est devenu son mari.

— Et Trudy a débarqué.

— Les parents risquaient de ne pas apprécier qu'une jeune femme comme Carly, au passé aussi trouble, soit chargée d'éduquer leurs rejetons. C'est ainsi que Trudy a présenté les choses. Si Carly voulait que son histoire reste secrète, elle devrait verser une certaine somme. Son mari et elle ne sont pas riches, mais Carly avait peur. Ils ont payé. Quand je lui ai dit que nous allions tenter de récupérer l'argent, elle a fondu en larmes.

— Combien Trudy lui a-t-elle extorqué ?

— Au fil des ans, environ cent cinquante mille dollars.

Quand Eve avait épousé Connors, il lui avait ouvert un compte auquel elle n'avait jamais touché – et elle n'avait jamais eu l'intention de le faire. Cependant, songea-t-elle, si le système était encore une fois inique envers Carly Tween, elle lui rendrait justice.

À la DDE, Eve fit la moue devant les appareils que Feeney lui montra – quasiment de la taille d'un pouce, ils étaient plus volumineux qu'elle ne le souhaitait.

— Comment je me débrouille pour coller ça sur nos protégés sans qu'ils s'en aperçoivent ? ronchonna-t-elle.

Il émit un ricanement morose.

— Hé, là c'est à toi de jouer. Tu voulais les entendre parler. Un simple signal t'aurait suffi, je t'aurais dégoté un bidule pas plus gros qu'un grain de poussière, maugréa-t-il.

— Mes plus plates excuses. Tu es le dieu de l'électronique, et je te remercie. Je sais que tu es à court de personnel.

Du menton, il désigna la porte de son bureau d'où leur parvenait un brouhaha de voix et de musique.

— Ils font la java. En vitesse, je leur ai accordé une heure. Tous ceux qui ne sont pas en service actif seront absents les deux prochains jours.

— Des flics devraient pourtant se douter que le crime ne prend pas de congé.

— Ouais. J'ai quelques gars sur le pont. Moi je viendrai une demi-journée, histoire d'arrondir les angles. Ma femme organise un réveillon de Noël, et on croirait qu'elle cuisine pour la famille royale. Elle a décrété qu'il faudrait qu'on s'habille.

— Hein ? En principe, vous mangez tout nus ?

— Dallas… s'habiller, se saper.

Les traits tombants de Feeney parurent dégringoler littéralement.

— C'est toi qui lui as inspiré cette foutue idée.

— Moi ? protesta-t-elle, offensée et un brin anxieuse. Ne me colle pas tes bizarreries conjugales sur le dos, s'il te plaît.

— C'est à cause de cette fête, chez toi. Les invités étaient tous tirés à quatre épingles. Et maintenant, elle veut que nous aussi, on soit chic. Il va me falloir porter un costume dans ma maison. Assis à ma table.

Eve, qui se sentait coupable, entortilla une mèche de cheveux autour de son index, en quête d'une solution.

— Dès le départ, tu pourrais renverser du jus sur le costard.

Une étincelle s'alluma dans les yeux de Feeney.

— Je savais que j'avais une excellente raison de te garder dans les parages. Ma femme mitonne un jus absolument mortel. Quelques gouttes, et le tissu sera bouffé. Super... Joyeux Noël, ma grande.

— Pareil pour toi.

Elle emporta les micros et, soudain, manqua s'étrangler. Au milieu de son champ de vision, Peabody et McNab s'embrassaient à pleine bouche et, sous prétexte de danser au rythme de la musique, se frottaient l'un contre l'autre de manière indécente.

— Stop! clama Eve. Cessez immédiatement votre cinéma ou je vous boucle dans des cellules séparées pour outrage aux bonnes mœurs.

Elle poursuivit son chemin. Peabody, quand elle arriva à sa hauteur, soufflait comme un phoque – et pas seulement, selon Eve, parce qu'elle avait trotté pour la rattraper.

— On était seulement...

— Non, ne dites rien, pas un mot. Nous nous rendons à l'hôtel. Je vais placer ces mouchards sur nos protégés. Vous visiterez les banques de la liste que je vous donnerai. Vous leur montrerez la photo de Trudy, au cas où quelqu'un se rappellerait si elle est venue jeudi ou vendredi chercher un gros sac de pièces de monnaie.

— Et ensuite, où voulez-vous que j'aille?

— Je vous contacterai pour vous en informer.

Elle abandonna Peabody et continua vers l'hôtel. Dans le hall, elle se dirigea vers le vigile.

— Je retire mon planton. Du moins, je veux qu'on pense qu'il n'est plus là. Puis-je l'installer dans l'une de vos zones de sécurité et lui donner accès à la caméra de surveillance du cinquième étage ?

— C'est faisable, bien sûr.

— Les Lombard ne doivent pas être au courant.

— Parfait. Envoyez-moi votre homme au moment que vous jugerez opportun

— Merci.

Elle entra dans l'ascenseur, répétant mentalement les diverses étapes de son plan.

Dès que le policier en uniforme eut reçu ses ordres, elle frappa à la porte de la suite.

Ce fut Bobby qui ouvrit.

— Tu as du nouveau.

— Nous avons progressé. Pour l'instant, je ne suis pas en mesure de t'en dire beaucoup plus. Je peux entrer, ça ne t'ennuie pas ?

— Non, pas du tout. Excuse-moi. Zana est sous la douche. On a dormi tard. On n'a pas grand-chose d'autre à faire.

— Justement, c'est de ça que je veux vous parler. Si tu allais avertir Zana que je suis là ?

— Oh... d'accord. J'en ai pour une minute.

— Ne te presse pas.

Dès qu'il fut dans la chambre, Eve se précipita vers la penderie dans le petit vestibule. La suite était impeccablement rangée – il existait donc des gens qui remettaient les choses à leur place. Elle n'eut donc aucun mal à trouver leurs manteaux.

Elle glissa un mouchard sous le col de chaque vêtement, le fixa puis le connecta. Elle eut cependant une hésitation en voyant deux vestes sur des cintres.

Il faisait froid. Bobby et Zana venaient du Texas. Ils étaient forcément frileux et opteraient pour les manteaux.

Elle jeta un coup d'œil vers la salle de bain.

— Feeney, si tu m'entends, bipe mon communicateur.

Lorsque le bip retentit, elle referma la porte de la penderie, regagna le petit salon.

Bobby ne tarda pas à la rejoindre.

— Elle aura fini dans un instant.

— Je suppose que, tous les deux, vous commencez à avoir des fourmis dans les jambes, à force d'être enfermés.

— Un peu, répondit-il avec un faible sourire. Je peux travailler un peu. Et puis, j'ai dû prendre des dispositions. Pour ma mère. Zana m'a été d'un grand secours. Je ne sais pas ce que je ferais sans elle, ni comment je me débrouillais avant de la connaître. Quel horrible Noël pour elle. Je me disais que, peut-être, je pourrais commander un petit sapin. Enfin... quelque chose.

— J'ai l'intention de vous autoriser à sortir.

Il tourna le regard vers les fenêtres comme si elles étaient pourvues de barreaux.

— Vraiment ? Tu ne penses pas que c'est dangereux, après ce qui s'est passé ?

— À mon avis, si vous êtes ensemble, les risques que vous soyez accostés sont vraiment minimes. Je n'ai pas le droit de vous garder enfermés ici en tant que témoins, d'autant que vous n'avez rien vu. Vous ne vous êtes pas souvenus d'un détail quelconque ? Ça nous serait utile.

— J'y ai réfléchi sans arrêt. Je n'ai pas beaucoup dormi depuis... depuis que c'est arrivé. Je ne comprends pas pourquoi ma mère t'aurait réclamé de l'argent. Elle est... elle était loin d'être démunie. Et moi, je me débrouille bien. Très bien même, et encore mieux maintenant que nous avons conclu cette grosse affaire. Quelqu'un a dû la pousser à faire ça. Mais je ne sais pas qui ni pourquoi.

— Sortez tous les deux, videz-vous un peu la tête. Peut-être qu'un souvenir vous reviendra.

Sinon, songea Eve, elle les amènerait au Central pour un interrogatoire en bonne et due forme. Elle les confronterait aux faits, sans détour. Et elle observerait leurs réactions.

— Nous pourrions...

Bobby s'interrompit lorsque Zana apparut. Elle était vêtue d'un sweater blanc et d'un élégant pantalon pied-de-poule blanc et chocolat. Eve remarqua qu'elle avait pris le temps de farder ses lèvres et d'appliquer sur ses joues une touche de blush.

— Excusez-moi de vous avoir fait attendre. Aujour-d'hui, nous ne sommes pas en avance.

— Ce n'est pas grave. Comment allez-vous ?

— Bien. Tout cela commence à ressembler à une sorte d'interminable rêve bizarre.

— Eve a dit que nous pouvions sortir un moment, annonça Bobby à sa femme.

— Ah bon ? Mais…

Comme son mari un peu plus tôt, Zana jeta un regard vers la fenêtre, se tordit les mains.

— Mais si… peut-être qu'il me guette.

— Je serai avec toi, rétorqua Bobby en l'entourant de son bras. Nous allons nous promener, acheter un petit sapin.

— J'aimerais beaucoup ça, si vous croyez qu'il n'y a pas de danger, déclara Zana en se tournant vers Eve. Je crois que rester enfermés commence à nous rendre dingues.

— Prenez votre communicateur, conseilla Eve. Je vous appellerai régulièrement. À propos, il fait un froid de loup. Si vous avez l'intention de vous balader, habillez-vous chaudement.

Tout en se dirigeant vers l'ascenseur, Eve composa un numéro sur son communicateur.

— Peabody, votre position.

— Deux cents mètres à l'ouest. J'ai ce que nous cherchions.

— Retrouvez-moi devant d'hôtel.

— On y va ?

— On y va, répondit Eve avant de contacter Baxter. On est en place, annonça-t-elle à celui-ci. Tu as les signaux.

— Affirmatif.

— Laissons-leur de l'espace. Voyons voir comment ils passent leur journée.

Dans la rue, elle jeta un regard circulaire. Si l'assassin de Trudy les avait pistés jusqu'à leur nouvel hôtel – or tout était possible – où se planquerait-il pour les épier ? Ce n'étaient pas les endroits qui manquaient. Un restaurant, une autre chambre d'hôtel, et même un bout de trottoir pendant un certain temps.

Cependant c'était peu probable, les filer n'aurait pas été une sinécure. Il aurait fallu de l'habileté, de l'astuce et de la chance. Rester posté deux ou trois jours à la même place aurait nécessité beaucoup de patience.

Et cela pour quel objectif ? L'argent, si l'argent était bien le sujet de cette histoire, ne serait transmis par leur intermédiaire que si Eve payait. Il serait plus simple, plus malin d'aller droit au but et d'essayer de la faire chanter.

Plus simple, plus malin d'essayer de l'effrayer, elle, plutôt que la belle-fille de la victime.

Eve s'appuya à la voiture en attendant Peabody. Si l'argent était le mobile du meurtre, pourquoi l'assassin n'exigeait-il pas plus vigoureusement qu'on le paye ?

Peabody arriva au petit trot, les joues rosies par le froid.

— Et si l'argent était le chiffon rouge ? marmonna Eve.

— Pardon ?

— Je cogite, Peabody, et j'en reviens toujours à me dire qu'il s'agit de vengeance et non d'argent. Mais alors, pourquoi attendre qu'elle soit à New York, à mes trousses ? Pourquoi lui fracasser le crâne après qu'elle a pris contact avec moi ? Pourquoi ne pas patienter, au cas où elle obtiendrait le gâteau ? Ou la trucider chez elle au Texas – ce serait plus facile de maquiller le meurtre en accident.

— L'assassin vit peut-être ici. À New York. Elle jouait peut-être deux coups à la fois.

— Possible. Mais jusqu'ici, je n'ai trouvé personne du coin dans son dossier. Si le meurtre était un acte impulsif, pourquoi traîner dans les parages et menacer Zana pour tenter de l'obliger à cracher de l'argent qu'elle ne possède pas ?

— Parce que maintenant, notre tueur est animé par l'appât du gain.

— Oui, c'est généralement un bon motif.

Néanmoins Eve n'était pas convaincue. Elle monta dans la voiture. Elle ne voulait pas rôdailler devant l'hôtel quand les Lombard en sortiraient.

— Alors, qu'avez-vous trouvé ? interrogea-t-elle.

— La National Bank, à cent mètres de la boutique, répondit Peabody. L'un des caissiers à qui j'ai montré la photo de Trudy l'a reconnue tout de suite. Elle est venue juste avant la fermeture, vendredi après-midi. Elle a réclamé deux cents pièces d'un dollar. Elle n'était pas aimable, d'après le caissier. Elle les voulait en vrac, surtout pas de rouleaux. Elle les a mises dans son sac, et voilà. À propos, il leur faut un mandat pour nous fournir les disquettes de vidéosurveillance.

— Demandez-en un. Nous devons nouer tous les fils.

— Où allons-nous ?

— On retourne sur la scène de crime. J'ai fait une simulation des événements sur mon ordinateur. J'ai envie de l'essayer sur les lieux.

Elle posa le mouchard sur le tableau de bord.

— Baxter et Trueheart s'en occuperont mais ça ne nous empêche pas de garder quand même un œil sur eux.

— Ils n'ont pas encore bougé, commenta Peabody.

— Ils bougeront.

Parvenue au West Side Hotel, Eve réussit à dénicher une place de parking au second niveau au-dessus de la chaussée.

— Comment pourrait-il rester quelque chose à acheter dans cette ville ? bougonna-t-elle, considérant les marées humaines qui affluaient sur les trottoirs devant les vitrines. Et qu'est-ce qu'ils veulent, tous ces gens ?

— En ce qui me concerne, rétorqua Peabody, je vous répondrai que j'ai envie d'une montagne de paquets enveloppés de papier brillant avec des gros nœuds. Et si McNab ne se pointe pas avec un truc étincelant, je serai forcée de lui flanquer une baffe.

Peabody s'interrompit, reniflant l'air tel un chien de chasse.

— Hmm… ça sent la neige. Peut-être qu'elle finira par tomber.

— Vous arrivez à sentir autre chose que les odeurs de la ville ? Entre nous, j'ai comme un doute.

— Vous avez tort, j'ai un nez de premier ordre. Je suis capable de flairer un hot-dog au soja à deux kilomètres.

Et d'ailleurs, il y en a en train de griller pas loin d'ici, au bout du pâté de maisons. Je vais regretter de ne pas être ici pour Noël. S'envoler pour l'Écosse, c'est excitant – et aussi passablement angoissant – mais... rien ne remplace New York.

À la réception de l'hôtel, elles furent accueillies par le même droïde.

— Dites donc, quand est-ce que vous levez les scellés ?

— Quand la justice sera rendue, grommela Eve.

— C'est que le directeur n'arrête pas de m'engueuler. On a des réservations. La semaine prochaine, pour la Saint-Sylvestre, on est complet.

— Si votre directeur a un problème avec ma scène de crime, demandez-lui de me contacter. Je lui expliquerai ce qu'il peut faire pour la nouvelle année. Ça le calmera.

Dans l'ascenseur, Eve contrôla le mouchard.

— Ah, ça y est. Baxter ? appela-t-elle par communicateur. Ils sortent.

— On les a, répondit l'inspecteur, on les entend bien. Ils envisagent une séance de lèche-vitrines dans la 5ᵉ Avenue. Ils cherchent un petit sapin pour la chambre.

— Oui, je les entends moi aussi. Maintenant, je coupe le son. Avertis-moi s'il y a quelque chose d'intéressant.

— Mon jeune comparse et moi leur emboîtons le pas. Voilà, c'est parti, mon kiki.

Eve rempocha son communicateur, prit son passe pour pénétrer dans la chambre. Une dame entrebâilla la porte d'en face.

— Vous êtes de la police ?

— Oui, madame, répliqua Eve en lui montrant son insigne.

— Il paraît qu'une femme a été tuée dans cette chambre, il y a quelques jours.

— C'était accidentel. Vous n'avez aucune raison de vous inquiéter.

— C'est facile à dire. Larry ! Je le *savais* : il y a eu un meurtre. Les flics sont là. Grouille-toi ! Il veut filmer avec sa caméra vidéo, vous comprenez. Qu'on ait quelque chose à montrer aux gosses, demain.

Le dénommé Larry, souriant d'une oreille à l'autre et armé de sa caméra, ouvrit la porte en grand.

— Salut ! Si c'était pas trop vous demander, j'aimerais que vous mettiez la main sur votre pistolet, peut-être que vous brandissiez votre insigne. Surtout, ayez l'air vache. Les mômes vont adorer.

— Ce n'est pas vraiment le bon moment, Larry, déclara Peabody avec une amabilité méritoire.

— Y en a que pour une minute. Vous entrez en face ? Génial ! Je prendrai juste un plan de l'intérieur. Y a encore du sang ?

— Quel âge vous avez, douze ans ? explosa Eve. Posez cet appareil et rentrez dans votre chambre avant que je vous arrête pour débilité mentale.

— Super ! Génial ! Continuez…

— Bon Dieu, mais d'où ils sortent, ces crétins ? Pourquoi c'est sur moi qu'ils tombent ? Peabody…

— Monsieur, je vous prie de retourner immédiatement dans votre chambre. N'entravez pas une enquête policière. Je ne vous conseille pas d'énerver le lieutenant, ajouta-t-elle à voix basse. Croyez-moi, ce ne serait pas raisonnable.

— Vous pouvez me dire votre nom ? Par exemple : l'officier Smith vous ordonne de cesser et de vous retirer.

— Je suis inspecteur, cher monsieur, vous avez intérêt à vous retirer avant que…

Eve s'avança, saisit brutalement la petite caméra.

— Hé ! protesta son propriétaire.

— Si vous ne voulez pas que je l'écrase sous le talon de ma botte, rentrez dans votre chambre.

— Larry, laisse tomber, intervint la femme du cinéaste amateur en le tirant en arrière. Je récupère la caméra.

— N'empêche, j'ai de sacrément bonnes images, se rengorgea Larry avant que la porte se referme sur lui. Des films comme ça, jamais tu les trouveras dans les boutiques vidéo.

Eve regarda par-dessus son épaule. Elle n'ignorait pas que Larry avait collé l'objectif de sa caméra au judas de sa porte. Elle ouvrit celle de la 415, juste assez pour que sa coéquipière et elle se faufilent à l'intérieur.

— Quel abruti...

Eve s'ébroua pour effacer le grotesque incident de son esprit. Après quoi, elle observa attentivement le décor qui les entourait.

— Trudy arrive ici vendredi, remontée à bloc. Elle a un nouveau plan, correspondant à un schéma que nous avons défini. Cela ne la dérange pas de se faire du mal ou d'endommager un bien lui appartenant pour en accuser quelqu'un d'autre. Pour compliquer la vie d'autrui, se venger. Elle a prévu des provisions. On essaiera de localiser les magasins où elle les a achetées, mais ce ne sera pas facile. Enfin bref, elle s'est procuré du vin, du potage, de la nourriture.

— Elle a également prévu de quoi se soigner une fois qu'elle sera blessée, ajouta Peabody. Les antalgiques.

— Si elle ne les a pas apportés du Texas, oui. Ça aussi, on vérifiera. Je parie que d'abord, elle a bu un verre. Du bon vin. Elle a peut-être mangé un morceau, tout en réfléchissant.

Eve se mit à arpenter la pièce.

— Est-ce qu'elle contacte son assassin ? Je n'en sais rien. Pourquoi le ferait-elle ? C'est son affaire, elle tient les rênes. Et elle est dans une colère noire.

— Il faut être fou de rage pour s'infliger un tel traitement.

— Elle pense au résultat. Connors en dégringolera de son piédestal. Il croit pouvoir la chasser comme on renvoie une mendiante ? Eh bien, il va voir. Elle sépare les chaussettes neuves. Elle ôte l'étiquette, la chiffonne, la jette. Elle balance aussi la chaussette dont elle ne se servira pas. Elle bourre l'autre de pièces de monnaie. Elle la soupèse. Elle avale peut-être un calmant pour devancer la douleur.

Eve pénétra dans la salle de bain.

— Ici. Elle ferait ça ici, au cas où la souffrance la rendrait malade. Elle ne voudrait pas vomir sur le sol. Qui nettoierait ?

Elle s'approcha du lavabo, se campa face au miroir.

— Elle se regarde. Ses opérations esthétiques lui ont coûté cher. Mais tant pis, ce n'est pas grave. Elle recommencera. Il n'est pas question que ce salopard la traite de cette manière et s'en tire sans y laisser de plumes. Il ignore à qui il a affaire.

Eve se donna un coup de poing juste sous le menton. Assez violemment pour que, derrière elle, Peabody sursaute.

— Seigneur, je l'ai presque senti.

— Elle a vu trente-six chandelles. La douleur lui a tordu l'estomac. Étourdie, au bord de la nausée. Il lui faut continuer tant qu'elle en a le courage et la force.

Eve mima les coups, les imagina. Basculant en avant, elle se cramponna au lavabo.

— Les gars du labo ont relevé ses empreintes sur le lavabo ? À quel endroit exactement ?

Peabody alluma son portable de poche et ouvrit le dossier.

— À peu près là où vous avez votre main gauche. Des empreintes bien nettes – les quatre doigts et le pouce.

— Oui, parce qu'elle tenait toujours la matraque dans sa main droite, et que de l'autre elle devait s'accrocher pour rester debout. Sans doute que son visage saignait un peu.

Eve pivota et feignit de saisir un gant de toilette.

— Il devait y en avoir deux. Elle en prend un, le mouille peut-être un peu et l'applique sur sa figure. Voilà pourquoi nous avons quelques gouttes de sang dans le lavabo. Mais le gant n'est plus là quand nous découvrons Trudy morte.

— L'assassin l'a emporté ? Pourquoi ?

— Pour entretenir l'illusion qu'elle a été battue... Trudy se rafraîchit la figure. Elle était en chemise de nuit puisqu'on n'a trouvé du sang que sur ce vêtement. Elle ne voulait pas abîmer une jolie toilette. De plus, elle s'apprêtait probablement à se coucher pour dormir un moment. C'est encore la meilleure solution quand on souffre.

— N'empêche que tout ça n'a aucun sens.

— Affichez la liste des objets qui lui appartenaient. Y a-t-il une caméra vidéo ?

— Attendez… pas de caméra, mais… oui, il y a une disquette prévue pour une caméra. Inutilisée. Elle était dans son sac.

— Les touristes ne visitent pas New York sans ce genre d'engin, exactement comme notre copain Larry. En outre, elle avait déjà eu recours à cette méthode. Donc, elle comptait d'abord dormir un peu. Elle devait avoir les idées bien claires pour filmer ses blessures. Installer le décor, jouer son rôle, braquer un doigt accusateur sur Connors ou sur moi. Ou sur nous deux.

Eve imagina Trudy assise sur le lit, en pleurs, le visage meurtri. « *Voilà ce qu'ils m'ont infligé. J'ai peur pour ma vie.* »

— Il lui suffisait de faire livrer une copie à l'un de nous. Avec en voix off sur les images : « Je ne sais pas quoi faire. Alertez la police ? Mais *elle est* la police. Dieu me vienne en aide, blablabla. » Ou deuxième version : « Il est tellement riche, tellement puissant, que se passera-t-il si je transmets cet enregistrement aux médias ? Serai-je enfin sauvée ? »

— Autrement dit, à vous de lire entre les lignes.

— Et quand nous l'aurions contactée, elle aurait exigé qu'un seul de nous vienne ici. Sans communicateur, bien entendu, pour qu'on ne risque pas d'enregistrer la conversation à son insu. Un entretien face à face. Donnez-moi l'argent, ou je ruine votre réputation, je vous détruis. Mais ça n'est pas allé jusque-là.

— Parce que son garçon livreur l'a liquidée.

— Il est forcément passé par la porte. Pas par la fenêtre, je n'y crois pas, pas dans ce scénario. La sécurité de cet hôtel laisse à désirer. On entre ici comme dans un moulin. Ou alors, lui aussi logeait dans cet établissement. De cette façon, elle l'avait à portée de main. On contrôlera de nouveau le registre plus sérieusement. On essaiera de repérer un lien. Pour elle, c'était mieux d'avoir son favori tout près.

Eve ferma un instant les yeux pour reprendre le fil de son histoire.

— Donc… elle lui demande de monter.

— Elle n'était certainement pas au mieux, malgré les antalgiques, l'alcool…

— Effectivement, et elle avait envie que quelqu'un la plaigne. Serre-moi un verre. Prépare-moi un peu de potage. Il n'est pas impossible qu'elle l'ait enguirlandé – si elle lui avait remis la disquette. Pourquoi ils n'ont pas encore réagi ? Pourquoi c'est si long ? Peut-être qu'elle cafouille à propos de la somme qu'elle va exiger, ou elle commet simplement un faux pas. Cependant elle n'est pas inquiète. Elle tournicote. Elle est là.

Eve désigna ce que Peabody supposa être la position de Trudy.

— Elle lui tourne le dos. Il ramasse la chaussette bourrée de pièces, il la frappe, elle s'écroule. La moquette lui écorche les paumes. Tombez, Peabody.

— Les flics n'ont aucune dignité.

Peabody s'agenouilla, tendit les bras en avant, les mains à plat sur le sol comme pour se retenir.

— Voilà. Il la frappe une deuxième fois, d'en haut. Et une troisième, pour l'achever. Il a fatalement du sang sur lui. À présent, il doit effacer ses traces. Emporter l'arme, le communicateur, la caméra. Le gant de toilette, la serviette. Tout ce qui est taché du sang de Trudy. Il sort par la fenêtre, qu'il laisse ouverte. On en déduira, logiquement, que l'assassin est entré par là.

Eve se dirigea vers la fenêtre, regarda dehors.

— Il descend et il disparaît, sans problème. À moins que…

Elle étudia la distance séparant la fenêtre de la chambre voisine, la plateforme de l'escalier de secours.

— La chambre voisine était vide. Peabody, demandez à ce que les gars de l'Identité judiciaire jette un œil à côté. Qu'ils examinent les siphons pour voir s'il n'y aurait pas du sang. Qu'ils viennent tout de suite. Je vais prévenir le droïde réceptionniste.

Celui-ci ne fut pas content du tout. La chambre était occupée, et déplacer des clients avait généralement tendance à les énerver.

— Ils seront beaucoup plus énervés, rétorqua Eve, s'ils sont dans la pièce pendant que mon équipe de scène de crime met tout sens dessus dessous. Quant à vous, vous risquez d'être carrément désespéré si je me donne la peine d'obtenir un mandat pour fermer cet établissement jusqu'à la fin de mon enquête.

Cette menace persuada le réceptionniste qu'il valait mieux s'incliner. Pour meubler son attente, Eve contacta Baxter.

— Où en est la situation ? interrogea-t-elle.

— On perd notre temps que c'en est un vrai bonheur. Je crois qu'on attaque notre cinquième kilomètre. Et en plus, y a de la neige fondue qui commence à tomber.

— Boutonne bien ton col pour ne pas t'enrhumer. Qu'est-ce qu'ils font ?

— Du shopping, principalement. Ils ont acheté un petit sapin après avoir inspecté tous les petits sapins du district de Manhattan. Ils envisagent de rentrer, Dieu merci. Si quelqu'un les file, à part moi et mon fidèle compagnon, je veux bien devenir moine.

— Bon… continuez à les suivre.

— On leur colle aux semelles comme des chewinggums.

Baxter rempocha son communicateur. Dans son écouteur, il entendit Zana parler du déjeuner. Allaient-ils se payer des hot-dogs et se balader encore un moment ? Ou déposer leurs paquets et manger à l'hôtel ?

— À l'hôtel, par pitié, marmonna-t-il. Il y a un café de l'autre côté de la rue où on est bien au chaud.

Trueheart haussa les épaules.

— C'est agréable d'être dehors, de voir toutes ces décorations. Et avec la neige, c'est encore mieux.

— Tu me tues, fiston. On se gèle, il y a un vent à décorner les bœufs et ce n'est pas de la neige, c'est du grésil. Les trottoirs sont bondés, à force de marcher, on aura les souliers tout usés et… eh merde ! Ils ont choisi les hot-dogs.

— Un glissa-gril, commenta Trueheart en secouant la tête. Une expérience qu'ils regretteront.

— Et elle qui se plante devant cette vitrine ! Typiquement féminin. Il est obligé de se coltiner les paquets, d'acheter les hot-dogs, de jongler avec tout ça, pour qu'elle puisse se pâmer devant des diamants qu'ils n'auront jamais les moyens de s'offrir.

— Sauf s'ils sont les maîtres chanteurs.

Baxter considéra son jeune coéquipier avec fierté.

— Ça, c'est le genre de réflexion cynique que j'aime entendre. Approche-toi du glissa-gril une fois qu'il aura ses hot-dogs et achètes-en deux pour nous. Il y a du monde, c'est difficile de ne pas les perdre de vue. Je reste là au cas où elle le convaincrait d'entrer dans la boutique.

À pas lents, Baxter obliqua vers la droite, vers les immeubles. Il aperçut Zana qui souriait à Bobby. Celui-ci rejoignait sa jeune épouse, chargé comme un baudet.

— O mon chéri, pardon ! Je t'ai abandonné avec tout ça, quelle vilaine je suis ! Mais ces bijoux sont si beaux…

Rieuse, elle le délesta d'un paquet et d'un hot-dog.

— Tu veux qu'on entre dans ce magasin ? questionna-t-il.

— Tu as la voix d'un homme qui souffre terriblement, s'esclaffa-t-elle. Non, rassure-toi, je voulais juste regarder. Brr… je regrette de n'avoir pas pris de chapeau. J'ai les oreilles gelées.

— J'ai deux solutions à te proposer : on rentre à l'hôtel, ou on achète un chapeau.

— Je préférerais continuer encore notre balade, répliqua-t-elle avec un sourire radieux. Il y a un endroit de l'autre côté de la rue.

— Celui devant lequel nous sommes passés pour arriver de ce côté-ci ?

— Je sais, je sais, pouffa-t-elle. Mais ils ont des chapeaux et des écharpes. En solde. Toi aussi, chéri, tu aurais besoin d'un chapeau et peut-être d'une écharpe bien chaude. Et puis, Bobby, je ne supporte pas l'idée de me retrouver dans cette chambre d'hôtel. Il me semble que je suis en prison.

— Je te comprends, j'ai la même impression, rétorqua-t-il en balançant d'avant en arrière le sac contenant leur sapin de Noël. Allons acheter nos chapeaux. Ensuite nous nous promènerons.

— Formidable. Pourquoi un hot-dog au soja est telle-ment bon quand il est grillé en plein air sur un glissa-gril new-yorkais ? Il n'y a qu'à New York qu'on trouve un pareil délice.

— Délicieux, c'est vrai, acquiesça-t-il en mastiquant une bouchée. Surtout si on ne pense pas à ce qu'il y a dedans.

Le rire de Zana s'envola, léger et follement heureux.

— N'y pensons pas !

Lorsqu'ils furent au coin de la rue, bousculés par la foule, Bobby réussit à croquer un autre bout de son hot-dog.

— Je ne me doutais pas que j'avais si faim. J'aurais dû en prendre deux.

Ils avaient atteint le passage clouté. Bobby s'avançait lorsque Zana poussa une exclamation. Aussitôt il agrippa le bras de sa femme.

— J'ai renversé mon café, c'est tout. Flûte.

— Tu t'es brûlée ?

— Non, non, répondit-elle en essuyant de la main la trace brune sur son manteau. Quelle maladroite je suis. Mais je crois qu'on m'a cognée. J'espère que je n'aurai pas taché mon manteau. Oh, et en plus le feu est repassé au vert.

— On n'est pas pressés.

— Dis-le à tous ces gens, murmura Zana. S'ils ne pous-saient pas comme des malades, je n'aurais pas du café sur mon beau manteau. Nous trouverons une teinture…

Bobby bascula en avant, sous les roues d'un taxi qui arrivait à toute allure.

La dernière chose qu'il entendit avant de percuter rude-ment la chaussée fut le hurlement de Zana.

En attendant que la chambre soit débarrassée de ses occupants et que les techniciens de l'Identité judiciaire débarquent, Eve consulta le relevé bancaire de la victime, qu'elle venait de recevoir. Le vendredi, Trudy avait dépensé quelques dollars au drugstore, après l'achat des chaussettes et le retrait des pièces de monnaie.

Elle était plongée dans son étude des deux colonnes, crédit et débit, quand son communicateur bourdonna. Sur l'écran, la figure de Baxter avait perdu son habituelle expression sarcastique.

— On a un problème. Notre bonhomme a été heurté par un taxi, à l'angle de la 5e Avenue et de la 42e Rue.

— Bonté divine. C'est grave ?

— J'en sais rien. Les secours sont là. La femme est hystérique. Ils étaient sur le trottoir, ils attendaient le feu rouge pour traverser. Je les entendais bien, Trueheart les avait dans son champ de vision. Seulement voilà, il y avait foule, Trueheart a juste aperçu notre type qui plongeait littéralement dans la rue. Il s'est vraiment esquinté, Dallas. Le taxi a failli lui rouler dessus. J'ai le chauffeur à côté de moi.

— Que des agents l'escortent jusqu'au Central et qu'il patiente – on prendra sa déposition plus tard. Trueheart et toi, restez avec nos tourtereaux. Où les emmène-t-on ?

— Aux Urgences du Boyd Health Center. Sur la 5e Avenue.

— Je vous y rejoins. Que l'un de vous l'accompagne dans l'ambulance. Je ne veux pas qu'on quitte ces deux-là des yeux.

— Pigé. Bon Dieu, Dallas... il bouffait un hot-dog, buvait du jus de chaussette, et brusquement... vlan ! Il est par terre. Les urgentistes sont en train de donner des cachets à la femme pour la calmer.

— Il faut qu'elle reste cohérente. Débrouille-toi, Baxter, je ne veux pas qu'ils me la mettent dans les vapes.

— OK, je m'en occupe.

Eve ouvrit la porte au moment où, dans le couloir, Peabody poussait le battant.

— Les techniciens montent, annonça-t-elle.

— On leur explique ce qu'on cherche, et on s'en va dare-dare. Bobby est en route pour l'hôpital. Renversé par un taxi.

— Par un… mais qu'est-ce que…

— Ne posez pas de questions, je n'ai pas les réponses. Dépêchons-nous.

Eve brancha la sirène deux tons, slaloma dans les embouteillages et s'efforça d'étouffer la culpabilité qui la tenaillait.

Avait-elle mis Bobby en danger ? Il avait un mouchard sur lui, deux flics sur ses talons. Ça ne suffisait donc pas ?

— Ce n'était peut-être qu'un accident, déclara Peabody, déployant des efforts surhumains pour ne pas gémir tandis que leur voiture se faufilait entre un van et un taxi déjà cabossé. À New York, ce genre de chose se produit tous les jours. Les touristes sont imprudents, ils contemplent les buildings au lieu de faire attention à la circulation…

Eve abattit son poing sur le volant.

— S'en prendre à Bobby ne sert à rien. À rien du tout ! Connors ne crachera pas deux millions pour un type qu'il ne connaît pas. Blesser Bobby n'a aucun sens.

— D'après Baxter, il était en train de manger et de boire. Il a été bousculé. Avec ce grésil, les trottoirs sont glissants. Ça peut arriver, Dallas. La malchance.

— Non, pas là. Il ne s'agit pas d'une espèce de coïncidence, objecta Eve d'un ton furieux, farouche. On s'est planté, voilà. On a loupé quelque chose, quelqu'un. Et maintenant on a un témoin aux Urgences.

— Ce n'est pas votre faute.

— J'ai donné les ordres, par conséquent je suis responsable. Faites des copies de l'enregistrement. Envoyez-en une au labo. Je veux pouvoir entendre le moindre détail, chaque voix, chaque mot.

Eve s'arrêta devant l'entrée des Urgences.

— Vous garez la voiture, commanda-t-elle en ouvrant sa portière. Je fonce.

Au pas de course, elle pénétra dans le service où la souffrance régnait en maître. Les victimes attendaient d'être écoutées, secourues. Les malades étaient recroquevillés dans les fauteuils. Les personnes en bonne santé, elles, attendaient impatiemment que ceux qu'ils accompagnaient soient soignés, libérés ou hospitalisés.

Eve repéra Trueheart qui paraissait encore plus jeune qu'à l'ordinaire, avec son jean et son sweat-shirt. Assis à côté de Zana qui pleurait, il lui tenait la main et lui murmurait des paroles de réconfort.

Dès qu'elle aperçut Eve, Zana se leva d'un bond et se jeta dans ses bras.

— Bobby... ô mon Dieu. Tout ça, c'est ma faute. Bobby est blessé. Gravement blessé. Je ne sais pas si...

Eve s'écarta, secoua assez fermement Zana.

— Du calme. Dans quel état est-il ?

— Ils ne me disent rien, hoqueta Zana, en larmes. Il saignait. La tête, et sa jambe. Il était inconscient. Je les ai entendus parler de commotion cérébrale, et de fractures, et aussi de...

— D'accord, coupa Eve. Que s'est-il passé ?

— Je sais pas, balbutia Zana qui s'effondra de nouveau dans son fauteuil. On était au passage clouté. On s'était payé des hot-dogs au soja et du café. Il faisait froid, mais c'était si bon d'être dehors. J'avais envie d'acheter un chapeau, et la boutique était de l'autre côté de la rue. Ensuite j'ai renversé mon café, du coup on a manqué le feu rouge, on n'a pas pu traverser. On était là, sur le trottoir et Bobby est tombé. Ou il a glissé. Je sais pas. J'ai essayé d'attraper son manteau pour le retenir. Je crois que j'ai réussi à toucher son manteau.

La jeune femme contempla sa main. Eve remarqua qu'elle avait un pansement.

— Que vous est-il arrivé ? interrogea-t-elle.

— Quand j'ai essayé de retenir Bobby, le café a tout éclaboussé et m'a brûlé la main. Je crois que quelqu'un m'a poussée par-derrière. Mais Bobby...

Zana s'entoura de ses bras et se balança comme une petite fille.

— Le taxi l'a percuté. Le chauffeur a freiné mais la voiture roulait trop vite, et Bobby est tombé.

— Où est-il ? demanda Eve à Trueheart.

— On l'a emmené en Salle 2. Baxter y est, il monte la garde.

— Zana, vous restez ici avec Trueheart.

Eve traversa la salle d'attente, dédaignant l'infirmière qui lui ordonnait de s'arrêter, et bifurqua vers la droite en avisant Baxter posté près d'une porte à double battant.

— Bordel, Dallas, ronchonna-t-il d'un ton anxieux. On était à trois mètres de distance. Un de chaque côté.

— Sa femme pense qu'il a glissé.

— Ouais, possible. Les toubibs sont en train de le rafistoler. Il a un bras cassé, ça s'est sûr. Peut-être aussi la hanche. Ajoute un sévère traumatisme crânien… Les urgentistes ont refusé de me donner un pronostic.

Eve se frotta la figure.

— Tu as l'impression qu'on l'a aidé à passer sous ce taxi ?

— Je m'interroge. On ne les a pas lâchés d'une semelle. Mais à cette période de l'année, c'est la folie. Les trottoirs grouillent de gens qui sont pressés, ou qui font du tourisme et se trimballent avec leur caméra vidéo. Tu as les pickpockets qui gagnent davantage pendant les fêtes qu'en six mois normaux. Honnêtement, je ne jurerais pas que personne n'a échappé à notre surveillance. Surtout que…

— Quoi donc ?

— Juste avant, elle s'est renversé du café dessus. Elle a dit qu'on l'avait bousculée. Et moi, j'ai ressenti ce fichu picotement, tu sais… l'intuition. L'instant d'après, notre bonhomme faisait son vol plané.

— Merde.

15

Eve expédia Baxter auprès de Trueheart, puis se mit à faire les cent pas devant la porte du service.

Elle détestait les hôpitaux, et particulièrement les Urgences. Des lieux qui empestaient la maladie et la douleur. La détresse et la mort.

L'attente interminable.

Était-ce à cause d'elle que Bobby se retrouvait ici ? À cause de son besoin d'accélérer le mouvement ? Un besoin d'ailleurs très égoïste. Elle avait voulu refermer cette page de son passé, pour sa propre tranquillité, et surtout pour se prouver qu'elle en était capable. Elle avait donc pris un risque – calculé, certes, mais un risque tout de même.

Et Bobby Lombard payait les pots cassés.

À moins que ce ne soit simplement un stupide accident ? Des rues surpeuplées, des trottoirs glissants, des gens pressés, une bousculade... Oui, c'était peut-être aussi bête que ça.

Pourtant elle n'y croyait pas.

Bobby était inconscient, en piteux état, et c'était elle qui l'avait lâché dans New York pour appâter l'assassin.

Néanmoins, même à présent, ce pouvait être Bobby le meurtrier. Certains êtres assassinaient leur mère. Une vie entière de tension, d'exaspération ou pire, et un triste jour, quelque chose en eux se cassait. Comme un os, et ce jour-là, ils tuaient.

Eve avait tué. Dans cette horrible chambre de Dallas, ce n'était pas seulement son humérus qui s'était brisé. Son esprit aussi avait craqué, et elle avait planté le couteau dans le corps de son père. Encore et encore. Maintenant, elle était capable de se le remémorer, de se souvenir du sang, de l'odeur âcre de ce liquide chaud et poisseux qui lui coulait sur les mains et la figure. Elle se rappelait la douleur atroce fulgurant dans son bras fracturé, même après tout ce temps. Et le hurlement – celui de son père et le sien – tandis qu'elle le tuait.

On prétendait que ce cri était inhumain, mais on avait tort. Il était fondamentalement humain. Viscéralement humain.

Eve pressa le bout de ses doigts sur ses paupières closes.

Seigneur, elle haïssait les hôpitaux. Elle détestait le souvenir du matin d'autrefois où elle s'était réveillée dans un hôpital… en ne sachant quasiment plus qui elle était. La majeure partie de sa personnalité s'était évaporée.

L'odeur de sa peur, des inconnus penchés sur elle. *Quel est ton nom ? Que t'est-il arrivé ? Où habites-tu ?*

Elle l'ignorait. Et si elle avait été en mesure de répondre, si sa mémoire ne s'était pas refermée comme un coffre-fort, comment aurait-elle pu leur avouer la vérité ?

Ils lui avaient fait mal pour la soigner. Ça, elle s'en souvenait. Ressouder l'os, réparer les lésions et les cicatrices au tréfonds de sa chair, provoquées par les viols répétés. Mais jamais ils n'avaient découvert les secrets dissimulés derrière le mur que son esprit avait érigé.

Jamais ils n'avaient deviné que la fillette couchée dans son lit d'hôpital avait tué comme une bête sauvage. Et hurlé comme un être humain.

— Dallas…

Eve sursauta, brusquement ramenée au présent.

— Je n'ai pas encore de nouvelles, dit-elle.

Peabody vint se camper auprès d'elle. Chaque battant de la porte était percé d'une sorte de hublot à travers lequel Eve apercevait l'équipes de médecins qui s'affairaient autour de Bobby.

Lui aussi, pour le soigner, on lui faisait mal.

— Retournez avec Baxter, ordonna Eve. Il me faut tous les noms et les déclarations des témoins qu'il a pris. Je veux vérifier la licence du chauffeur de taxi. Ensuite vous les renverrez, lui et Trueheart, au Central. Faites parvenir l'enregistrement au labo. Quant à vous, restez auprès de Zana. Essayez d'en tirer le maximum.

— Quand ils installeront Bobby dans une chambre, souhaitez-vous que des agents montent la garde devant sa porte ?

— Oui.

Soyons positifs, décréta Eve. Il ira dans une chambre, pas à la morgue.

Demeurée seule, elle s'obligea à regarder par le hublot. Et à patienter. Cependant, quand l'une des infirmières sortit précipitamment, Eve l'arrêta sans ménagement.

— Comment va-t-il ?

— Il tient le coup. Le docteur vous donnera plus d'informations. Les membres de la famille ne doivent pas quitter la salle d'attente.

— Je ne suis pas de la famille, grommela Eve en lui fourrant son insigne sous le nez. Votre patient est un témoin essentiel dans une affaire d'homicide. J'ai besoin de savoir s'il se rétablira.

— Apparemment, oui, il a de la chance – en admettant qu'être renversé par un taxi juste avant Noël soit un coup de bol. Il a quelques fractures, des contusions, des déchirures. Une légère hémorragie interne que nous avons stoppée. Son état est stable, mais le traumatisme crânien est toujours préoccupant. Je vous le répète, il vous faudra en discuter avec le médecin.

— Sa femme est dans la salle d'attente, avec ma coéquipière. On doit la tenir au courant.

— Allez-y.

— Non, moi j'ai un témoin derrière cette porte.

Une lueur irritée flamba dans les yeux de l'infirmière qui hésita puis balaya l'air d'une main nerveuse.

— D'accord, d'accord. Je m'en charge.

Eve recommença à ronger son frein, le regard rivé sur le hublot, enregistrant malgré elle le sourd brouhaha des soignants qui s'activaient, les bips des appareils de monitoring, les plaintes et les gémissements des patients.

Lorsque, de nouveau, la porte s'ouvrit pour livrer passage au médecin responsable de Bobby, elle se rua sur lui.

— Alors, comment va-t-il ?

— Vous êtes l'épouse ?

— Non, je suis le flic.

— Si vous faites boxer un taxi contre un homme, en principe, c'est le taxi qui gagne, rétorqua le docteur en se massant la racine du nez. Fracture du bras et de la hanche, un rein endommagé, et ce fichu traumatisme crânien. Mais, sauf complications, il devrait s'en sortir. Il a eu du pot.

— Il faut que je lui parle.

— Dans l'immédiat, il est bourré de sédatifs. On le monte dans les étages pour des examens complémentaires. D'ici deux ou trois heures, peut-être, si tout se passe bien, il sera en état de bavarder. Dites, ajouta-t-il avec curiosité, il me semble que je vous connais. Vous êtes flic, hein ? Je suis sûr de vous avoir rafistolée.

— Probablement. Je m'appelle Dallas.

— Bonjour, Dallas. Restez dans le coin. Moi, je vais rassurer l'épouse.

— Parfait. Je le place sous surveillance policière. Interdiction de l'approcher tant que je n'en donne pas l'autorisation.

— Fichtre ! Qu'est-ce qu'il a de si particulier ?

— C'est un témoin. Je suis de la Criminelle.

— Mais oui, j'y suis ! Dallas de l'affaire Icove. Ces cinglés. Eh bien, votre témoin survivra. Je suis un bon toubib, figurez-vous.

Eve s'écarta, tandis qu'on poussait dans le hall le chariot sur lequel était étendu Bobby. Il avait abandonné dans la rue des lambeaux de peau, et ce qu'il avait réussi à garder était d'une pâleur malsaine. Quand on cesserait de le droguer, il endurerait un calvaire. Cependant il respirait, c'était l'essentiel.

— Je l'accompagne jusqu'à l'arrivée du planton, déclara-t-elle au médecin.

— À votre guise, répondit-il. Veillez simplement à ne pas être dans nos pattes. Joyeuses fêtes et tout le toutim.

Eve se retrouva devant une autre porte, à un autre étage, pendant qu'une autre équipe examinait Bobby, le passait au scanner, établissait son diagnostic. Soudain, Zana et Peabody émergèrent de l'ascenseur.

— Le docteur a dit que mon Bobby guérirait, bredouilla Zana.

Elle saisit les mains d'Eve, les serra de toutes ses forces. Les larmes avaient dilué son maquillage, des traînées noires maculaient ses joues.

— Je... j'ai eu si peur. Je ne sais pas ce que je serais devenue si...

— Je veux que vous me racontiez comment c'est arrivé.

— Je l'ai expliqué à l'inspecteur Peabody et...

— C'est à moi qu'il faut l'expliquer. Un instant...

Eve s'approcha du policier en uniforme qui sortait de l'ascenseur.

— Le sujet à surveiller se nomme Bobby Lombard. C'est un témoin dans une affaire d'homicide. Ne le quittez pas une seconde. Vous inspecterez la chambre avant qu'on l'y installe, vous vérifierez l'identité de toute personne – sans exception – qui tentera d'y pénétrer. Si notre homme éternue, je tiens à en être informée. C'est clair ?

— Oui, lieutenant.

Satisfaite, Eve rejoignit Zana.

— Trouvons un endroit où nous asseoir. Vous allez tout me raconter.

— D'accord, mais... je ne comprends rien, murmura Zana en contemplant la porte, alors qu'Eve l'entraînait. Est-ce que je ne peux pas rester ici, jusqu'à...

— Nous ne serons pas loin.

Eve agita son insigne devant les yeux d'un infirmier qui s'immobilisa aussitôt.

— Oh, tant mieux ! soupira-t-il. La police m'arrête. Ça signifie que j'ai le droit de souffler cinq minutes.

— J'ai besoin de votre salle de repos.

— Je me souviens vaguement de la salle de repos. Des fauteuils, une table, du café. Au fond de ce couloir, là-bas, à gauche. Ah zut, il vous faut une clé électronique. La Sécurité devient franchement casse-pieds. Je vous y conduis.

Il les précéda, leur ouvrit la pièce et les laissa.

— Asseyez-vous, Zana, ordonna Eve.

— Je ne peux pas rester en place, il faut que je bouge.

— Ça ne me gêne pas. Et maintenant, racontez-moi comment se sont déroulés les événements.

— Comme je l'ai dit à l'inspecteur.

— Répétez-moi votre récit, s'il vous plaît.

Tandis que Zana s'exécutait, Eve tria les détails qui lui paraissaient les plus significatifs :

— On vous a bousculée, vous avez renversé votre café...

— Sur mon manteau, précisa Zana en saisissant le vêtement qu'elle avait jeté sur un fauteuil. Oh, ce n'était pas si terrible ! La première fois. C'est surtout quand Bobby... Seigneur, j'ai sans arrêt cette image devant les yeux.

— Est-ce qu'on vous a bousculée ou poussée ?

— Franchement, je ne sais pas. Bousculée, sans doute. Il y avait tellement de monde. Quand je pense que je trouvais ça si excitant... La foule, les vitrines, le bruit. On avait nos hot-dogs au soja et nos paquets. On aurait dû rentrer à l'hôtel. Bobby en avait envie. Mais...

— Vous ne l'avez pas fait. Avez-vous entendu Bobby dire quelque chose, avez-vous remarqué quoi que ce soit, avant qu'il tombe ?

— Non, j'étais concentrée sur mon manteau, j'espérais que la tache disparaîtrait. Je crois que Bobby a tendu la main, peut-être pour me débarrasser du gobelet de café. Et puis, il a basculé. Je... je l'ai agrippé, balbutia Zana d'une voix éraillée. Le chauffeur a klaxonné, il freina... C'était horrible.

Un tremblement secoua les épaules de la jeune femme qui baissa la tête. Peabody s'empressa de lui donner un verre d'eau. Zana en avala une gorgée entre deux hoquets.

— Les gens se sont arrêtés pour nous aider. On dit que les New-Yorkais sont froids et désagréables, eh bien, ce n'est pas vrai. Ils ont été très gentils. Les policiers sont arrivés. Ceux qui nous accompagnaient. Bobby saignait, il avait perdu connaissance. On m'autorisera à le voir bientôt, à votre avis ?

— Je vais me renseigner, répondit Peabody en ouvrant la porte. Voulez-vous du café ?

— Qu'on ne me parle plus de café ! Je n'en boirai plus une goutte de toute ma vie, bredouilla Zana qui extirpa un mouchoir de sa poche et y enfouit son visage.

Eve sortit avec Peabody.

— Elle ne m'en a pas appris davantage, déclara Peabody. Elle ignore totalement s'il s'agit ou non d'une éventuelle agression.

— Nous verrons ce qu'en pense Bobby. L'enregistrement ?

— Baxter comptait l'apporter personnellement au labo, et moi, j'ai retiré les mouchards des manteaux.

— Excellente initiative.

— J'ai la liste des témoins, et la copie des dépositions faites sur les lieux. Le chauffeur de taxi est en garde à vue au Central. Sa licence est en règle. Il bosse depuis six ans, il a eu quelques accrochages, rien de grave.

— Retournez au Central, prenez le témoignage de ce monsieur, et relâchez-le. Ensuite rédigez le rapport avec une copie pour moi et une copie pour Whitney.

Eve consulta sa montre.

— Nom d'un chien, je suis coincée ici jusqu'à ce que je puisse interroger Bobby. Bon, s'il y a quoi que ce soit de spécial, je vous préviendrai. Finissez de préparer vos bagages, envolez-vous pour l'Écosse et buvez… c'est quoi, déjà, leur spécialité ?

— Le wassail. De la bière épicée, grimaça Peabody. Ils ont de drôles de goûts, ces Écossais. Écoutez, tant que le jet n'aura pas décollé demain, je considère que je suis de service. Joyeux Noël, Dallas.

Eve hocha la tête et regagna la salle de repos. Certains, hélas, allaient passer un bien triste Noël.

Elle poireauta une heure, le temps qu'on installe Bobby dans une chambre. Lorsqu'elle pénétra dans la pièce, il tourna la tête, clignant des yeux aux paupières rougies.

— Zana ? bredouilla-t-il d'une voix pâteuse.

— C'est moi, Dallas. Zana va bien. Elle sera là dans un moment.

Il s'humecta les lèvres.

— Il paraît... j'ai été renversé par un taxi.

— En effet. Tu te rappelles comment c'est arrivé ?

— Tout se mélange. Je me sens vraiment bizarre.

— À cause des médicaments. Le docteur affirme que tu te rétabliras parfaitement. Tu as plusieurs fractures et un traumatisme crânien. Bobby... tu étais au passage clouté. Pour traverser la rue.

— On attendait le feu rouge, murmura-t-il en fermant ses yeux bouffis. On était entassés sur le trottoir comme... – comment s'appelle ce poisson ? –... ah oui, des sardines. On ne s'entendait plus. Et puis, Zana a fait un drôle de bruit. J'ai eu peur.

— Quel genre de bruit ?

Il la regarda, émit une sorte d'exclamation.

— Quelque chose comme ça. Mais elle avait simplement renversé un peu de café. Oui... du café, des hot-dogs, des paquets. Plein les bras. Faut acheter un chapeau.

— Bobby, dit Eve d'un ton sec, reste avec moi. Que s'est-il passé ensuite ?

— Je... elle m'a souri. Je me souviens de ce sourire – « Oh, mais que je suis maladroite. » Et puis je sais pas. Elle a hurlé. J'ai entendu des cris, des klaxons. Il paraît qu'une voiture m'a heurté, mais il me semble que c'est moi qui l'ai percutée. Après je ne me rappelle plus rien jusqu'à maintenant.

— Tu as glissé ?

— Sans doute. Tout ce monde.

— Tu as vu quelqu'un ? Est-ce que quelqu'un t'a parlé ?

— Impossible de me souvenir. Je me sens tellement bizarre, j'ai l'impression d'être en dehors de mon corps.

Sa peau était plus blanche que les draps du lit, si bien que les hématomes et les écorchures tranchaient sur cette pâleur de façon saisissante – attisant la culpabilité d'Eve à tel point qu'elle en était quasiment paralysée.

Néanmoins, elle se contraignit à poursuivre.

— Vous aviez fait du shopping. Vous aviez acheté un sapin de Noël.

— On avait le sapin. Pour que ce soit un peu plus gai. Où est le sapin? balbutia-t-il.

Ses yeux se révulsèrent, puis se fixèrent de nouveau sur Eve.

— C'est un cauchemar? Je voudrais être à la maison. Où est Zana?

Eve réprima un soupir. Elle perdait son temps et épuisait inutilement Bobby.

— Je vais la chercher.

Elle sortit dans le couloir et découvrit Zana immobile près de la porte.

— Je peux entrer? supplia la jeune femme. Je ne le fatiguerai pas, je vous le jure. Je suis calme, maintenant.

— D'accord, entrez.

Zana redressa les épaules, plaqua un sourire sur son visage. Eve la regarda franchir le seuil et l'entendit dire d'une voix douce:

— Alors, mon amour! Il va falloir te dépêcher de quitter ce lit pour me l'offrir, ce chapeau.

Pour meubler son attente, Eve contacta le labo et ronchonna tant et plus quand on lui répondit qu'elle n'aurait pas ses résultats avant le 26 décembre. Sa fureur et ses injures laissèrent son interlocuteur de marbre – Noël avait la priorité.

Heureusement, au Central, elle n'était pas réduite à l'impuissance. Depuis l'hôpital, elle ordonna que des policiers en uniforme se relaient vingt-quatre heures sur vingt-quatre – jour de Noël inclus! – d'une part pour protéger Zana à l'hôtel, d'autre part pour veiller sur Bobby.

Puis elle contacta Connors.

— Je ne serai pas à la maison de bonne heure, grognat-elle.

— Mais nous sommes de charmante humeur, lieutenant. Que fabriques-tu dans cet hôpital?

— Rassure-toi, je suis en pleine forme. Je t'expliquerai plus tard. Les choses ont mal tourné, il faut que je répare au maximum les dégâts avant de rentrer.

— Moi aussi, j'ai encore beaucoup de travail. Pourquoi ne pas nous retrouver quelque part pour dîner ? Rappelle-moi quand tu aperçois le bout du tunnel.

— Oui, d'accord. Je te laisse, conclut Eve, comme Zana émergeait de la chambre.

— Il est fatigué, mais il a plaisanté, chuchota la jeune femme, manifestement très émue. Il a dit que, de toute sa vie, il ne mangerait plus jamais de hot-dogs au soja. Je vous remercie d'être restée. Ça me fait du bien d'avoir près de moi quelqu'un que je connais.

— Je vous raccompagne à l'hôtel.

— Je pourrais peut-être dormir à côté du lit de Bobby, dans le fauteuil.

— Vous avez tous les deux besoin de vous reposer. Demain matin, une voiture de patrouille vous ramènera ici.

— Je viendrai en taxi.

— Désormais, il vaut mieux prendre des précautions. Un policier veillera sur vous, à l'hôtel.

— Mais pourquoi ?

— Au cas où…

Zana crispa ses doigts sur la manche d'Eve.

— Vous pensez que ce qui est arrivé à Bobby n'était pas un accident ? s'enquit-elle d'une voix qui grimpait dans l'aigu.

— Je n'ai aucun élément pour étayer cette hypothèse et…

— Il a glissé, tout simplement, coupa Zana d'un ton catégorique. Vous êtes extrêmement prudente, vous faites attention à nous. Voilà.

— En effet, néanmoins…

— Dites… il y a certainement une boutique de cadeaux, en bas ? Je voudrais des fleurs pour Bobby. Peut-être même qu'ils auront un petit sapin. On en a acheté un aujourd'hui, mais je suppose qu'il a été… écrasé.

— Eh bien, marmonna Eve, descendons.

Refrénant son impatience, elle escorta sa protégée dans le hall et tourniqua pendant que Zana évaluait les qualités et les défauts des fleurs exposées dans la boutique ainsi que des squelettiques arbrisseaux de Noël.

Ensuite se posa le problème de la carte de vœux, qui serait livrée avec le cadeau et dont la rédaction mit Zana dans tous ses états. Bref, il fallut trente minutes pour résoudre une affaire qui, selon Eve, ne demandait que trente secondes. Cependant un peu de rose teintait de nouveau les joues de Zana lorsqu'on lui eut assuré qu'on allait apporter sur-le-champ à Bobby son bouquet et son sapin.

— Il sera content de les voir quand il se réveillera.

Elles sortirent dans le froid et le vent. Frigorifiée, Zana boutonna le col de son manteau taché de café.

— Vous ne trouvez pas que les fleurs sont trop… féminines ? C'est tellement difficile d'offrir des fleurs à un homme. Lesquelles choisir ?

Eve se mordit les lèvres, ravalant le « je m'en fiche ! » qui s'apprêtait à fuser.

— Ne vous inquiétez pas, il les aimera.

— Seigneur, on se gèle. Et il recommence à neiger, dit Zana, levant les yeux vers le ciel. On aura peut-être un Noël blanc. Ça, ce serait un événement. Au Texas, quand par extraordinaire il tombe quelques flocons, ils fondent aussitôt. Je me rappelle la première fois que j'ai vu de la neige, j'étais émerveillée. Pas vous ?

— C'est si loin, je ne m'en souviens pas.

Eve avait dû découvrir la neige par la fenêtre d'un hôtel miteux. À Chicago, peut-être.

— Tout était immaculé, ça me fascinait, poursuivit Zana. Et puis, ces jours-là, on n'allait pas à l'école.

— Ah…

— Excusez-moi, quand je suis angoissée, je suis un vrai moulin à paroles. Il ne faut pas m'écouter. Je suppose que, chez vous, vous avez terminé les préparatifs pour Noël ?

— À peu près, marmonna Eve en démarrant et manœuvrant pour se faufiler dans la circulation.

— Bobby souhaitait que les obsèques de sa mère aient lieu avant la Saint-Sylvestre, déclara Zana qui, en proie à une irrépressible agitation, ne cessait de tripoter les boutons de son manteau. Je ne sais pas si ce sera possible, maintenant qu'il est blessé. Il avait décidé ça – nous l'avions décidé ensemble pour débuter la nouvelle année dans une atmosphère pas trop désespérante. Est-ce que nous aurons bientôt l'autorisation de rentrer à la maison ?

Eve ne pourrait pas prolonger éternellement leur séjour à New York, une fois que les médecins jugeraient Bobby apte à voyager.

— Tout dépendra de l'avis du docteur.

— Ça m'étonnerait qu'on revoie un jour cette ville, murmura Zana en regardant par la vitre défiler les rues de la mégapole. Il s'est passé trop de choses affreuses. Et, après notre départ, je ne vous reverrai sans doute jamais non plus.

Elle demeura un instant silencieuse.

— Si vous trouvez le meurtrier de maman Trudy, est-ce que Bobby sera obligé de revenir ici ?

— Eh bien… je ne sais pas encore.

Quand elles furent à l'hôtel, Eve monta dans la chambre qu'elle inspecta rapidement. Tout semblait normal. Elle réclama la disquette de vidéosurveillance du hall, qu'on lui remit, posta un policier dans le couloir et prit la poudre d'escampette.

Au Central, deux paquets enveloppés de papier aux couleurs joyeuses trônaient sur sa table. Il y en avait un pour elle et l'autre pour Connors, de la part de Peabody et McNab.

Elle les mit de côté – Noël n'était pas sa priorité, du moins pour l'instant – et s'attela au travail. Elle rédigea son rapport, lut celui de Peabody, puis consacra une demi-heure à parcourir ses notes pour la énième fois.

Avant de fermer son bureau, elle accrocha devant sa fenêtre l'attrape-soleil offert par Mira.

Avec un peu de chance, ça l'aiderait.

Puis elle cala les cadeaux sous son bras et contacta son mari.

— Ça y est, je suis libre.

— Tu as faim de quoi ? lui demanda-t-il.

— Ça, c'est une question à double sens, ou je ne m'y connais pas, ironisa-t-elle, adressant un signe à Baxter. Faisons simple, s'il te plaît.

— Je suis d'accord. Rendez-vous au Sophia, rétorqua-t-il, et il lui donna l'adresse. Dans une trentaine de minutes.

— OK. Si tu arrives le premier, commande une grande bouteille de vin. Très grande. Et sers-moi un verre. Plein à ras bord.

— Voilà qui nous promet une soirée palpitante. À tout de suite, lieutenant.

Elle interrompit la communication, pivota vers Baxter.

— J'imagine que je ne peux pas partager cette très grande bouteille ? dit-il.

— Non, je me la garde pour moi.

— Dans ce cas, tu peux m'accorder une minute ? En privé ?

— Bien sûr.

Elle retourna dans son bureau, où il la suivit.

— J'ai du café, si ça te chante, suggéra-t-elle.

— Oui… pourquoi pas ?

Il manipula lui-même l'autochef. Il ne s'était pas changé, il portait toujours son sweater gris clair et son pantalon gris foncé où l'on devinait une tache de sang – le sang de Bobby, vraisemblablement.

— Je ne sais pas que penser, marmonna-t-il. J'étais peut-être trop décontracté. Ou alors je perds la main. Je n'arrête pas de tourner ça dans ma tête.

Il saisit sa tasse, fit fondre le sucre dans son café.

— J'ai envoyé le môme acheter des hot-dogs. Ils venaient de prendre les leurs, Trueheart était bien placé. Bon Dieu… J'ai foiré, Dallas, parce que j'avais la dalle.

Eve reconnaissait la culpabilité quand elle l'avait sous le nez et, en cet instant, elle avait l'impression de se contempler dans un miroir.

— Qu'est-ce que tu veux, que je te fouette sauvagement ? Je dois avoir un martinet quelque part.

— Hmm...

Il grimaça, avala une lampée de café.

— Tu te rends compte ? Je suis en train de les écouter, et il n'y a rien de spécial. Ils papotent. D'où je suis, je ne les vois pas complètement, mais lui est assez grand pour que j'aperçoive l'arrière de son crâne ou son profil quand il se tourne vers elle. Je me suis avancé lorsqu'elle a renversé le café, ensuite je me suis de nouveau relaxé. Imagine-toi... eux sont à midi, Trueheart à dix heures, et moi à trois heures. Brusquement, la voilà qui hurle.

— Ton intuition n'a pas fonctionné ? Pas de picotements ?

— Rien. Faut dire que c'était le tohu-bohu. Les dirigeables publicitaires faisaient un boucan du tonnerre. Il y avait un père Noël qui agitait sa foutue clochette. Les gens passaient ou s'attroupaient au feu.

Baxter but une autre gorgée.

— Dès qu'elle a braillé, j'ai foncé. Je n'ai remarqué personne qui avait l'air de déguerpir. Ce salaud était peut-être toujours là. C'était un des témoins, à la limite. Ou bien il s'est noyé dans la foule. Facile... Aujourd'hui, il y avait une parade à la noix sur la 5e Avenue. Et plusieurs personnes ont glissé, sont tombées.

Eve leva brusquement la tête, plissa les lèvres.

— Avant ou après ?

— Avant, pendant, après... Si je me repasse le film, je vois cette femme – une grande blonde en manteau rouge. Elle dérape. Juste derrière Zana. Ça, c'est probablement la bousculade initiale. Le café se renverse. Je vois Bobby se retourner. Je l'entends demander ce qu'il y a. Il est inquiet. Zana lui répond qu'elle a taché son manteau. Il se détend. Moi aussi. Et puis, il bascule en avant. Et c'est le chaos.

— Il est donc possible que nous battions tous les deux notre coulpe alors que notre ami Bobby a simplement trébuché.

— Les coïncidences, j'y crois pas, c'est des conneries.

— Ouais, des conneries, répéta-t-elle d'un ton sinistre qui arracha un rire à Baxter. Bon... Notre blessé est sous surveillance rapprochée, de même que son épouse. On analysera tout ce qu'ont enregistré les mouchards dès que les collègues du labo auront fini de beugler des chants de Noël. D'ici là, inutile de te flageller, ou de nous flageller, tant que nous ignorons s'il ne s'agit pas de l'exception à la règle, celle qu'on rencontre une fois sur un million : la fameuse coïncidence.

— Écoute, Dallas... Si j'ai foiré, si je me suis planté, il faut absolument que je le sache.

Un fin sourire joua sur les lèvres d'Eve.

— Ne t'inquiète pas, Baxter, je te promets que, sur ce point précis, je te tiendrai informé.

16

Connors la regarda entrer – son lieutenant, élancé et souple comme une liane, dans son superbe manteau de cuir noir. Il y avait de la lassitude et du stress dans son regard qui balayait le restaurant.

Un flic restait un flic vingt-quatre heures sur vingt-quatre. S'il l'interrogeait quand ils s'en iraient d'ici, elle serait capable de lui dire combien de clients occupaient le box d'en face, ce qu'ils portaient, voire ce qu'ils mangeaient. Et elle serait capable d'enregistrer tous ces détails même en leur tournant le dos.

Cela ne cesserait jamais de le fasciner.

Elle repoussa d'un geste le serveur qui proposait sans doute de la conduire à leur table et traversa la salle seule, de cette démarche élastique, de lionne, qu'il aimait tant.

Il se leva pour l'accueillir.

— Lieutenant, tu es magnifique. L'incarnation de l'assurance et de l'autorité. Extraordinairement sexy...

Il lui effleura les lèvres d'un baiser, puis désigna le verre de vin qu'il lui avait servi en la voyant franchir le seuil.

— J'espère qu'il est assez plein pour toi.

— Oui, soupira-t-elle en buvant une généreuse gorgée. J'ai eu une journée épouvantable.

— Je m'en doutais. Je propose que nous commandions, et tu me raconteras.

Comme par magie, le serveur se matérialisa à leurs côtés.

— Je veux des spaghettis avec des boulettes de viande et de la sauce rouge, dit Eve. Vous avez ça, ici ?

— Bien sûr, madame. Et pour commencer ?

Elle leva son verre.

— J'ai commencé.

— Deux salades mixtes, intervint Connors. Et je prendrai le poulet au parmesan.

Il trempa un gressin dans de l'huile parfumée aux herbes, obligea Eve à ouvrir la bouche et le lui fourra dans le bec. Elle mastiqua docilement.

— Il vaut mieux éponger tout ce vin, n'est-ce pas ? Et maintenant, décris-moi le serveur.

— Pourquoi ?

— Parce que ça m'amuse.

Et parce que ça la calmerait, songea-t-il. Elle haussa les épaules, but encore deux lampées de vin.

— Homme de type caucasien, trente-cinq ans environ. Chemise blanche, pantalon et mocassins noirs. Un mètre soixante-quinze, soixante-quinze kilos. Cheveux bruns, yeux marron. Une peau sans défaut. La lèvre inférieure renflée, le nez long et un peu crochu. La canine supérieure gauche de travers. Les sourcils épais et droits. Il a l'accent du Bronx, mais il s'efforce de le perdre. Il porte à l'oreille droite un petit clou en turquoise – en tout cas, une pierre bleue. Il a une alliance en argent à l'annulaire de la main gauche. Il est gay. Il a probablement un compagnon.

— Il est gay ?

— Oui, c'est toi qu'il a reluqué, pas moi. Alors ?

— Comme je le disais, je ne me lasse pas de ton numéro de cirque. Qu'est-ce qui a cloché, aujourd'hui ?

Elle lui raconta. Elle n'avait pas terminé son récit quand on leur apporta les salades, aussi s'attaqua-t-elle à la sienne sans même s'en rendre compte.

— Et voilà où j'en suis. Je n'ai rien à reprocher à Baxter ou Trueheart. Manifestement, ils ont fait leur boulot.

— Ce n'est pas la peine non plus de te culpabiliser. Il y a une chose que je ne comprends pas. Pourquoi aurait-on poussé Bobby ? Qu'avait-on à y gagner ?

— On peut reprendre la piste de l'argent. Trudy en avait, et Bobby n'en manque pas. Ou alors, on suit la piste de la vengeance. Il était là, dans la maison de sa mère, quand elle accueillait d'autres enfants sous son toit.

— Il t'apportait de la nourriture, objecta Connors. Tu n'étais certainement pas la seule pour qui il faisait ça.

— Sans doute. Mais il ne protestait pas, il ne se révoltait pas. Quelqu'un considère peut-être qu'il aurait dû.

— Tu le penses, toi ?

Eve ne répondit pas immédiatement. Elle engloutit une feuille de salade, but une autre gorgée de vin.

— Non… Il se protégeait, je ne lui en veux pas : il n'était qu'un gamin quand je vivais chez eux. En revanche, avant que Trudy abandonne son activité de mère d'accueil, il avait vieilli. Quelqu'un a pu s'imaginer que lui aussi devait payer.

— Parce que son silence le rendait complice ?

— Un truc dans ce genre. N'empêche, c'était plus facile de les liquider chez eux. D'accord, à New York, on a la foule, une grande ville où personne ne se connaît… C'est un plus. Mais, au Texas, le meurtrier aurait été plus à son aise pour repérer leurs habitudes, leurs allées et venues. Ce qui me ramène, au moins en partie, à ma première hypothèse – un acte impulsif.

— As-tu envisagé la possibilité que la charmante épouse de Bobby soit coupable ?

— Oui, et je l'envisage toujours. Elle ne supportait peut-être pas aussi bien sa belle-mère qu'elle le prétend. Une opportunité se présente, Zana la saisit. Elle se débarrasse de maman Trudy pour que Bobby hérite. Ensuite, pourquoi ne pas liquider l'héritier ? Serait-elle assez stupide pour croire que je ne regarderais pas de son côté ?

— Quelle est ton opinion sur cette jeune femme ?

— Elle est un peu trop douce et chochotte à mon goût.

Connors esquissa un sourire.

— J'ignorais que les filles pouvaient être chochottes.

— Tout ce rose, ces « maman Trudy »… Pff ! Et elle se met à pleurer si tu fronces les sourcils.

— Une belle-mère assassinée, un enlèvement, un mari à l'hôpital… Il me semble qu'elle est en droit de verser quelques larmes.

Eve tambourina sur la table.

— Rien dans son dossier ne laisse supposer qu'elle a l'étoffe d'une criminelle. Je ne la vois pas épousant Bobby pour sa fortune – il n'est pas assez riche, même si elle connaissait l'existence du sale petit bas de laine de Trudy.

— Dans certains milieux, un million de dollars améliore considérablement l'existence.

— J'ai l'impression d'entendre Peabody. Je ne suis pas blasée sur l'argent, se justifia Eve. Mais se marier avec quelqu'un uniquement pour son compte en banque, et ensuite le trucider, lui et sa mère… Il faut être sacrément âpre au gain. En outre, je ne comprends pas comment elle aurait pu deviner que Trudy jouait les écureuils et avait planqué des tas de noisettes ici et là.

— Elle était liée à l'une des femmes que Trudy faisait chanter ?

Eve réprima un sourire. Connors raisonnait comme un flic – un compliment qu'il n'aurait guère apprécié.

— Oui, c'est une idée que j'ai creusée. Pour l'instant, elle ne m'a menée nulle part. En réalité, je n'ai absolument rien contre elle. D'après les témoins de l'incident d'aujourd'hui, elle a essayé d'empêcher Bobby de tomber, elle l'a retenu de toutes ses forces.

— Cependant tu t'interroges.

— Effectivement. Les deux fois, elle était sur les lieux. Elle a un lien avec les deux victimes. Et, si l'argent est le mobile, elle est la grande gagnante. Avoue qu'il y a quand même de quoi se poser des questions.

— Par conséquent, tu lui as accroché un policier aux basques, à la fois pour la protéger et la surveiller.

— On ne peut pas faire grand-chose de plus avant le 26 décembre. Le labo tourne au ralenti, la moitié de mes hommes ont la tête ailleurs. Même les techniciens de l'Identité judiciaire ne m'ont pas encore communiqué ce qu'ils ont découvert dans la chambre voisine de la scène de crime. Noël me met des bâtons dans les roues, c'est suant.

— Ma pauvre chérie.

Eve tressaillit, dévisagea Connors. Il était temps de changer de sujet, de se souvenir qu'elle avait aussi une vie privée.

— Et toi, comment s'est passée ta journée ?

— Pas trop mal, répondit-il en remplissant de nouveau leurs verres. Je travaille demain matin et je ferme les bureaux à midi. J'ai encore quelques petits détails à régler à la maison.

— Ah oui, lesquels ? Tu te lances dans l'importation de rennes pour les fêtes ?

— Dommage que tu ne m'aies pas soufflé plus tôt cette brillante idée... Non, il s'agit de bricoles, ajouta-t-il, balayant l'air d'une main désinvolte. Si tu te rappelles, notre réveillon de l'an dernier a été interrompu.

— Oui...

Elle n'oublierait jamais le trajet à une allure folle pour retrouver Peabody, la peur d'arriver trop tard.

— Cette année, elle sera en Écosse. Il faudra qu'elle prenne soin d'elle toute seule.

— Elle m'a contacté, avec McNab, pour me remercier. Elle a été surprise et très touchée – lui aussi a été ému – en apprenant que c'était toi qui avais décidé de leur offrir ce cadeau.

— Tu n'aurais pas dû le dire.

— C'est pourtant la vérité.

— Oui, mais c'est ton jet, maugréa-t-elle.

— Le mal que tu as à offrir et recevoir des cadeaux est littéralement fascinant, ma chérie.

— À cause de toi, ronchonna-t-elle, embrochant férocement une boulette de viande. Tu en fais toujours des tonnes. Cette fois aussi, hein ?

— Méfie-toi, le père Noël risque de ne t'apporter qu'un morceau de charbon dans ton petit soulier.

— M'en fiche, dans cinq mille ans, j'aurai un diamant... Dis, qu'est-ce que Trudy allait fabriquer avec tout cet argent ?

Sans répondre, Connors s'adossa à son siège, sourit. Le flic ne s'était pas absenté longtemps.

— Le planquer pour qu'il fasse des petits ? À quoi bon ?
Elle avait déjà des fonds placés sur des comptes numérotés. Pour que personne ne s'en doute, elle menait une vie
assez modeste. Elle avait juste ses jolies babioles, enfermées bien à l'abri, qu'elle pouvait admirer quand elle en
avait envie. Elle avait assuré des diamants pour deux cent
cinquante mille dollars, j'ai les documents qui le prouvent. Pour ses opérations de chirurgie esthétique, elle ne
lésinait pas non plus.

Eve agita la boulette piquée au bout de sa fourchette,
mordit à belles dents dans la viande.

— Tout ça, c'est de la roupie de sansonnet. Car l'argent
arrivait au compte-gouttes. Mais là, Trudy s'attendait à
toucher le pactole. Donc elle avait forcément prévu comment dépenser cette fortune, au moins en partie.

— Peut-être l'achat d'une propriété. Des bijoux, des
œuvres d'art.

— Si elle envisageait de déménager… il faut que je vérifie si elle avait un passeport valide, dans quelle ville on le
lui a délivré ou renouvelé. Elle avait Bobby, d'accord,
mais il est adulte à présent, marié. Il n'est plus à ses petits
soins.

— Une nouvelle maison, ailleurs. Quelque part où elle
pourrait mener l'existence qu'elle mérite. Où elle aurait,
par exemple, des domestiques.

— Elle avait besoin de gens à commander, ça c'est sûr.
De plus, elle avait la ferme intention de continuer à te
faire payer. Il n'était plus question de laisser moisir tout
cet argent dans une banque. Adieu Texas, notre Trudy
était pleine aux as, en route pour la vie de château !

Eve repoussa son assiette.

— Je veux creuser cette piste. Tu as terminé ?

— Pas de dessert ?

— J'ai assez mangé.

— Ils ont une fabuleuse glace au chocolat, rétorqua-t-il avec son irrésistible sourire de pirate.

— Monstre…

Elle tenta de lutter, hélas, contre le chocolat elle était
vaincue d'avance.

— Tu crois qu'on pourrait l'emporter chez nous, leur merveille ? susurra-t-elle.

Le phénomène était étonnant, songea Eve. Quand on cherchait dans une direction qui, a priori, paraissait très éloignée du problème qu'on s'acharnait à résoudre, on remuait une multitude de pièces qui ne trouvaient pas tout de suite leur place dans le puzzle, mais qui, manifestement, faisaient partie de l'ensemble.

— Son passeport était valide, déclara Eve qui se gavait avec délices de glace au chocolat. Elle l'avait depuis douze ans, et elle a beaucoup voyagé. C'est drôle que personne ne me l'ait signalé. L'Espagne, l'Italie, la France. Elle aimait l'Europe, mais elle est aussi allée à Rio, au Belize, aux Bahamas – des coins plus exotiques.

— Elle n'a pas visité d'autres planètes ?

— En tout cas, ça ne figure pas sur ce document. Je pense qu'elle préférait notre bonne vieille Terre. Les voyages interplanétaires sont coûteux et interminables. Regarde… elle ne partait que quelques jours. Maximum dix jours – en Italie, à Florence. Où elle est d'ailleurs retournée une journée la semaine avant son arrivée à New York. Bizarre.

— Peut-être avait-elle un faible pour la Toscane, ironisa Connors.

— Hmm…

Eve enfourna une autre cuillerée de glace, se pourlécha les babines.

— Elle gardait peut-être ses déplacements secrets. Elle n'en parlait pas à son fils. Il faut que je sache si elle voyageait seule ou avec quelqu'un.

Elle examina attentivement la date du tampon.

— Elle avait une bonne raison d'aller en Italie juste avant de venir ici faire son mauvais coup. Elle se cherchait une villa, à ton avis ?

— Cela prendra un moment, mais si elle a contacté un agent immobilier dans le but d'acquérir une propriété, je peux le savoir.

— Avec un fils dans le métier, elle connaît les ficelles. Donc... elle désire s'installer quelque part, mener la grande vie après t'avoir plumé.

— Objection, lieutenant. Je ne suis pas du genre qu'on plume.

— Certes, mais ça, elle ne l'a pas pigé. Elle se dit qu'il est temps de profiter de ses économies si durement gagnées. De se parer de tous ces bijoux pour lesquels elle paie des primes d'assurance. Il est temps de se la couler douce. Elle empoche le jackpot, et vive la retraite.

— Qu'est-ce qu'elle envisageait de raconter à sa famille?

Mets-toi dans sa tête, raisonne comme elle, se tança Eve.

— Son fils l'a remplacée. L'ingrat. Elle ne lui doit aucune explication. Ou alors, si elle avait décidé de le prévenir, je te parie qu'elle lui aurait servi un conte à sa façon: j'ai gagné à la loterie, j'ai hérité d'un oncle ou d'une tante, etc. Mais Bobby ne lui était plus indispensable, elle avait quelqu'un d'autre sous la main, qui lui obéissait au doigt et à l'œil. Elle a emmené son fils et sa belle-fille à New York juste au cas où...

Eve s'étira pour décontracter ses épaules crispées.

— Ou bien elle prévoyait de se débarrasser de son favori, d'en engager un autre, tout nouveau tout frais, dès qu'elle serait installée. Qui connais-tu, dans cette région d'Italie, qui soit dans l'immobilier et susceptible de nous aider?

— Une ou deux personnes. Seulement, je te signale que, là-bas, il est une heure du matin.

— Ah oui... J'ai horreur du décalage horaire, ce que c'est agaçant. Enfin bon, ça attendra demain matin.

— Lieutenant... je suis navré de devoir te le rappeler, mais demain, ce sera le jour du réveillon de Noël. Il est peu probable que les bureaux soient ouverts, surtout en Europe, où l'on prend ces choses-là au sérieux. Il m'est possible d'actionner certains leviers, mais sauf si c'est terriblement urgent, j'ai scrupule à gâcher les congés d'autrui.

— Tu vois, rouspéta Eve, brandissant sa cuillère d'un air menaçant, je te le disais : Noël me met des bâtons dans les roues ! Enfin, ajouta-t-elle avec un soupir à fendre l'âme, ça attendra. L'essentiel est de trouver si elle avait un compagnon ou une compagne de voyage. Ce serait le petit grain de sable qui change tout.

— Pour ça, je peux te donner un coup de main.

— Je veux examiner les manifestes de tous les vols qu'elle a pris.

— Tous ? répéta-t-il, un brin effaré.

— Oui, oui. On va éplucher les listes des passagers, voir si le nom d'une de ses victimes n'y figurerait pas. Je suis consciente, inutile de me le préciser, que les bureaux de la compagnie d'aviation sont fermés. Et qu'il faut généralement une autorisation pour accéder aux informations concernant les passagers…

Il la regarda avec un sourire angélique.

— Je n'ai pas prononcé un mot.

— Je cherche, voilà tout, ce n'est pas un crime ! s'énerva-t-elle. Et si, par chance, je tombe sur le bon filon, eh bien, je ferai machine arrière et je passerai par les voies officielles. Mais j'en ai marre de piétiner !

— Ne me crie pas dessus, je n'ai encore rien dit.

— Mais tu le penses.

— Je pense qu'il vaudrait mieux que tu te lèves. Je veux ton fauteuil.

— Pourquoi ?

— Si je dois chercher ces renseignements, or nous savons tous les deux que je suis en mesure de les obtenir plus rapidement que toi, je veux le fauteuil et le bureau. Donc… debout. Si tu t'occupais de la vaisselle ?

Elle grommela, pesta, mais obéit.

— Estime-toi que je ne sois pas totalement insensible à l'esprit de Noël, sinon je te fracasserais ces coupes sur le crâne.

— Et tu serais mignonne de me servir un café, rétorqua-t-il, impassible, en retroussant ses manches.

— Ne pousse pas trop loin le bouchon, mon vieux. Tu vis dangereusement.

— Avec un cookie, s'il te plaît. Tu as dévoré les trois quarts de ma glace au chocolat.

— C'est pas vrai ! protesta-t-elle depuis la cuisine avec cette mauvaise foi qui enchantait Connors.

Elle remplit cependant deux mugs de café. Pour s'amuser, elle posa celui de Connors sur une assiette avec un minuscule biscuit. Puis elle lui apporta le tout et lui planta un baiser sur le sommet de la tête.

— Alors, où en es-tu ?

— Je consulte ses relevés de compte pour déterminer de quelle compagnie elle était cliente. Ensuite, je lancerai une recherche sur les dates correspondant à celles de son passeport. Après, je me procurerai tes listes de passagers et on les passera au peigne fin. Reconnais que ça mérite un vrai cookie, et non cette ridicule miniature.

— Comme ceci, peut-être ?

Elle lui tendit le cookie décoré de motifs en sucre glace qu'elle dissimulait derrière son dos. Summerset avait beaucoup de défauts, néanmoins Eve elle-même devait admettre qu'il était un remarquable pâtissier.

— Oui, je préfère nettement. Mon bonheur serait complet si tu t'asseyais sur mes genoux.

— Concentre-toi, mon vieux. Ma question est insultante, je sais, mais tu ne vas pas avoir de problèmes avec CompuGuard ?

— Je ferai comme si je n'avais rien entendu, puisque tu m'as apporté une gâterie, répliqua-t-il d'un air canaille.

Elle le laissa à ses recherches et s'installa à un autre ordinateur.

À quoi s'occupaient les autres couples mariés après le dîner ? se demanda-t-elle. Peut-être regardaient-ils la télé, ou bien se consacraient-ils à leurs hobbies.

Eve et Connors, eux, quand ils ne s'évertuaient pas à résoudre des affaires criminelles, se passaient parfois un vieux film en noir et blanc du XXe siècle. Il était passionné par le cinéma de cette époque, et elle avait attrapé le virus. Ces soirs-là, ils se comportaient comme des gens normaux, même si leur salle vidéo était plus vaste et infiniment plus luxueuse que les autres.

Avant que Connors ne surgisse dans son existence, les soirées d'Eve étaient le plus souvent solitaires. Elle relisait ses notes, se plongeait dans ses dossiers, hormis lorsque Mavis, sa meilleure amie, l'emmenait faire la tournée des grands-ducs.

Elle ne s'imaginait pas alors soudée à un homme par toutes les fibres de son être, vivant avec lui dans une parfaite harmonie, malgré leurs différences.

À présent, elle ne s'imaginait plus sans lui.

L'idée du mariage la conduisit – assez logiquement – à penser à Bobby et Zana. Ils étaient unis depuis peu et se séparaient le moins possible. Ils voyageaient – du moins en ce qui concernait ce fatidique séjour new-yorkais – ensemble.

Bobby, découvrit-elle, possédait un passeport. Son dernier voyage datait de quatre ans. Il s'était rendu en Australie. Avant ça, à un an d'intervalle, il était allé au Portugal et à Londres.

Des vacances, décida Eve. Des virées annuelles. Mais rien qui exige un passeport depuis l'Australie.

Zana, elle, n'avait pas de passeport, ni sous son nom de jeune fille ni sous son patronyme d'épouse. Bah, beaucoup d'Américains n'étaient jamais sortis de leur pays. Eve, par exemple, avant de rencontrer Connors.

Pourtant elle se renversa dans son fauteuil, scrutant le plafond. Bobby n'avait-il pas souhaité faire découvrir à sa jeune épouse un pays, une partie du monde qu'il aimait ? Pour leur lune de miel...

Bien sûr, peut-être avait-il décidé de commencer par New York, car sa mère le lui avait suggéré. Ça se tenait.

Mais la question méritait d'être approfondie.

— J'ai tes listes, annonça soudain Connors.

— Déjà ? marmonna-t-elle distraitement.

— Un jour, j'aurai droit à un minimum d'admiration et de reconnaissance. Patience, patience...

— Y a des noms qui correspondent ?

— Si tu es pressée, tu en prends la moitié, répondit-il en pianotant sur son clavier. Voilà, c'est transféré. Tu vas pouvoir te débrouiller ?

— Je ne suis pas idiote, je sais faire des recoupements, bougonna-t-elle. De toute façon, j'ai déjà quelques idées. Un peu tirées par les cheveux, je te l'accorde. Une des pupilles est en prison, pour agression essentiellement. Elle est violente, il n'est pas impossible qu'elle ait voulu se venger de Trudy.

— Comment aurait-elle su que Trudy allait à New York avec l'intention de nous extorquer de l'argent, et comment aurait-elle réussi à organiser ce meurtre ?

— Je n'ai pas de réponse. Mais, après Noël, j'aurai un entretien avec le directeur de la maison d'arrêt.

— Et tes autres idées lumineuses ?

— Une autre pupille était danseuse dans ce club de Miami qui a explosé voici quelques années. Rappelle-toi, deux kamikazes bardés d'explosifs ont débarqué, en criant à la débauche. Les choses ont mal tourné, tout a pété. Plus de cent cinquante victimes.

— Excuse-moi, je ne me souviens pas. Avant toi, je ne m'intéressais guère aux faits divers. Mais… la fille a survécu ?

— Non. En tout cas, elle figure parmi les morts. Néanmoins dans ce genre de situation, comment en être certains ? Le chaos, du sang partout, des corps disloqués…

— Merci, coupa Connors, je me représente parfaitement le tableau. Donc, selon toi, elle ne meurt pas, elle adopte l'identité d'une autre et manigance le meurtre de Trudy ?

— C'est une piste, marmonna Eve d'un air buté. Il y en a d'autres. Un amant ou une amie intime de cette fille se venge de Trudy. Je peux essayer de parler à certains des survivants, certaines des collègues de cette fille. Pour avoir d'elle une image plus nette.

Eve se leva et se mit à arpenter le bureau.

— Et puis, il y a cette interrogation qui me trotte dans la tête. Est-ce que Trudy a un jour surpris Bobby en train d'apporter de la nourriture en cachette à une des pupilles ? Comment a-t-elle réagi ? Vis-à-vis de lui, d'elle. Quand il a été plus âgé, est-ce que Bobby a contacté une des filles, ou l'inverse ? Il me semble que la manière la plus facile d'atteindre Trudy était de passer par lui.

— Tu en reviens encore à Zana.

— Eh oui.

— Qu'est-ce qu'elle a qui te dérange ?

— Je te le répète, elle pleure beaucoup.

— Eve...

— OK. Elle était sur les lieux, les deux fois. Elle est la seule à avoir vu son prétendu kidnappeur.

Connors haussa les sourcils.

— Tu la penses coupable.

Eve se campa devant l'écran où étaient affichées les photos de Trudy, Bobby et Zana. Le triangle parfait.

— Je l'ai pensé à la seconde où j'ai ouvert la porte et découvert Trudy morte.

— Pourquoi tu ne l'as pas dit plus tôt ?

— Parce qu'elle paraît blanche comme neige. Je n'ai aucun élément contre elle, aucune preuve, pas de mobile plausible.

Elle contempla le cliché de Zana. De grands yeux bleus, des boucles blondes – un agneau innocent.

— Ses actes, ses réactions, ses paroles, son attitude sont tout à fait normaux, vu les circonstances. Pourtant je la regarde et mon instinct me souffle : c'est forcément toi.

— Et Bobby ?

— Il est peut-être de mèche avec elle. Cependant l'incident qui l'a conduit à l'hôpital contredit cette hypothèse. Baxter m'a assuré qu'ils n'avaient parlé que de shopping et de déjeuner. Pas un mot sur Trudy ni sur un quelconque complot. En outre, je ne le *sens* pas mêlé à une histoire pareille. Mais...

— Tu crains que tes souvenirs de lui ne faussent ton instinct.

— En effet.

À cet instant, la voix métallique de l'ordinateur retentit :

Pas de recoupements entre les listes de passagers et les dossiers actuellement en mémoire...

— Flûte, se plaignit Eve. Et si on essayait d'autres combinaisons ?

— Ne bouge pas, je lance une nouvelle recherche.

Pendant que Connors avait le dos tourné, pour éviter une leçon de morale sur l'abus d'excitants, Eve remplit sa tasse de café.

— Tu es marié avec quelqu'un. Tu travailles, tu vis, tu dors avec ton conjoint. Si on te manipulait, jour après jour, nuit après nuit, tu n'aurais pas des soupçons ? À un moment ou un autre, fatalement, le marionnettiste commet une bourde, et la marionnette commence à se méfier. Non ?

— Tu connais l'expression : « l'amour est aveugle ».

— Je ne suis pas d'accord. La passion physique aveugle, c'est vrai, et encore ça ne dure pas. Mais l'amour vous rend plus lucide. On y voit plus clair, parce qu'on est mieux dans sa peau.

Connors sourit, effleura la joue d'Eve.

— Je crois que c'est la réflexion la plus romantique que je t'aie entendue prononcer.

— Ce n'est pas romantique, c'est…

— Chut, murmura-t-il en la bâillonnant brièvement de sa bouche, laisse-moi savourer mon plaisir. Tu as raison, mais l'amour peut aussi nous inciter à voir les choses comme nous voudrions qu'elles soient. Et si nous nous fions à ton instinct et considérons qu'elle est coupable, tu n'as pas envisagé qu'elle soit amoureuse de lui. Elle voulait peut-être délivrer Bobby de l'influence destructrice de sa mère.

— Qui est romantique, à présent ? Si elle est l'assassin, alors elle a poussé son mari sous les roues d'un taxi. Ce n'était pas un accident, pas si elle a tué Trudy.

— Là, tu marques un point.

— Non, ce n'est que du vent. J'ai un témoin/suspect à l'hôpital. Sa femme dans une chambre d'hôtel, sous surveillance. Il faut que je continue à creuser.

Elle songea à l'enregistrement, à l'habileté de Connors, à ses appareils ultrasophistiqués. Elle pourrait lui demander de l'aider.

Non. Ce serait abuser de sa gentillesse.

— Il est tard, on verra ça demain, décréta-t-elle. Maintenant, dodo.

Connors l'enlaça, lui ébouriffa tendrement les cheveux.

— Que dirais-tu d'un plongeon dans la piscine, avant de nous coucher ? Pour évacuer la tension.

— Hmm, ce n'est pas une mauvaise idée.

Tandis qu'il l'entraînait vers l'ascenseur, elle leva la tête vers lui, plissa les yeux.

— Toi, mon vieux, tu es en train de me manipuler. Tu me proposes de nager pour que je sois toute nue et toute mouillée... ton fantasme préféré.

— Décidément, tu n'es pas de celles que l'amour aveugle, lieutenant. Tu lis en moi comme dans un livre ouvert...

17

La veille de Noël, le ciel ne leur envoya pas de la neige, mais une vilaine pluie glacée qui cinglait les carreaux avec jubilation. Une bonne excuse pour les employés municipaux de service, pensa Eve écœurée, pour se faire porter pâles.

Elle eut un bref instant la tentation de les imiter. Elle traînerait en peignoir et travaillerait à la maison, bien au chaud.

— Tu as tout ce qu'il te faut ici, lui dit Connors.

— Non, rétorqua-t-elle en attachant son holster d'épaule. Primo, je n'ai pas Feeney. Deuzio, je n'ai pas Mira. Or je compte lui mordiller les mollets jusqu'à ce que j'obtienne un profil psychologique de Zana et Bobby. Je n'ai pas non plus les malheureux qui sont de garde au labo. Et puis, je veux passer à l'hôtel, à l'hôpital…

Connors étendit ses longues jambes sur la table, sirota tranquillement son café.

— Tu n'es peut-être pas au courant, ma chérie. On a inventé de merveilleux appareils qui permettent d'organiser des visioconférences. Certains, dont nous sommes, possèdent également l'équipement nécessaire pour des holoconférences.

— C'est pas pareil, grommela-t-elle en enfilant sa veste. Tu restes ici, toi ?

— Si je te répondais oui ?

— Tu mentirais. Ton personnel sera en congé à midi, parce que tu es un patron au cœur tendre, mais toi, tu continueras à trimer.

— Si tu restes à la maison, je reste.

Elle se pencha sur lui, l'embrassa à pleine bouche.

— Je m'en vais, et toi aussi. À plus tard.

— Avec ce mauvais temps, la chaussée est glissante. Tu as un tout-terrain qui t'attend dehors. Ne proteste pas, lieutenant, c'est plus prudent.

— Bon, d'accord. Puisque tu as ton quart d'heure « papa poule », vérifie donc si Peabody et McNab n'ont pas de problèmes.

— J'ai déjà vérifié. Le jet a décollé, ils sont à bord, tout va bien. N'oublie pas tes gants.

— Ça m'agace, ces machins… ronchonna-t-elle.

Elle fut cependant bien contente de les mettre et de découvrir que son manteau en cuir était désormais pourvu d'une doublure en fourrure – légère, divinement douce et chaude. Connors était un magicien, songea-t-elle, un sourire béat aux lèvres.

Elle grimpa dans le tout-terrain, aussi puissant qu'un tank, dont le chauffage fonctionnait à plein régime. Connors n'oubliait décidément aucun détail. C'en était presque effrayant.

Dès qu'elle eut démarré, le véhicule bondit en avant à une vitesse hallucinante. Eve dut batailler pour contrôler l'impressionnant engin et arriver entière au Central dont le parking était quasiment désert.

Elle prit le chemin de son bureau où elle laissa son manteau et constata que la paperasse s'était incroyablement accumulée en une seule nuit – ces choses-là croissaient et se multipliaient comme des lapins. Après quoi elle se rendit à la DDE qui, pour une fois, n'évoquait pas une ruche bourdonnante de voix, de musiques et de bruits électroniques discordants. Quelques rares inspecteurs avaient le nez collé à l'écran de leur ordinateur.

— Noël est une période faste pour les criminels, déclara-t-elle, tous les flics sont occupés à préparer le réveillon.

Feeney sursauta.

— C'est calme, tu as raison.

— L'œil du cyclone, répliqua-t-elle d'un ton lugubre. Le calme avant la tempête.

— Tu es gaie comme un pinson, ma grande.

— Tu ne m'as pas encore trouvé ce foutu compte numéroté.

— Parce qu'il n'existe pas. Pas avec ces chiffres, en tout cas pas dans cet ordre-là.

— Elle s'est peut-être emmêlé les pinceaux. Si tu essayais de…

— Tu as l'intention de m'apprendre mon boulot?

Elle souffla, se laissa tomber dans un fauteuil.

— Non…

— Je peux lister les numéros possibles en me fondant sur le calcul des probabilités. Mais ça va être un sacré casse-tête. Le problème, Dallas, c'est que tu pars d'une info donnée par une femme en état de stress.

— Pourquoi son kidnappeur ne les lui a pas fait enregistrer ou noter, ces chiffres? Pour être sûr qu'elle ne se trompe pas? Il a deux millions en jeu, et il se fie à la mémoire d'une femme terrifiée?

— La plupart du temps, les gens sont idiots.

— Lui était apparemment assez malin pour tuer, prêter attention aux détails afin d'effacer ses traces. Assez futé pour se placer au bon endroit, emmener Zana dans un établissement fermé à ce moment-là, tout ça sans que quiconque ne remarque rien. Mais il aurait loupé l'essentiel, ce que nous devions considérer comme le mobile du meurtre. Tu y crois, à ça, Feeney?

— Eh bien, exposé de cette manière… je ne parierais pas ma chemise. Tu penses qu'elle a inventé cette histoire?

— J'estime que c'est une possibilité à ne pas négliger.

— Toi, tu as une théorie. Tu ne veux pas la partager avec moi? J'ai du temps et du café.

Le capitaine Feeney l'avait formée. Il lui avait enseigné à réfléchir, à regarder, et surtout à flairer une piste.

— Volontiers, mais je ne vois pas pourquoi il me faudrait ingurgiter cette abomination qui te bousille l'estomac. Je t'ai apporté un petit cadeau.

D'un geste brusque, elle posa un paquet enveloppé de papier rouge sur la table. Le visage de Feeney s'illumina.

— C'est du vrai café? chuchota-t-il.

— Ben, évidemment, répondit-elle d'un air faussement snob. Je ne vais pas boire de l'ersatz, j'ai perdu l'habitude.

— Bonté divine! Merci, ma grande. Ferme la porte, s'il te plaît. Je n'ai pas envie que l'odeur se répande dans le service. J'ai intérêt à mettre un cadenas sur mon auto-chef, sinon mes gars vont rappliquer comme une nuée de sauterelles.

Ravi, il déplaça l'autochef, le garnit et le programma.

— Figure-toi que ma femme essaie de me mettre au déca. Autant avaler de l'eau. Oh là là, quelle merveille, soupira-t-il, fronçant le nez, tel le cocker auquel il ressemblait. J'ai des beignets, si ça te dit. Ils sont à la rubrique «soupe de pois» pour que les gars me dévalisent pas.

— Tu es un rusé, toi. Je retiens ta méthode, je m'en servirai contre mon voleur de friandises.

— Alors… raconte pourquoi tu soupçonnes Zana Lombard?

Elle lui expliqua son point de vue, tandis qu'il savourait son café et un beignet nappé de sucre glace dont les miettes, peu à peu, constellaient sa chemise.

— S'il s'agit d'une affaire de famille, déclara-t-il, on accuserait plutôt le fils. Il a pu entraîner sa petite épouse. Hé, chérie, tu sais quoi? Je viens de tuer maman. Du coup, j'ai besoin que tu me couvres, que tu dises à la police que j'étais avec toi, en train de ronfler.

— Hmm…

— Mais la bru qui liquide la belle-mère, ce n'est pas exceptionnel non plus. J'en ai marre que vous soyez au milieu, espèce de vieille chouette. Ensuite, elle court se jeter dans les bras du fiston. O mon amour, il y a un horrible accident. Je t'en prie, aide-moi.

— Ça n'explique pas le chantage, le prétendu enlèvement, ni ce qui est arrivé à Bobby.

— Peut-être que l'enlèvement est du superflu, de l'ornement. Elle l'a imaginé… pour faire joli. Un genre de volant sur une robe, tu vois. La cause de tout ça est sans doute ancienne, ainsi que tu le penses. Les problèmes se produisent dans l'enfance, et ensuite ils s'accrochent à vous.

Elle demeura silencieuse, Feeney contempla son café. Ils parlaient très rarement du passé d'Eve.

— Il faut que tu aies quelque chose sur elle – ou sur lui, reprit-il. Un moyen de pression. Parce que, là, tu as un oignon.

— Pardon ?

— Un oignon. Il ne te reste qu'à le peler, couche après couche.

Feeney avait de ces comparaisons, songea Eve. Une plante potagère…

Il lui avait cependant donné une idée.

Elle se rendit dans le service du Dr Mira, où elle trouva le cerbère de la psychiatre en train de travailler en écoutant des chants de Noël.

— Le Dr Mira n'a pas un planning trop chargé ? s'enquit Eve timidement, car la secrétaire – un dragon – avait le don de la mettre mal à l'aise.

— Non, si vous attendez un instant, elle vous recevra. Mais ne la retardez pas trop, son mari et elle ont des projets.

Le dragon alla toquer discrètement à la porte de la psychiatre.

— Docteur, le lieutenant Dallas est là.

— Qu'elle entre.

Eve franchit le seuil du bureau et serra la main de Mira qui se levait pour l'accueillir.

— Bonjour, Eve. Je ne pensais pas vous revoir si vite.

— J'ai un service à vous demander. J'ai besoin d'un profil, ou même simplement de votre impression concernant une suspecte.

— Dans l'affaire Lombard, je présume.

— Oui. La belle-fille.

Eve exposa brièvement la situation à son interlocutrice.

— Je vais essayer de la coincer dans son hôtel, et j'aimerais que vous veniez avec moi. Je sais que vous avez des projets, mais ensuite je vous reconduirai chez vous.

— Eh bien, oui, je peux sans doute...

— Oh, merci, coupa Eve, reculant vers la porte de crainte que Mira ne change d'avis. Je repasse vous chercher dans une heure. J'organise tout ça.

Elle se hâta de contacter Zana.

— Je serai là dans une heure, annonça-t-elle.

— C'est que... je comptais aller à l'hôpital. J'ai téléphoné, on m'a répondu que Bobby dormait encore, mais...

— Ne vous inquiétez pas, je veillerai à ce qu'on vous emmène à son chevet. Comment va-t-il? ajouta Eve après un silence.

— État stationnaire. Ils préfèrent le garder en observation encore vingt-quatre heures, au moins. Avant qu'ils le laissent sortir, je dois prendre certaines dispositions : me procurer un fauteuil roulant, les médicaments...

— On s'en occupera, ne vous tracassez pas.

— Bon, d'accord. De toute façon, puisqu'il n'est pas encore réveillé...

— À tout de suite.

— Ne me dites pas que ce sont les nouveaux véhicules réglementaires de la police, ironisa Mira, écarquillant les yeux devant le tout-terrain.

— Non, ce monstre appartient à Connors. On traverserait probablement la banquise sans anicroche, par conséquent, même s'il y a un peu de verglas dans les rues de New York, je ne risque rien et mon cher mari est content.

— Connors tremble en permanence pour vous, le métier de policier est tellement dangereux... alors, quand il a la possibilité d'assurer votre sécurité, il ne lésine pas sur les moyens.

— Je comprends, mais il a tendance à exagérer.

— Dennis m'a grondée, il voulait que je reste à la maison aujourd'hui, répliqua Mira en renouant autour de son cou son écharpe en cachemire. Pour le calmer, j'ai fini par demander une voiture avec chauffeur. C'est bon d'avoir quelqu'un qui se soucie de vous.

— Hmm… peut-être. Mais c'est dur de penser qu'on est une source d'inquiétude pour ceux qui nous aiment.

— À une époque, cela m'exaspérait.

— Vraiment ? s'étonna Eve.

— Charlie, me disait-il, pourquoi prends-tu de tels risques ? T'occuper d'êtres humains qui se complaisent dans cette noirceur ? Tu ne saisis pas que si tu entres dans leur âme, ils sont capables d'envahir la tienne ?

Mira esquissa un sourire, étendit voluptueusement ses jambes dans l'habitacle où régnait une agréable chaleur.

— Cette discussion-là, nous l'avons eue des centaines de fois lorsque j'ai accepté ce poste de profileuse au département de police.

— Vous vous disputiez ? Vous et M. Mira ?

— Nous sommes mariés donc il nous arrive de nous quereller. Évidemment. Dennis semble placide, mais il est plus têtu qu'une mule. Et je l'adore pour ça.

— Je n'arrive pas à croire que vous vous querelliez avec votre mari, comme tout le monde, plaisanta Eve.

Elle marqua une pause.

— Quoique, sur ce chapitre, les Lombard paraissent être l'exception à la règle. Elle, surtout, a l'air trop parfaite. Le modèle de l'épouse idéale. Seulement… sortir pour acheter du café et des bagels quelques heures après qu'on a tabassé à mort votre belle-mère… bizarre, non ?

— Accomplir des tâches banales, quotidiennes, pour se protéger contre un traumatisme n'a rien d'inhabituel.

— Admettons. Mais pourquoi ne pas recourir au room-service ?

— Je vous accorde que, compte tenu des circonstances, ç'aurait été plus simple, toutefois on ne peut pas considérer cette jeune femme comme suspecte sous prétexte qu'elle n'a pas adopté la solution la plus pratique.

— Hmm, admettons, répéta Eve sans conviction. En réalité, il y a quelque chose qui cloche chez cette Zana. Elle s'efforce toujours de faire ce qu'il faut faire. Comme si elle obéissait à une sorte de check-list. Maintenant, on pleure. Maintenant, on est courageuse, on se mord la lèvre, on fixe un regard tendre et candide sur son mari. Mais on n'oublie jamais de se maquiller et de bien se coiffer. Cette coquetterie, cette vanité ne collent pas avec le reste.

— Vous ne l'aimez pas.

— Eh bien, franchement : non. Or mon antipathie ne repose sur aucun motif valable, elle est purement instinctive. Voilà pourquoi j'attache tant d'importance à votre opinion.

— Essayez, si possible, de ne pas la mettre mal à l'aise, murmura Mira.

Elles étaient parvenues devant l'hôtel. Avisant une place libre, Eve gara le tout-terrain de main de maître.

— Non, je vais dire que je lui amène une psychologue susceptible de l'aider à surmonter le contrecoup des chocs qu'elle a subis.

— Elle y croira ?

Eve eut un petit sourire carnassier.

— Elle n'est pas la seule à savoir jouer la comédie. Attention, ajouta-t-elle en descendant du véhicule, ce trottoir est une vraie patinoire.

— C'est bon d'avoir quelqu'un qui se soucie de vous, la taquina gentiment Mira.

Toutes deux pénétrèrent dans l'hôtel et prirent l'ascenseur qui les déposa à l'étage. Eve se dirigea droit vers le policier qui montait la garde devant la suite de Zana.

— Demandez une voiture pour amener le témoin à l'hôpital. Mais qu'elle parte une demi-heure après moi, pas avant. Compris ?

— À vos ordres, lieutenant.

Eve frappa à la porte. Un instant après, Zana ouvrit avec un sourire timide.

— Je suis si contente que vous soyez là. Je viens de parler avec l'infirmière de Bobby, il est réveillé et…

Elle s'interrompit en apercevant Mira.

— Oh, excusez-moi… Bonjour, madame.

— Zana, je vous présente le Dr Mira, une de mes amies.

— Enchantée de vous connaître. Entrez, je vous en prie. Je… euh, voulez-vous du café ?

— Ne vous inquiétez pas, je m'en occupe, rétorqua Eve. Le Dr Mira est psychologue. Je me suis dit que vous auriez peut-être besoin de vous épancher. Bobby aussi, d'ailleurs. Mira est la meilleure dans son domaine, enchaîna-t-elle, tapotant l'épaule de la profileuse avec une familiarité qui la fit intérieurement frémir. Elle m'a souvent aidée à résoudre mes problèmes.

— Merci de penser à moi, à nous...

— Vous avez traversé de dures épreuves. Les proches d'une personne assassinée ne mesurent pas toujours l'ampleur du stress auquel ils sont soumis. C'est classique.

— Vous êtes vraiment très bonne envers nous. Mais... je n'ai jamais consulté de psychologue, je ne sais pas par où commencer.

— Pourquoi ne pas nous asseoir ? suggéra Mira. Alors, l'état de votre époux s'est amélioré ?

— Oui, il devra rester à l'hôpital encore un jour, peut-être deux, ensuite il aura un traitement ambulatoire – je n'ai d'ailleurs pas saisi ce que cela signifiait.

— Voilà justement une chose que je peux vous expliquer, répliqua Mira.

— Je vous laisse discuter, intervint Eve, je vais dans la kitchenette.

— Votre présence ne me dérange pas, assura Zana. De toute manière, vous êtes déjà au courant de tout.

— Bavardez tranquillement, moi je prépare le café.

Eve passa dans l'alcôve servant de minuscule coin cuisine. Si elle se trompait de bouton en manipulant un autochef dont elle n'avait pas l'habitude, qui le lui reprocherait ?

Rapidement, elle vérifia les commandes des dernières vingt-quatre heures. Fromage, framboises, pop-corn – avec une ration supplémentaire de beurre. Zana avait probablement passé sa soirée à regarder des vidéos. Ce matin, elle avait pris un copieux petit-déjeuner : omelette au jambon, toasts, jus d'orange et thé.

Tout en programmant le café, Eve ouvrit le miniréfrigérateur. Il contenait une bouteille de vin rouge quasiment terminée. Des sodas, un pot de crème glacée au chocolat blanc et noir, lui aussi plus que largement entamé.

La tragédie, le traumatisme ne semblaient pas couper l'appétit à la délicate Zana.

Quand Eve regagna la chambre, portant un plateau chargé de tasses, la jeune femme s'essuyait le visage à l'aide d'un mouchoir en papier.

— C'est la série noire, disait-elle à Mira. Alors que nous étions à New York pour nous amuser. Bobby voulait m'offrir un beau voyage, dans une grande ville que je ne connaissais pas. C'était une partie de mon cadeau de Noël, puisque la maman de Bobby tenait tant à venir ici pour voir Eve, après toutes ces années. Et puis, voilà... l'horreur.

Elle se mit à déchirer le mouchoir en confettis qui se répandirent sur ses cuisses comme des flocons de neige.

— Pauvre Bobby, lui qui essayait d'être fort, solide, et maintenant il est blessé. Il faut que je lui facilite les choses. D'une façon ou d'une autre.

— Vous devez également vous reposer, Zana, veiller à votre santé, répondit Mira.

— Je n'ai pas le droit de penser à moi pour l'instant.

— Dans les périodes de crise, nous avons tendance – surtout nous, les femmes – à nous sacrifier. Il est vrai que, durant des jours, voire des semaines, Bobby aura besoin de vous, affectivement et physiquement. Perdre sa mère est terrible – merci pour le café, Eve. Mais, quand il s'agit d'une mort violente, c'est encore plus atroce. Je vous fournirai une liste de confrères exerçant dans votre région du Texas, si vous le souhaitez.

— Oui, je vous en serais infiniment reconnaissante. Même si, encore une fois, l'idée de payer quelqu'un pour qu'il m'écoute m'impressionne. Je ne sais pas trop quoi dire...

— Vous n'avez pas consulté lors du décès de votre mère ? s'enquit Eve.

— Oh non, je n'y ai même pas songé. Mais je me rends compte que j'ai eu tort.

— À propos, Zana, rétorqua Eve. Nous avons un souci avec les chiffres que vous nous avez donnés. Ceux que votre ravisseur vous a fait mémoriser.

— Oui ?

— Nous ne trouvons rien qui corresponde. En réalité, il y a trop de chiffres. Serait-il possible que vous les ayez mélangés ou que vous en ayez ajouté un ou deux ?

— Oh, Seigneur… balbutia Zana, agitant les mains. Je les ai pourtant répétés sans arrêt, comme il me l'avait ordonné. Même après son départ. Mais j'étais tellement effrayée. Si j'ai commis une erreur, comment puis-je réparer ?

Eve but une gorgée de café, regarda Mira droit dans les yeux.

— Par l'hypnose. Voilà aussi pourquoi je vous ai amené le Dr Mira, pour que vous la rencontriez, que vous vous sentiez à l'aise avec elle, si nous tentons cette expérience. C'est une spécialiste, la police de New York lui demande souvent son concours.

— Ce serait sans doute très utile, en effet, renchérit Mira, saisissant la balle au bond. Sous hypnose, nous serions en mesure de vous ramener au moment de l'enlèvement, tout en veillant à ce que vous éprouviez une sensation de sécurité et de bien-être.

— Mon Dieu, je suis indécise, bredouilla Zana, tripotant les trois fines chaînes d'or qu'elle portait au cou. Être hypnotisée… J'avoue que j'ai un peu peur. Et puis, dans l'immédiat, j'ai du mal à penser à autre chose qu'à Bobby.

— Ce serait un moyen de nous aider à découvrir le meurtrier de votre belle-mère, insista Eve. Or savoir que le coupable est identifié, arrêté et qu'il sera châtié pour son crime permet de guérir plus vite, n'est-ce pas, docteur Mira ?

— C'est exact.

— Je ne sais pas… balbutia Zana. Je ne suis pas aussi forte que vous, Eve. Je ne suis qu'une femme ordinaire.

Mira se leva, souriante.

— Les gens ordinaires font des choses extraordinaires, très souvent. Si je peux vous aider, Zana, n'hésitez pas à me contacter.

— Je vous remercie du fond du cœur, toutes les deux. Votre attention me réconforte énormément.

— Je vous appellerai, déclara Eve. Un de mes hommes vous conduira à l'hôpital. J'essaierai de passer voir Bobby, mais si je n'en ai pas le temps, transmettez-lui mon bonjour.

— Je n'y manquerai pas.

Eve attendit d'être dans l'ascenseur avec la psychiatre pour poser la question qui lui brûlait les lèvres :

— Votre avis ?

— Je doute de vous être très utile. Ses réactions s'inscrivent dans les limites de la normalité, ses réponses sont cohérentes…

— Quand on lui a suggéré une séance d'hypnose, elle a reculé.

— Vous aussi, fit remarquer Mira.

— Dans mon cas, cela n'aurait pas contribué à l'éventuelle arrestation d'un tueur. Hier soir, elle s'est empiffrée de pop-corn, elle a quasiment vidé une bouteille de vin et je vous parie qu'elle s'est commandé un bon repas au room-service.

— Le stress ne coupe pas l'appétit à tout le monde. Au contraire, pour beaucoup de personnes, la nourriture est une compensation. Moi-même, il m'arrive de me gaver littéralement.

— Effectivement, grommela Eve, vous ne m'aidez pas. La prochaine fois, vous rentrerez chez vous à pied.

Eve, en émergeant de la cabine, se dirigea vers la responsable de la sécurité, à la réception.

— Vous pouvez m'indiquer les commandes passées au room-service par notre témoin ?

— Un instant… Oui, hier soir, elle a demandé une salade de crabe, un poulet rôti garni de carottes et pommes de terre nouvelles, ainsi qu'une tarte au citron.

Elle a également choisi une bouteille de merlot et une autre d'eau de source.

— Elle a un solide appétit, commenta Eve.

— Oui, elle paraît s'employer à garder ses forces.

Il y avait un brin de cynisme dans cette remarque. Eve et Mira sortirent de l'hôtel.

— Vous mangeriez du gâteau et vous boiriez du vin si Dennis était à l'hôpital ?

— Non, admit la psychiatre, mais ce n'est pas un crime, et il m'est impossible de conclure, même pour vous faire plaisir, qu'il s'agit d'une attitude anormale.

Eve grimaça de façon si cocasse que Mira éclata de rire. Elle grimpa dans le tout-terrain, boucla sa ceinture de sécurité.

— Vous voulez un profil psychologique ? Je vous en brosse un à grands traits. Le sujet est une jeune femme inexpérimentée qui semble habituée à ce qu'on lui dicte sa conduite. Son mari prend les décisions, tandis qu'elle s'occupe de la maison qui est son domaine. Elle aime qu'on lui accorde de l'attention tout en étant nerveuse et timide. Je dirais qu'elle est de nature soumise.

— À moins qu'elle ne se soit glissée dans cette personnalité comme on endosse un costume.

— Dans ce cas, Eve, nous avons affaire à une femme très intelligente et extrêmement calculatrice. Elle est mariée depuis plusieurs mois, elle a donc quotidiennement avec Bobby une relation intime. Avant de l'épouser, elle travaillait pour lui, il l'a courtisée… Garder si longtemps une attitude contraire à sa nature profonde serait un exploit impressionnant.

— Je suis disposée à être impressionnée, rétorqua Eve. Je n'écarte pas d'autres possibilités, d'autres suspects. J'ajoute simplement Zana à ma liste.

Et même, je l'inscris en tête de ma liste, songea Eve.

18

Quand Eve entra dans sa chambre, Bobby était assis dans son lit, calé sur ses oreillers. Les yeux fermés, il écoutait – supposa-t-elle – un livre sur disquette. Elle percevait les voix du héros et de l'héroïne lancés dans une querelle passionnée.

Elle s'approcha de l'équipement audio et vidéo.

— Pause, commanda-t-elle.

Le silence soudain fit tressaillir Bobby.

— Zana ? Oh, c'est toi, Eve. J'ai dû m'assoupir. J'écoutais un livre, très mauvais d'ailleurs... Où est ma femme ? L'infirmière m'avait dit qu'elle arrivait.

— Je viens de la quitter. Comme il fait un temps exécrable, deux de mes hommes l'amèneront ici.

— Ah, très bien.

— Alors, comment te sens-tu ?

— Je ne sais pas... Idiot, empoté et furieux d'être là. Bref, je m'apitoie sur mon sort.

— Tu en as le droit.

— Oui, c'est ce que je me dis. Regarde comme c'est mignon.

Il désignait le petit sapin artificiel décoré de minuscules pères Noël, ainsi que le bouquet de fleurs.

— Zana m'a raconté que tu l'avais aidée à les choisir.

— Pas vraiment. J'étais là, c'est tout.

— Elle est tellement attentionnée. La pauvre, elle passe vraiment un Noël abominable.

— Toi aussi, Bobby. Et malheureusement, je suis obligée de te demander si tu as des précisions à me donner concernant ta mère.

— Non, je suis désolé. Pourtant, crois-moi, j'ai eu le temps d'y réfléchir, couché dans ce lit comme un imbécile incapable de traverser une rue.

Il poussa un lourd soupir.

— J'ai longuement pensé à ce que tu m'as expliqué – ce que ma mère avait l'intention de faire. Tu es sûre qu'elle voulait réellement de l'argent ?

Eve scruta le visage de Bobby.

— Jusqu'à quel point peux-tu supporter la vérité ?

Il ferma brièvement les yeux. Lorsqu'il les rouvrit, elle y lut de la force d'âme – du moins espéra-t-elle ne pas se tromper.

— Vas-y, Eve. Inutile de me ménager. Autant arracher le pansement d'un coup, il paraît que c'est moins douloureux.

— Ta mère était titulaire de plusieurs comptes numérotés, alimentés par les fonds qu'elle extorquait aux femmes qui avaient été autrefois ses pupilles.

— Seigneur, oh non… il y a forcément une erreur, un malentendu.

— J'ai le témoignage de deux de ces femmes confirmant que ta mère les a menacées de révéler leur passé si elles ne lui versaient pas les sommes qu'elle exigeait.

L'incrédulité, la stupeur se peignirent sur les traits de Bobby, cédant bientôt la place à l'expression tendue d'un homme qui lutte contre la douleur.

— Deux témoignages… souffla-t-il.

— Il y en aura davantage avant la fin de cette affaire. D'ailleurs, elle a informé mon mari qu'elle avait des copies de mon dossier et qu'elle les vendrait aux médias s'il ne la payait pas. Depuis des années, elle fait chanter celles dont elle a eu la charge.

— Ce n'étaient que des petites filles, murmura-t-il. Nous n'étions tous que des enfants.

— Il est possible qu'elle se soit servie d'une de ses anciennes pupilles pour l'aider dans sa tentative de chantage contre moi, et qu'elle ait été tuée par cette personne.

— Je n'y comprends rien… Quand elle désirait quelque chose, je me débrouillais pour le lui offrir. Oh, je sais ce que tu penses, enchaîna-t-il en détournant le regard. Tu estimes qu'elle t'a maltraitée quand tu étais chez nous. Alors, pourquoi n'aurait-elle pas continué?

— Est-ce que je me trompe, Bobby? Ma mémoire est-elle défaillante?

— Hélas non, admit-il d'une voix rauque. Elle me répétait sans arrêt que vous – les gamines qu'on lui confiait – étiez chanceuses d'avoir quelqu'un comme elle qui vous donne un toit, qui vous enseigne la discipline, le respect et les bonnes manières.

» Voilà comment elle se justifiait quand elle t'enfermait dans ta chambre, par exemple. Elle me disait que tu étais punie parce que tu t'étais mal conduite. Que ce serait bien pire si tu étais encore dans les rues, comme avant.

— Et tu la croyais?

— Je ne sais pas trop. Elle ne m'a jamais fait de mal. J'étais obéissant, selon elle. Pourtant ce n'était pas vrai, pas toujours. Mais quand elle me prenait la main dans le sac, elle se contentait de rire. «Les garçons sont des polissons.» La même bêtise de la part d'une fille lui était insupportable.

Il s'interrompit un instant, songeur.

— En réalité, elle détestait les femmes, à commencer par sa propre mère. Heureusement qu'on est débarrassés de cette vieille garce, me disait-elle. Peut-être avait-elle souffert dans son enfance. La maltraitance est un cercle vicieux dont on ne parvient pas à s'extirper, n'est-ce pas?

— C'est souvent le cas, en effet. Et toi, Bobby? Tu n'étais pas également prisonnier d'un cercle vicieux? Jeune marié, patron d'une société immobilière, entravé par une mère exigeante qui se mêlait de ta vie et qui, en cachette, entassait de l'argent…

— Tu insinues que je l'ai tuée? Oh, je ne t'en veux pas de le penser. Mais je suis innocent et prêt à me soumettre au détecteur de mensonge.

Il prit une profonde inspiration.

— J'aimais ma mère. J'imagine que c'est difficile à comprendre. Si j'avais deviné ce qu'elle manigançait, j'aurais trouvé un moyen pour l'obliger à arrêter, à rendre tout cet argent.

— Comment l'aurais-tu obligée?

— Si elle m'avait vu bouleversé, révolté par ses actes, elle m'aurait écouté. Ou elle aurait fait semblant, rectifia-t-il avec un soupir. Je ne sais plus… Comment vais-je expliquer tout ça à Zana?

— Elle s'entendait bien avec ta mère.

— Zana s'entend bien avec tout le monde. Avec maman, elle faisait des efforts, ajouta-t-il en esquissant un pauvre sourire.

— Serait-il possible que ta mère se soit confiée à elle, lui ait parlé de ses magouilles?

— Certainement pas.

Il essaya de se redresser contre ses oreillers, comme pour mieux souligner ses propos, maudit son bras cassé qui le gênait.

— Zana est scrupuleusement honnête. Elle n'aurait peut-être pas osé affronter ma mère, mais elle aurait été horrifiée et m'aurait tout raconté. Nous n'avons pas de secrets l'un pour l'autre.

Eve hocha la tête, surprise comme toujours par la naïveté des humains.

— Zana est du genre à tenir parole? s'enquit-elle.

Bobby acquiesça, le regard débordant d'amour.

— Pour rien au monde elle ne trahirait une promesse, elle préférerait se trancher un doigt.

— Alors, si elle avait juré à ta mère de ne pas t'en parler, elle devait être bien embêtée.

Bobby ouvrit la bouche, la referma, tel un poisson pris au piège.

— Après la mort de ma mère, elle me l'aurait dit, bredouilla-t-il en rougissant. Elle n'aurait pas été capable de porter seule un pareil fardeau. Je… je me demande où elle est.

— Elle ne tardera plus à arriver, ne t'inquiète pas. Au fait, avant que j'oublie…

Eve plongea une main dans la poche de son manteau et en sortit un petit paquet.

— Des chocolats...

— Merci, Eve. J'apprécie d'autant plus qu'ici la nourriture est vraiment écœurante.

Autrefois, quand elle était enfant, il lui apportait de quoi manger ; aujourd'hui, à son tour, elle lui offrait une boîte de délicieux chocolats. Ils étaient quittes, du moins symboliquement.

Bientôt après, Eve reprit le tout-terrain pour regagner le manoir. Elle bataillait contre le mauvais temps et les autres automobilistes, lorsque son communicateur bourdonna.

— Dallas en ligne, je vous conseille d'avoir des choses importantes à dire, parce que je me bagarre dans les embouteillages, rouspéta-t-elle.

— Pas moi ! s'écria Peabody dont, sur l'écran, le visage rayonnait. Je suis en Écosse, je vis un conte de fées, et il neige à gros flocons !

— Youpi, rétorqua Eve, lugubre.

— Oh, ne soyez pas grognonne. Il fallait que je vous raconte : c'est génial. Les McNab ont une maison formidable, une espèce de très grand cottage. Il y a une rivière et des montagnes, vous vous rendez compte ? Les parents de McNab roulent les r, c'est d'un mignon... Et ils me gâtent, vous n'imaginez pas.

— Youpi.

— Je ne comprends pas pourquoi j'étais si angoissée. Je m'amuse comme une petite folle et...

— Peabody, je suis ravie que vous passiez du bon temps. Mais, dans l'immédiat, j'essaie de rentrer chez moi pour fêter Noël, moi aussi.

— Oh, pardon. Dites... vous avez eu les cadeaux que j'ai laissés sur votre bureau ?

— Oui, merci.

Peabody battit des cils, plissa les lèvres en une moue boudeuse.

— Je... de rien.

— Nous ne les avons pas encore ouverts, bécasse.

— Ah, tant mieux ! pouffa Peabody, retrouvant aussitôt sa gaieté. À propos de l'enquête, il y a du nouveau, quelque chose que je devrais savoir ?

— Ça attendra votre retour. Pour l'instant, ne pensez qu'à vous gaver de haggis.

— Figurez-vous que j'irais jusqu'à en goûter, même si c'est abominable. J'ai déjà bu un grand verre de scotch, j'ai la tête qui tourne... Mais je m'en fous ! Je vous aime, Dallas, et j'aime Connors, et j'adore mon maigrichon de McNab. Sa cousine Sheila aussi, je la trouve très sympa. Joyeux Noël, lieutenant !

— Ouais, à vous aussi, inspecteur.

Eve interrompit la communication avant que Peabody ne poursuive sa litanie. Elle avait cependant le sourire aux lèvres, lorsqu'elle franchit les grilles du domaine.

La demeure était illuminée comme en pleine nuit, et des écharpes de brume glacée s'étiraient au-dessus du sol, scintillant dans la lumière. Dans les fenêtres s'encadraient les sapins étincelants de mille feux, les flammes dansantes des bougies. Eve s'arrêta au milieu de l'allée. Pour contempler cette image et la graver dans sa mémoire. À l'intérieur du manoir, il faisait chaud, les bûches crépitaient dans les cheminées. C'étaient désormais ces murs, ces tourelles, ces toits qui abritaient son existence. L'horreur, la souffrance et la violence du passé – qui hantaient toujours ses rêves – l'avaient conduite jusqu'ici.

Elle possédait tout cela car elle avait réussi à survivre, à attendre sur le bord de la route que vienne pour elle l'heure de l'espoir. Aujourd'hui, elle avait un homme qui l'aimait, une maison où il faisait bon vivre.

Elle sortit du véhicule, monta les marches du perron et poussa la porte d'entrée. Pour une fois, Summerset ne rôdait pas dans le hall. Ce fut Connors qui l'accueillit.

— Te voilà enfin, lieutenant.

— Plus tard que prévu, désolée.

— Moi aussi, je ne suis là que depuis quelques minutes. Je bois un verre avec Summerset. Tu te joins à nous ?

— Euh...

Summerset, son ennemi intime. Ils étaient forcés de se montrer polis l'un envers l'autre. Cette époque de l'année l'exigeait.

— J'ai d'abord un truc à faire, marmonna-t-elle en dissimulant un petit sac derrière son dos. Je n'en ai pas pour longtemps.

— Cachottière.

Il s'approcha pour l'embrasser et en profita pour regarder par-dessus son épaule. Elle lui planta l'index dans l'estomac.

— Vade retro ! Je redescends dans une minute.

Connors regagna le salon et s'assit près de la cheminée pour savourer son Irish coffee en compagnie de Summerset.

— Elle cache un cadeau de dernière minute, chuchota-t-il.

— Dans un instant, j'irai garer le véhicule qu'elle a, je n'en doute pas, laissé dehors malgré le mauvais temps.

— Entendu. Je sais que, tous les deux, vous adorez vous chamailler, mais je propose une trêve jusqu'au lendemain de Noël.

Summerset haussa les épaules.

— Vous paraissez très détendu, fit-il remarquer.

— Je le suis.

— Il fut un temps, pas si lointain, où vous auriez travaillé très tard. Ensuite vous seriez parti réveillonner avec votre maîtresse du moment à Saint-Moritz ou aux Fiji. En tout cas, vous ne seriez pas resté ici.

— Vous avez raison, rétorqua Connors, piochant un des biscuits nappés de sucre glace que le majordome avait disposés sur un plat rouge et luisant. Cela m'était impossible parce que j'aurais mesuré à quel point j'étais seul. Solitaire. Malgré toutes les femmes qui m'entouraient, malgré les fêtes, les affaires, la richesse. Malgré votre présence à mes côtés. J'étais seul, car il n'y avait personne dans mon existence d'assez important pour me retenir chez moi.

Il but une gorgée, les yeux rivés sur les flammes qui léchaient les bûches odorantes, dans la cheminée.

— Vous m'avez donné la vie. Mais si, insista-t-il comme Summerset protestait. Moi, je me suis englouti dans le travail – à ma façon – pour bâtir ce domaine. Je vous ai demandé de vous en occuper pour moi. J'ai toujours pu compter sur vous. Cependant j'avais besoin d'elle, l'unique personne capable de transformer cette maison en foyer.

— Elle n'est pas celle que j'aurais choisie pour vous.

Avec un petit rire, Connors croqua un bout de biscuit.

— Ça, mon cher, je ne l'ignore pas.

Le majordome esquissa un imperceptible sourire.

— Pourtant c'est la femme qu'il vous faut, malgré ou peut-être grâce à ses nombreux défauts.

— Je suppose qu'elle a sensiblement la même opinion vous concernant.

À cet instant, Eve pénétra dans la pièce. Connors pivota pour la regarder approcher. Elle s'était débarrassée de son holster, avait troqué ses bottes contre des chaussons. Elle tenait un paquet qu'elle s'empressa de déposer sous le sapin.

Il y avait là des montagnes de cadeaux. Connors observa, amusé, le visage de sa femme – la consternation, l'ébahissement s'y peignirent, suivis par une sorte de résignation.

— Pourquoi ? soupira-t-elle avec un geste ample.

— C'est une maladie.

— Je ne te le fais pas dire.

— Summerset et moi buvons de l'Irish coffee. Tu en veux ?

— S'il y a du whiskey dans votre machin, non merci. Je ne comprendrai jamais pourquoi vous mettez de l'alcool dans du bon café.

— C'est une autre maladie. Je te sers un verre de vin.

Le chat Galahad abandonna Summerset pour sauter sur les genoux d'Eve, miaulant plaintivement et lui labourant les cuisses de ses griffes.

— Il te teste, l'avertit Connors. Il a envie de gâteaux, or il n'arrive à rien avec Summerset et moi.

Elle souleva le matou, frotta son nez contre le sien.

— Je ne céderai pas non plus, gros lard. Mais, pour te consoler, j'ai ton cadeau.

Elle revint au pied du sapin, fureta et finit par repérer un joli sac en papier bariolé où elle pêcha des bois de renne à la taille d'une tête-de-chat et un joujou en forme de souris.

— Cet animal est beaucoup trop noble pour porter ces choses ridicules, ou pour s'amuser avec ce jouet grotesque, s'indigna Summerset.

Eve se borna à ricaner. Tenant la souris par la queue, elle l'agita devant Galahad qui se dressa aussitôt sur ses pattes arrière pour l'attraper.

— Bravo, mon vieux. De la cataire, expliqua-t-elle. Une espèce de Zeus pour les minets, ils en sont dingues.

— Et toi, un représentant de l'ordre assermenté, tu achètes de la drogue pour notre chat, plaisanta Connors.

— J'ai mes fournisseurs, tu comprends.

Pendant que Galahad se roulait avec délices sur sa souris parfumée, Eve lui mit les bois de renne miniatures.

— OK, tu as l'air vraiment idiot, par conséquent tu ne les garderas que ce soir.

— Ôte-moi d'un doute, rétorqua Connors, cette souris... il essaie de la manger ou de lui faire l'amour ?

— Pas de pornographie le soir de Noël, s'il te plaît. N'empêche qu'il a oublié les biscuits.

Eve se rassit, posa les pieds sur les genoux de Connors. Lorsque celui-ci lui caressa doucement la cheville, Summerset devina qu'il commençait à être de trop.

— Je vous ai préparé un repas tout simple, annonça-t-il. Pour ma part, je dîne en ville avec des amis.

Parce que vous avez des amis ? faillit répliquer Eve, mais Connors la pinça pour la forcer à se taire.

— Passez une bonne soirée, ajouta le majordome.

— Vous aussi, Summerset.

Connors pinça de nouveau Eve qui tressaillit.

— Euh, ouais, bredouilla-t-elle. Joyeux Noël et tout ça.

Dès qu'ils furent seuls, elle asséna une tape sur le bras de son mari.

— Ce n'était pas la peine de me faire des bleus. J'allais lui dire tout ce qu'il fallait.

— Mon œil ! Je te signale que j'ai décrété la paix jusqu'au lendemain de Noël.

— Bon... s'il me laisse tranquille, tout ira bien. En plus, j'ai l'intention de m'enivrer. Pas toi ?

— Il me semble que l'un de nous trois doit conserver sa lucidité. Le chat est déjà complètement défoncé, commenta-t-il, montrant Galahad qui se frottait lascivement sur sa souris bourrée d'herbe.

— Vu qu'il est opéré et ne peut pas avoir de copine, j'ai pensé qu'il avait droit à une gâterie pour son petit Noël. Moi aussi, d'ailleurs.

Connors arqua un sourcil narquois.

— À ta disposition, lieutenant.

Sans lui laisser le temps de réagir, il la renversa sur le canapé, s'étendit près d'elle et l'embrassa.

— Je ne suis pas encore soûle, murmura-t-elle contre ses lèvres. Tu aurais intérêt à fermer ces portes si tu es d'humeur à folâtrer. L'esprit de Summerset rôde dans le hall.

— Je me conduis très bien, je donne un baiser à mon épouse.

— Hmm...

Elle but une gorgée de vin, respira l'odeur de Connors – qui la griserait toujours infiniment plus que l'alcool. Elle soupira, s'étira de tout son long.

— Il se pourrait que je ne bouge plus d'ici pendant des jours.

Elle le dévisagea, les paupières mi-closes, eut un sourire canaille.

— Mon cher mari, commencez donc à me dépiauter.

Amusé, excité, il s'assit à ses pieds.

— Vos désirs sont des ordres...

Il lui retira ses chaussons, puis lui massa la plante des pieds. Elle se mit à ronronner, tout en sirotant son vin. Quand il lui dégrafa son pantalon et promena les mains sur ses cuisses, elle tressaillit si fort qu'elle manqua renverser son verre.

— Donne-moi ça, maladroite.

Il acheva de la déshabiller, se dévêtit à son tour, après quoi il répandit en gouttelettes cramoisies le divin nectar sur les seins d'Eve qui éclata de rire.

L'attirant contre elle, elle noua bras et jambes autour de lui. Glissant les doigts dans ses cheveux noirs et soyeux, elle offrit à sa bouche gourmande sa gorge emperlée du sang de la vigne.

D'un coup de reins, il la pénétra. Quand il fut au tréfonds d'elle, qui riait toujours, ivre de vin et de joie, elle lui murmura à l'oreille :

— Joyeux Noël, mon amour.

— Joyeux Noël, mon amour, répéta-t-il avant que la jouissance ne les emporte tous les deux.

Plus tard, sur l'insistance de Connors, elle ouvrit son premier cadeau – un long peignoir en cachemire vert émeraude.

Ils dînèrent devant la cheminée, dévorèrent la toute *simple* langouste de Summerset, arrosée de champagne. Connors l'interrogea sur l'enquête, mais elle refusa d'en parler. Ce soir, la mort n'avait pas droit de cité dans leur univers où, comme deux enfants assis en tailleur sous un sapin, ils déchiraient allègrement des papiers aux vives couleurs.

— « Le Monde selon Connors » ? s'étonna-t-il en déchiffrant l'étiquette sur une disquette.

— Feeney m'a aidée à le créer. Enfin… c'est lui qui l'a fait, mais c'est moi qui ai imaginé le concept.

Elle saisit un autre biscuit qu'elle croqua à belles dents. Son estomac ne lui pardonnerait pas tout ce sucre, mais si on n'était pas malade à Noël, à quoi bon ?

— Il s'agit d'un jeu personnalisé où on commence par la fin. Il faut beaucoup d'intelligence. On gagne de l'argent, des terres, on construit des immeubles, on se bat… Le joueur a la possibilité de tricher, de voler, de vendre, d'acheter, etc. Mais il y a un tas de pièges, et on risque de se retrouver ruiné, emprisonné ou torturé par ses ennemis. Sinon, on gagne et on gouverne le monde entier. Le graphisme est super.

— Tu es dedans ?

— Évidemment.

— Comment pourrais-je perdre, s'il s'agit de moi ?

— C'est sacrément dur. Feeney l'a inventé, il l'a testé pendant deux semaines et il n'a pas réussi à dépasser le niveau 12. Il est vexé comme un pou. J'ai eu cette idée parce que, comme tu ne voles plus dans la vie réelle, ça te permettra de t'amuser un peu.

— Le plus beau cadeau, c'est d'avoir une femme qui me connaît si bien. Merci, ma chérie, murmura-t-il en l'embrassant. À ton tour.

— J'ai déjà ouvert un million de paquets, gémit-elle.

— Il n'en reste presque plus. Tiens, ajouta-t-il en lui tendant une boîte.

Elle en dénoua le ruban qu'elle drapa autour du cou de Connors. La boîte renfermait une loupe au manche d'argent.

— Elle est très ancienne, lui dit-il. Autrefois, un détective ne se déplaçait pas sans sa loupe.

— Elle est magnifique.

Levant le splendide objet à hauteur de ses yeux, elle étudia Connors à travers le verre grossissant.

— Petit Jésus, tu es encore plus joli comme ça. Si j'en avais eu une quand j'étais gamine, j'aurais rendu les gens complètement cinglés.

— À moi, voyons ce que contient cette pochette. Oh, Eve, quelle merveille ! s'exclama-t-il en manipulant délicatement la montre de gousset qu'elle avait longuement cherchée pour lui.

— Elle est ancienne, comme la loupe, marmonna Eve, gênée. Elle est déjà gravée, mais j'ai pensé que ce n'était pas grave, que tu pourrais la poser sur une étagère, quelque part avec tes autres vieilleries…

Il l'enlaça tendrement, baisa sa joue, sa gorge.

— C'est un trésor. Et toi aussi.

— Ce que c'est bon, murmura-t-elle.

Pas les objets, les cadeaux, songea-t-elle, sachant qu'il comprenait ce qu'elle voulait dire. Mais le fait d'être ensemble, de partager.

— Je t'aime, Connors. Et je commence à aimer Noël.

Il l'embrassa encore en riant, s'écarta.

— Tu en as encore un.

Forcément un bijou, à en juger par la taille de l'écrin. D'ailleurs, Connors adorait la couvrir de diamants. Ceux-là étaient plus éblouissants que le soleil. Des pierres rondes, parfaites, assemblées de sorte à évoquer les pétales d'une fleur.

— Wouah !

Saisissant la loupe, elle feignit d'examiner les brillants montés en boucles d'oreilles. Amusé, il effleura la fossette qu'elle avait au menton.

— Champagne ! Tu es trop sobre, lieutenant.

Il allait se lever quand, tout à coup, il se ravisa.

— Il me manque un cadeau. Celui que tu as apporté aujourd'hui.

— Ah oui, marmonna-t-elle à contrecœur, car une part d'elle espérait qu'il aurait oublié. Tu sais, ce n'est pas grand-chose.

— Tss, tss… donne.

— Bon, d'accord.

Elle s'empara du petit paquet, le lança sur les genoux de Connors.

— Je vais chercher le champagne, grommela-t-elle.

— Attends une minute, rétorqua-t-il en la retenant par le bras. Laisse-moi découvrir ce que tu m'as offert.

Il enleva précautionneusement le papier de soie, écarquilla les yeux. Eve dut fournir un effort considérable pour ne pas déguerpir.

— Tu avais dit que tu voulais une photo de moi… avant.

— Oh… souffla-t-il.

Le regard de Connors alla de la photographie à son épouse, si plein de bonheur, d'étonnement et d'amour qu'Eve en eut la gorge serrée.

— De quand date ce cliché ? interrogea-t-il.

— Je venais juste d'entrer à l'Académie de police. J'étais copine avec une fille qui ne se séparait jamais de son appareil photo. J'essayais d'étudier, et elle me bombardait de…

— Tes cheveux…

Eve se dandina d'un pied sur l'autre, de plus en plus gênée. Sur le cliché qu'elle avait fait encadrer, elle était assise à son bureau, entourée de piles de disquettes. Elle portait le sweat-shirt gris terne des élèves de l'Académie et de longs cheveux coiffés en queue-de-cheval.

— Ben ouais, à l'époque je les avais jusqu'aux reins. Je trouvais ça plus pratique. Et puis un jour, au cours d'un combat d'entraînement, mon adversaire m'a empoignée par ma queue-de-cheval et a tiré très fort. J'ai hurlé et je suis tombée. Le lendemain, j'ai tout coupé.

— Et tes yeux... Tu avais déjà les yeux d'un flic. Tu n'étais encore qu'une gamine, pourtant tu savais.

— Je savais surtout que si elle n'arrêtait pas de m'embêter avec son foutu appareil, j'allais l'assommer, ma copine.

Connors éclata de rire, prit la main d'Eve dans les siennes, sans cesser toutefois de contempler la photographie.

— Que lui est-il arrivé, à cette malheureuse ?

— Elle a abandonné au bout d'un mois. Elle était très bien, seulement...

— ... elle n'était pas un flic, acheva-t-il. Merci, Eve. C'est exactement le cadeau dont je rêvais.

Elle appuya la tête sur l'épaule de son mari, fixa les lumières chatoyantes du sapin de Noël et se dit : *Je n'ai besoin de rien, pas même de champagne.*

19

Elle se réveilla, ou crut se réveiller dans la pièce coupée par le mur de verre, brillamment éclairée. Elle portait ses diamants et son peignoir en cachemire. Dans un coin, se dressait un immense sapin dont la cime frôlait le plafond. Les guirlandes qui le décoraient étaient constituées de cadavres – des centaines de corps couverts de sang d'un beau rouge qui évoquait Noël.

Des femmes, et uniquement des femmes, étaient attroupées autour de l'arbre.

— Ce n'est pas très festif, disait Maxie, l'avocate, en donnant à Eve un petit coup de coude. Mais il faut bien faire avec, n'est-ce pas ? Combien sont à vous ?

Eve n'avait pas besoin de sa loupe dont elle sentait le poids dans sa poche pour identifier les visages, les corps.

— Toutes les victimes m'appartiennent.

Maxie, du menton, désignait le cadavre gisant au centre de la chambre.

— Et celle-là, on ne l'a pas encore accrochée aux branches du sapin.

— Impossible, elle n'est pas achevée.

— Elle m'en a l'air, pourtant. Mais tiens, rétorquait Maxie en lançant à Eve une chaussette blanche bourrée de pièces de monnaie. Vas-y.

— Ce n'est pas la réponse.

— Tu n'as peut-être pas posé la bonne question.

Eve se retrouvait alors derrière la paroi de verre avec les enfants. La fillette qu'elle avait été, assise par terre, la regardait de ses yeux las.

— Je n'ai pas de cadeaux, je m'en fiche.

— Prends celui-ci, murmurait Eve, accroupie, en lui tendant son insigne. Tu en auras besoin.

— C'est elle qui a tous les cadeaux.

Eve tournait la tête et, à travers la paroi vitrée, distinguait les paquets entassés à présent autour du cadavre sur le sol.

— Ça lui fait une belle jambe, maintenant.

— C'est l'une de nous, tu sais.

Eve observait la bande de fillettes, plongeait de nouveau son regard dans ses propres yeux.

— Oui, je sais. J'arrêterai la coupable. Quand on tue quelqu'un, on doit payer, on est châtié.

L'enfant qu'elle avait été leva ses mains souillées de sang.

— Moi aussi, je paierai?

— Non, répondit Eve – et elle sentit, même si elle avait conscience de rêver, son ventre se tordre. Non, répéta-t-elle, pour toi c'est différent.

La petite fille acquiesça et épingla l'insigne ensanglanté à sa chemise.

Eve se réveilla en sursaut, s'efforçant de mémoriser ce songe étrange et cependant si révélateur, mais qui s'effaçait déjà de son esprit. Pour se réconforter, elle promena sa main sur le drap à côté d'elle. Connors était déjà debout, ce qui ne la surprit pas. En revanche, elle poussa une exclamation en constatant qu'il était onze heures.

Roulant sur le côté, elle vit, sur la table de chevet, le mémo-cube clignoter. Elle appuya sur le bouton et écouta la voix de son mari : « Bonjour, Eve chérie, je suis dans la salle de jeu. Viens donc t'amuser avec moi. »

— Quel crétin! murmura-t-elle en souriant.

Elle se doucha, s'habilla, se servit un café et descendit. La preuve, décréta-t-elle, qu'elle était également une crétine.

Les images défilaient sur grand écran, et Eve eut un choc en se voyant engagée dans un combat acharné et sanglant. Pourquoi maniait-elle l'épée au lieu d'un pistolet? Mystère.

C'était Connors qui l'affrontait. Peabody, pour sa part, était blessée mais toujours vaillante. Eve fut surtout étonnée par son propre accoutrement qui aurait mieux convenu à une vidéo porno SM qu'à un jeu de rôle.

— J'ai l'air de me défendre plutôt bien, commenta-t-elle, mais je peux savoir pourquoi je suis attifée de cette façon ?

— Feeney a prévu une option « costumes ». J'ai passé une heure à explorer la garde-robe. Je te trouve particulièrement sexy dans cette tenue. As-tu bien dormi, ma chérie ?

— J'ai fait un rêve bizarre. Sans doute à cause du champagne et du soufflé au chocolat que j'ai englouti à deux heures du matin.

— Pourquoi ne pas t'étendre à côté de moi ? Ce jeu est programmé pour plusieurs joueurs. Tu n'as qu'à essayer d'envahir mon territoire.

— Peut-être plus tard, répliqua-t-elle en lui caressant distraitement les cheveux. J'ai ce rêve qui me trotte dans la tête. D'après Mira, il y a toujours un sens, une clé à y chercher. Il paraîtrait que je ne me pose pas la bonne question, murmura-t-elle. Mais c'est quoi, la bonne question ?

Connors la dévisagea.

— Si nous prenions un petit brunch ? Nous en discuterions.

— Non, continue à jouer. Le café me suffit. Est-ce que quelqu'un a vérifié si la terre tournait toujours sur elle-même ?

— Ne t'inquiète pas, ma chérie, je m'en suis chargé. J'ai travaillé un peu, avant de tester un des cadeaux offerts par ma tendre épouse.

Elle le fixa par-dessus le bord de sa tasse.

— Tu as travaillé.

— Eh oui.

— Le matin de Noël.

— Eh oui, je plaide coupable.

Elle eut un grand sourire radieux.

— On est vraiment malades, hein ?

— Je préfère penser que nous sommes des êtres en parfaite santé, conscients de ce qui nous convient le mieux.

Il se leva, en jean et sweater noir, souple comme un félin.

— Or selon moi, voilà ce qui nous conviendrait le mieux : un léger en-cas, dans le solarium d'où nous dominerons la ville et où tu me parleras de ton rêve étrange.

— Tu sais ce que je t'ai dit, la nuit dernière ?

— Quand tu étais ivre ou encore sobre ?

— Les deux, mon vieux. J'ai dit que je t'aimais. Eh bien, je le maintiens.

Ils dégustèrent des fruits frais tout en haut du manoir, contemplant à travers le dôme vitré un ciel enfin résolu à accorder un répit à New York en renonçant au gris ardoise pour se teinter de bleu.

Eve ne protesta pas, lorsque Connors décréta qu'à Noël il était impératif de boire un mimosa, en l'occurrence un cocktail à base de champagne et de jus d'orange.

— Tu as donc donné ton insigne à cette enfant qui est toi.

— Sans doute parce que c'est ce que je désirais le plus.

— Les guirlandes du sapin sont faciles à interpréter.

— Oui, même moi je suis capable de l'analyser. Ce sont des victimes, donc elles m'appartiennent. Mais Trudy n'en fait pas partie.

— Parce que tu n'en as pas terminé avec elle, par conséquent il t'est impossible de la ranger parmi les autres. Tu dois d'abord boucler ton enquête.

— Cette avocate, Maxie, était déjà dans mon premier rêve. Je suis pourtant convaincue qu'elle n'est pour rien dans cette histoire.

— C'est celle que tu comprends le mieux, me semble-t-il. Elle ne t'a pas caché ses sentiments envers Trudy, et elle s'est rebiffée contre son ex-mère d'accueil.

Connors s'interrompit, approcha une framboise des lèvres d'Eve.

— Comme tu l'aurais fait, ajouta-t-il.

— Hmm…

Brusquement, Eve bondit de son fauteuil et se mit à arpenter le solarium agrémenté d'une fontaine musicale et d'arbustes fleuris en pots.

— Attends une minute, marmonna-t-elle entre ses dents. J'ai une idée qui rôde dans ma tête. Il faut que je l'attrape, laisse-moi réfléchir…

Elle ferma brièvement les yeux, ébouriffa ses cheveux.

— La cupidité, les cadeaux… Le shopping, Noël… Trudy avait acheté des trucs avant de nous contacter toi et moi. J'ai consulté ses relevés de compte. Elle avait claqué du fric.

— Et alors ?

— Dans sa chambre, les sacs où étaient rangées ses emplettes. Je n'ai pas contrôlé le contenu de ces sacs, par rapport à l'inventaire qu'on m'en a établi. Oh, elle ne s'était pas payé des diamants, par exemple, des choses ruineuses dans ce genre. Juste des vêtements, du parfum, des chaussures. Comme elle n'a pas été assassinée pour une paire de souliers neufs, j'ai survolé tout ça. Certains articles n'étaient plus là, mais elle avait demandé à ce qu'on lui en expédie chez elle, au Texas. Ça, j'en suis sûre. Néanmoins, je n'ai pas tout vérifié point par point.

— Quelle importance ?

— L'envie, la convoitise. Les nanas louchent sans arrêt sur les affaires de leurs copines. « Oooh, j'adore ta robe, tes boucles d'oreilles, tes chaussures, et cætera », minauda-t-elle.

Connors éclata de rire.

— Je ne te connaissais pas ce talent d'imitatrice.

D'un geste, elle lui imposa le silence.

— Depuis leur arrivée à New York, Trudy, Zana et Bobby faisaient du shopping ensemble. Zana savait ce qu'achetait sa belle-mère, ce qu'elle envoyait à la maison. Or, sous la surface, elle est coquette et vaniteuse. Trudy et elle sont à peu près de la même taille. Qui remarquerait que la meurtrière de la vieille avait raflé deux ou trois babioles qui lui plaisaient ? Bobby n'y prêterait pas attention. Les hommes se fichent de ces choses-là. À part mon mari, hélas.

— Et tu aboutis à ces conclusions parce que tu as rêvé d'un cadavre entouré de cadeaux ?

— Non, parce que j'avance à tâtons. Et aussi, peut-être que mon inconscient travaille. Tout cela correspond à l'opinion que j'ai de Zana. Une opportuniste. Si je réussis à prouver qu'elle a chipé quelque chose dans la chambre de la victime… un avocat n'aura pas trop de mal à démolir mon argument, cependant ce serait un début pour la coincer.

Eve se rassit, croisa les jambes.

— Elle était une de nous, une gamine perdue. Nous n'avions rien à nous mettre sur le dos, nous ne mangions que les miettes tombées de la table où les autres s'empiffraient de gâteau.

— Ma chérie, murmura-t-il.

— Je m'en fous, rétorqua-t-elle en lui caressant l'épaule. Ça n'a jamais eu vraiment d'importance pour moi. Mais je parie que pour elle, c'était une torture.

Eve ferma les yeux, sirota machinalement son mimosa.

— Voilà donc notre Zana à New York – l'empire du mal où personne n'est à l'abri du danger. Que sa cible, Trudy, soit une arnaqueuse lui facilite encore la tâche. L'arme est là, à portée de main. Zana s'en sert. L'opportunité. Il lui faut ensuite s'échapper par la fenêtre, mais ce n'est pas un problème. La chambre voisine est inoccupée. C'est forcément là qu'elle s'est nettoyée.

Eve se releva, comme mue par un ressort.

— Merde, pesta-t-elle. C'est là qu'elle a abandonné les serviettes, la matraque, ses vêtements maculés de sang. L'opportunité, encore une fois. Elle s'est lavée, elle a rejoint Bobby qui dormait. Et le lendemain matin, qui frappait à la porte d'une morte ?

— Zana, rétorqua Connors. Cependant, à ce moment, nous sommes arrivés.

— Elle ne s'y attendait pas, mais elle s'est adaptée. Elle est intelligente et rapide. Patiente, également. Elle ne bouge pas un cil avant vingt-quatre heures. Ensuite elle récupère ses affaires dans la chambre vide, les jette dans un recycleur d'ordures sur le trajet entre l'hôtel et le bar

314

où l'emmène son prétendu kidnappeur. Tout a disparu, maintenant. Nous n'avons pas réagi assez vite.

— Continue, je suis fasciné.

— Ce ne sont que des hypothèses, mais je ne crois pas être très loin de la vérité.

Effectivement, pour la première fois depuis le début de l'enquête, Eve avait l'impression que le puzzle commençait à prendre forme.

— Elle s'était débrouillée comme un chef, puisque désormais les flics cherchaient un ravisseur imaginaire et un compte bancaire qui n'existait pas. Cela lui donnait du temps, et le confortable statut de victime. En outre, elle détenait les disquettes de Trudy, ses dossiers et le bout de film enregistré pour montrer ses blessures. Autant de munitions susceptibles de s'avérer utiles.

— Elle ne s'en est pourtant pas servie, objecta Connors.

— Elle est trop fine pour ça. Elle n'ignore pas que nous avons un alibi solide. Attendre est beaucoup plus malin. Ce n'est pas ce que tu ferais, toi ?

— Personnellement, j'aurais détruit la caméra, les disquettes et tout ce qui risquait d'établir un lien entre moi et cette chambre maudite. Dans la mesure où je m'apprêtais à empocher la fortune que Trudy avait amassée et planquée...

— Nous y voilà. Tu aurais tout l'argent à condition que Bobby disparaisse. De plus, s'il avait un accident, par exemple, les flics redoubleraient d'efforts pour épingler le fameux homme invisible. Et toi, ça te permettrait de jouer ton petit numéro. Mon Dieu, un taxi a écrabouillé mon mari, c'est ma faute, j'ai obligé mon pauvre chéri à faire du shopping. Et j'ai renversé mon café. Bou...

Connors éclata de rire.

— Tu ne l'aimes vraiment pas.

— Depuis le début, cette fille me hérisse le poil.

Eve s'interrompit, le regarda fixement, gratta le sol du bout du pied.

— Connors... marmonna-t-elle, c'est moche de te demander ça aujourd'hui, je m'en rends compte mais tant pis. L'enregistrement de la filature… si mes gars entreprennent de le décortiquer demain, j'aurai de la veine. Or si je pouvais entendre clairement et distinctement les voix, les mots, les bruits…

— En d'autres termes, tu veux un spectre sonore.

— Écoute, je te revaudrai ça.

— Comment ? Et sois précise, s'il te plaît.

— Je m'amuserai avec toi. En mode holographique.

— C'est tout ce que tu me proposes ?

— Je porterai cet accoutrement invraisemblable, en cuir noir, avec des lanières partout.

— Ah bon ? rétorqua-t-il d'un air égrillard. Et tu seras le trophée décerné au vainqueur ?

— Ne t'illusionne pas, mon vieux. À ces jeux-là, je gagne toujours.

— Pour l'instant, nous en sommes à l'époque médiévale. Tu es priée de m'appeler Sire Connors.

— Des nèfles !

— D'accord, j'admets que c'est un peu excessif, répliqua-t-il en riant. Bien… Où est cet enregistrement ?

— Je vais te le chercher. Merci.

Il lui tendit une tasse de café.

— À quoi d'autre pourrions-nous consacrer notre après-midi de Noël ?

Elle s'attela au travail avec plaisir, même si la nouvelle piste qu'elle avait décidé de suivre impliquait d'interroger des vendeurs et – cauchemar – de visiter les magasins le lendemain de Noël, lorsque les mères et leurs rejetons s'y précipitaient pour échanger des cadeaux.

Trudy ne s'était pas privée. Six paires de chaussures dans une seule boutique. Elle n'en avait gardé que deux, les autres étaient en route pour le Texas.

Eve vérifia son inventaire, trouva les six paires.

Venaient ensuite trois sacs à main également achetés dans le même lieu. Deux envoyés à la maison, un emporté par la cliente. Quand elle contrôla sa liste, Eve sourit.

— Ben tiens, c'était dur de résister à un sac de six cents dollars, murmura-t-elle en secouant la tête d'un air ahuri. Une fortune pour un bidule qui ne sert qu'à vous encombrer... Alors, Zana, voyons ce que tu as encore piqué...

À cet instant, Connors l'appela par l'interphone.

— J'ai ce que tu m'as demandé, lieutenant.

— Quoi ? Mais il ne t'a fallu qu'une demi-heure.

— Je suis un as, figure-toi.

— J'arrive. J'ai payé beaucoup trop cher ce petit service, je me suis fait pigeonner.

— Tant pis pour toi !

Elle le rejoignit dans le laboratoire électronique où il avait installé plusieurs ordinateurs afin que chacun réponde à une ou deux commandes.

— De cette manière, expliqua-t-il, tu peux obtenir le mixage que tu souhaites. J'ai également l'empreinte vocale de Zana, au cas où tu désirerais établir des recoupements à un moment quelconque.

— Ce sera peut-être pratique, en effet. Mais d'abord, passe-moi l'enregistrement à l'état brut. Je n'ai pas eu le temps de l'écouter en entier.

Elle s'assit, mobilisant toute son attention pour reconnaître les diverses voix. La sienne, celle de Baxter, de Trueheart. Zana et Bobby qui discutaient. Le bruissement des manteaux qu'ils enfilaient.

Je suis si contente de sortir. Ça nous fera du bien à tous les deux – Zana.

Mon pauvre amour, quel triste voyage pour toi – Bobby.

O mon chéri, ne t'inquiète pas pour moi. Je veux juste que tu essaies d'oublier un peu ton chagrin un moment. Pense que nous sommes ensemble, toi et moi. C'est l'essentiel.

Ils quittaient l'hôtel, Zana pépiait comme un oiseau, parlait de sapins de Noël.

Eve entendait les bruits habituels de New York. Les klaxons, les dirigeables publicitaires, les éructations assourdissantes d'un maxibus. Le couple bavardait toujours. La météo, les buildings, la circulation, les boutiques. Baxter et Trueheart, quant à eux, faisaient des commentaires sur les passantes.

Tu as vu cette paire de fesses ? Dieu est du sexe mas-culin, et il a les mêmes goûts que moi – Baxter.

Dieu pourrait bien être une femme, inspecteur, qui vous soumet à la tentation en vous montrant ce que vous ne pouvez pas avoir – Trueheart.

— Bonne réplique, petit, approuva Eve. Seigneur, ces fadaises sont à mourir d'ennui. Oooh, regarde comme c'est mignon, mon chéri ! Oooh, blablabla !

— Tu veux sauter ce qui suit ? suggéra Connors.

— Non, on continue.

Eve but son café, tandis que Zana achetait un petit sapin et des guirlandes, puis pouffait de rire quand Bobby l'obligeait à fermer les yeux pendant qu'il lui choisissait des boucles d'oreilles.

— Ça me rend malade, grogna-t-elle.

Ils discutaient du déjeuner. Qu'allaient-ils manger ?

— Décidez-vous, nom d'une pipe ! Je hais les touristes, ils me tuent.

Nouveaux gloussements, cette fois à propos des hot-dogs au soja – s'émerveiller devant un succédané de viande en tube, pensa Eve avec dégoût, quelle niaiserie !

— Une minute, dit-elle brusquement. Repasse-moi ça. Les mots qu'elle vient de prononcer.

— S'extasier sur le menu d'un glissa-gril me semble un peu excessif.

— Non... écoute bien ce qu'elle raconte.

Comment se fait-il qu'un hot-dog au soja soit si bon quand il est préparé par un vendeur ambulant sur un glissa-gril dans une rue de New York ? Nulle part ailleurs sur cette planète, on ne trouve un vrai hot-dog. Il n'y a qu'à New York.

— Stop. Elle sait ça comment ? demanda Eve. Car elle ne dit pas : « je parie que nulle part ailleurs », ou « je n'ai jamais goûté un hot-dog aussi bon que celui-ci... », etc. Elle affirme : « nulle part ailleurs ». Il y a de la nostalgie dans cette phrase. Ce n'est pas la voix d'une femme qui achète son premier hot-dog sur un trottoir de Manhattan, contrairement à ce qu'elle prétend. Cette petite garce ment. Continuons...

Le couple parlait ensuite de chapeaux, d'écharpes. Il fallait traverser la rue. Zana renversait son café.

Soudain les cris, les coups de klaxon, le hurlement des freins. Des sanglots.

Mon Dieu, Seigneur, que quelqu'un appelle une ambulance, vite. Ne le bougez pas, madame, surtout ne le bougez pas.

Baxter se précipitait, se présentait, gérait la catastrophe.

— OK, décréta Eve, maintenant je veux seulement Zana et Bobby, sans fond sonore, depuis le moment où ils achètent les hot-dogs jusqu'à l'arrivée de Baxter.

Connors régla ses machines.

La conversation du couple entre Bobby et Zana reprenait, légère, anodine. Exclamation de Zana, réaction immédiate de Bobby. Ton irrité de la jeune femme. Puis les cris.

Eve étudia le graphique sur l'écran, représentant Bobby.

— Là... Tu as entendu ? demanda-t-elle à Connors.

— Il a retenu sa respiration. Probablement à la seconde où il est tombé sur la chaussée.

— Une fraction de seconde avant. Il a peut-être glissé, mais je n'en suis vraiment pas certaine. À elle, maintenant. Même séquence.

Eve se pencha vers l'écran, et elle le vit, l'entendit.

— Elle inspire. Vite, à fond. Ensuite, elle a une brève hésitation avant de crier le nom de Bobby.

Le regard d'Eve se durcit.

— Elle l'a poussé, j'en mettrais ma main au feu. L'opportunité, encore une fois. Elle a obéi à l'impulsion du moment. Malheureusement, je ne peux pas l'inculper. Le procureur me rirait au nez, en admettant que je réussisse à persuader le commandant Whitney. Mais je suis sûre de ne pas me tromper. À présent, je dois trouver des preuves.

— Il l'aime.

— Pardon ?

— Bobby aime cette femme, répéta Connors. Ça, plus le meurtre de sa mère... Si tu as raison, et je suis forcé de te croire, tu vas le démolir.

— J'en suis désolée. Mais cela vaut mieux pour lui que d'être berné par une meurtrière.

Elle refusait de songer à la souffrance qu'elle infligerait à Bobby. Pas maintenant, pas encore.

— J'ai déjà découvert qu'un sac à main manquait. J'en obtiendrai la description précise dès demain. Je ne doute pas qu'il sera en possession de Zana, comme tous les autres objets dérobés à Trudy. Je compte l'amener en salle d'interrogatoire. Là, nous serons face à face, nous nous affronterons en duel, et j'aurai sa peau.

Connors la dévisagea longuement.

— Tu as parfois dit que je pouvais être redoutable, voire effrayant. Eh bien, lieutenant, je te retourne le compliment.

Elle esquissa un sourire carnassier.

— Merci infiniment.

20

Le jour se levait à peine, quand Eve contacta le labo du département de police et tonna, tempêta, houspilla et enguirlanda son malheureux correspondant. Elle envisagea un bref instant, pour lui donner du cœur à l'ouvrage, de l'amadouer avec la promesse de tickets pour un futur match des Knicks, la célèbre équipe de basket new-yorkaise, mais elle se ravisa – la peur lui vaudrait des résultats plus rapides.

Elle eut raison. Son ordinateur ne tarda pas à émettre le signal tant espéré. Elle se précipita.

— Ordinateur, affiche et imprime les données transmises, commanda-t-elle.

En cours...

Elle parcourut les renseignements en diagonale, abattit son poing sur la table.

— Je te tiens, petite garce !

— J'en déduis que tu as reçu de bonnes nouvelles, commenta Connors, nonchalamment appuyé au chambranle de la porte qui séparait leurs deux bureaux. Mais d'abord, permets-moi de te dire que le technicien du labo que tu as eu en ligne est traumatisé pour des années.

— Bof, il s'en remettra.

Eve esquissa un pas de danse.

— Il y avait du sang sur la moquette de la chambre voisine, sur le sol de la salle de bain et dans la douche ! Ils ne l'ont pas encore analysé, mais c'est forcément celui de Trudy.

— Félicitations, lieutenant.

— Mieux encore, j'ai une empreinte de Zana sur le rebord intérieur de la fenêtre de cette chambre. Et une autre sur la porte ! Ah, ah ! Elle n'a pas pensé qu'on fouinerait dans cette pièce, alors qu'elle s'était fatiguée à laisser cette jolie trace sanglante sur l'escalier de secours.

— Et maintenant ?

— Je suis dispensée de courir les magasins le lendemain de Noël, Dieu merci ! jubila-t-elle. Les empreintes suffiront pour me procurer un mandat d'amener. J'ai simplement certains points à éclaircir avant d'interroger la charmante Zana.

— Tu auras donc une journée chargée.

— Je vais la commencer ici, au calme. De toute façon, Peabody ne sera pas de retour avant plusieurs heures.

— Je suis obligé de t'abandonner, j'ai moi aussi du travail.

Il s'approcha, lui prit doucement le menton.

— Ce fut un bonheur de t'avoir toute à moi pendant deux jours.

— Ce fut un bonheur d'être toute à toi.

— Ne l'oublie pas, car je compte te kidnapper bientôt. Soleil, farniente et amour.

— Ce programme me convient parfaitement.

— Dans ce cas, trace une croix devant le 2 janvier.

— D'accord.

Il l'embrassa, puis s'éloigna. Avant de sortir cependant, il se retourna.

— Eve ? Est-ce que tu lui demanderas pourquoi elle a tué Trudy Lombard ? Cela a-t-il de l'importance à tes yeux ?

— Je le lui demanderai. C'est toujours important pour moi.

Demeurée seule, Eve afficha les données et les photos qu'elle avait concernant les anciennes pupilles de Trudy Lombard. Elle les passa une fois de plus en revue, à l'affût d'un lien entre elles. Une école, un emploi, un éducateur... Rien, hormis leur ex-mère d'accueil, le cœur de cette affaire.

Elle secoua la tête.

— Et les mortes ? murmura-t-elle. Tu as peut-être eu tort de les exclure.

Un nom retint son attention : Marnie Ralston, mère décédée, père inconnu. Tiens, tiens… Comme Zana. Quand on empruntait l'identité d'une autre, il était préférable de rester aussi près que possible de sa propre vérité.

Se fiant à son intuition qui lui soufflait qu'elle était sur la bonne piste, Eve ouvrit le dossier de Marnie.

Casier judiciaire chargé. Délinquance juvénile – vols dans les magasins, vandalisme, délits mineurs, détention de drogues douces. À l'âge de quinze ans, elle avait passé la vitesse supérieure : cambriolages, braquages, etc.

Le psychiatre qui l'avait examinée la jugeait rebelle, mythomane avec des tendances asociales. Elle avait un QI élevé.

Eve lut les notes du psychiatre.

Le sujet est extrêmement brillant. Se complaît à utiliser son intelligence contre toute forme d'autorité. Esprit très organisé, le sujet excelle à devenir le personnage qu'il croit le mieux adapté pour atteindre son but.

— Ça, c'est tout à fait Zana, marmonna Eve.

Marnie R. peut paraître coopérative à certaines périodes, cependant il ne s'agit que d'un ajustement du comportement conscient et volontaire. Quoiqu'elle distingue le bien du mal, elle opte pour ce qui, à son avis, lui procurera le plus d'attention et de privilèges. Son besoin pathologique de trahir autrui repose d'une part sur l'appât du gain, d'autre part sur la nécessité pour elle de prouver sa supériorité par rapport à ceux qui exercent l'autorité. Sans doute faut-il chercher les racines de ses névroses dans son passé d'enfant maltraité.

— Ouais, sans doute. Ou alors, elle aime tout simplement mentir. Surtout aux flics.

Eve afficha néanmoins le dossier de la petite enfance de Marnie, comprenant notamment son histoire médicale.

Une main écrasée, le nez cassé, des contusions, des plaies. Les yeux au beurre noir, plusieurs traumatismes crâniens. Tout cela, d'après les rapports – des médecins, de la police, des services de protection de l'enfance – dû à une mère qui buvait et cognait sa fille. La mère avait atterri en prison, la gamine chez Trudy Lombard.

Marnie Ralston avait vécu douze mois chez Trudy, entre douze et treize ans.

Elle s'était enfuie, avait réussi à échapper aux autorités pendant près de deux ans. Oui, une fille très intelligente. Car il fallait être maligne et chanceuse pour survivre aussi longtemps dans les rues.

On avait fini par la rattraper et la placer dans une autre famille d'accueil. Elle avait fichu le camp quelques semaines plus tard, s'était évaporée dans la nature jusqu'à sa majorité.

Après quoi elle s'était tenue tranquille – ou du moins, on ne l'avait pas pincée. Elle avait eu plusieurs jobs de courte durée. Stripteaseuse, danseuse, barmaid… Le monde de la nuit.

Et puis, toujours selon les dossiers, l'attentat dans le club où elle travaillait, *boum!*

— Eh bien, ça m'étonnerait.

Sur l'écran divisé en deux fenêtres, Eve afficha la dernière photo d'identité de Marnie Ralston face à celle de Zana. Marnie avait les cheveux bruns, courts et raides. Il y avait en elle une dureté indiquant qu'elle en avait vu de toutes les couleurs, qu'elle était allée jusqu'en enfer et qu'on n'avait pas intérêt à lui monter sur les pieds.

— Ordinateur, agrandis seulement les yeux des deux portraits.

Lorsque ce fut fait, Eve étudia attentivement le résultat. La nuance des iris était sensiblement la même. Mais aujourd'hui, avec les lentilles et autres gadgets, ce n'était plus une preuve.

Le nez de Zana était plus étroit, légèrement retroussé.

Soudain Eve tressaillit.

— Oh, oh… Je parie que tu aimais ta bouche. Ordinateur, compare les deux images. Est-ce qu'elles sont identiques ?

En cours… Les images analysées sont strictement semblables.

— Tu as modifié tes cheveux, la forme de tes yeux, de ton nez. Tes pommettes sont moins saillantes, mais tu n'as pas touché à ta bouche. Tu as pris trois ou quatre kilos, pour avoir l'air plus douce. Seulement voilà… tu n'as pas pu changer ta taille.

Elle enregistra toutes les informations qu'elle venait de découvrir et se prépara à partir. Elle allait se rendre personnellement chez le procureur, voire chez un juge, et insister jusqu'à ce qu'elle obtienne les mandats dont elle avait besoin.

Elle descendait les marches du perron, lorsque son communicateur bourdonna.

— Dallas, je suis pressée.

— Hé, je suis rentrée, je suis au Central. Pas vous. On a…

— Contactez le bureau du procureur, coupa Eve, douchant la bonne humeur de Peabody. Essayez de joindre Reo, puisque maintenant elle est notre alliée.

— Qu'est-ce que…

— Il me faut leur recommandation auprès d'un juge susceptible de nous signer illico deux mandats.

— Pour qui ? Pour quoi ?

— Pour Zana. Pour fouiller la chambre d'hôtel. Je la soupçonne de meurtre et de tentative de meurtre.

— Zana ? Mais…

— Grouillez-vous, Peabody. Je vous envoie les rapports par mail. Moi, je dois avertir le commandant. J'arrive.

— Bon sang, chaque fois que je prends un jour de congé, il se produit quelque chose.

— À cheval, Peabody ! Je veux interroger Zana ce matin.

Dans le parking du Central, Eve s'engouffra dans l'ascenseur bondé, contrairement à son habitude. Elle refusait de perdre ne fût-ce qu'une fraction de seconde. Sa hâte devait se lire sur son visage, car Peabody bondit de son siège sitôt qu'Eve pénétra dans la salle des inspecteurs.

— Reo ne tardera pas, lieutenant. Je lui ai transmis les renseignements, pour qu'elle soit au courant avant de vous rencontrer.

Peabody toussota.

— Je... euh... vous portez le sweater que je vous ai tricoté.

Déconcertée, Eve baissa les yeux. En s'habillant, elle n'avait pas prêté attention à ce qu'elle mettait. Effectivement, elle avait revêtu le cadeau de Peabody.

— Il me plaît bien, il est chaud. C'est... vous l'avez tricoté ?

— Oui. Les deux – celui de Connors aussi. McNab a choisi la laine, et on a sélectionné les couleurs ensemble. J'avoue que je ne suis pas mécontente.

Ébahie, Eve contempla son pull en mohair bleu lavande.

— C'est génial, marmonna-t-elle, émue, car jamais personne ne s'était donné la peine de lui tricoter quoi que ce soit. Merci.

— On voulait vous offrir à tous les deux quelque chose de personnel... et d'unique, si je puis dire. Parce que vous êtes uniques. Alors je suis heureuse que ça vous plaise.

— Beaucoup. Bon... Baxter, Trueheart, suivez-moi.

Elle les précéda dans son bureau, trop petit pour quatre, mais elle n'avait pas le temps de réserver une salle de réunion.

— Je me démène pour obtenir des mandats. Zana Lombard, déclara-t-elle.

— La petite ménagère du Texas ? lança Baxter.

— Elle-même. Je crois être en mesure de prouver qu'elle fut autrefois la pupille de Trudy Lombard. Elle a changé d'identité pour se marier avec le fils de la victime et se venger de la mère. Dès que j'aurai les documents nécessaires, j'ordonnerai qu'on l'amène ici. Sous prétexte de reprendre sa déposition, blablabla. Vous en profiterez pour fouiller sa chambre d'hôtel. Voici ce que je cherche.

Elle leur tendit une disquette.

— Vous trouverez là-dessus les descriptions d'un sac à main, d'un flacon de parfum, d'un sweater et de plusieurs babioles achetées par la victime. Je pense que Zana, qui est en réalité une dénommée Marnie Ralston, les a chipés après avoir tué Trudy Lombard. Dénichez-moi ces objets et avertissez-moi aussitôt.

Eve se tourna vers sa coéquipière.

— Peabody, contactez les enquêteurs sur l'attentat perpétré à Miami, au club Zed, au printemps de 2055. Je veux savoir exactement comment on a identifié le corps de Marnie Ralston. Communiquez toutes les infos à Reo.

— Alors elle a poussé Bobby Lombard sur la chaussée, murmura Baxter, à la fois soulagé et furieux. Voilà pourquoi on n'a vu personne les filer, ni s'approcher d'eux. C'est elle qui a fait le coup.

— Absolument, rétorqua Eve. S'il y a un responsable, ce n'est pas toi. C'est moi, parce que j'ai manqué de flair.

Elle chassa gentiment ses collaborateurs de son bureau dont elle referma la porte. Elle s'assit, respira à fond pour se composer une expression bienveillante, puis appela Zana à l'hôtel.

— Désolée de vous réveiller.

— Ce n'est pas grave, je ne dors pas très bien. Mon Dieu, il est plus de neuf heures, s'exclama Zana en se frottant les yeux comme une petite fille. Je crois et j'espère que Bobby sortira de l'hôpital cet après-midi. On doit me prévenir pour que je puisse tout préparer pour son retour.

— Quelle bonne nouvelle !

— Oh, oui ! Nous avons passé un agréable Noël, déclara Zana sur le ton – nota Eve – d'une courageuse épouse qui s'efforce de ne voir que le bon côté des choses.

— Écoutez, Zana, j'ai besoin de vous pour mon rapport. Malheureusement, à cause des fêtes, j'ai pris du retard et je suis débordée. Je croule sous la paperasse. Ça m'arrangerait vraiment que vous veniez jusqu'ici.

— Oh, mais si Bobby...

— Vous avez encore un peu de temps avant qu'on lui donne l'autorisation de sortie, et ici, vous serez plus près de l'hôpital. D'ailleurs, je mettrai deux agents à votre disposition pour vous aider à transporter votre mari.

— Ça, ce serait épatant. Je ne sais pas ce que je serais devenue sans vous ces derniers jours.

Comme prévu, les grands yeux bleus de Zana se mouillèrent de larmes.

— Vous m'accordez un petit moment pour m'habiller ?

— Naturellement. Dès que vous serez prête, mes hommes vous conduiront jusqu'ici. Ça vous va ?

— C'est parfait. Je me dépêche.

— Je t'attends, marmonna Eve en coupant la communication. Entrez, Reo, enchaîna-t-elle comme la porte s'ouvrait pour livrer passage à la blonde et pulpeuse substitut du procureur. J'espère que vous avez eu un bon Noël, le mien était super, blablabla, passons aux choses sérieuses.

— Vous n'avez aucune preuve tangible. Impossible de la mettre en examen, encore moins de l'inculper.

— J'aurai tout le nécessaire. Mais d'abord, il me faut les mandats.

— Pour le mandat de perquisition, je vais me débrouiller. Il manque des objets dans la chambre de la victime, on a les empreintes de la belle-fille de la victime dans la pièce voisine. Ça se tient. Votre histoire des bouches identiques n'est pas bête du tout, mais ça ne suffit pas. Vous devrez impérativement lui soutirer des aveux.

Eve esquissa un sourire.

— Je vous garantis qu'elle crachera le morceau.

— À en juger par votre mine, j'ai envie d'assister au spectacle. Faites-la amener en salle d'interrogatoire.

Eve contacta Baxter et Trueheart.

— Elle est en route. Entrez dans sa chambre, trouvez-moi ce que je cherche. Quand vous me rapporterez tout ça au Central, bipez-moi sur mon communicateur. Je vous enverrai Peabody au moment stratégique.

— Elle semblait tellement normale, commenta Trueheart. Et gentille.

— Elle pense l'être. Mais ça, c'est du ressort de Mira.

Eve appela ensuite la psychiatre et profileuse, à qui elle résuma la situation.

— J'aimerais que vous soyez en observation, à côté de la salle d'interrogatoire A.

— Tout de suite ?

— Dans vingt minutes. J'ai la conviction que Zana est en réalité Marnie Ralston qui a changé d'identité afin de s'introduire chez les Lombard. Je vous transmets mon rapport. J'ai le soutien du bureau du procureur, j'ai également besoin du vôtre.

— Je ferai le maximum.

Eve s'octroya quelques instants de silence, de réflexion.

— Dallas ? Elle monte, annonça Peabody.

— OK. Que le spectacle commence.

Elle accueillit la suspecte dans le couloir grouillant de flics. Zana s'était habillée pour la circonstance. Si Eve ne se trompait pas – or, grâce à Connors, elle commençait à s'y connaître en vêtements – Zana portait un fin sweater ras-du-cou en cachemire bleu clair, aux poignets ornés de fleurs brodées. Il correspondait à la description d'un des achats de Trudy.

Zana ne manquait pas de toupet. Son orgueil risquait de la perdre.

— Vous voulez boire quelque chose ? proposa Eve. Du très mauvais café, une saleté crachée par le distributeur ?

Zana jeta un regard circulaire, telle une touriste à la fête foraine.

— Oh, je ne refuserais pas un soda. N'importe quel parfum, sauf le citron.

— Vous vous en occupez, Peabody ? J'emmène Zana au A.

Eve entraîna la jeune femme, cala ses dossiers sous son bras.

— La paperasse, quelle plaie ! Nous devons malheureusement remplir tous les documents indispensables pour que Bobby et vous puissiez retourner au Texas.

— J'avoue que nous sommes impatients. Le travail nous attend, et je crois que nous ne sommes pas faits pour la grande ville.

Eve ouvrit une porte, s'effaça devant Zana qui avança puis s'immobilisa un instant.

— Mais… c'est une salle d'interrogatoire, comme on en voit dans les films policiers ?

— Effectivement. Cela ne vous dérange pas ?

— Au contraire, c'est plutôt excitant. Je n'avais jamais mis les pieds dans un poste de police.

Eve lui désigna l'un des sièges qui flanquaient une petite table.

— Asseyez-vous.

Elle s'installait à son tour, lorsque Peabody les rejoignit avec les boissons.

— Votre tube de Pepsi, Dallas. Je vous ai pris un soda à la cerise, dit-elle à Zana.

— J'adore ça, merci.

— Pour que tout soit bien officiel et en règle, attaqua Eve, je vais enregistrer notre entretien, indiquer la date, l'heure, le nom des personnes présentes, le numéro du dossier, et vous lire vos droits et vos obligations.

— Oh là là ! Ça me rend nerveuse.

— Ne vous inquiétez pas, ce ne sont que des formalités. Vous êtes mariée à Bobby Lombard, le fils de la victime, Trudy Lombard. Exact ?

— Oui, nous sommes mariés depuis près de sept mois.

— Par conséquent vous connaissiez bien la victime.

— Oh oui, je l'appelais maman Trudy.

— Et vous aviez avec elle une relation amicale.

— Oui… Est-ce que je réponds bien ? chuchota Zana.

— Très bien. D'après vos déclarations précédentes et les témoignages de diverses personnes, la victime avait un caractère difficile.

— Euh… on pourrait dire qu'elle était exigeante, mais cela ne m'ennuyait pas trop. J'ai perdu ma propre mère, aussi maman Trudy et Bobby sont ma seule famille.

Elle fixa le mur, battit des paupières.

— Maintenant, il n'y a plus que Bobby et moi, murmura-t-elle tristement.

— À propos de votre mère, vous avez déclaré vous être installée au Texas, à Copper Cove, pour chercher un emploi, peu de temps après sa mort.

— Je venais de terminer mes études commerciales, je souhaitais un nouveau départ. Et j'ai trouvé mon Bobby.

— Vous n'aviez jamais rencontré la victime ou son fils avant cette époque ?

— Non. Je crois que c'est le destin qui nous a mis face à face. L'associé de Bobby nous taquinait. Il prétendait que, chaque fois qu'on se parlait, Bobby et moi, on avait des petits cœurs qui nous sortaient de la bouche.

— Comme c'est mignon ! rétorqua Eve. Qui a eu l'idée de ce voyage à New York ?

— Euh… maman Trudy. Elle avait tellement envie de vous retrouver. Elle vous avait vue à la télévision, dans un reportage sur cette affaire de clones.

— Qui a choisi l'hôtel où vous logiez, quand elle est morte ?

— Maman Trudy. Quand on y pense, c'est horrible. Elle a choisi l'endroit où elle est morte.

— L'ironie du sort. À l'heure du meurtre, Bobby et vous étiez à trois chambres de là, de l'autre côté du couloir.

— Euh, oui. Je n'ai pas compté les portes, mais ce doit être ça.

— À l'heure du meurtre, Bobby et vous étiez dans votre chambre, insista Eve.

— Oui. Nous étions sortis pour dîner, sans maman Trudy qui n'en avait pas envie. On avait bu une bouteille de vin. Après notre retour, on a…

Zana s'interrompit, rougit pudiquement.

— Enfin bref, on est restés au lit toute la nuit. Je suis allée taper à la porte de maman Trudy le matin, parce qu'elle ne répondait pas à mes coups de fil. Je croyais qu'elle était malade, ou encore fâchée contre nous. Et puis vous êtes arrivée et… et vous l'avez découverte morte.

Elle baissa de nouveau les yeux, une larme perla à ses cils.

— C'était affreux, atroce. Elle gisait dans tout ce sang… Vous êtes entrée. Je ne sais pas comment vous en avez la force. Le métier de policier serait trop dur pour moi.

— Ce n'est pas toujours comme ça.

Eve compulsa ses documents.

— J'ai là le timing des événements. Je me propose de le lire, pour l'enregistrement afin que vous le confirmiez.

Zana écouta tout en se mordillant la lèvre.

— Oui, ça semble exact.

— Parfait, voyons à présent ce qu'il nous reste à contrôler. À propos, vous avez un joli sweater.

— Oh merci, répliqua Zana en se rengorgeant. J'adore cette couleur.

— Elle accentue le bleu de votre regard, n'est-ce pas ? Trudy avait les yeux verts. Cette teinte aurait été moins seyante pour elle.

Zana cilla.

— Sans doute…

On toqua à la porte. Feeney pénétra dans la salle d'interrogatoire. Pile comme prévu, songea Eve. Il tenait une poche en plastique réservée aux indices et soigneusement scellée.

— Dallas ? Une minute, s'il te plaît.

— Je suis à toi. Peabody, continuez à parcourir le timing du lundi après l'assassinat.

Eve se leva, rejoignit Feeney et se débrouilla pour s'attarder un moment avec lui avant de l'entraîner dans le couloir.

— Voilà, elle a eu le temps de regarder ce que tu trimballes.

— J'aurais pu en charger un de mes gars.

— Non, tu as l'air plus officiel, plus redoutable.

Eve enfonçait ses mains dans ses poches, quand son communicateur bourdonna.

— Ici Baxter. On n'a pas réussi à dégoter le sweater, mais…

— Elle le porte sur elle.

— Sans blague ? Cette petite garce est sacrément culottée. En tout cas, on a le sac, le parfum et le reste. Et comme le mandat nous autorisait à éplucher ses communications et le disque dur de son ordinateur, Trueheart y a fourré son nez. Elle a réservé un billet d'avion pour Bali sous le nom de Marnie Zane. Un aller simple, le mois prochain. Départ de New York, et non du Texas.

— Passionnant. J'envoie Peabody récupérer le sac et les autres machins. Excellent boulot, Baxter.

— Coince-la, Dallas, bougonna Feeney quand elle eut raccroché.

— Compte sur moi.

Eve regagna la salle d'interrogatoire.

— Inspecteur Peabody, je vous prie d'aller voir l'inspecteur Baxter qui a certaines choses à vous remettre.

— À vos ordres, lieutenant. Nous avons terminé le timing de lundi.

Tandis que Peabody sortait, Eve se rassit.

— Zana, avez-vous parlé à la victime, par communicateur, le jour de sa mort ?

— Le samedi ? Elle nous a appelés dans notre chambre pour nous avertir qu'elle préférait ne pas nous accompagner.

Eve posa le communicateur sur la table, brièvement, le camoufla sous un dossier.

— Avez-vous eu un autre contact téléphonique avec elle, plus tard dans la soirée ?

— Euh… pas que je me souvienne. Ça se mélange dans ma tête.

— Je suis en mesure de vous rafraîchir la mémoire. Il y a eu d'autres communications entre elle et vous. Vous ne me l'aviez pas signalé dans vos précédentes déclarations.

Zana lui adressa un sourire candide.

— C'est important ?

— Oui, plutôt.

— Mon Dieu, je suis désolée ! J'étais tellement bouleversée, et puis c'est difficile de se souvenir de tout.

— Ça ne devrait pas être si compliqué, me semble-t-il, de vous remémorer votre visite à la victime, la nuit de son meurtre. Elle avait le visage tuméfié, du genre qu'on n'oublie pas.

— Je ne l'ai pas vue, je…

— Mais si.

Eve repoussa les dossiers, afin qu'il n'y ait plus aucune barrière entre elles deux.

— Pendant que Bobby dormait, vous êtes allée dans la chambre de Trudy. Vous avez pris le sweater que vous portez, qu'elle avait acheté le jeudi avant son décès.

— Elle me l'a offert.

Les larmes affluaient, cependant Eve aurait juré avoir aperçu derrière ce voile d'eau une lueur amusée.

— C'est un mensonge, et nous le savons toutes les deux. Elle ne vous a rien donné. Ni le sweater…

Peabody franchit le seuil, tenant une autre poche en plastique scellée.

— … ni ce sac à main, ce flacon de parfum, ce rouge à lèvres et ce fard à paupières. Mais vous avez considéré que, puisqu'elle était morte, ça ne lui servirait plus à rien. Pourquoi ne pas les chiper et en profiter ?

Eve se pencha vers son interlocutrice.

— C'était une garce, je ne l'ignore pas et vous non plus. Vous avez saisi l'opportunité qui se présentait. C'est l'une de vos spécialités, à ce jeu-là, vous avez toujours été excellente, n'est-ce pas, Marnie ?

21

Ce fut une lueur fugace dans son regard. Le choc, mêlé à une étrange excitation. Puis les yeux s'écarquillèrent, aussi limpides et innocents que ceux d'un bébé.

— Je ne comprends pas ce que vous dites. Il faut que je m'en aille, balbutia Marnie, et les lèvres qu'elle avait trop aimées pour les faire modifier se mirent à trembler. Je veux mon Bobby.

— L'avez-vous jamais vraiment voulu, votre Bobby ? rétorqua Eve, cinglante. Ou était-il simplement commode ? Nous verrons ça plus tard. Vous pouvez arrêter cette comédie, Marnie. Nous serons toutes les deux contentes de nous débarrasser d'un personnage aussi barbant que cette pauvre Zana.

Marnie renifla pitoyablement.

— Vous êtes trop méchante.

— Oui, quand on me ment, j'ai tendance à devenir féroce. Je suppose que vous avez dû vous amuser à jouer votre numéro. Mais j'ai le regret de vous dire que vous avez été passablement négligente lorsque vous vous êtes nettoyée dans la chambre attenante à celle de Trudy. Vous y avez laissé du sang. Des empreintes…

Eve se leva et se pencha vers son interlocutrice. Elle perçut un délicat parfum fleuri et se demanda si Marnie avait eu le culot d'utiliser, ce matin, la nouvelle eau de toilette de la morte.

Sans doute. Et en pouffant de rire.

— Votre changement d'identité était une réussite, poursuivit Eve posément. Hélas, rien n'est jamais parfait. Les petits détails, Marnie, ce sont toujours eux qui piègent les criminels. Vous n'avez pas résisté à la tentation de dépouiller Trudy. Vous êtes rapace, c'est l'un de vos défauts majeurs.

Elle ouvrit sur la table plusieurs dossiers contenant le casier judiciaire et d'anciennes photos de Marnie Ralston.

— Une voleuse, une fille à qui on ne la fait pas. Voilà ce que j'ai vu en vous, me semble-t-il, dès la première minute, devant la chambre de Trudy. La fille à qui on ne la fait pas sous la défroque de la petite ménagère bien sage.

— Vous n'avez rien vu du tout, riposta Marnie entre ses dents.

— En tout cas, vous n'auriez pas dû garder le parfum, ce joli sweater, ni ce très beau sac.

— Elle me les a donnés. Maman Trudy…

— Des conneries, un mensonge idiot. Essayez de pleurer, ce serait plus malin, et racontez-moi que vous les avez pris parce que c'était plus fort que vous. Que vous avez honte, oooh tellement honte. Vous et moi, nous savons pertinemment que Trudy n'a jamais rien offert à personne.

Marnie enfouit son visage dans ses mains et éclata en sanglots.

— Elle m'aimait…

— Foutaises. Encore un mensonge grotesque. Vous n'avez pas de chance : vous êtes tombée sur un flic qui la connaissait, qui se souvient d'elle. Vous n'aviez pas prévu que je me pointerais ce matin-là avant que vous ayez fini de tout ranger, de tout nettoyer, et que je mènerais l'enquête.

— Franchement, personne n'aurait pu le prévoir, intervint Peabody, ironique. Et pour ce sac à main, je la comprends. Il est magnifique, ç'aurait été dommage de le laisser. Un vrai gâchis. Vous voulez mon avis, lieutenant ? Je crois qu'avec le faux kidnapping, elle a poussé le bouchon trop loin. Se tenir tranquille aurait été plus futé. Bah… elle avait probablement envie d'être sous les projecteurs.

— Vous avez raison, Peabody. Vous aimez les feux de la rampe, n'est-ce pas, Marnie ? Vous avez loupé votre vocation d'actrice. Toutes ces années à jouer la comédie. Pour les flics, la protection de l'enfance, Trudy. Bravo...

— Vous inventez, parce que vous ne savez pas du tout ce qui s'est passé.

— Je vous admire, Marnie, je l'avoue. Quand une occasion se présente, vous la saisissez sans hésiter. Vous avez un instinct remarquable pour retourner une situation à votre avantage. Il vous aurait peut-être fallu patienter des mois dans ce costume de la bonne épouse, de la belle-fille soumise avant d'atteindre votre objectif.

De nouveau, Eve se pencha vers la jeune femme.

— Allons, Marnie. Parlez. Qui vous comprendra mieux que moi ? Elle vous obligeait, le soir, à prendre des bains glacés ? À récurer toute la maison ? Combien de fois vous a-t-elle enfermée dans le noir, vous a-t-elle répété que vous n'étiez rien ?

— Maman Trudy m'a offert ce sac et toutes ces choses. Elle m'aimait.

— Elle n'a jamais aimé personne sur cette terre, hormis soi-même. Mais vous convaincrez peut-être un jury. Votre opinion, Peabody ?

Celle-ci plissa les lèvres d'un air méditatif.

— Hmm... J'ai des doutes. La fausse identité, ce n'est pas trop grave. Seulement voilà... elle a épousé le fils de la victime pour être en position de tuer son ancienne mère d'accueil. Ça, les jurés n'apprécieront pas. Il s'agit d'un meurtre prémédité, dont le mobile est l'argent – un facteur aggravant. Selon moi, elle est bonne pour la détention à vie dans une prison ou un bagne interplanétaire. Elle ne s'amusera pas tous les jours.

Peabody regarda Marnie avec un brin de compassion.

— Je vous conseille d'essayer de nous démontrer que le crime n'était pas prémédité. C'était peut-être de la légitime défense ? Dans ce cas, vous auriez une justification.

— Je devrais demander un avocat, articula Marnie.

— Parfait, rétorqua Eve, c'est votre droit. Vous vous privez de mon admiration et de mon éventuelle sympathie, tant pis. Vous avez un nom, ou souhaitez-vous un défenseur commis d'office ?

— Attendez...

Marnie sirota son soda à la cerise, les sourcils froncés. Quand elle le reposa, la candeur s'était effacée de son regard.

— Si je vous disais qu'elle s'apprêtait à vous plumer, vous et votre mec ? Je l'en ai empêchée. Ça mérite un peu d'indulgence.

Eve s'adossa à son siège.

— Ben tiens. On en causera plus tard. Si on commençait par le commencement ?

— Pourquoi pas ? Dieu sait que j'en ai ras le bol de Zana, cette mijaurée, là vous avez deviné juste. Vous avez mon dossier, à ce que je vois.

— Oui.

— Tout n'y est pas, vous savez comment ça marche. J'en ai pris plein la tronche depuis que je suis môme.

— J'ai lu votre dossier médical, on ne vous a effectivement pas épargnée.

— J'ai appris à rendre les coups. Je me suis occupée de moi-même, puisqu'il n'y avait personne d'autre pour le faire.

D'un air écœuré, Marnie écarta le soda.

— Vous n'avez pas du café ? Noir, sans sucre.

— Je vais vous en chercher, répondit Peabody qui s'éclipsa.

— Ça m'épate que vous soyez flic, après tout ce que vous avez subi, soupira Marnie.

Eve la fixa droit dans les yeux.

— J'aime exercer le pouvoir, avoir de l'autorité.

— Ouais, j'avais pigé. Vous avez un insigne, ce chouette pistolet et le droit de taper sur les gens si ça vous chante. Ça doit être rigolo.

— Revenons à vous.

— Mon sujet favori, gloussa Marnie.

Peabody revint avec un gobelet qu'elle posa sur la table. Marnie en but une gorgée, grimaça.

— Je n'avais pas été invitée chez vous depuis un moment. Vous êtes toujours incapable d'avoir du café correct.

— Dans notre combat contre le crime, nous endurons un calvaire, ironisa Peabody, ce qui amusa énormément Marnie.

— Excellent, il faudra que je m'en souvienne. J'en étais où ? Ah oui. Quand je me suis retrouvée chez Trudy, j'ai d'abord été contente. Une jolie maison, des jolis vêtements, et puis son fils. Mais elle était pire que ma mère. Enfin, vous savez.

— Je sais.

— Elle était forte comme une jument. Les bains froids, et après elle m'enfermait à clé dans ma piaule. Ça ne me dérangeait pas, j'étais tranquille, j'avais tout le temps de réfléchir. Une fois, je lui ai piqué des boucles d'oreilles. Elle m'a mis un truc dans ma nourriture qui m'a rendue malade. La deuxième fois qu'elle m'a pincée, elle m'a coupé les cheveux. J'avais de beaux cheveux.

Marnie glissa les doigts dans sa chevelure.

— Elle m'a tondue, comme si j'étais une criminelle de guerre. Ensuite elle a raconté à l'assistance sociale que je m'étais fait ça moi-même. Le service de protection de l'enfance n'a pas réagi. C'est là que j'ai décidé de me venger. Un jour.

— Vous vous êtes enfuie, répliqua Eve.

— En effet. J'ai envisagé d'incendier la maison, avec Trudy à l'intérieur, mais ça n'aurait pas été malin. D'ailleurs, j'étais jeune, j'avais la vie devant moi pour mijoter ma vengeance.

— Vous êtes partie de chez elle à l'âge de treize ans. Il y a des années que vous remâchez votre rancune.

— Il y a des choses qui ne s'oublient pas, répondit Marnie d'un ton amer. Elle me traitait de putain. Elle disait que j'étais laide, inutile, un déchet. Chaque jour, elle me serinait ce refrain. Quand elle en avait marre du mobilier de son salon, elle le démolissait puis m'accusait d'avoir tout cassé. Les services sociaux lui envoyaient un chèque et l'autorisaient à me punir. Pour moi, c'était l'enfer.

— Vous avez attendu très longtemps pour vous venger.

— Je la surveillais d'un œil, au cas où une occasion se présenterait.

— Et elle s'est présentée, la nuit de l'attentat à Miami.

— Le destin a décidé, que voulez-vous ? Ce soir-là, j'étais malade, j'ai demandé à une copine de me remplacer. Dans un bouge pareil, tout le monde s'en foutait. Je lui ai filé mes papiers d'identité et mon code pour qu'elle puisse entrer par-derrière. Quand j'ai entendu les infos télévisées… l'explosion, presque toutes les filles mortes, en petits morceaux… j'ai eu un coup au cœur. J'aurais pu y être, vous vous rendez compte ?

— Alors vous avez décidé de devenir une autre.

— C'est-à-dire que j'avais quelques dettes. On ne réclame pas d'argent à une morte. J'ai pris l'identité de la copine. Et son fric. Elle avait un joli petit paquet.

— Comment s'appelait-elle ?

— Qui ça ?

— Votre copine.

— Merde, c'était quoi, son nom ? Rosie… ah oui, Rosie O'Hara. Pourquoi ?

— Elle a peut-être de la famille qui la recherche.

— Ça m'étonnerait. C'était une prostituée, rétorqua Marnie, balayant l'air de la main comme si elle chassait un moustique. Enfin bref, c'est là que m'est venue l'idée de Zana. Je me suis procuré de nouveaux papiers, je me suis fait arranger le visage – du travail au noir, un bon investissement que je n'ai pas regretté car il a tout de suite plu à Bobby.

— Un garçon séduisant, célibataire et ambitieux.

— Absolument, et toujours très proche de sa maman. Je ne projetais pas de la tuer, que ce soit bien clair, déclara Marnie, pointant l'index vers Eve. Je voulais juste lui voler son garçon et ensuite lui infliger toutes les méchancetés que j'avais subies. Peut-être, je vous l'accorde, me remplir les poches au passage.

— Vous n'envisagiez qu'une escroquerie, rétorqua Eve.

— Exact. Bobby était le pigeon rêvé. En réalité, ce n'est pas un mauvais bougre. Ennuyeux, mais sympa. Et, au lit, il n'est pas si mal. Quant à Trudy…

Marnie s'interrompit, souriant d'une oreille à l'autre.

— Un bonbon au miel. Avec la petite Zana, elle s'imaginait avoir une nouvelle esclave. Oh, maman Trudy, c'est trop fatigant pour vous, je m'en charge, etc. Mais j'ai bien failli avoir une crise cardiaque tellement j'ai été stupéfaite. Maman Trudy, elle avait une fortune planquée quelque part. En nettoyant sa maison, je n'arrêtais pas de découvrir des trucs qui coûtaient cher. J'ai mené mes recherches… La vieille était un maître chanteur !

S'accoudant sur la table, Marnie appuya son menton sur son poing.

— J'essayais d'imaginer le meilleur moyen de lui pomper son argent avant de la dénoncer. On la bouclerait dans une cellule, ainsi qu'elle m'avait enfermée autrefois. Et puis un jour, elle vous a vue à la télé et a décidé de venir à New York. J'allais envelopper tout ça dans du papier brillant et vous déposer le cadeau sur les genoux. Moi, la gentille épouse aux grands yeux, épouvantée que ma belle-mère ose faire chanter un lieutenant de police. Je me serais bien marrée.

En effet, songea Eve. Tu t'amusais déjà comme une folle, tu savourais chaque seconde de ta comédie.

— Un bon plan, acquiesça Eve, mais une autre occasion inespérée s'est présentée à vous.

— C'est un peu votre faute, je vous signale. Vous l'avez sacrément vexée. Connors, lui, l'a mise dans une colère terrible. Elle ne pensait qu'à prendre sa revanche, à vous le faire payer. Vous avez vu comme elle s'est arrangé le portrait.

— Oui, j'ai vu.

— Et ce n'était pas la première fois. Je vous assure que cette femme avait de sérieux problèmes mentaux. Bref, elle s'était déjà amochée quand elle m'a appelée. Elle ne s'est pas adressée à Bobby, il n'aurait pas marché dans la combine. Mais moi ? Sa douce et crédule belle-fille ? Quand je suis entrée dans sa chambre, je n'ai pas eu de mal à jouer la stupéfaction. Elle avait la figure en bouillie. Et vous savez ce qu'elle m'a dit ? Vous voulez le savoir ?

— Je suis tout ouïe, marmonna Eve.

— Elle m'a dit que vous l'aviez frappée.

— Pas possible ?

— Si, je vous répète qu'elle était dingue. Regarde ce qu'elle m'a fait ! Alors moi, je lui ai donné la réplique. O mon Dieu ! Il faut vous emmener à l'hôpital, avertir la police. Non, non, non. Elle est flic, lieutenant, mariée à un homme puissant. Bref... elle m'a obligée à la filmer. Si vous ne réagissiez pas comme elle le voulait, elle enverrait une copie aux médias, au maire de New York et au chef de la police.

Marnie éclata de rire.

— J'ai juré de ne rien raconter à Bobby, j'ai préparé du potage pour ma chère belle-mère, j'y ai mis un tranquillisant, je lui ai servi du vin. Quelques minutes après, elle était dans les vapes. J'aurais pu la tuer à ce moment-là, entre nous. Pensez-y.

— J'y pense, ne vous inquiétez pas.

— J'ai fouillé la chambre et trouvé l'espèce de matraque qu'elle avait confectionnée, ainsi que votre dossier. Intéressant. J'ai tout embarqué. Elle m'a contactée plus tard, mais comme Bobby était là, j'ai répondu que je ne pouvais pas lui parler.

— Trudy n'aimait pas beaucoup qu'on la fasse attendre.

— Là, elle n'avait pas le choix. Elle a gobé une autre pilule et je suis sortie avec Bobby. La nuit a été longue pour moi, mais bon Dieu... ce que je me suis amusée. J'ai battu des cils et demandé à Bobby de commander du champagne. Il a tiqué, le manque d'habitude, mais il est incapable de me refuser quoi que ce soit...

Marnie renversa la tête en arrière, ferma les yeux.

— À notre retour à l'hôtel, il a eu droit à un petit somnifère. Après quoi, je suis retournée dans la chambre de Trudy.

— Vous aviez la matraque ? s'enquit Eve.

— Évidemment. Pas pour m'en servir, s'empressa de rectifier Marnie. Que ce soit bien clair, et vérifiez que c'est enregistré. Je prévoyais de rester dans la peau de mon personnage, de lui montrer sa chaussette bourrée de pièces et de l'engueuler. Qu'avez-vous fait ? Vous m'avez menti ! J'avertirai Bobby et la police !

Les mains croisées sur l'estomac, Marnie éclata d'un grand rire.

— L'expression qu'elle a eue. Mais elle s'est vite ressaisie. Elle m'a giflée en me traitant d'hystérique. Elle a dit que si je voulais garder mon nid douillet, j'avais intérêt à me taire et à lui obéir.

Le visage de Marnie s'assombrit. Une haine brûlante crispa ses traits.

— Elle a dit que je n'étais rien, comme quand j'étais gamine. « Tu n'es rien, et je te conseille de te rappeler qui gouverne. » Alors elle m'a tourné le dos. J'avais la matraque dans ma main. Je n'ai pas réfléchi. C'est arrivé, voilà tout. Elle est tombée à genoux, j'ai frappé une deuxième fois. Une vraie jouissance. C'était elle, à présent, qui était un déchet.

Marnie tendit son gobelet de café.

— Je peux en avoir un autre ? C'est dégoûtant, mais ça requinque.

Eve adressa un signe à Peabody qui ressortit, et se leva pour prendre de l'eau à la fontaine dans un coin de la salle.

— Il y a des gens derrière ce miroir ? demanda soudain Marnie.

— C'est important ? rétorqua Eve.

— Juste pour savoir si j'ai du public. Je n'ai pas assassiné cette vieille vache. J'ai un instant perdu l'esprit. Elle m'avait giflée.

— La main bien ouverte, murmura Eve qui se souvenait. Ça cuisait, pas assez pourtant pour laisser une marque. Elle était habile.

— Elle aimait la souffrance. L'infliger, l'éprouver.

Marnie pivota sur sa chaise, en sorte que son regard rencontre celui d'Eve dans le miroir.

Cette seconde d'intimité fit frémir Eve. Elle comprit ce que c'était d'avoir une matraque au creux de sa paume et de frapper aveuglément, sauvagement.

— Elle était du genre SM, sans le sexe, poursuivit Marnie. Une sale malade. N'empêche que je n'avais pas prévu de la tuer. Je n'ai même pas eu le temps de lui révéler qui j'étais. Quel dommage ! J'en avais tellement rêvé.

— Vous avez dû être déçue, répliqua Eve avec un effort méritoire pour garder un air neutre.

Heureusement, Peabody les rejoignit avec du café.

— Trudy morte, il vous a fallu réagir très vite.

— Je n'avais qu'une envie : déguerpir. Mais je me suis raisonnée. D'accord, j'ai eu tort de chiper le sweater et le reste tout de suite. La tentation était trop forte...

— Ça n'a pas été votre seule erreur, déclara Eve. Vous auriez eu intérêt à laisser Bobby découvrir le cadavre.

— Je me serais moins amusée. Mais j'avoue que quand Connors et vous avez débarqué, j'ai failli m'évanouir. Par chance, je suis douée pour l'improvisation.

— À votre place, j'aurais transpiré à grosses gouttes... Penser que l'arme du crime, les serviettes ensanglantées étaient dans la pièce voisine pendant que nous inspections la scène de crime...

— Je n'étais pas très à l'aise, puis je me suis persuadée que si vous trouviez tout ça, vous n'aviez pas de motif de me soupçonner. Le lendemain, j'ai inventé cette histoire d'enlèvement et j'en ai profité pour tout jeter dans plusieurs recycleurs d'ordures. J'ai vécu à New York, je connaissais ce bar.

— Je le savais.

Marnie renifla.

— Vous charriez.

— Pas du tout. Vous avez énoncé un commentaire maladroit à propos des hot-dogs au soja. Une grossière erreur, Marnie. Je vous avais équipés de mouchards, Bobby et vous. À tout hasard.

La figure de Marnie se ferma, une lueur d'irritation flamba dans ses yeux.

— Bobby a glissé.

— Ne commencez pas à débiter des âneries. Trudy était dans l'autre monde et elle avait de l'argent. Entre cette fortune et vous, il n'y avait que l'ennuyeux Bobby.

— Vous croyez que j'ai fait ça pour le fric ? Ce n'est que la cerise sur le gâteau. Je voulais me venger, elle le méritait, et ce n'est pas vous qui me contredirez. Bobby est un imbécile, mais je l'aime bien. Je lui ai peut-être donné une chiquenaude – une impulsion, voilà. Pour que vous cherchiez mon prétendu kidnappeur. Et j'ai essayé de le tirer en arrière. J'ai des témoins.

Marnie eut une moue boudeuse.

— Réfléchissez un peu. Si j'avais voulu, j'aurais pu attendre de rentrer au Texas pour me débarrasser de Bobby. Je ne suis pas pressée, moi.

— Mais vous ne retournez pas au Texas. Vous partez pour… Bali, n'est-ce pas ?

Un sourire éclaira de nouveau les traits de Marnie.

— J'y pense. Écoutez, Dallas, j'ai détruit le film qu'elle m'avait forcée à tourner, les dossiers qu'elle conservait sur ses pupilles. Franchement, vous devriez me remercier. Elle nous a toutes torturées, pressurées comme des citrons. Admettez qu'elle a eu ce qu'elle méritait. Vous et moi, nous venons du même endroit. À ma place, vous l'auriez tuée aussi.

Eve songea à leurs regards dans le miroir, à ce qu'elle avait lu dans celui de Marnie, et dans le sien.

— Encore une erreur, Marnie.

— Non, c'est la vérité. J'accepte d'être inculpée d'agression et d'usurpation d'identité. Mais de meurtre ? Pas question.

— Je vais vous surprendre.

Eve se leva.

— Marnie Ralston, je vous arrête pour le meurtre de Trudy Lombard. Vous êtes également inculpée de tentative de meurtre sur la personne de Bobby Lombard, d'usurpation d'identité et de faux témoignage. Votre séjour en prison sera très long. Vous avez ma parole.

— Débranchez ce magnéto, faites sortir l'inspecteur, qu'on soit en tête à tête, toutes les deux. Et ensuite vous me direz ce que vous ressentez vraiment.

— Je peux vous le dire tout de suite, et même l'enregistrer.

— Vous êtes ravie qu'elle soit morte.

— Vous avez tort.

La boule qui, depuis le début de l'enquête, lui brûlait l'estomac s'évapora subitement. Car Marnie se trompait totalement.

— Si cela avait dépendu de moi, poursuivit Eve, Trudy Lombard serait en prison. Elle serait châtiée pour ce qu'elle nous a infligé, à vous, à moi, à tous les enfants qu'elle a maltraités, à toutes les femmes qu'elle a escroquées. De cette façon, la justice serait rendue.

— C'est n'importe quoi.

— Non, c'est mon métier, corrigea Eve. Malheureusement, vous ne m'avez pas permis de l'exercer. Vous avez saisi cette matraque et vous avez fracassé le crâne de Trudy.

— Je n'avais pas prévu de...

— Peut-être, coupa Eve. Cependant ça ne vous a pas suffi. Pour assouvir votre vengeance, vous vous êtes servie d'un homme innocent. Vous avez quitté le lit où vous lui aviez fait l'amour, et vous avez tué sa mère. Ensuite vous l'avez regardé pleurer. Vous l'avez expédié à l'hôpital. Si j'en avais le pouvoir, je vous bouclerais dans une cellule uniquement pour cela.

Eve posa les mains sur la table, approcha son visage de celui de Marnie.

— Je ne vous ressemble pas. Vous êtes pathétique, vous tuez et vous détruisez au nom d'un passé depuis longtemps enterré.

De vraies larmes de rage brillaient à présent dans les yeux de Marnie.

— Ce passé ne mourra jamais, riposta-t-elle d'une voix sifflante.

— Eh bien, vous aurez tout le temps de le ruminer. Vingt-cinq ans, au moins. Je ne vous ressemble pas, répéta Eve. Moi, je suis le flic et je m'offre le plaisir de vous passer les menottes.

— Vous êtes une hypocrite, une menteuse.

— Pensez ce que vous voulez, mais ce soir je dormirai dans mon lit à poings fermés.

Agrippant Marnie par le bras, elle la menotta.

— Je serai dehors dans six mois, cracha Marnie.

— Continuez à rêver si ça vous chante.

— Bobby me paiera les meilleurs avocats. Elle le méritait, cette garce. Mais dites-le ! Elle le méritait. Vous la haïssiez autant que moi.

— Vous êtes fatigante, rétorqua Eve en la poussant hors de la salle. Vous m'avez privée de la possibilité d'accomplir mon boulot et de veiller à ce qu'elle soit punie pour ses crimes.

— J'exige un avocat, un psychiatre !

— Vous aurez les deux, soupira Eve en la confiant à Peabody qui l'entraîna vers l'ascenseur.

Mira l'attendait dans son bureau.

— Vous avez mené l'interrogatoire de main de maître.

— J'ai eu de la veine. L'ego de cette fille a joué en ma faveur.

— Je sais que ce n'était pas facile pour vous. Comment vous sentez-vous ?

— J'ai connu des jours meilleurs. Il faut que j'aille à l'hôpital expliquer à ce pauvre type ce qu'a fait sa femme et pourquoi. Je vais lui briser le cœur.

— Voulez-vous que je vous accompagne ?

— Il aura besoin de quelque chose, de quelqu'un, après. Ce sera à lui de décider. Néanmoins je crois que je dois le voir seule. En souvenir de notre enfance. J'ai envie de contacter son associé, j'ai l'impression qu'ils sont intimes.

— J'estime que Bobby est un homme chanceux de vous avoir.

— Les amis vous donnent un coussin pour amortir la chute, même quand vous vous imaginez que ce n'est pas nécessaire. Merci, Mira, d'être passée vous assurer que je n'avais pas trop mal.

Une heure plus tard, Eve était au chevet de Bobby, triste et impuissante. Les larmes ruisselaient sur les joues du jeune homme.

— C'est un malentendu, une erreur, bredouilla-t-il. Tu t'es trompée.

— Non, Bobby. Je suis navrée. Elle t'a utilisé, elle a élaboré son plan depuis des années, peut-être depuis ses treize ans. Elle prétend ne pas avoir prémédité le meurtre de ta mère, et c'est possible. Cependant, et je sais que c'est un coup terrible pour toi, elle a sans cesse joué la comédie. Elle n'était pas la femme qu'elle semblait être. Zana n'a jamais existé.

— Elle... elle n'est pas capable de...

— Zana Kline Lombard n'en était pas capable. Marnie Ralston l'est. Elle a avoué, Bobby.

— Mais nous étions mariés, nous vivions ensemble. Je la connais.

— C'est une pro, une manipulatrice avec un casier judiciaire long comme le bras. Regarde-moi, Bobby. Tu as été élevé par une femme manipulatrice, et une autre t'a mis le grappin dessus.

Il crispa sa main valide.

— Et qu'est-ce que je suis, moi ? Un imbécile ?

— Non, une cible. Mais tu n'es pas forcé de continuer à l'être. Car elle essaiera de t'avoir. Elle pleurera, se répandra en excuses, te racontera qu'elle est tombée amoureuse de toi, qu'elle ne t'a jamais menti. Elle trouvera les mots justes. Ne te laisse pas avoir, Bobby.

— Je l'aime.

— Tu aimes une chimère, rétorqua-t-elle d'un ton où vibrait une note de colère. Écoute, tu feras ce que tu désires, je ne peux pas t'en empêcher. Mais tu mérites mieux que cette fille. Je me souviens du gamin courageux de douze ans qui chipait de la nourriture pour moi, pour tenter de me faciliter un peu la vie. Il te faudra du courage maintenant pour affronter ce qui t'attend. Si j'en ai les moyens, je te faciliterai les choses.

— Ma mère est morte. Ma femme est en prison, accusée de meurtre. Elle a peut-être voulu me tuer aussi. Comment pourrais-tu m'aider ?

— Je ne sais pas.

— J'ai besoin de parler à Zana. Je veux la voir.

Eve hocha la tête.

— Très bien. Tu es libre de lui rendre visite dès que tu sortiras d'ici.

— Elle aura une explication logique à me donner, j'en suis certain.

Tu ne t'en tireras pas. C'est sans doute au-dessus de tes forces.

— Bonne chance, Bobby.

348

Elle rentra à la maison, découragée, submergée par un sentiment d'échec alors qu'elle venait de résoudre une affaire. Bobby serait manipulé. Comme éventuellement les jurés devant lesquels comparaîtrait Marnie.

Eve monta directement dans la chambre. Connors était là, torse nu, en train de chercher un tee-shirt dans la commode.

— Lieutenant... Inutile de t'interroger sur ta journée, tout est inscrit sur ton visage. Elle t'a glissé entre les doigts?

— Non, je l'ai coincée. Aveux complets, elle en prendra pour longtemps.

— Qu'y a-t-il? murmura-t-il en s'approchant.

— Je sors de l'hôpital. J'ai tout expliqué à Bobby.

Il lui caressa les cheveux.

— Tu t'es naturellement chargée de cette tâche, ma chérie. Comment a-t-il réagi?

— Il n'y croit pas, en tout cas, une part de lui refuse d'y croire. L'autre part savait pourtant que je lui disais la vérité. Il va aller la voir. Elle s'est vantée qu'il lui paierait ses avocats et je crains qu'elle ait raison.

Connors l'entoura de ses bras. Elle appuya le front contre son épaule.

— L'amour... soupira-t-il, que faire contre ça?

— Bobby est une victime, et je ne peux rien pour lui.

— C'est un homme adulte, qui prend ses décisions. Il n'est pas réduit à l'impuissance, Eve.

D'un geste tendre, il l'obligea à relever la tête.

— Tu as fait ton travail.

— Oui, alors de quoi je me plains? Cette affaire ne s'est pas réglée comme je l'aurais souhaité, c'est le hic, mais tant pis. Je suis contente que tu sois là.

Elle s'écarta de lui, marcha d'un pas hésitant vers le sapin de Noël.

— Qu'y a-t-il d'autre, Eve?

— Elle a dit que j'étais comme elle. C'est faux, je le sais. Mais quelque chose en moi lui ressemble. Et ce quelque chose aurait pu saisir cette matraque et frapper.

— Eve, si tu n'étais pas ainsi, tu ne comprendrais pas pourquoi certains êtres tuent, tu ne serais pas le sacré bon flic que tu es.

Elle le regarda, et le fardeau qui pesait sur ses épaules s'envola soudain.

— Oui... c'est juste. Je me doutais bien que si je te gardais dans les parages, j'avais un motif valable.

Elle s'avança vers lui, tira sur la manche de son tee-shirt.

— Pourquoi tu as mis ce truc, mon vieux?

— J'envisageais de faire un peu de sport, mais mon épouse est rentrée plus tôt que prévu.

— Du sport... ça m'aiderait à oublier mes soucis.

Elle dégrafa son holster, inclina la tête sur le côté.

— Si tu découvrais que je t'ai joué la comédie, que je t'ai harponné seulement pour ta gigantesque fortune, comment tu réagirais?

Il fixa sur elle ses yeux d'un bleu inouï où dansait un sourire malicieux.

— Voyons, Eve chérie, je te botterais l'arrière-train, après quoi j'investirais cette immense fortune pour transformer le reste de ta vie en enfer.

Le cœur léger à présent, Eve lui rendit son sourire.

— Ah, c'est bien ce que je pensais. Décidément, j'ai beaucoup de chance.

Elle jeta son holster et son insigne de lieutenant sur un fauteuil. Puis elle saisit la main de Connors et, pour un moment, oublia son métier de flic.

8471

Composition Chesteroc Ltd
Achevé d'imprimer en France (La Flèche)
par Brodard et Taupin
le 24 septembre 2007. 43500
Dépôt légal septembre 2007. EAN 9782290355893

Éditions J'ai lu
87, quai Panhard-et-Levassor, 75013 Paris
Diffusion France et étranger : Flammarion